역사 한 꺼풀 아래 이야기들

# 역사 한 꺼풀 아래 이야기들

정일성

## 시작하며

해 질 무렵이면 가끔 한강 팔당대교 아래 강가를 걷는다. 그럴 때마다 강변은 한 편의 드라마를 연출한다. 도도히 흐르는 물, 그 속을 부지런히 들락거리며 먹이를 쫓는 큰고니와 청둥오리, 강가를 점령한 억새, 풀씨를 쪼느라 재잘거리는 새떼. 어느 것 하나 빼놓을 수 없는 눈요깃거리이다.

그중에서도 하루를 다하고 서쪽 멀리 지평선으로 넘어가는 석양은 그야말로 장관이다. 산마루에 걸쳐 이글거리는 태양에 구름이라도 가린 날이면 "온갖 슬픔과 기쁨을 사무치게 맛본 자만이 저 구름의 심정을 이해할 수 있으리라"는 헤르만 헤세의 〈흰 구름〉 시구가 절로 생각난다.

오, 보라!/ 오늘도 흰 구름은 흐른다/ 잊혀진 고운 노래의 나직한 멜로디처럼/ 푸른 하늘 저편으로 흘러만 간다/ 기나긴 방랑 끝에/ 온갖 슬픔과 기쁨을 사무치게 맛본 자만이/ 저 구름의 심정을 이해할 수 있으리라/ 햇빛과 바다와 바람과 같이/ 가없이 맑은 것들을 나는 사랑한다/ 그것은 고향 떠난 나그네의 누이이며 천사이기에.

한강변 서울 상수도 취수장 부근은 내 쉼터이자 심신단련장이다. 어둠이 시작되기 전 온몸을 태우고 꺼져가는 촛불처럼, 서쪽 하늘을 붉게 물들이는 저녁노을은 나에게 많은 가르침을 준다. 마음속으로 그래 맞아! 마지막 불꽃이 더욱 환하게 타오르는 해넘이를 본받자! 다짐해보기도 한다. 실은 이 책을 쓰게 된 것도 강변의 일몰 감상이 가져다준 선물이다.

돌이켜보면 나의 삶은 어느 유행가 가사처럼 정처 없이 떠도는 구름 같은 인생이었다. 슬프고 고달프고 한스러운 이야기가 대부분이다. 죽을 고비도 세 번이나 넘겼다. 처음은 어머니 태 속에 있을 때 어머니가 병에 걸려 중절 약을 먹고 아기를 떼려 해도 지워지지 않았고(작은고모 증언), 두 번째는 5·18 광주민주화운동 때 하마터면 신군부 헬리콥터의 무차별 사격에 맞을 뻔했으며, 세 번째는 1982년 무렵 아이들과 지리산에 오르다 땀을 많이 흘려 실신, 소금을 먹고 간신히 살아났다.

그런 위험한 고비에도 지금껏 살아남게 된 것은 한일 근현대 관계사 연구에 역사학자들이 놓친 부분을 보완하라는 하나님의 뜻이 아닐까 한다.

스스로 생각해보아도 국민학교 교사를 그만두고 기자가 된 것은 예삿일이 아니었다. 그것도 물리학도가 기자가 되었으니 다른 사람과 인사를 나눌 때 의아스럽다는 말을 듣기 일쑤였다. 그렇게 시작한 기자 생활도 정년을 다 채우지 않고 그만둔 것은 일제의 조선 침략에 관한 책을 쓰고 싶어서였다.

나는 1969년 12월 1일《서울신문》기자로 입사하여 1998년 10월 31일 명예퇴직했다. 적어도 열 권 이상 써낼 작정으로 기자직을 놓은 지도 어언 4반세기가 되어간다.

그동안 한일 근현대사 관련 책 여덟 권을 내고,《서울신문 100년 사》I (《대한매일신보》)·II (《매일신보》)편과 큰손자 성장일기《아파트가 물에 빠졌어요!》(비매품)를 썼으니 처음 세운 목표는 어느 정도 채운 셈이다.

일제 비판서를 쓰면서 맛본 기쁨은 이루 말로 다 표현할 수가 없 다. 그 가운데서도 〈조선통치 요의[朝鮮統治の要義]〉의 원문을, 그것도 해방 60년 만에 손안에 넣었을 때(2005년)*의 환희는 실로 하늘을 날 듯했다.

〈조선통치 요의〉는 일제가 조선을 강제 합방할 당시 조선 언론 통 폐합을 주도한 도쿠토미 소호[德富蘇峰]가 총독부 직원들을 교육하고 자《경성일보(京城日報)》에 쓴 무력(武力) 통치 이론이다. 조선인이 순 순히 따르지 않으면 힘으로 다루라는 요지의 〈조선통치 요의〉는 그 때 이를 게재한 신문이 없어져 구체적인 내용은 전혀 알 수 없었다.

좀 부풀리자면 〈조선통치 요의〉를 발굴함으로써, 그동안 작자만 알려졌을 뿐 내용은 모른 채 서술되어 미완으로 남았던 일제 〈조선 무력 통치사〉가 완성됐다고 할 수 있다.

지금은 국립중앙도서관이 2015년부터 〈조선통치 요의〉가 실린 《양경거류지(兩京去留誌)》를 마이크로필름으로 비치하여(〈조선통치 요 의〉는《양경거류지》233~273쪽에 실림) 누구나 도서관에 가지 않고도 열람 할 수 있다.

---

* 〈조선통치 요의〉 원문 입수 과정은 본서 VI장(306쪽) 《일본 군국주의의 괴벨스—도쿠토미 소호》 참조.

이와 함께 탈아론(脫亞論)[**]과 정한론(征韓論)[***]을 뛰어넘는 조선정략론(朝鮮政略論)[****]을 주창한 후쿠자와 유키치[福澤諭吉]가 침략주의 이론가였음을 국내 처음으로 명증한 후쿠자와 유키치 우리말 평전《후쿠자와 유키치—'탈아론'을 외치다》를 펴낸 것도 큰 수확이다. 후쿠자와는 메이지유신[明治維新] 혼란기에《지지신보[時事新報]》를 창간하고 게이오기주쿠[慶應義塾]대학을 설립, 일본에서는 국민 교사로 추앙받고 있는 인물이다. 현재 일본 최고액 지폐 1만 엔짜리의 얼굴이기도 하다.

또 일본 민예운동 창시자이자 유명한 문장가인 야나기 무네요시[柳宗悅] 또한 제국주의 이데올로그였음을 밝혀낸 작업도 보람이 아닐 수 없다. 야나기는 최근까지도 특히 국내 고미술계에서 식민지 시대 조선의 독립을 도운 대표적 친한파 일본 지식인으로 존경받아 왔다. 그러나 야나기는 일본식 오리엔탈리즘으로 일제 무단 통치를 허울뿐인 문화 통치로 바꾸는 데 일조한 일제 식민지 통치 조력자와 다름없었다.

이밖에도 일제가 조선 황민화(일본화) 목적으로 1906년부터 일제 패망 때까지 임명한 통감·총독 10명의 폐정사(弊政史)를 한눈에 알 수 있게 정리한 작업도 자랑이라면 자랑이다. 이 책들을 쓰는 데는, 기

---

** 1884년 김옥균을 비롯한 조선 개화파 인사들을 지원한 갑신정변이 실패로 끝나자 후쿠자와 유키치는 일본이 아시아를 벗어나 구미 여러 문명국 대열에 끼어 조선을 지배해야 한다고 주장, 정변이 실패로 끝난 지 100일 만에 이를《지지신보》에 발표했다.

*** 1868년 혁명에 성공한 일본이 그들의 왕정복고(王政復古)를 조선에 통고하고 양국의 국교 회복을 청하는 사신을 보냈으나, 이에 응하지 않자 사이고 다카모리[西鄕隆盛] 등 집권자들이 조선을 치자고 한 주장.

**** 일본이 조선을 청나라에서 독립시켜 조선 내정 개선과 재정을 지원하고 일본인을 이주시켜 이권을 취해야 한다는 요지.

자 재직 중 일본 게이오대학교 대학원 객원 연구원으로서 메이지유신을 공부한 것이 큰 도움이 되었다(보다 자세한 내용은 이 책 제6부 《황국사관의 실체—일본 군국주의는 되살아나는가》 참조).

일제의 조선 침략에 관한 이러한 연구 결과들이 책으로 나올 때마다 국내 거의 모든 언론 매체가 서평으로 크게 다루었다(다른 졸저 《알수록 이상한 나라 일본》 254~333쪽). 그러나 〈조선통치 요의〉 원문을 찾아낸 과정과 문제의 인물들을 왜 비판대에 올렸는지 등에 관해서는 알릴 기회가 없었다. 나는 이런 숨은 이야기들을 묻어두기가 아까워 몇 해 전부터 월간 잡지 《책과인생》에 두서없이 기고하였는데 이 글들을 좀 더 알리고 싶은 마음에서 이번 단행본에 묶어 넣었다.

《역사 한 꺼풀 아래 이야기들》은 시대순으로 모두 7개 부로 나누었다.

제1부에는 우리 가족이 일본인이 될 뻔한 이야기, 일제의 식량 수탈 실상, 여순사건의 진실, 6·25 등 해방 후 혼란기 사회상을 담았고, 제2부는 짚세기에 얽힌 에피소드, 보릿고개, 운크라 도움, 삼십 리 도보 통학 등 가난에 허덕이던 초·중학교 시절을 주제로 했다. 제3부는 사범학교 입시제도와 13대1의 좁은 문을 뚫은 사연, 교단에서 겪은 5·16 쿠데타 등을, 제4부는 대학 시절과 군대 생활의 색다른 경험을 화제로 삼았으며, 제5부에서는 기자 시험, 떠도는 우스갯소리를 기자실에서 전파했다가 기관에 끌려가 허벌나게 맞은 일, 5·18 광주민주화운동, 새마을운동의 근원, 언론 통폐합 등을 다루었다. 제6부에는 일제 민낯을 까발린 책 여덟 권에 관한 비화를 공개하고, 제7부에는 팔영산, 설악산 등 명산 탐방을 소개했다.

이 책은 소제목에서 알 수 있듯이 한국 근현대 시대사(時代史)라 할수 있다. 특히 여순사건 때 경찰이 우리 마을 동촌에서 벌인 무자비한 탄압극은 글을 쓰는 동안에도 울컥 눈물이 솟아올라 혼났다. 또부마항쟁 때 부산에서 떠돈 '면도칼과 썩은 달걀'이란 우스갯소리를기자실에 옮겼다 해서 광주 대공분실로 끌려가 죽지 않을 만큼 얻어맞은 일도 좀처럼 잊히지 않는다. 그런 군부 독재의 공포시대가 다시올까 봐 두렵다.

나는 이 글을 쓰면서 생각이 자주 막혀 애를 태웠다. 그때마다 기도로 글문을 열었다. 지혜와 용기를 주신 하나님께 감사드린다.

책 이름을 짓고 고견을 주신 박강문 교수와 오류를 바로잡아주신임채호 교장께 감사한 말씀을 특기한다. 아울러 어쭙잖은 내용을 책으로 내주신 범우사 윤형두 회장과 편집진에게도 고마움을 표한다.이 책을 사랑하는 가족에게 팔순 기념으로 선물한다.

2023년 2월 정일성

# 차례

시작하며 • 4

## I 국망(國亡) 뒤의 혼란

할아버지의 모험 • 15

일제는 이렇게 식량을 빼앗았다 • 29

'못볼 것'을 보다 • 37

뒷간 분뇨통에 숨어 살아남고 • 53

## II 가난을 딛고

짚세기 • 63

보릿고개 • 69

운크라(UNKRA) • 74

삼십 리 통학 • 80

하굣길에 기절한 이야기 • 87

## III 사범학교 입학의 뿌듯함

시골뜨기, 13대 1의 문을 뚫다 • 95

교사의 길, 사도(師道) • 103

국민학교 교단에서 맞은 5·16 • 111

1년 7개월 동안 교사가 겪은 일 • 119

# IV 대학 생활과 군복무가 내게 남긴 것

아! '상아탑'이여 • 131

군대에서 만난 지옥 • 139

캠퍼스의 고무신과 막걸리 • 147

중학 입시 폐지로 과외선생 자리 잃고 • 156

# V 어릴 때의 꿈, 기자가 되다

'펜은 칼보다 강하다'는 말에 • 167

기자가 되었으나 • 176

새마을운동의 근원 • 186

면도칼과 썩은 달걀—10·26 전야의 비화 • 202

5·18과 나 • 222

언론 통폐합 • 258

위안부·강제 노동 피해자 배상 거부 왜? • 267

# VI 일제 '민낯' 까발린 책 여덟 권 쓰다

제1권 황국사관의 실체—일본 군국주의는 되살아나는가 • 289

제2권 후쿠자와 유키치—탈아론을 어떻게 펼쳤는가 • 297

제3권 이토 히로부미—알려지지 않은 이야기들 • 303

제4권 일본 군국주의의 괴벨스—도쿠토미 소호 • 310

제5권 야나기 무네요시의 두 얼굴 • 318

제6권 인물로 본 일제 조선지배 40년 • 325

제7권 일본을 제국주의로 몰고 간 후쿠자와 유키치—'탈아론'을 외치다 • 332

제8권 알수록 이상한 나라 일본 • 338

# VII 명산 탐방으로 건강을 다지고

고흥 팔영산을 눈에 넣고 • 347

설악산에서 밤에 헤매다 저승 갈 뻔 • 351

해남 두륜산 정취에 홀려…… • 360


참고 문헌 • 373

# I
# 국망 뒤의 혼란

할아버지의 모험

일제는 이렇게 식량을 빼앗았다

'못볼 것'을 보다

뒷간 분뇨통에 숨어 살아남고

**일러두기**

1. 초등학교는 교명이 '초등학교'로 바뀐 1996년 이전은 '국민학교'로 적었다.
2. 일본 인명·지명·잡지 이름 등의 고유명사는 일본어 발음대로 쓰되 도쿠가와 막부, 문예춘추 등 익숙해진 말은 우리말로 표기했다.
3. 일본 왕은 연구 논문 등을 인용할 때 '텐노〔天皇〕' 또는 '천황'으로 표기하고 그밖에는 왕으로 썼다.
4. 일본어 한자는 〔 〕 안에 적었다.

# 할아버지의 모험

무슨 운명일까. 나는 일본 기후〔岐阜〕현 '아이오이〔相生〕'라는 산골 마을에서 해방을 맞이했다. 세는나이 네 살 때이다. 할아버지와 할머니를 따라 어머니, 여동생 등 다섯이 함께 살고 있었다. 아버지는 히로시마〔広島〕와 만주를 오가는 일본군 군수물자 수송선 기관사로 징용되었는데, 마침 만주에서 돌아오는 배에 있었기 때문에 히로시마 원폭 피해를 면했다.

## 일본 산골에서 해방을 맞다

아이오이는 에도〔江戸〕시대 무토〔武藤〕라는 무사 집안이 대대로 메이지유신〔明治維新〕* 전까지 지배해온 사무라이 전통마을이다. 지금은 기후현 구조〔郡上〕시에 속해 있다. 1920년대만 해도 사람의 발길이 잘 닿지 않는, 말 그대로 외따로 떨어진 궁벽한 마을이었다. 좀 부풀리자면 우리나라 산간보다 더 후미진 두메산골이다.

---

* 1868년 일본 하급 무사들이 주축이 되어 도쿠가와 막부를 무너뜨리고 서구식 근대화를 추진한 개혁.

아버지 정병우(丁炳佑)와 어머니 송양엽(宋良葉).

마을 전체를 통틀어 논이라야 몇 뙈기 안 되는 천수답이 고작이고, 오로지 하늘과 맞닿은 산이 주민의 젖줄이었다. 마을 사람들은 산에 빽빽이 들어찬 참나무로 숯을 구워 시장에 내다 팔거나 산나물을 뜯어 생계를 꾸렸다.

당시 우리집은 마당에 연못이 있을 만큼 꽤 넓고 컸다. 마루에 앉아서 낚시로 물고기를 낚던 기억이 아직도 머릿속에 남아 있다. 할아버지가 숯가마에서 구워다 주신 참나무하늘소 번데기의 구수한 맛도 잊을 수가 없다.

나는 할아버지(정용수丁龍秀, 1887~1959)의 일본 생활이 궁금해 1986년 7월 말경 아이오이를 방문했다. 우리 가족이 그곳을 떠난 지 꼭 40년 만이다. 게이오(慶應)대학에서 객원 연구원으로 연수하던 중 여름 방학 틈을 냈다. 어릴 적 친구들이 환영회를 열어줘 술잔을 기울이며 저녁 한때 훈훈한 시간을 보냈다.

그때 모인 사람은 모두 여섯 명이다. 나이로는 두세 살 위아래의 또래들이다. 워낙 어려서 헤어진 데다 세월이 많이 흘러 처음 만났을 때는 서먹서먹했으나 금세 친숙해졌다. 그들은 내가 도쿄(東京) 게이오대학 대학원에서 공부하고 있다고 하자 그곳은 아무나 들어갈 수 있는 곳이 아니라며 응원의 박수를 보냈다. 내가 시험을 쳐서 합격한 게 아닌데도 싫지는 않았다. 주민들의 삶도 인심 좋고 소

박한 시골풍이다. 게
다가 근래에 들어서
는 이 지역 일대가 일
본의 겨울 휴양지로
발돋움하면서 마을이
덩달아 유명해졌다고
한다.

1986년 8월, 구조시 아이오이 마을에서 어릴 적 친구들과 한때.

　할아버지가 이 두메
와 인연을 맺은 것은 1928년 무렵이다.[*]

　할아버지는 이곳에 터를 잡고 집을 지은 다음 고국에서 아내(나의 할
머니)와 두 딸(고모)을 불러들였다. 아들(나의 아버지)은 이에 앞서 세는
나이 일곱 살 되던 해(1921년) 일본으로 불러 히로시마 구레(吳)항에 있
던 청소년 학교에 입학시켰다.

　그 뒤 큰고모는 조선 동포에게 시집을 가고, 대신 나와 어머니(송양
엽宋良葉, 1924~2015)가 1942년 말에 합류했다. 나는 1942년 8월 7일(음
력 6월 26일) 전남 고흥군 두원면 운대리에서 5남매 중 맏아들로 태어
났다. 호적에는 1943년 1월 3일로 잘못 실렸다. 나는 태어나자마자
바로 그해 어머니가 아이오이로 데려가 가족의 귀염둥이가 되었다.

　할아버지는 이 마을 촌장 무토 기에의 도움으로 숯을 구워 적지 않

---

[*] 최근 일본 학자들의 연구 결과 국세가 기울어가던 구한말, 가난에 시달리던 서민들이 떼를
지어 일본으로 건너가 노역으로 생계를 부지했음이 밝혀졌다. 우리 가족도 그런 사례의 하
나이다. 이 글은 일제의 한국 병탄 전후 재일 조선인 노동자 실상을 연구하는 데 다소나마
도움이 되고자 당시 우리 가족이 겪었던 일을 사실 그대로 적은 것이다.

은 돈을 벌었다. 촌장은 할아버지가 집을 마련하는 데도 도와줬다고 한다. 그때 같이 살다가 일본 패망 직전 재일(在日) 동포와 결혼하여 일본에 눌러앉은 작은고모(정화자丁花子, 1927~2020)가 들려준 이야기다.

1986년 8월, 일본 기후현 구조시 아이오이 마을에서 무토 기에(武藤きえ) 후손들과.

## 할아버지, 열여덟 살에 현해탄을 건너다

그럼 할아버지는 언제 어떻게 일본으로 가게 되었을까. 할아버지의 발자취를 추적해보았다.

할아버지는 1887년(정해년) 8월 20일(음력) 고흥군 두원면 운대리 1023에서 정영근(丁永根)과 수원 백(白)씨 사이 둘째로 태어나셨다.

모두가 알고 있듯이 나라가 기울어가던 구한말 우리 농촌은 이루 말로 다 형언할 수 없을 정도로 피폐했다. 우리 선대 또한 입에 풀칠하기조차 어려우리만큼 가난에 쪼들렸던 모양이다. 할아버지는 집안이 몹시 빈한하여 남의 집 머슴으로 얹혀살 수밖에 없었다. 게다가 너무 일찍 결혼하여 신접살림이 말이 아니었다.

작은고모 얘기로는, 할아버지는 먹을 것이 부족한 데다 인간이 사람으로 대접받지 못해 일본에 가서 돈을 벌어볼 요량으로 열여덟 살(세는나이) 때 혼자 일본 규슈로 건너가 야하타무라(八幡村, 현 기타규슈시

北九州市 야하타동구八幡東區]에 있던 일본 국영 제철소(지금의 신일철주금新日鐵住金) 노동자로 들어갔다. 서력(西曆)으로 환산해보면 러일전쟁이 시작된 1904년 무렵이다.

이 제철소는 독일인의 기술로 지은 것으로, 1897년 공사가 시작되어 1901년 11월 18일 완공됐다. 제철 공정 설계도 독일 구테호프눙스휘테(Gutehoffnungshütte, GHH) 회사가 맡았다. 건설비는 일본이 청일전쟁

1974년 봄, 처음 매입한 광주광역시 동구 산수동 집에서 작은고모님과.

(1894~95년)에 이겨 청나라로부터 받은 배상금으로 충당했다. 이 제철소는 맨 처음 코크스(cokes)가 아닌 석탄을 용광로 환원제로 사용하여 철을 만들어 냈다.

이곳에 제철소가 들어서게 된 것은 군사 전략 요충지인 데다 2.6km 떨어진 지쿠호[筑豊]탄광에서 원료를 쉽게 구할 수 있었기 때문이다. 후쿠오카[福岡]현 산하 6개 시, 4개 군 787km$^2$에 걸쳐 있는 이 탄전은 일본에서 제일가는 석탄광으로 일본 국내 석탄 생산량의 절반을 차지한다. 제철소는 이곳에서 철도와 수로를 이용하여 원료를 대량 반입했다.[*]

할아버지가 당시로선 교통편이 없는 고흥(高興)에서 어떤 경로를 통해 구인 정보를 얻어 현해탄을 건넜는지는 가족 누구에게도 말해

---

[*] 《日本製鐵九州製鐵所》https://ja.wikipedia.org/wiki.

주시지 않아 정확히는 알 수 없다. 다만 2015년 이와나미서점〔岩波書店〕에서 미즈노 나오키〔水野直樹, 1950~〕와 문경수〔文京洙, 1950~〕가 공동으로 펴낸《재일조선인 역사와 현재〔在日朝鮮人歷史と現在〕》에서 할아버지의 도일(渡日) 실마리를 찾을 수 있다. 이 책은 조선인 노동자들이 일본으로 건너가게 된 배경을 자세히 설명하고 있다.

이에 따르면 실제로 일본은 청일전쟁 후 전국 곳곳에 개발 붐이 일어 노동력이 크게 모자라게 되었고, 부족한 일손을 조선에서 구했다. 특히 규슈 지역 탄광은 19세기 말부터 조선에서 노동자를 모아들였다. 구체적인 예를 들면 사가〔佐賀〕현 니시마쓰우라〔西松浦, 지금의 이마리시伊万里市〕의 조자〔長者〕탄광은 1897년 조선인 노동자 230명가량을 들여다 부렸다. 이는 탄광 경영자가 조선으로부터 노동자를 집단으로 모집해 들여간 최초의 일이기도 하다.[*]

## 규슈 지역 탄광, 청일전쟁 이후 조선인 노동자 집단 모집

규슈 탄광업자들은 처음 품삯이 조선인보다 헐한 중국인 노동자를 들여오려 했다. 하지만 1899년에 공포된 칙령 제352호로 어렵게 되자 조선인 노동자를 찾게 되었다. 칙령 제352호는 중국인 노동자가 무더기로 일본에 들어올 것이 우려돼 농림업·어업·광업·토목 건축·제조·운반 기타 잡업에 종사하는 단순노동자는 반드시 행정관청의 허가를 받도록 하는, 사실상 중국인 입국 제한조치였다.

반면 조선인은 메이지 시대에 조약 또는 관행에 따라 이주의 자유를 갖는 외국인으로 인정되어 일본으로의 입국이 자유로웠다. 다

---

[*] 水野直樹·文京洙,《在日朝鮮人 歷史と現在》3쪽.

시 말하면 조선인 노동자는 칙령 제352호 발령에도 구애받지 않았다. 이는 최근 일본 학자들이 밝혀낸 새로운 사실이다. 몇 해 전까지만 해도 일본 학계에서는 조선인 노동자도 중국인처럼 1910년 합방 전까지 칙령 제352호에 따라 일본 입국이 허용되지 않았다는 주장이 정설로 되어 있었다. 이를 뒤집은 것이다.

당시 조선인들의 일본 입국 실태는 인터넷 프리백과사전 《위키피디아》와 1920년에 발간된 《대일본제국통계연감(大日本帝國統計年鑑)》이 잘 보여주고 있다. 이 자료에 따르면, 당시 일본 내무성에 등록된 재일 조선인 수는 1899년 말 188명이던 것이 을사늑약이 이뤄진 1905년에는 303명으로 늘어났고, 국권을 빼앗긴 1910년에는 2,600명으로 크게 불어났다. 1910년 이전 재일조선인은 정치적 망명자나 유학생이 많았으나 합방 이후는 노동자가 대다수를 차지했다.[**]

게다가 그 당시 일본 세간에는 조선인은 인내심이 강하고 일도 잘한다는 평이 나돌았다. 그래서인지 일본 탄광업자들은 조선인 노동자를 적극적으로 끌어들였다. 그러나 조선인 노동자들은 탄광에 일하러 온 지 2년도 채 안 돼 많은 수가 탄광을 떠나갔다. 약속한 품삯을 제때에 주지 않은 데다 현금이 아니라 '탄광표'라는 증표로 지급한 탓이다. 노동자들의 외출을 제한하여 일을 시키는 '나야제도(納屋制度)'도 또 한 가지 탈출 원인이었다. 조선인 노동자를 많이 고용한 지쿠호 탄광도 사정은 마찬가지여서 일꾼들이 얼마 지나지 않아 모두 빠져나갔다.

그런데 탄광에서 나온 조선인 노동자들은 거의 고국으로 돌아가지

---

[**] 《在日韓國 朝鮮人の歷史》 https://ja.wikipedia.org/wiki.

않고 일본 내 철도 건설 현장이나 수력발전소 공사장으로 옮겨갔다고 《재일조선인 역사와 현재》는 밝히고 있다.* 이 공사장들에도 많은 외국인 노동자가 필요했다.

《재일조선인 역사와 현재》는 1899년에 공사가 시작된 가고시마센〔鹿兒島線〕철도(지금의 히사쓰센肥薩線) 건설을 그 좋은 예로 들고 있다. 구마모토〔熊本〕와 가고시마를 잇는 이 철도는 두 지역 경계 부근에서 급커브가 많아 루프식(선형) 선로를 놓아야 하는 난공사였다.

공사를 맡은 토목업자는 1907년 조선에서 노동자를 모아왔다. 숫자는 구마모토와 가고시마 측을 합해 500여 명에 이르렀다. 토목업자는 이에 앞서 중국 다롄〔大連〕에서 중국인 노동자 250여 명을 입국시켰다가 경찰의 퇴거 명령에 따라 곧바로 돌려보내야 했다.

1908년부터 시작된, 교토에서 산인〔山陰〕지방을 거쳐 시모노세키〔下關〕 사이를 잇는 산인본선〔山陰本線〕 철도 공사장에서도 조선인 노동자가 목격되었다. 교토부 단바〔丹波〕지방과 효고〔兵庫〕현 해안 등 공사장에서는 사고로 사망하는 조선인 노동자까지 생겼다.

1910년 전후 교토 남부 우지가와〔宇治川〕수력발전소와 야마나시〔山梨〕현 야나가와무라〔梁川村〕발전소(도쿄전등주식회사) 공사장에서도 각각 100여 명의 조선인 노동자가 일했다. 우지가와발전소 공사는 터널 수로를 뚫어 비와코〔琵琶湖〕에서 물을 끌어들이는 대규모 토목공사로 일본인 노동자만으로는 부족했다.

이에 하청업자는 조선에서 노동자를 모집하고 통감부의 허가를 받아 일본에 데려왔다. 이 가운데는 규슈의 철도 공사장에서 옮겨온 사

---

* 水野直樹·文京洙, 앞의 책, 5쪽.

람도 있었다. 또 우지가와발전소 공사가 끝난 뒤 오사카〔大阪〕부 나라〔奈良〕현 경계의 이코마〔生駒〕터널 공사장으로 옮겨간 조선인 노동자도 확인됐다. 이 시기부터 일본에서 토목공사 현장을 옮겨 다니며 일하는 조선인 노동자가 부쩍 늘어났다.**

## 제철소 잡역부에서 철도 건설 노동자로

이처럼 규모가 큰 토목공사에 조선인 노동자가 집단으로 일하게 된 것은 일본의 조선 침략과 관계가 깊었음은 말할 필요도 없다. 일본은 러일전쟁(1904~05년) 때부터 조선 보호국 시기(1905~1910)에 한반도에서 군사 시설과 경부선, 경의선 철도 공사를 벌였다. 이들 공사는 대부분 가시마구미〔鹿島組〕, 오쿠라구미〔大倉組〕, 오바야시구미〔大林組〕 등 토목건설회사가 맡고 이를 다시 하청업자(혹은 그 아래 재하청업자)에게 주어 조선인 노동자를 끌어모아 공사를 해나갔다.

일본 내지(본토) 철도 공사도 이들 토목건설회사가 맡았다. 따라서 내지 공사에서 일본인 노동자를 구하지 못하면 조선에서 노동자를 한꺼번에 많이 데려오곤 했다. 그러나 품삯은 일본인의 50~60%에 불과해 수탈이나 다름없었다. 하청업자들은 노동자 모집인을 파견하여 조선 남부 지방을 돌며 일꾼을 모집했다. 하청업자들은 조선인 노동자를 뽑으면 10명에서 20명 단위로 조를 편성하고 조장을 두어 관리하도록 했다. 또 노동자를 위해 공사 현장에

합숙소를 만들고 식사를 마련하는 여성 조리사를 두기도 했다.***

**　水野直樹·文京洙, 앞의 책, 5~8쪽.

***　水野直樹·文京洙, 앞의 책, 7쪽.

지금까지 설명한 《재일조선인 역사와 현재》 연구서와 작은고모의 회고를 종합해보면, 할아버지는 당시 규슈 탄광회사의 노동자 모집인을 따라 일단 지쿠호 탄광에 들어갔다가 제철소에서 석탄 하역 작업을 한 뒤 품삯이 제때에 나오지 않자 탄광을 나와 여러 철도 부설 현장을 옮겨 다니며 일하신 것으로 여겨진다. 이어진 고모의 증언은 한 편의 드라마다.

할아버지는 아이오이로 가기 전 기후〔岐阜〕시 부근의 나가라가와 에쓰미남선〔長良川越美南線〕철도 건설 현장에서 잡역부로 일했다. 나가라가와 강에서 자갈을 모아 옮기는 일이었다. 숙식은 이른바 한바〔飯場〕라는 숙소에서 해결했다.

공사 현장은 일이 고된 만큼 숙소에서는 도박과 음주가 심했다. 할아버지는 노름은 말할 나위 없고 술도 마시지 않았다. 품삯은 얼마 되지 않았으나 허튼 데 쓰지 않고 차곡차곡 모았다. 할아버지는 가끔 노름 밑천이 떨어진 동료들의 성화에 못 이겨 모은 돈을 빌려주기도 했다. 그러나 떼이기 일쑤였다. 할아버지는 무엇보다 도박판이 싫었다. 그래서 혹시 다른 농사일은 없을까 하고 1928년 봄 어느 날 숙소를 나와 무작정 기후현 미노오타〔美濃太田〕역에서 구조로 가는 기차를 탔다.

때마침 미노오타에서 후쿠이〔福井〕시까지 연결 예정인 나가라가와 에쓰미남선의 후카도〔深戸驛〕역이 그해 5월 문을 열었다. 그 이듬해에 개통된 아이오이역은 후카도 바로 다음 역으로, 그때 한창 공사 중이어서 후카도가 종점이었던 셈이다. 할아버지는 후카도 역에서 내려 역전 식당 아주머니에게 어려운 사정을 털어놓으며 혹시 일할 곳이 없느냐고 물었다. 그러자 그는 아이오이 촌장한테 가서 부탁하면 도움이 될지 모르겠다고 가르쳐줬다.

할아버지는 그 길로 아이오이 촌장을 찾아가 딱한 사정을 얘기했다. 그가 바로 앞서 소개한 무토 기에다. 사연을 듣던 촌장은 마침 잘 됐다며 자기 집에 와서 일해달라고 오히려 부탁했다. 촌장은 일꾼을 부려 농사를 지어왔는데 장정들이 모두 군대에 가고 청각장애인 한 사람밖에 남지 않아 어려움을 겪고 있던 참이었다.

## 숯을 구워 성공하다

촌장은 며칠 일을 시켜보더니 할아버지가 성실하고 인내심이 좋아 마음에 든 눈치였다. 할아버지는 성격이 모나지 않아 어디서든 호인(好人)이란 말을 들었다. 자연히 할아버지를 친자식처럼 대하며 숯 굽는 법을 가르쳐주었다. 이미 설명한 대로 그곳은 참나무가 울창했다.

할아버지는 숯 굽는 법을 열심히 배웠다. 할아버지가 만든 숯은 질이 좋았다. 굽기가 바쁘게 하야시(林)라는 숯 도매상이 전부 사주어 많은 돈을 만지게 되었다. 촌장은 그것으로 그치지 않았다. 집을 짓도록 도와주며 가족을 일본으로 데려오라 부추겼다. 이에 용기를 얻은 할아버지는 생활이 안정되자 가족을 모두 불러들인 것이다.

일본으로 오라는 편지를 받은 할머니(송우순宋又順, 1893~1968)는 큰고모가 여섯 살, 작은고모가 다섯 살 때(1931년) 할아버지 주소만 달랑 들고 어린 두 딸과 함께 일본 시모노세키항에 내렸다. 할아버지가 지내는 마을로 가려면 우선 기차로 갈아타야 했다. 그러나 난생 처음 와본 곳이라 좀처럼 기차역을 찾을 수가 없었다. 세 모녀는 부두에서 갈 길을 찾지 못하고 서성거렸다.

그때 한 신사가 다가와 어디로 가느냐고 물었다. 할머니는 일본

말이 서툴렀다. 신사의 말을 겨우 알아차린 할머니는 말은 하지 못하고 갖고 있던 편지 봉투를 꺼내어 목적지 주소를 보여줬다. 편지를 본 신사는 자기도 기후까지 간다며 따라오라고 했다. 그는 기후 역에 내려서도 모녀들이 갈팡질팡하자 안 되겠다 싶었던지 직접 아이오이 역까지 데려다주었다고 한다.

신사의 길 안내는 민예운동가이자 문장가로 조선 통치의 이데올로 그렸던 야나기 무네요시의 '조선인 교화'에 대한 언설(言說)을 떠오르게 한다. 야나기는 1919년 3·1운동 때 〈조선인을 생각하다〔朝鮮人を想ふ〕〉라는 글을 통해 "조선 통치는 조선인과 정으로 사귈 때 모든 어려움이 사라지게 된다"며 일본인들에게 조선인을 차별하지 말라고 호소했다.* 신사는 야나기의 글을 읽은 것일까. 아니면 원래 성품이 그랬을까. 어쨌거나 신사의 친절은 보통 사람으로는 도를 넘는 선행이었다. 할머니로선 고맙기 그지없었다.

할머니는 살아계신 동안 틈이 날 때마다 "그때 정말 마음이 얼마나 조였는지 모른다. 생명이 한 10년쯤 줄어든 느낌이었다. 무엇보다 혹시 나쁜 녀석들이 우리를 데려다가 사창굴 같은 험한 곳으로 팔아 넘겨버릴지 몰라 무서웠다"고 그때를 돌이키며 진저리를 쳤다.

할머니는 아이오이에 와서 보니 말이 제대로 통하지 않은 데다 농사일도 서툴러, 조선인이 많이 살고 기후에서 가까운 나고야〔名古屋〕로 가서 딸들과 함께 2년가량 지냈다. 할머니는 그곳에서 염색한 실을 감는 일을 했다. 일을 부린 사람은 늘 다 짠 베 조각을 갖다 줘 할머니는 두 딸 옷을 만들어 입혔다. 셋은 2년 후 아이오이로 돌아왔다.

---

* 정일성, 《야나기 무네요시의 두 얼굴》 53쪽.

작은고모는 할아버지에게 "왜 이런 촌구석에 들어왔느냐"며 불평했다고 한다. 작은고모는 일본 어린이들보다 2년 늦은 여덟 살쯤 아이오이소학교(相生小學校)에 입학하여 졸업했다.

한편 아버지(정병우丁炳佑, 1915~1975)는 히로시마 구레항 청소년 학교에서 선박기관사 자격을 딴 뒤 일본군 수송선 기관사로 징용되어 일본 패망 직전까지 히로시마에서 만주를 왕래했다.

할아버지는 일본에 사는 동안 적어도 세 번 이상 고국을 오간 것으로 짐작된다. 할아버지와 할머니가 각각 떨어져 살면서도 세 남매가 태어난 사실이 이를 잘 설명해준다. 게다가 1905년 8월부터 기후에서 시모노세키까지 철도가 개통되고,[**] 이어 9월부터는 부산과 시모노세키 사이에 연락선이 취항하여 고향을 오가는 교통도 수월해졌다.[***]

## 벼농사 개척자로 추앙받아

할아버지가 일손이 부족한 아이오이를 찾은 것은 결과적으로 지혜로운 선택이었다. 그중에서도 마음씨 고운 촌장을 만난 것은 큰 행운이라 할 수 있다. 할아버지는 산간 마을에서 숯을 구우면서 농부의 뜻을 펼쳤다.

할아버지가 이곳에 처음 발을 들여놓을 때만 해도 골짜기마다 노는 땅이 많았다. 경작지도 거의 밭이었다. 할아버지는 이를 모두 논으로 개간했다. 그리고 볍씨를 구해다 마을 사람들에게 벼농사 짓는 법을 가르쳐줬다. 논물은 우물을 파서 물꼬를 트고, 마을 뒷산이 높

---

[**] 《日本國有鐵道史年表》 32쪽.

[***] フリ-百科事典,《ウィキペディア(Wikipedia)》關釜連絡船.

아 샘을 파기만 하면 물이 솟았다. 촌장의 밭도 물을 댈 수 있는 곳은 대부분 논으로 바꿔놓았다.

할아버지는 마을에서 만키치상(만길万吉 씨)으로 통했다. 촌장이 직접 지어줬다고 한다. 성씨도 '오하라(大原)'라 지었다. 1986년 내가 아이오이에 들렀을 때 촌장의 후손인 무토 게이지(武藤耕二)는 "만키치상 덕분에 우리 마을에 비로소 쌀농사가 들어오게 되었다"고 할아버지를 치켜세웠다. 그는 마을에서 큰 규모로 젖소를 키우고 있었다. 구조시 시의원이기도 했다.

나는 그의 집에서 이틀 밤을 묵었다. 그는 할아버지의 아이오이 생활에 관한 이야기를 자세히 들려줬다. 그의 말마따나 할아버지는 이 마을 벼농사의 개척자이자 농사 선각자였던 셈이다.

할아버지는 더는 바랄 게 없게 되었다. 먹고 사는 문제는 말할 것도 없고 돈도 걱정하지 않아도 될 만큼 모았다. 일본에 와 노력한 지 30여 년 만이다.

그러나 숯가마에서 일하다 숯가루 먼지로 진폐증에 걸렸다. 엎친 데 덮친 격으로 어느 날 참나무를 베다가 대나무 등걸에 발바닥을 찔려 상처가 덧났다. 며칠 치료를 하면 나을 줄 알았는데 점점 상처가 심해졌다.

# 일제는 이렇게 식량을 빼앗았다

　할아버지의 병환이 깊어지는 가운데 1945년 8월 15일 일본 패망으로 조국광복이 찾아왔다. 조선인이라면 당연히 기뻐해야 할 경사가 우리 가족으로선 오히려 심각한 문제로 다가왔다. 고국으로 돌아가려면 모든 걸 버려야 하기 때문이다. 귀국이냐 정착이냐를 놓고 가족 의견이 분분했던 모양이다.

　할아버지는 "난 죽어도 고국에 돌아가 죽겠다"며 귀국을 고집했다. 심한 진폐증 기침이 결정적 이유였다. 발바닥 상처도 좀처럼 낫지 않아 심적 고통을 더했다. 그때 할아버지 춘추 쉰아홉이었으니 마음이 약해질 만도 했다.

　일본에 남기를 바랐던 아버지로선 아쉬운 점이 없지 않았다. 이미 기관사 자격증을 따둔 데다 나이도 서른 살에 불과했다. 무엇보다 각고 끝에 따낸 기관사 자격증을 버리기가 아까웠다. 가나가와(神奈川)현 요코스카(横須賀)에 신접살림을 꾸린 작은고모 부부도 달려와 귀국을 말렸다.

　그러나 가장의 결정을 어찌 반대할 수 있겠는가. 더군다나 할아버지는 병환 중이 아닌가. 우리 가족이 귀국한다는 소식은 곧 온 마을에 퍼졌다. 듣는 사람마다 조선으로 돌아가면 또 고생할 텐데 아이오이에서 참고 살자며 귀국을 말렸다. 무토 촌장은 시간 여유를 두고 천천히 결정하라고 권하기도 했다.

우리 가족은 주변의 권유대로 시간을 두고 생각하며 가산을 하나하나 정리했다. 그리고 마침내 1946년 12월 귀국행을 결정했다. 일가족 여덟 명(작은고모 부부 포함)은 아이오이역에서 기차를 타고 시모노세키로 향했다. 마을 사람들과는 역에서 작별 인사를 나누었다. 그들은 "세상이 좋아지면 다시 만나자. 그날까지 건강하게 지내시라"고 격려의 말을 하며 눈시울을 적셨다.

우리는 그해 12월 말쯤 시모노세키항에 도착, 부산행 연락선에 몸을 실었다. 그곳까지 따라온 작은고모 부부는 요코스카로 가려고 도쿄행 기차를 타고. 우리가 귀국한 날짜를 정확히 알고 있는 사람은 없다.

나는 그날을 이렇게 기억하고 있다.

'하늘과 맞닿은 푸른 바다가 끝없이 펼쳐져 있고, 유리창 밖으로 하얀 파도가 잇달아 솟았다가 사라지곤 한다. 바다를 떠가는 배는 마치 열차와 같다. 그리고 이내 사람들이 웅성거리며, 뭔가 알아들을 수 없는 마이크 소리가 귀청을 때렸다.'

커서 알고 보니 현해탄을 건너 부산항에 도착한 모습이다. 왜 이 장면이 아직도 뇌리에 남았을까. 나의 어린 시절을 들려준 작은고모는 2020년 3월 23일 세상을 떠났다. 우리에게 많은 도움을 주시고. 그 은혜를 어찌 잊을 수 있겠는가.

일본에서 돌아온 우리 가족은 전남 고흥군 두원면 용반리 동촌마을에 새로운 둥지를 틀었다. 이곳은 할머니 고향이자 어머니 친정이

기도 하다. 나로 말하면 진외가 겸 외가인 셈이다. 할아버지가 태어나신 운대리 상대(上垈)에서는 2km가량 떨어졌고, 두원면 사무소와 고흥읍이 각각 4km 거리이다.

고흥군 두원면 용반리 동촌 마을 앞 간척지 전경,

이 마을은 본디 여산(礪山) 송씨가 모여 사는 자작일촌(自作一村)이었다. 기록에 따르면 송유(宋瑜)라는 분이 1606년 맨 처음 식솔을 데리고 들어와 살기 시작하면서 집성촌을 이루었다 한다. 그 뒤 1840년 무렵 곡부(曲阜) 공(孔)씨가 이주하고, 1865년경엔 진원(珍原) 박(朴)씨가, 1888년부터 고흥(高興) 류(柳)씨, 인동(仁同) 장(張)씨, 고령(高靈) 신(申)씨 가족이 차례로 모여들면서 꽤 큰 마을로 발전했다. 1960년대 최성기에는 주민 수가 80여 호 500여 명에 이르렀다. 그러나 지금(2022년)은 이곳 역시 산업화에 따른 인구의 도시 집중화로 상주인구가 34호 60여 명에 불과하고, 그나마 노인들이 대부분이다.[*]

개촌(開村) 당시 마을 사람들은 동네 이름을 용머리라 불렀다. 마을 생김새가 용의 머리를 닮았다 해서 붙여진 이름이라 한다. 한자로는 용두(龍頭)로 적었다. 하지만 이런 순수 우리말의 고유 땅이름도 금수강산을 강점한 일제가 1914년 행정구역을 마음대로 고치면

---

[*] 《두원면지(面誌)》 865~867쪽.

서 사라졌다. 합방 전까지 솔너메(지등), 망골(반산), 쇠재(금성), 용머리(용두)로 불리던 4개 자연 마을을 하나로 묶어 '용반리(龍盤里)'라 이름하고, 용머리를 동촌(東村)으로 바꿔버린 것이다. 용반리의 가장 동쪽에 있는 마을이라 하여 그렇게 지었다고 전해지고 있다.

동촌은 1920년대 말까지만 해도 바닷물이 마을 앞까지 차오르는 갯마을이었다. 왕래가 불편하기 그지없었다. 찻길에서 마을로 가려면 하루에 두 차례 바닷물이 멀리 내려가는 썰물 때 이웃 금성(金城)마을 쪽으로 돌아다녀야만 했다.

그런 외딴곳이 1930년대 들어 대변혁을 만났다. 마을 뒤 구사산(높이 133m, 마을에서는 구절산이라 부름)에서 이웃 과역면 노일리 수문등 사이에 바닷물을 막는 노일방조제가 생기면서 지도가 확 바뀐 것이다. 사람들은 이를 천지개벽이라 입을 모았다.

구절산과 수문등 사이는 그렇지 않아도 원래 수심이 얕아 썰물이 되면 갯벌이 드러나고 중간에 조그만 섬이 있어서 둑쌓기에 안성맞춤이었다고 한다. 제방 길이는 총 778m로, 갯벌 너비 평균 3.6m에 2.7m 높이(평균)로 쌓아 올렸다.[*]

노일방조제는 1931년 12월 20일 준공됐다. 일본의 중본(中本)농장(대표 중본상지진中本慯之進)이 조선총독부로부터 간척 허가를 받아 1927년 3월 20일 물막이를 시작한 지 4년 9개월 만에 마무리한 것이다.[**]

제방에 들어간 돌과 흙은 모두 구절산에서 퍼다 날랐다. 소달구지와 마차가 동원되고, 일꾼들이 바지게에 짊어지고 나르기도 했다고

---

[*]  한국농어촌공사 고흥지사.
[**] 《조선총독부 관보》(gb.nl.go.kr) 1926. 3. 20.

전해진다. 구절산
에는 돌산을 폭파
하여 석재를 옮긴
흔적이 아직도 그
대로 남아 있다.

일제는 둑을 쌓
기 전 '이곳은 풍수
지리상 독립운동

고흥군 두원면 용반리와 과역면 노일리 사이 바다를 막은 노일방조제.

을 일으킬 큰 인물이 나올 형상이어서 이를 미리 막기 위해 둑을 쌓게
된 것'이라는 헛소문을 퍼뜨려 쌀 수탈 음모를 속였다고 한다. 장종태
(張鍾泰, 91세) 씨의 증언이다.

어쨌든 이 방조제 탄생으로 엄청난 넓이의 짙푸른 바다가 논밭으
로 탈바꿈했다. 그 면적도 두원면과 점암면, 과역면에 걸쳐 자그마치
44.12km²나 된다. 이는 과역면(42.28km²)보다 1.84km²가 더 넓다. 부
연하면 하나의 면이 새로 생겨난 모양새다. 간척지 가운데 쌀농사를
지을 수 있는 논도 2.24km²에 달한다.

그러나 안타깝게도 이는 우리의 부끄러운 역사이기도 하다. 바꿔
말하면 이곳은 일제 식량 수탈의 본보기였다. 일제는 이곳에서 지은
쌀을 모두 본국으로 가져갔다. 중본농장이 이 간척지에서 반출한 쌀
의 양이 얼마나 되는지는 기록이 없어 정확히는 알 수 없다. 다만 통
계상 쌀 평균생산량이 10a(300평)당 539kg으로 나와 있으므로 이를 근
거로 추산해보면 이곳에서 생산된 쌀은 연간 1,207,360kg가량 된다.
이를 다시 80kg들이로 환산하면 15,092가마에 해당한다. 여러 비용
을 빼고 이 가운데 절반만 일본으로 가져갔다고 쳐도 매년 7만 가마

1999년 봄, 고흥군 두원면 용반리 동촌 집에서 고모 사촌들과
(왼쪽에서 네 번째 큰고모, 어머니, 여섯 번째 작은고모).

2000년 봄, 동촌 집 앞마당에서 어머니(가운데), 아내 조영숙과 함께.

가량이 빠져나간 꼴이다. 중본농장은 이곳에서 일제 패망 때까지 15년여 동안 논을 경작했다. 이를 계산해 넣으면 대략적이나마 수탈량을 짐작할 수 있을 것이다.

또 한 가지 동촌은 우리 고유의 옛 땅이름을 그대로 간직하고 있는 점도 흥미롭다. 이곳 사람들은 으레 마을을 무덤등·골돔·너멋등·초봉골·새팔창 등 다섯 지역으로 구분한다. 무덤등은 옛날 무덤이 많은 곳으로 마을의 골격을 이루고 있다. 골돔은 골이 파인 골목이고, 초봉골의 '초봉'은 초분(草墳)의 사투리로 사람이 죽으면 바로 땅에 묻지 않고 살이 다 썩은 다음 매장하기 위해 송장을 풀이나 짚으로 3~10년 덮어두는 지역이며, 새팔창은 옛날 바닷물이 들어왔던 곳을 지칭한다. 이 밖에도 개멧등·부치샘골·감들이(가문더리)·거머실 등 이름도 향수를 느끼게 한다. 이곳 출향인들은 이름을 대면 긴 설명 없이도 어느 지역을 말하는지 금방 알아듣는다.

이처럼 우리 가족이 구한말 형세에 견주어 크게 달라진 동촌에 보금자리를 마련한 것은 무엇보다 할머니와 어머니 친정 가족들의 도움을 빼놓을 수 없다. 마을 앞에 새로 생긴 드넓은 농지도 생계에 도움이 되리라 판단했을 것으로 여겨진다. 또 외부로 통하는 길이 편리해진 점도 한 가지 이유였다고 할 수 있다.

그러나 막상 이곳에 이삿짐을 풀었으나 살아갈 길은 실로 막막했다고 한다. 어머니 얘기로는 당장 들어가 거처할 집이 없었다. 급한 대로 우선 마을 어른들에게 사정하여 주민들이 공동으로 사용하는 동각(洞閣) 방을 임시로 빌려 들어갔다. 조만간 집을 마련하여 옮기겠다는 약속이 따랐음은 물론이다. 그러고 나니 끼니가 걱정이었다. 하는 수 없이 장리(長利) 쌀을 얻어 연명했다. 장리 쌀은 한 가마를 빌리면 그해 농사를 지어 한 가마 반을 갚아야 하는 조건의 고리채였다.

게다가 우리 가족을 더욱 곤혹스럽게 한 것은 일본에서 믿고 가져
온 돈이었다. 당시 일본은 고국으로 돌아가는 조선인들의 재산 유출
을 엄격히 규제했다. 그런 속에서도 우리는 상당한 일본 돈을 가져왔
다. 돈만 있으면 고국으로 돌아가서도 편히 지낼 수 있으리라 생각한
우리 가족은 가산을 정리하여 모두 현금화했다. 이 거금(?)이 현해탄
을 건너자마자 아무 쓸모 없는 헌 종이쪽이 돼버린 것이다.

딱한 사정을 들은 외숙부가 우리 돈으로 바꿔보겠다며 일본 돈을
받고 초분골에 지어둔 집과 집 인근의 밭 1,000여 평을 우리에게 넘겨
준 것은 그나마 다행이었다. 그때 외숙부는 부산에 사셨는데 곧 귀향
할 생각으로 이 집을 지었다고 한다. 집이라야 대중가요 가사에 나오
는 초가삼간이어서 여섯 식구가 살기에는 비좁았으나 감지덕지했다.
우리는 1년여 고난 끝에 겨우 집을 마련하고 고국 생활에 안정을 찾기
시작했다.

# '못볼 것'을 보다[*]

나는 어렸을 때, 못 말리는 개구쟁이였나 보다. 어머니가 고흥 장에서 사 온 값비싼 통성냥[**]을 통째로 들고 다니며 들판 논두렁에 불을 지르다 붙잡혀 매맞은 기억은 아직도 또렷하다. 그런가 하면 마루에서 직접 마당으로 뛰어내리다가 다리가 부러져 병원 신세를 지기도 했다.

또 내가 다섯 살 무렵 일본에서 막 돌아와서는 볶은 콩을 손에 쥐고 먹던 또래에게 "좀 달라"는 말이 통하지 않아 손짓으로 주먹을 펴보라 시늉한 뒤, 손바닥을 덮쳐 땅에 떨어지면 주워 먹던 추억도 잊히

---

[*] 이 글에 수록된 사진들은 당시 미국 주간 잡지 《라이프》 도쿄 특파원 칼 마이던스(Carl Mydance, 1907~2004)가 찍은 것으로, 여수지역사회연구소(이사장 김병호)가 마이던스 유족으로부터 사진 필름을 사들여 2019년 12월 《1948, 칼 마이던스가본 여순 사건》(비매품)이란 도록으로 펴냈다. 마이던스는 1936년 《라이프》에 입사하여 리포터 겸 사진 기자로 도쿄에서 근무 중 여순 사건이 일어나자 사건 현장으로 급파되었다고 한다. 이 사진들은 이자훈(李慈勳) 여순 항쟁유족연합회 겸 여순 항쟁서울유족회 회장이 도록을 필자에게 제공하여 싣게 되었다.

[**] 유황을 바른 관솔로 초꼬지(호롱불)에 불을 켜던 그 시절, 네모 곽에 넣은 통성냥은 값이 상당히 비쌌다.

지 않는다.

이처럼 나에게 고국 생활은 시작부터 만만치 않았다. 돌이켜보면 그때는 어린이들이 갖고 놀 만한 장난감은 말할 나위 없고 놀이터도 없었다. 자연히 마을 골목길이나 들판이 아이들의 놀이터였다. 놀이라곤 팽이치기나 연날리기·공기놀이·딱지치기·깨끔질 (앙감질) 싸움·개다리놀이*가 고작이었다.

여순 사건 진압 과정을 카메라에 담은 칼 마이던스. 《라이프》지 특파원(왼쪽)과 미군들.

그러던 어느 날 갑자기 탄피가 놀잇감으로 등장했다. 한 아이가 탄피로 만든 딱총을 들고나와 화약을 넣어 터뜨리며 자랑한 것이다. 화약이 터지는 소리도 실제 총처럼 요란했다. 그로부터 아이들은 너도나도 탄피 줍기에 앞을 다퉜다. 무슨 영문인지 자고 나면 야산 근처에 탄피가 수북이 쌓이곤 했다. 그 까닭이 1948년 10월 19일 일어난 여순 민중항쟁이라는 사실은 나중 성인이 돼서야 알게 되었다.

어떻든 이 새로운 탄피 장난감이 공포(恐怖)의 신호탄일 줄이야 철부지들이 어찌 알 수 있었겠는가. 아니나 다를까 조용하던 마을에 거센 풍파가 몰려왔다. 그건 어린 눈으로 보기에도 실로 끔찍했다. 아니 생지옥이었다. 지금에 이르러 생각해보니 마치 광주민주화운동

---

* 긴 막대와 작은 막대를 이용하여 노는 놀이.

1948년 10월, 여순 항쟁 당시 주민들이 윗옷을 벗은 채 손을 들고 마을에서 끌려 나오고 있다.

순천농림학교 운동장에서 제14연대 군인들에게 협조한 혐의로 조사를 받는 주민들. 등 뒤에 매질 당한 상처가 보인다.

때 무고한 시민을 무자비하게 짓밟은 계엄군을 연상케 한다.

그런데도 그 만행은 입으로만 전해지고 있을 뿐 역사 기록 어디에도 없다. 안타깝게도 이젠 피해당사자들마저 모두 세상을 떠나 구전도 거의 사라져 가는 실상이다.

세는나이 여덟 살 때인 듯하다. 정확한 날짜는 알지 못한다. 동촌마을에 전해지는 얘기를 종합해보면 아마 1949년 봄쯤으로 여겨진다. 그러니까 지금으로부터 74년 전의 사건이다.

당시는 여순 항쟁이 진정되었다고는 하나 산중으로 쫓겨간 봉기군(그때는 반란군)이 밤이면 가끔 마을로 내려와 이른바 토벌군과 전투를 벌이곤 했다. 탄피는 그때 양측 사이 전투에서 생긴 부산물이었다.

그날도 나는 또래 아이들과 어울려 마을 앞산 게멧등에서 탄피를

제14연대 군인들에게 협력한 혐의로 체포된 시민들이 순천농림학교 운동장에서 조사를 받기 위해 꿇어앉아 있다.

**1948, 칼 마이던스가 본**
## 여순사건

《1948, 칼 마이던스가 본 여순사건》표지. 여순사건 희생자들의 유족들이 시체더미 앞에서 항의하며 울부짖고 있다.

주워 돌아오던 길이었다. 마을 어귀에 들어서자 군복을 입고 총을 멘 사나이들이 부산하게 동각을 들락거렸다. 아이들은 무서워 자기들 집으로 재빨리 숨었다.

초분골에 있는 우리 집은 동각을 거쳐야 갈 수 있었다. 돌담을 따라 동각 입구를 막 지날 무렵 눈에 들어온 마당의 광경은 두려움 그 자체였다. 마을 어른들이 줄을 서서 마주 보고 대나무 막대기로 서로를 마구 패고 있지 않은가. 그러면서 "아나, 공산당! 아나, 공산당!"이라

고 소리 높이 외쳤다.

늙거나 젊거나 남녀를 가리지 않았다. 어른들의 머리와 얼굴에서는 선혈이 줄줄 흘러내렸다. 이들이 입은 흰색 한복은 말할 것 없고 동각 마당도 피바다가 되었다. 한쪽에선 나 죽는다고 아우성이다. 말 그대로 아비규환이다. 지금도 그 생각만 하면 저절로 진저리가 난다.

도대체 무슨 잘못을 저질렀기에 마을 전체 주민을 모아 놓고 이 지경으로 만든단 말인가? 그리고 이렇게 시키는 사람은 누구일까? 호기심이 발동했다.

나는 겁도 없이 동각 담 뒤에 바짝 붙어 그 참극을 지켜보았다.

총을 멘 사내들은 대열을 감시하며 조금이라도 상대를 살살 때리거나 '아나, 공산당' 소리를 작게 하면 앞으로 나오게 하여 사정없이 때려 반 죽여 놓는다. 그 바람에 산더미처럼 쌓였던 대나무 막대기도 순식간에 모두가 산산조각이 났다.

이들은 대나무 막대기가 동이 나면 마을 앞 송씨네 대밭에서 대를 더 잘라오도록 하여 온종일 무고한 주민들을 곤죽으로 만들었다. 대나무 막대기 심부름을 한 사람은 고(故) 장홍래(張洪來 당시 42세) 씨였다. 총을 멘 사내들은 집단 구타를 시작하면서 대막대기를 잘라온 그에게 "서로 이렇게 때려야 한다"며 시범을 보였다. 심부름한 보람도 없이 어찌나 세게 두들겨 팼던지 그는 결국 정신을 잃고 쓰러졌다. 그의 둘째 아들 장종태 씨의 증언이다.

그뿐만이 아니다. 심지어 과년한 송말순(가명)이라는 규수를 반항한다는 이유로 대막대기로 국부에 치욕을 가하고, 청년 송길종(宋吉鍾, 당시 24세)과 그의 동생 이종(二鍾, 당시 20세)을 고흥경찰서 두원지

순천농림학교 운동장에서 남자들이 봉기군 협력자 심사를 받는 동안 부녀자와 아이들이 애타게 기다리고 있다.

서로 끌고 가다가 재판도 없이 도중에 총으로 쏴 죽였다.

또 당시 고흥중 3학년에 재학 중이던 송순종(宋順鍾, 당시 17세)을 여순 사건에 가담했다는 이유로 붙잡아 총살하고,* 여순 사건과는 직접 관련이 없는 송태종(宋台鍾, 1922~1949)과 송무종(宋武鍾, 1924~1949)을 이듬해인 1949년 8월 20일(음력 7월 25일)께 "여순 반란 사건과 관련, 조사할 일이 있다"며 점암면 팔영산으로 데려가 사살하기도 했다.

고흥경찰서 '대공 인적(人的) 위해(危害) 조사표'에는 송무종은 "여순 반란 당시 치안대원으로 우익 인사 밀고 등 적극 활약파, 팔영산에서 사살된 자임"이라고 적혀 있다.

그런가 하면 점암면 연봉리에서는 보도연맹**에 편입된 이 마을 김장회(당시 27세)가 자취를 감추자 그 부모에게 행방을 묻고는 잘 모른다고 하자 둘을 지붕 위로 올라가게 한 뒤 동네 사람들이 지켜보는 가운데 불을 질러 타죽게 했다고 한다.

그야말로 무법천지였다. 이런 피해 사실들은 2021년 6월 29일 국회에서 '여수·순천 10·29 사건 진상 규명과 희생자 명예회복에 관한 특별법(여순 사건 특별법)'이 통과되자 유족들이 여순 항쟁유족회에 신고한 내용이다.

이 또한 커서 들은 얘기지만 총을 가진 사내들은 신분도 불분명했다. 경찰이라고는 했으나 대다수가 신분을 세탁한 일제 경찰의 순사

---

* 국가기록원 사실 조사서에는 "본명(本名)은 여순 반란 사건에 가담하여 48. 10. 25(음력 48. 9. 17), 고흥 공동묘지에서 사살된 자임"이라 기록.
** 1949년 좌익 전향자를 계몽·지도하기 위해 조직한 관변단체. 평소 감시가 심했으며, 특히 정부는 6·25전쟁이 발발하자 보도연맹원들이 북한에 동조할지 모른다며 경찰이 수만 명을 끌어다 살해했다.

출신이거나 끄나풀이었다. 그 가운데는 일본에 빌붙어 사욕을 챙긴 앞잡이도 끼어 있었다는 말을 들었다고 동네 사람들은 입을 모았다.

이들은 동촌마을에서 여순 항쟁에 가담한 사람이 나온 사실을 문제 삼은 듯하다. 주민들에게 '아나, 공산당'이라는 말을 외치도록 한 데서 이를 잘 읽을 수 있다. '아나, 공산당'이란 말은 여순 항쟁에 동조한 데 대한 비아냥이다. 여순 사건은 맨 처음 이승만 정권이 '반란'이라 규정하고 가담자를 무조건 공산당 '빨갱이'로 몰았다.

이 마을에서 여순 항쟁에 나선 사람은 송문종(宋文鍾, 1916~1951), 송신종(宋信鍾, 1917~1951), 송기방(宋基芳, 1918~1949) 등 10여 명가량 되었던 것으로 전해진다. 그 중심에 송흥종(宋興鍾, 당시 30세)이라는 청년이 있었다. 그는 일본 와세다(早稻田)대학에서 공부하고 돌아온 엘리트였다. 마을 사람들은 그가 아는 게 많고 똑똑하여 팥으로 메주를 쑨다 해도 곧이들을 정도였다. 그리고 다들 그가 장차 큰 인물이 되리라 믿었다.

기록이 없는 데다 후손도 끊어져 그의 학창시절과 청년 활동을 구체적으로는 알 수 없으나 마을에 전해 내려오고 있는 이야기로는 그는 일본 유학 시절 반식민주의자로 일본 당국의 감시 대상이었다. 특히 해방 후 고국에 돌아와서는 이승만 정권이 요직에 친일파를 기용한 것을 비판하고, 남한의 단독 정부 수립에 대해서도 부정적이었다 한다.

그래서였을까. 그는 1948년 10월 여순 사건이 일어나자 항쟁에 뛰어들었다가 그해 11월 17일(양력 12월 27일) 싸늘한 시신으로 돌아왔다. 그가 누구와 어떻게 민중봉기에 가담하고, 항쟁 기간 무슨 활동을 했는지 대해서는 일절 알려지지 않았다.

어쨌거나 경찰의 동촌 양민 집단 구타는 이렇듯 동촌마을 청년들의 여순 사건 가담이 빌미가 된 셈이다. 여순 사건에 대해서는 철학자 김용옥이 2019년 출판사 《통나무》에서 펴낸 《우린 너무 몰랐다》에서 소상히 설명하고 있다. 이를 토대로 여순 항쟁의 전후 사정을 요약 정리해 본다. 더욱 자세한 것은 《우린 너무 몰랐다》를 참고하기 바란다.

여순 사건은 한마디로 여수 14연대(여수 신월리 소재) 군인들의 제주도 출병 거부에서 비롯됐다. 제주에서는 1948년 4월 3일 새벽 2시 인민위원회 대원 350여 명이 남한 단독 정부 수립을 반대하며 무장봉기를 일으켰다.

이에 육군총사령부는 그해 10월 19일 아침 7시 우체국 일반전보로 14연대에 "병력수송선 LST를 이날 20시에 출동시키라"는 작전명령을 내렸다. 그러나 출정 준비를 하고 있던 인사담당 선임하사관 지창수(池昌洙, 1906~1950) 특무상사를 비롯한 7명의 하사관들은 출병 거부를 주장하고 나섰고, 뜻을 같이한 부대원들이 무기고와 탄약고를 접수하면서 사건은 폭발했다.

무장봉기에 동조한 병사는 부대원 2,700여 명 중 1,200여 명 정도였다. 봉기의 핵심그룹은 40여 명이었다. 이들은 제주도와 지연 또는 혈연관계가 있거나, 제주도 사태를 충분히 이해하고 있는 사람들로 여겨졌다. 그 가운데에는 김지회(金智會)·홍순석(洪淳錫)·이기종(李祈鍾) 등 3명의 유능한 장교도 들어 있었다.[*]

제주도민에게 총부리 겨누기를 거부하고 일어선 이들은 제주토벌

---

[*] 김용옥, 《우린 너무 몰랐다》 297쪽.

출동거부병사위원회를 구성하고 19일 밤 9시 〈애국 인민에게 호소함〉이라는 제목의 대국민 호소문을 발표한 뒤 곳곳에 유인물을 뿌렸다.《우린 너무 몰랐다》에 수록되어 있는 내용은 다음과 같다.

우리는 조선 인민의 아들, 노동자, 농민의 아들이다. 우리는 우리의 사명이 국토를 방위하고 인민의 권리와 복리를 위해서 생명을 바쳐야 한다는 것을 잘 안다. 우리는 제주도 애국 인민을 무차별 학살하기 위하여 우리를 출동시키려는 작전에 조선 사람의 아들로서 조선 동포를 학살하는 것을 거부하고 조선 인민의 복지를 위하여 총궐기하였다. 1. 동족상잔 절대 반대 2. 미군 즉시 철퇴.

제주토벌출동거부병사위원회

이들은 이어 20일 오전 10시 여수 시내를 장악하고 12시쯤 순천을 손안에 넣었다. 동쪽으로는 광양과 하동, 북쪽으로는 곡성과 남원, 서쪽으론 벌교·보성·고흥·화순까지 퍼져나가 불과 2~3일 만에 전남의 절반 이상을 휩쓸었다. 봉기에 동참한 학교도 여수중·여수여중·순천중·광양중·벌교중·고흥중 등 10개교나 된다.

이처럼 14연대의 제주도 출병 거부가 삽시간에 민간으로 들불처럼 번져 나간 데는 그럴 만한 이유가 여럿 있었다. 그 가운데서도 수립된 지 얼마 안 된 이승만 정권과 미 군정의 미곡수집령에 대한 원성이 가장 큰 원인으로 작용했다.[**]

미 군정은 처음 남한의 실정을 전혀 몰랐다. 그로 인한 문제가 심

---

[**] 김용옥, 앞의 책, 293~294쪽.

각했다. 미군은 사회주의자들의 식량 통제정책에 반대하고, 건국준비위원회의 식량 관리 계획도 부정했다. 건국준비위원회에 식량운영권을 넘길 수 없다는 이유에서였다. 미 군정은 자체 판단 끝에 쌀거래를 자유시장에 맡겨 버렸다. 이는 곧 쌀의 매점매석과 과소비로 이어졌고, 결국 쌀값 폭등을 가져왔다.

미 군정은 이에 어쩔 수 없이 도시민에 대한 식량 배급을 명분으로 1946년 1월 25일 미곡수집령을 공포하고, 식량 공출제를 단행했다. 한국경찰과 공무원은 미군의 권세 아래 '탈취대'라는 쌀 수집반까지 구성했다. 식량 공출은 일제강점기보다 더 잔혹했다. 할당량을 못 채우면 감옥에 가는 예도 허다했다.

미 군정의 배급정책은 농촌에까지 적용되었다. 그 결과 농민들의 곡물 섭취량은 오히려 일제강점기보다도 못하게 되었다. 힘없는 농민들은 시장값의 5분의 1에 불과한, 실제 생산비도 못 되는 헐값에 쌀을 내놓을 수밖에 없었다. 농민들은 강탈이라고 한숨지었다. 그리고 쌀을 되사려면 수집가격의 5배나 비싼 값을 치러야 했다.[*]

하곡(보리) 수매량이 크게 불어난 것도 불만 요인이었다. 1948년도 전남 지방의 보리 수확량은 전년에 견주어 4할이 줄어들었다. 그런데도 수매 목표는 3만 5,000석이 불어난 19만 8,000석이었다.

또 한 가지 1948년 7월 하순부터 8월 상순까지 지급하게 돼 있는 2기분 배급이 제때에 나오지 않은 것도 무시할 수 없다. 엎친 데 덮친 격으로 전남 지역엔 6월부터 9월까지 태풍이 세 차례나 몰아쳤고, 장마가 35일이나 계속되었다. 곳곳에서 둑이 터져 집과 농작물이 침수

---

* 김용옥, 앞의 책, 293~294쪽.

되고 도로와 철도가 유실되면서 교통이 끊기는 등 피해가 실로 엄청났다. 이런 상황에서 공출미는 야적된 채 수천 석이 썩고 있고, 식량영단 관리는 장부를 속여 쌀을 도둑질했다. 여수 14연대의 봉기는 이런 지역 사회의 불만에 불을 지핀 꼴이었다는 게 도올 김용옥의 분석이다.[**]

그러나 이승만 정권은 14연대의 제주도 출병 거부로 시작된 민중항쟁을 마치 민간이 주도적으로 일으킨 반란으로 규정하고 대대적인 탄압과 숙청을 강행했다. 정일권 당시 육군참모장이 맨 처음 포문을 열었다. 그는 일단 전남 남동부지역을 휩쓴 민중봉기의 큰불을 끈 10월 26일 국방부 출입기자단 브리핑을 통해 "10월 19일 여수폭동은 14연대 내 반란군 장교와 일부 경찰 및 청년단이 병영과 경찰서, 시내에서 동시에 계획적으로 일으켰고, 총지휘자는 여수여중 교장 송욱(宋郁)이다"라고 마치 민중과 학생이 반란을 일으킨 것처럼 발표했다. 하지만 송 교장은 다름 아닌 조선어학회 사건으로 옥고를 치른 독립운동가였다.

이어 김형원 당시 공보처 차장도 그다음날 기자회견에서 "이번 사건은 민간인 반란이다"라고 강조하고, 토벌군이 여수 시내를 완전 장악, 반란 협력자를 색출 중이라고 밝혔다. 이로 인해 제주 출병을 거부한 군인들과 이승만 정권을 비판하고 나선 시위 가담자들은 모두 지리산이나 광양 백운산, 순천 조계산, 고흥 팔영산 등으로 쫓겨 달아나 이른바 '빨치산'이 되고 말았다.[***]

---

[**]  김용옥, 앞의 책, 295쪽.
[***]  김용옥, 앞의 책, 343쪽.

제14연대가 주둔한 여수 신월동 병영. 제14연대 병영 사진은
이 사진이 유일하다.

하지만 미처 몸을 숨기지 못한 항쟁 가담자들은 목숨을 내놓아
야 했다. 이들은 1948년 10월 말에서 12월 초순까지 여수 종신국
민학교에 불려가 약 2개월간 부역자 심사를 받았다. 무엇보다 무
서운 것은 '손가락총'이었다. 토벌군 편에 선 자들이 손가락으로
가리킨 사람은 어김없이 끌려가 총살되거나 죽창에 찔려 암매장
되었다. 그들 중에는 사사로운 원한을 앙갚음하는 사례도 적지 않
았다.[*]

심지어 토벌군 책임자였던 제5연대장 김종원(金宗元, 당시 26세)은 학
교운동장에서 사건 가담자로 의심되는 사람들을 재판도 없이 일본
도(日本刀)로 즉석 참수하는 등 초법적인 학살을 일삼았다. 그런 김종
원은 일본군 지원병으로 일제에 충성한 인물이다. 그의 예에서 알 수
있듯 당시 국군 지도부는 상당수 독립군을 토벌하던 일본군 출신이
었다. 그들은 일제가 독립군을 토벌하면서 써먹던 이른바 삼광작전

---

[*] 김용옥, 앞의 책, 344쪽.

(三光作戰)을 그대로 실행했다. 삼광은 살광(殺光)·소광(燒光)·창광(搶光)을 말하는데 이는 다 죽이고 모조리 불태우고 남김없이 빼앗으라는 뜻이란다.[**]

이들의 소행은 계엄령 아래 이뤄진 무소불위의 초법적 사건이었다. 당시에는 계엄법이 제정되지 않았다. 이런 초법적 진압으로 억울하게 죽임을 당한 사람 수는 여수 5,000명, 순천 2,200명, 광양 1,300명, 보성 400명, 고흥 200명, 구례 800명, 곡성 100명 등 모두 11,000여 명에 이른 것으로 여수지역사회연구소는 어림하고 있다.[***]

김용옥은 자신이 쓴 《우린 너무 몰랐다》에서 "인간이 가장 참을 수 없는 것은 배고픔이다. 미 군정의 미곡수집령이야말로 제주 4·3과 여순민중항쟁의 가장 근원적인 요인이다. 제주·여순 두 사건은 남로당의 정치적 공작과는 전혀 무관한 것이다. 남로당은 그러한 대중 동원 조직 체계나 지지 기반을 갖지 못했다. 민중에게 절실한 것은 오직 쌀이지 공산이념이 아니었다"며, "여순 사건은 반란이 아니라 민중항쟁이었다"고 강조하고 있다.[****]

그는 또 특무상사 지창수가 반란을 주도했다는 설에 대해서도 "지창수라는 이름이 서물(書物) 상에 등장하는 것은 사건 발발 후 19년 만이다. 이는 지창수를 남로당의 14연대 조직책으로 세워 반란의 지도자로 삼음으로써 여순 민중항쟁 전체가 남로당 지령에 따라 조직

---

[**] 김용옥, 앞의 책, 343쪽.

[***] 김용옥, 앞의 책, 344쪽.

[****] 김용옥, 앞의 책, 294쪽.

적으로 움직인 것처럼 만들기 위한 후대의 인식체계가 덮어 씌워진 것이다" 밝히고, "일개 상사가 14연대 전체를 움직일 수 있는 카리스마, 그것도 공산혁명 이념을 표방하는 좌파반란의 리더십을 갖는다는 것은 어떠한 경우도 불가능하다"고 잘라 말했다.[*]

그는 특히 여순 반란이라는 개념이 성립할 수 없는 이유에 대해서도 "반란이란 문자 그대로 '어떤 상태를 뒤집기 위해 난동을 피운다'는 뜻이다. 반란이 되기 위해서는 주도세력이 정부 요직에 있거나 대병력 동원이 가능한 군사지휘자를 포섭하고 있어야 한다. 물리적 힘이 있어야 하고, 오랜 기간 철저한 계획하에 진행되어야 하며, 장기 항전의 계획도 있어야 한다. 여수 14연대의 항거는 부당한 명령에 대한 거부일 뿐, 사회사적·정치사적으로 보더라도, 그것은 가벼운 소요에 지나지 않았다"고 설명하고, "그런 것을 국가가 1만 5,000명 이상의 학살로써 대응한 것은 상식 이하의 만행이다"라고 덧붙였다.[**]

이와 함께 국사편찬위원회 편사연구사로 재직 중인(2022년) 김득중(金得中)이 지난 2009년 5월 출판사 《선인》에서 펴낸 《'빨갱이'의 탄생》도 여순 사건을 이해하는 데 부족함이 없다. 김득중은 이 책을 통해 여순 사건의 발발과 대중봉기로의 전화, 진압과 학살 과정, 빨갱이란 용어의 창출 과정 등을 치우침 없이 서술하고 있다. 책 분량만도 695쪽이나 된다.

그는 이 책에서 "여순 사건을 일으킨 봉기 주체는 제14연대 일부 하사관들이었다. 이들이 반기를 든 까닭은 제주도 항쟁을 진압하라

---

[*]  김용옥, 앞의 책, 296~297쪽.
[**]  김용옥, 앞의 책, 301~302쪽.

는 이승만 정부의 명령 때문이었다. 제14연대 군인들은 동족의 가슴에 총부리를 겨눌 수 없다며 제주도 파병을 거부하고 항쟁을 시작한 것일 뿐 북한의 지령을 받거나 남로당 중앙과도 전혀 상관이 없었다"고 여순 사건의 실마리를 풀어간다.***

그는 "이런 군인 봉기가 지방 좌익 세력의 합세로 커져갈 수 있었던 것은 토지개혁, 친일파 척결 등 해방 후 풀어야 할 과제가 쌓인 채 누적되었고, 이승만 단독 정부 수립에 따른 통일 정부 수립 좌절이 대중운동으로 폭발했기 때문"이라 분석하고, "그동안 이러한 여순 사건의 사실을 사실대로 말하지 못하게 된 가장 중요한 이유는 수십 년간 지속되어 온 반공체제의 압력 때문이었다"고 풀이했다.****

다시 말하면 "여순 사건에 대한 정부의 공식 역사는 사실을 왜곡했을 뿐 아니라, 여순 사건의 의미와 종합적 평가도 금기시했다. 여순 사건은 분단 정부 수립과 국가 건설과정의 중요한 성격을 드러내 주는 감춰진 기반이자 반공체제를 탄생시킨 한국 현대사의 핵심적 사건이다"라는 해석이다.

김득중은 빨갱이라는 용어에 대해서도 "'빨갱이'는 여순 사건이라는 기념비적이고 유혈적인 사건 속에서 태어났다. 여순 사건을 거치면서 '빨갱이'는 인간의 기본적 위엄과 권리를 박탈당한 '죽여도 되는' 존재, '죽여야만 하는 존재'가 되었다. 이후에는 '빨갱이'를 죽이는 것 자체가 애국하는 일이고 민족을 위하는 일이며 민주주의 체제를 수호하는 일로 생각되었다. '공산주의자'로부터 '빨갱이'로의 전환, '빨

---

*** 김득중, 《'빨갱이'의 탄생》 40쪽.
**** 김득중, 앞의 책, 40~41쪽.

갱이'를 비인간적 악마로 형성화하는 계기는 다름 아닌 여순 사건이었다"고 들춰냈다.[*]

그는 이어 "이승만 정부는 여순지역을 진압한 후 남한 사회 전체를 반공체제로 재편하고, 빨갱이를 없애기는커녕 끊임없이 빨갱이를 만들어 냈다"며 "이는 국가 폭력 대상자가 빨갱이로 규정되어야만 그 폭력을 정당화할 수 있기 때문이었다"고 지적했다.

김득중은 이외에도 "여순 사건은 정부 수립 이후 국민을 대상으로 전면적인 국가 폭력이 사용된 최초의 사례이고, 한국전쟁 직후 발생한 민간인 학살의 전주곡이었으며, 1980년 광주민중항쟁의 유혈사태로 재발했다"고 주장하기도 했다.[**]

이제 제주 4·3 사건 희생자들은 명예를 회복했다. 군부 독재 시절까지만 해도 입 밖에 꺼내지 못했던 여순 사건도 반란이 아니라 민중항쟁으로 재조명되었다. 때마침 국회도 2021년 6월 29일 본 회의를 열고 '여수·순천 10·29 사건 진상 규명과 희생자 명예회복에 관한 특별법(여순 사건 특별법)'을 의결, 희생자들에 대한 명예회복의 길을 열었다.

따라서 동촌 양민 집단 구타 사건도 피해자들의 명예가 회복되어야 마땅하다. 그러나 당사자들이 모두 세상을 떠나 사자들은 말이 없으니 안타까울 뿐이다. 억울하게 고초를 당하고도 항의 한번 하지 못하고 한을 품은 채 눈을 감은 영령들의 명복을 빈다.

---

[*]  김득중, 앞의 책, 47쪽.

[**]  김득중, 앞의 책, 40~65쪽.

# 뒷간 분뇨통에 숨어 살아남고

나의 어린 시절 기억은 마치 토막 난 영화 필름 같다. 그래도 그 속엔 엊그제 일처럼 선명한 잔상도 적지 않다. 특히 여순 사건의 상잔은 트라우마로 남아 있다.

한밤중에 아버지 등에 업혀 어디론가 피란을 가던 일, 온 마을 사람들이 살기 위해 내뱉던 "아나, 공산당!" 외침, 토벌군이 돌로 쌓아 만든 초소에서 총을 메고 길목을 지키던 살벌한 모습, 토벌군에 쫓기던 저항군이 인분통에 뛰어들어 살아난 사건 등은 지금도 머릿속의 한구석을 맴돌고 있다. 모두가 시사 다큐멘터리 감이다.

그 가운데서도 인분통에서 목숨을 구한 기막힌 사연은 충격에 가깝다. 해외 토픽에서도 좀처럼 만날 수 없는 드문 일이다. 이 일화는 지금도 여순 사건 말만 나오면 전설처럼 이곳 사람들의 입에 오르내리고 있다.

때는 1948년 11월 말쯤으로 거슬러 올라간다. 이 또한 기록이 없어 정확한 날짜는 알 수 없다. 다만 희생자들의 사망신고서와 제삿날 등을 참고로 그 언저리 일자를 추측해볼 뿐이다. 그러나 장소만큼은 운대리 금오마을 박모 씨네 측간*이 분명하다. 어릴 때 그 마을에 살았던 당시 국민학교 동기가 최근, 자기 아버지가 살아계실 때 목격한 일이라고 사실을 확인해 주었다.

화학비료가 부족하던 그때 농촌의 변소는 뒷거름 생산실이나 다름없었다. 대변을 보는 네모난 목판 구멍 아래 넓고 깊은 배설물 저장통을 만들어 그 안에 물을 채우고 인분을 받아 일정 기간 삭힌 뒤 보리밭과 남새밭 등에 금비(金肥) 대신 뿌렸다. 요즘도 시골은 거름으로 쓰지는 않지만 그런 변소가 대부분이다. 박씨네 측간도 여느 농가와 다르지 않았다.

사건은 여순 항쟁 가담자 색출 과정에서 벌어졌다. 토픽의 줄거리는 이렇다.

그날도 토벌군은 날이 어두워질 무렵 운대 삼거리 초소에서 허름한 양복 차림의 청년을 불심검문 중이었다. 그는 토벌군과 말을 주고받다가 토벌군이 잠시 한눈을 판 사이 갑자기 튀어 달아났다. 그리고 100여 m쯤 내빼다 박씨네 집으로 쏜살같이 뛰어들었다. 박씨 집은 큰길가로 사립문이 없어 들어가기가 쉬웠다.

당연히 온 마을에 비상이 걸렸다. 토벌군은 박씨 집은 말할 나위 없고 모든 집을 이 잡듯 샅샅이 뒤졌다. 안방 장롱에서부터 부엌 아궁이·굴뚝, 심지어 마당에 쌓아둔 볏단도 빼놓지 않았다. 그러나 악취가 진동한 측간은 건성으로 보고 지나간 모양이다. 하기야 박씨네 측간은 문도 없이 거적때기로 겨우 오물통만 가려놓아 누가 보아도

---

* 전남에서는 화장실을 '통시', '측간', '뒷간' 등으로 부름.

숨을 만한 곳은 아니었다. 그런데 청년은 옷을 입은 채 순식간에 똥통으로 들어가 똥을 닦던 볏짚으로 얼굴을 가리고 숨소리를 죽였다. 당시는 화장지는커녕 신문지도 없어 보통 볏짚을 손으로 비벼 밑닦개를 대신했다.

토벌군들은 청년이 박씨네 집으로 들어간 건 확실한데 흔적이 없으니 귀신이 곡할 노릇이라며 닭 쫓던 개처럼 서로 얼굴만 쳐다봤다. 그런 사이 시간은 마냥 흘러 캄캄한 밤이 되었다. 곧 있으면 밤손님**이 나타날지도 모를 시간이다. 당시는 저항군이 자정을 전후하여 자주 모습을 드러냈다. 토벌군은 결국 도주자 찾기를 포기하고 물러갔다. 청년은 목숨을 건졌다.

허점이 통했다고나 해야 할까. 하지만 다시 한 번 상상해보라. 그 지독한 인분 구린내 하며, 온몸에 스멀스멀 스며드는 오물을 아랑곳하지 않고 너덧 시간 동안 죽은 듯이 코만 내밀고 똥통에 잠겨 있는 모습을. 보통 사람이라면 도저히 생각할 수 없는 불가사의한 일이다. 소름이 돋아 견딜 수가 없다. 이야기는 입소문을 타고 금방 이웃으로 퍼져나갔다.

목숨은 정녕 그토록 모진 것인가. 어머니는 살아계실 때 이 소문을 듣고 "목숨이 참 모질기도 하다"며 한숨지었다. 이 말은 곧 인간은 목숨이 걸린 문제라면 못 할 짓이 없다는 말이 아니겠는가.

여순 항쟁은 봉기의 함성이 한풀 꺾인 뒤에도 한동안 계속됐다. 특히 운암산은 저항군의 아지트였다. 높이 480여 m로 팔영산을 이웃하고 있다. 여순 사건 후 팔영산으로 숨어든 저항군들이 활동 영역을

---

** '저항군'이 밤에만 활동한 데서 주민들이 붙인 명칭.

넘긴 것이다.

따라서 산 아래에 자리한 금오마을은 토벌군과 저항군의 격전장으로 변했다. 밤손님들은 배고픔을 달래려고 가끔 마을로 내려와 토벌군이 배치한 야경단과 전투를 벌이곤 했다. 서로 간 희생자도 상당수에 이른 것으로 전해진다. 그들은 밤이 새기 전에 목적을 이루고 돌아갔다. 이로 인해 금오마을은 밤에는 저항군 세상이 되고, 낮은 토벌군 차지였다. 말을 바꾸면 날마다 낮과 밤의 정권이 교체된 셈이다. 이런 비극 역시 중학생이 되어서야 알게 되었다.

항쟁은 우리 가족에게도 적지 않은 영향을 미쳤다. 우선 생계가 말이 아니었다. 할아버지는 진폐증으로 몸져누우시고 할머니와 어머니는 밭에 나가 고구마·감자·옥수수 등 구황작물을 키워 겨우 입에 풀칠했다. 아버지는 벼 심을 논이 없으니 고심이 더욱 컸다.

그런 와중에 1950년 새해가 밝았다. 그리고 설을 맞이했다. 마침내 아버지가 남의 집 머슴을 살기로 마음을 굳히고 나섰다. 머슴은 일꾼을 부리는 집에 들어가 숙식을 함께 하며 논·밭농사를 비롯한 살림살이 일체를 도와주는 사람을 말한다. 일본에서 선박기관사 자격증까지 딴 고급 인력이 머슴이 되겠다니 아버지 스스로 생각해도 기가 막히셨으리라. 어머니도 생전 이따금 당시를 회상하며 시대를 잘못 타고났음을 한탄했다.

아버지는 설을 쇠고 난 며칠 뒤 부잣집 주인을 찾아가 딱한 사정을 이야기했다. 주인은 쾌히 승낙했다. 아버지에게 제시한 새경*도 쌀 일곱 가마로 후한 편이었다. 게다가 새경 일부를 미리 주었다. 새경

---

* 머슴이 받는 1년 품삯.

은 원래 가을 추수가 끝난 연말 한꺼번에 쌀로 받는 게 관습이었다. 미리 받은 쌀이 굶주림을 해결하는 데 큰 도움이 되었음은 물론이다. 이 이야기는 어머니가 살아계실 때 자식들에게 들려준 우리 가족의 생존을 위한 몸부림이기도 하다.

이렇듯 해가 바뀌면서 우리 가족은 안정을 찾는 듯했다. 그러나 또다시 재앙이 찾아왔다. 그해 6월 25일 이른바 6·25전쟁이 터진 것이다. 젊은이들은 모두 전장으로 동원되었다. 경찰인지 면사무소 병무 담당인지는 알 수 없으나, 그들은 마을을 돌아다니면서 젊은이만 보면 무조건 데려가 일선으로 보냈다. 입영 영장도 없었다.

아버지도 길거리에서 붙들렸다. 아버지는 당시 세는나이 서른여섯으로 입영 대상이 넘어도 한참 지났다. "군대에 갈 나이가 아니다"라고 항의했으나 말이 통하지 않았다. 그들은 가보면 알게 된다며 아버지를 강제로 군용 트럭에 태웠다. 트럭에는 이미 30여 명의 아버지 연배들이 타고 있었다. 뭣 때문에 어디로 가는지 까닭을 아는 사람은 아무도 없었다.

트럭은 계속 북으로 향했다. 밤을 새워 도착한 곳은 강원도 철원 부근의 최전방 어느 야전 캠프였다. 야전 캠프에서는 일선 병사들에게 나눠줄 주먹밥을 만들고 있었다. 그러나 고지에서 전투 중인 병사들에게 밥을 날라다 줄 인력이 모자라 애를 태웠다. 이에 이승만 정부가 30~50대 청·장년을 동원한 것이다.

다시 말하면 강제 동원된 청·장년들은 지게로 주먹밥과 식수, 탄약 등을 나르는 짐꾼이었다. 부대에서는 이들을 노무대라 불렀다고 한다. 노무대는 전쟁 물자를 고지에 날라다 주고 내려올 때는 부상자와 전사자들을 져 나르기도 했다.

그때는 전장으로 가기만 하면 죽어 돌아오는 망자가 속출했다. 부상자도 많았다. 그래서 병역 기피자가 많았다. 아버지도 총을 들지만 않았을 뿐 생명을 위협받기는 마찬가지였다. 주먹밥을 지게에 지고 고지를 오르내리면서 죽을 고비도 여러 번 겪었다.

아버지는 총탄이 비 오듯 쏟아지는 싸움터에서 그렇게 1년여를 버텼다. 살아 돌아온 것은 말 그대로 천운이라 말할 수밖에 없었다. 그때 아버지가 집에 돌아와 들려주신 짐꾼 체험담은 듣고 또 들어도 싫증이 나지 않았다. 그래서 저녁마다 식사를 마치면 이야기해달라고 아버지를 졸랐다. 그렇게 하여 이야기는 한 달 이상 계속되었다. 구체적인 내용은 대부분 지워졌지만, 고지를 서로 점령하기 위한 치열한 육박전과 아버지에 한발 앞서가던 짐꾼이 총탄에 맞아 그 자리에서 숨졌다는 아슬아슬한 이야기 등은 지금도 잊히지 않는다. 돌이켜 보면 아버지와 그처럼 많은 대화를 나눈 것도 그때가 처음이자 마지막이었다.

또 미군으로부터 폭격을 당할 뻔한 일도 잊을 수가 없다. 국민학교 2학년 때였다. 그러니까 1950년 8, 9월쯤이었지 싶다. 아이들과 함께 들에 나가 소를 뜯기다 겪은 일이다. 나는 어렸을 때 소에게 풀을 먹여보는 것이 소원이었다. 아이들이 소 먹이러 가는 모습이 몹시도 부러웠다. 우리집은 가난하여 소를 키우지 못했기 때문이다. 다행히 어머니 부탁으로 아버지가 머슴 살던 집에서 나의 소원을 들어주었다. 학교 수업을 마치고 돌아오기 바쁘게 소를 몰고 들녘으로 나가 풀을 먹이곤 했다. 나중에는 저녁마다 소를 주인집으로 몰다 주는 게 귀찮아 아예 우리집 측간 한쪽을 외양간으로 고친 뒤 데려다 키웠다.

그날은 마을에서 좀 멀리 떨어진, 소가 좋아하는 풀이 많은 곳으로 데려갔다. 그런데 갑자기 어디선가 미군 B29 폭격기가 나타나 점암면 신안리 하만마을 앞들에 폭

고흥군 두원면 운대리 상대 선영에 있는 할아버지 묘소를 고모들과 함께 참배하다.

탄을 떨어뜨린 것이다. 우리가 있던 곳에서 1km도 채 안 되는 거리였다. 그러고는 섬광과 폭음이 사라지기도 전에 우리를 향해 날아오고 있지 않은가. 아이들은 소를 팽개치고 얼른 콘크리트로 만든 수로로 숨었다. 다행히 폭격기는 상공을 몇 번 돌더니 사라졌다. 다들 가슴을 쓸어내렸다.

당시 고흥은 인민군 점령지였기 때문이었을까. 그러나 정작 들에는 사람도 별로 없었다. 미군이 왜 그런 들판에 폭탄을 떨어뜨렸는지는 지금도 풀지 못한 수수께끼이다. 후에 폭탄이 떨어진 곳을 가보니 전문 일꾼도 파려면 여러 날이 걸릴 어마어마한 물웅덩이가 파여 있었다.

# II
# 가난을 딛고

짚세기

보릿고개

운크라(UNKRA)

삼십 리 통학

하굣길에 기절한 이야기

# 짚세기

아마 국민학교 3학년(1951년) 여름 어느 날이었지 싶다. 아침부터 먹구름이 창공을 가리더니 이윽고 폭우가 쏟아졌다. 곳곳에 빗물이 넘치고 학교운동장도 이내 물바다가 되었다. 철부지들은 휴식종이 울리자마자 모두 운동장으로 뛰어나가 마치 수영장처럼 불어난 물을 서로 끼얹었다. 옷이 더럽혀지거나 말거나 그건 조금도 마음에 두지 않았다.

그러나 기쁨의 대가는 만만치 않았다. 교장 선생의 불호령이 떨어졌기 때문이다. 교장은 때마침 우리 담임이 그만두는 바람에 임시로 우리 반 수업을 맡고 있었다. 6·25전쟁이 한창이던 그때는 학급 담임이 자리를 비우게 되면 교장도 직접 수업을 담당해야만 했다.

교장은 물장난한 장난꾸러기들을 모두 복도로 불러내어 꿇어앉게 했다. 그리고 회초리로 손바닥을 몇 차례씩 때리면서 이른바 훈시를 시작했다. 벌을 받은 학생은 반 전체 50명 중 20여 명이나 되었다. 물론 그 가운데는 나도 있었다.

"이놈들아! 니들이 입고 있는 옷이 어떤 옷인 줄 아느냐? 그 속에는 너희 어머니들의 피땀이 어려있다. 잠도 제대로 자지 않고 베를 짜서 그것도 풀까지 먹여 정성껏 다리미로 다려준 것이 아니냐. 그런 고마움도 모르고 함부로 옷을 엉망진창으로 만들어?"

그는 이어 "그런 한심한 마음으로 공부해 봐야 아무 쓸모가 없다"며 그날 수업을 전폐하고 오후 늦게까지 무릎을 꿇은 채 양손을 들게 하는 벌을 주며 잘못을 뉘우치도록 했다. 개구쟁이들은 모두 고개를 들지 못했다. 훌쩍훌쩍 우는 아이도 있었다.

이날 학생들이 입고 비 맞은 수탉 꼴이 된 옷은 모두가 무명베였다. 이는 대부분 자기 집에서 길쌈으로 만든 옷이다. 길쌈은 당시 농촌의 주요한 부업이었다. 지금은 좀처럼 볼 수 없지만 삼베·모시베·명주베 등도 모두 길쌈에서 나온 명물이다. 우리집에서도 할머니와 어머니가 베를 매고 짜던 모습이 아직도 눈에 선하다.

무명베는 말 그대로 해방 전후 시대를 풍미한 의류였다. 당시의 농촌 시대상을 설명하는 데 빼놓을 수 없는 생필품이기도 하다. 그러나 이제는 모두 사라져 문헌에서나 흔적을 찾아볼 수 있으니 아쉽기만 하다.

교장 선생 말마따나 무명베는 보통 정성으로는 만들 수 없는 옷감이다. 만들기가 복잡하고 까다롭기 그지없다. 생산과정을 대강 설명하면 목화(면)를 따서 씨를 고르고, 솜을 타고, 고치를 말고, 실을 잣고, 실을 날아 실에 풀을 먹여 맨 뒤, 베틀에 올려 짜기 등 일곱 단계를 거쳐야 겨우 제품을 얻을 수 있다. 이 과정 중 실제로 어느 것 하나 쉬운 게 없다. 단계마다 많은 잔손과 시간이 소요된다. 어머니들이 밤잠을 설치며 일하더라도 한 필(약 20m) 길이 원단을 만드는데 한 달은 족히 걸렸다.

여담이지만 일본은 제1차 세계대전 때(1914~1918년) 유럽의 전쟁 당사국에 군복과 군화, 총기 등 전쟁 물자를 팔아 속된 말로 떼돈을 벌었다. 그 가운데서도 면으로 만든 군복은 없어서 못 팔 정도였다고 한다.[*] 일제가 강점기 초기부터 조선에 목화 재배를 대대적으로 독려했던 것도 군복 원면을 확보하기 위한 꿍꿍이였다.

아무튼 목화가 옷으로 되기까지는 그게 전부가 아니다. 베를 다 짜면 다시 표백하여 말리고, 바지용은 검정색으로 물을 들인다. 원단을 재단하여 옷을 만든 뒤에도 옷이 후줄근하지 않게 풀을 먹여 말리고 다리미로 빳빳하게 다린다.

이렇게 애써 만들어 입힌 옷을 망쳐놨으니 어느 담임인들 그냥 모른 척할 수 있겠는가. 교장의 질책을 듣고 내 옷을 다시 보니 꼴불견이었다. 바지는 말할 것 없고 윗옷까지 흙탕물이 튀어 말이 아니었다. 집에 돌아가 어머니에게 꾸중을 들을 일이 꿈만 같았다. 벌을 받을 때는 교장이 미웠으나 돌이켜보니 그의 역정은 백번도 옳았다는 생각이다.

나는 그날 하필 아버지가 삼아주신 짚신을 신고 학교에 갔다. 물론 아무 생각 없이 짚신을 신은 채로 물에 뛰어든 것이 큰 잘못이었다. 그렇지만 옷을 망친 주범은 진흙탕을 튀긴 짚신이다. 짚신이 화를 더 키운 셈이었다. 아예 맨발로 등교했더라면 옷을 더럽히지는 않았을 거라 후회하기도 했다.

남도 지방에선 짚신을 '짚세기'라 부른다. 국민학생들이 신은 짚세기는 발뒤꿈치 보호대가 있는 전통 짚신과는 달리 서양의 샌들형이다. 삼는 방법 또한 전통 짚신보다는 훨씬 간단하다. 먼저 새끼를

---

[*] 정일성, 《알수록 이상한 나라 일본》 69쪽.

70cm쯤 꼬아 넉 줄로 날을 만들고, 날 사이를 볏짚으로 발바닥 크기로 바닥을 촘촘히 엮은 다음 샌들처럼 엄지발가락과 둘째 발가락 사이를 낄 고리를 만들면 끝이다. 짚세기를 삼는 시간도 그리 오래 걸리지 않는다. 숙달된 어른들은 저녁을 먹고 잠자기 전 사랑방에 가 이야기하며 삼아도 두 켤레는 만들었다.

원료는 모두 볏짚이다. 당시 볏짚은 요술 방망이라 해도 지나친 말이 아니다. 볏짚으로 만들지 못하는 물건이 없었다. 초가집 이엉을 비롯하여 멍석·초롱이·소쿠리·새끼·가마니·거름 등 실제로 이름을 댈 수 없을 정도이다. 심지어 축구화처럼 생긴 둥근 짚세기를 만들어 신고 각 학교 대항 축구대회에 출전하기도 했다. 그래서 나는 감히 1950년대 농촌을 '볏짚의 시대'라 부른다.

이야기가 잠깐 딴 데로 흘렀으나 그때 국민학생들이 신고 다니는 신발은 고무신도 적지 않았다. 고흥에는 만월(滿月)표 고무신이 나돌았다. 만월표 고무신 공장은 전라북도 군산에 있었다. 일제강점기 군산 출신 기업가 이만수(李晩秀)가 1924년 11월 일본인이 경영하던 고무신 공장을 인수하여 경성고무공업사를 설립, 사업에 나섰다고 한다. 그는 친일단체인 조선임전보국단(朝鮮臨戰報國團) 발기인으로 1930년 6월 군산 상공회의소 평의원이 되고, 나중 조선인으로는 처음으로 군산 상공회의소 부회장까지 맡았다.[*]

우리나라 첫 고무신은 1922년 8월 5일 서울 청파동의 대륙고무공업주식회사가 생산한 대장군표 고무신으로 전해지고 있다. 대륙고무공업주식회사는 을사늑약 당시 법무 대신으로 일제에 협력했던 이하

---

[*] 《네이버 지식백과》 한국향토문화전자대전.

영(李夏榮)이 1919년에 세웠다고 한다.

처음 나온 고무신은 폐고무를 재활용하여 만들어 모두 검정색이었다. 어른용은 나중 흰색도 나왔다. 어린이용은 보통 8문에서 9문 크기로 생산되었다. 새 미터법으로 환산하면 1문(文)이 24mm이므로 192~216mm 크기이다. 그때는 문수(文數)를 알아야 신발을 살 수 있었다. 어른의 고무신은 십문칠(대략 257mm)이 표준이었다.

그러나 1문의 길이가 왜 24mm인가는 명확하지 않다. 일설에 의하면 일본 에도시대에 문(文)이라는 동전이 사용되었는데 이 돈의 지름이 24mm이고, 이 동전 열 개를 일렬로 늘어놓으면 240mm가 되어 이를 10문이라 했다 한다.** 일제강점기에 문을 연 고무신 공장들이 이를 끌어다 쓴 것으로 추측된다. 지금은 문수가 사라지고 새 미터법에 따라 260mm, 265mm, 270mm 등으로 신발 크기를 나누고 있으니 그나마 다행이다.

나도 국민학교에 다니면서 1년에 두어 번 고무신을 신어보기는 했다. 걸어다니기에 편안함은 짚세기에 견줄 바가 아니다. 그러나 값이 너무 비싼 데다 발에 꼭 들어맞는 것이 드물었다. 설령 발에 맞는 고무신을 골랐다 해도 얼마 가지 않아 신을 수가 없게 된다. 발이 점점 자라기 때문이다. 그리고 잘 찢어져 채 석 달을 견디지 못했다. 찢어지면 꿰매 신기도 했다. 발에 땀이 차서 미끄러운 점도 흠이었다.

이런저런 까닭으로 고무신을 살 수 없는 집 아이들은 보통 짚세기를 신고 학교에 다녔다. 짚세기는 1주일가량 신으면 닳아 못쓰게 되었고 특히 비에 약했다. 비가 내리는 날은 옷을 더럽히기 일쑤였다. 궂

---

** 기차표 통고무신과 신발의 문수(네이버 블로그 포스트).

은 날씨가 늘 걱정이었다. 그래서 나는 장마철엔 맨발이 더 익숙했다.

이처럼 어린 시절 여러 사연이 담긴 짚세기도 이제는 박물관에서 나 볼 수 있어 가끔 그때의 추억이 그리워지기도 한다.

# 보릿고개

7, 80대 농촌 출신 노년층치고 보릿고개를 모르는 사람이 있을까. 비록 지금은 사라져 사전 속에서나 찾아볼 수 있는 낱말이 되고 말았지만 말이다. 그러나 한 시대를 고통으로 몰아넣은 보릿고개는 잊으려야 잊을 수가 없다.

보릿고개는 일제강점기 이후 1960년대까지 굶주림을 상징하는 서민 생활고의 대명사였다. 좀 더 구체적으로 보릿고개는 농민들이 가을걷이를 마치고도 식량이 부족하여 이듬해 6~7월쯤 보리를 거둬들일 때까지 배를 곯는 시기를 말한다. 춘궁기(春窮期) 또는 맥령기(麥嶺期)라고도 적었다.

연구서들에 따르면 보릿고개는 일제가 1910년 우리나라를 강제 병탄(倂呑)하고 토지 조사 사업을 통해 농민들의 토지를 강탈한 데서 비롯되었다고 한다. 그 뒤 일본이 태평양전쟁(1941~1945년)을 일으켜 공출미를 강요하면서부터는 보릿고개를 견디지 못하고 굶어 죽는 사람들이 속출한 것으로 기록은 전하고 있다.

이렇듯 일제강점기에 연원을 둔 보릿고개는 광복(1945년)을 맞이하고도 한동안 계속되었다. 특히 1950년 6·25전쟁을 전후한 농촌의 보릿고개는 실로 혹독했다. 먹을 것이 없어 풀뿌리나 나무껍질, 이른바 초근목피(草根木皮)로 끼니를 때우며 목숨을 이어간 가구가 헤아릴 수 없이 많았다. 오랫동안 굶어 살가죽이 들떠서 붓고 누렇게 되는 부황증(浮黃症)에 걸린 사람도 수두룩했다.

우리집도 보릿고개를 피해갈 수는 없었다. 앞에서도 설명했듯이 우리 가족은 해방 후 일본에서 귀국하여 경작할 논이 없었다. 하는 수 없이 남의 논을 빌려 쌀농사를 지었다. 빌린 땅도 서너 마지기(600~800평)에 불과했다.

어머니가 살아계실 때 들려주신 얘기로는, 빌린 논에서 거둔 쌀은 80kg들이 가마니로 16~18가마가량 되었다 한다. 이 가운데 절반은 논 주인에게 주고, 나머지에서 빚을 갚거나 수리세(水利稅) 등을 냈다. 당시는 쌀 생산량의 절반을 소작료로 주는 게 관례였다. 거기에 더하여 비료와 농약값 등 비용을 빼고 나면 서너 가마밖에 남지 않았다. 이 쌀로 여덟 식구가 1년을 나기에는 턱없이 모자랐다. 그런데도 그 중 일부를 팔아 생필품을 샀으니 형편은 말이 아니었다.

그런 탓에 나는 한참 커가던 1960년대까지 순 쌀밥을 먹어본 적이 없다. 쌀을 막 수확한 11월에는 가끔 쌀이 섞인 보리밥을 먹기도 했다. 그러나 11월이 지나면 아침 식사는 대개 보리쌀로만 지은 꽁보리밥이고, 점심은 보리개떡이나 맹물에 밀가루 반죽을 뚝뚝 떼어 넣은 수제비로 때웠다. 저녁은 얼마 되지 않은 불린 쌀에 무나 시래기를 넣고 끓인 죽이 다반사였다.

12월에서 이듬해 4월까지는 삶은 고구마를 주식으로 했다. 그런 까닭에, 조금 듣기에 거북할진 모르겠으나, 대변을 누면 소화가 덜 된 노란 고구마가 그대로 나왔다. 그래도 다행히 비교적 밭이 넓어(1,000

여 평) 보리와 고구마를 자급자족할 수 있었다.

식량이 다 떨어져 가는 5~6월에는 설익은 보리로 지은 꽁보리밥으로 끼니를 이었다. 보리는 대개 4~5월이면 여물기 시작한다. 그러나 다 익을 때까지 기다리지 못했다. 보리알이 익을락 말락 하면 베어다 삶은 뒤 말려 절구통에서 껍질을 벗기고 보리쌀을 만들었다. 이를 한 번 더 삶아 밥을 짓는다. 꽁보리밥이다. 꽁보리밥은 입안에서 잘 씹히지 않고 굴러다녔다.

먹성 좋은 아우에게 제 양대로 밥을 주지 못했던 것도 눈물겨운 얘기이다. 아마 1952년 7월 초쯤 되었지 싶다. 더위가 일찍 찾아와 전 가족이 마당에 있는 장독대 근처 소나무 그늘에서 아침을 먹던 참이었다. 다섯 살 된 동생이 난데없이 밥그릇 속에서 자그마한 밥뚜껑이 나오자 치켜들고 "엄마! 이게 뭐지? 이것도 먹는 거야?"라고 말해 다들 손뼉을 치며 한바탕 웃음바다가 되었다.

이 돌발사태(?)는 어머니가 식사 때마다 밥을 많이 달라고 칭얼대는 동생을 달래보려고 밥그릇 바닥에 작은 밥뚜껑을 엎어놓고 그 위에 밥을 수북하게 담아 빚어진 것이다. 이 이야기는 지금도 가끔 우리 집안에 회자되는 보릿고개 비화이다.

그때는 끼니를 해결하는 게 가장 큰 걱정거리였다. 할머니는 "그놈의 목구멍이 포도청"이라는 말씀을 입에 달고 사셨다. 이런 살림살이에서 배를 채우기란 여간 어려운 게 아니다.

나는 철 따라 야외에서 풀뿌리와 나무껍질로 허기진 배를 채웠다. 봄철에는 뭐니 뭐니 해도 '삐비(표준어는 삘기)'가 으뜸이다. 새로 나온 삐비 순의 달짝지근한 맛은 결코 잊을 수가 없다. 삐비는 지금도 마을 앞들에 지천으로 널려 있다. 소나무껍질의 내부를 감싼, 단물이

오른 송기도 두 번째 가라면 서러워할 먹거리였다.

찔레꽃 순·목화다래·뽕나무 오디·감똥(떨어진 감꽃) 등도 한몫을 했다. 그뿐만이 아니다. 산에 널려 있는 칡뿌리 하며, 청미래덩굴의 맹감·다래·정금(산머루) 등도 배고픔을 달래기에 부족함이 없었다. 돌이켜보면 이들은 대부분 몸에 이로운 약용식물로, 보약을 먹었던 셈이다. 마을에서 3km쯤 떨어진 운암산은 약초와 약용 열매의 보고였다.

먹거리를 찾아다니며 겪었던 애환도 추억 속에 맴돌고 있다. 그 가운데서도 남의 밭에서 익어가는 밀이나 보리를 몰래 끊어 성냥불로 그을려 먹던 보리 서리는 그 희열을 적절하게 표현할 길이 없다. 물론 지금의 시각으로 보면 범죄 행위지만 죄의식도 별로 없었다. 주인들에게 들켜도 대개 "다음부터는 그러지 마라"며 용서해줬다.

또 감꽃이 피는 봄철이면 감나무 아래 마당을 깨끗이 쓸어놓고 밤사이 감똥이 떨어지기를 기다리던 일, 뽕나무 오디를 따서 먹다가 입술이 새파랗게 물들어 웃음거리가 된 촌극, 남의 집 밭에서 몰래 목화다래를 따다가 들켜 야단맞던 사건 등은 보릿고개의 그리운 추억으로 남아 있다.

그때는 땔감을 구하는 일도 만만치 않았다. 나는 국민학교 4학년 때부터 학교 수업이 없는 휴일이면 지게를 지고 운암산에 땔나무를 하러 다녔다. 땔감도 줍고, 칡뿌리도 캐고, 먹거리 열매도 땄다. 이를테면 꿩도 잡고 알도 먹은 셈이다. 지게는 아버지가 "농부의 아들은 농부가 되어야 한다"며 어디선가 내 체격에 알맞도록 맞춰다 주셨다.

지게를 짊어지는 일은 결코 쉬운 일이 아니다. 지는 요령을 터득하지 않으면 짐을 지고 일어서기가 어렵다. 나는 중학생이 돼서는 가을걷이 때 상머슴처럼 나락 열 뭇을 지고 다니기도 했다.

1960~70년대만 해도 편리한 운반 수단이었던 지게도 서서히 모습을 감춰가고 있다. 지게는 한때 서울역과 남대문·동대문 시장의 명물이었다. 6·25전쟁 때는 지게를 수송수단으로 쓰는 '노무대'라는 지게부대까지 생겨 세계적으로 유명해지기도 했다.

노무대는 지게로 탄약·식량·식수를 고지로 올려주고 고지에서 부상자와 전사자를 옮겼다. 앞서 설명한 대로 우리 아버지도 6·25전쟁 때 철원의 한 야전 캠프에서 노무대로 1년간 근무하셨다.

미군을 비롯한 유엔군들은 지게는 단순한 구조인데도 어린 소년들까지도 많은 짐을 나르는 걸 보고 감탄했다 한다. 유엔군은 지게를 에이 프레임 캐리어(A-Frame carrier) 또는 에이 프레임이라 이름했다. 지게가 알파벳 에이(A)의 모양을 닮았다 해서 그렇게 명명했다는 것이다. 우리 말 그대로 지게(Gigge) 또는 치게(Chigge)라 부르기도 했다.

나는 어디서든 지게를 대할 때마다 보릿고개가 저절로 머리에 떠올라 그런 시절이 다시 올까 봐 쓸데없는(?) 생각에 빠지곤 한다.

# 운크라(UNKRA)

6·25전쟁 후 한때 우리 사회에는 쌍팔년이란 말이 유행했다. 쌍팔년이라 함은 단기 4288년을 이름이다. 서력으로 환산하면 1955년에 해당한다. 그때는 단군 기원을 공용 연호로 사용하여 쌍팔년이 널리 퍼진 듯하다.[*]

주지하다시피 당시는 우리 현대사의 격동기였다. 다른 말로 바꾸면 굶주림과 무질서 시대라고 해도 과언이 아니다. 일제가 남기고 간 폐허는 말할 나위도 없고, 남북을 갈라놓은 6·25 동족상잔은 지금도 치유하지 못하고 있는 비극의 극치가 아니던가.

나는 그런 소용돌이 속에 이른바 쌍팔년 3월 운대국민학교를 졸업했다. 운대국교는 처음 일제 패망을 3개월 앞둔 4278년(1945년) 5월 10일 전남 고흥군 두원면 운대리 458-3에서 운대공립국민학교란 이름으로 문을 열었다. 신학년도 지금과 달리 9월에 시작되었다. 교육부에 따르면 9월 신학년제는 4283년(1950년)까지 계속되었다고 한

---

[*] 서기(西紀)는 5·16 군사정부가 1961년 12월 2일 '연호에 관한 법률'을 제정하여 1962년 1월 1일부터 쓰기 시작했다. -

다. 아마도 미군정청의 입김으로 미국 학기제를 본뜬 모양이다.[**] 나 역시 9월에 입학했음을 이 글을 쓰면서 알게 되었다.

민속전시관으로 바뀐 운대초등학교.

이처럼 혼란기에 개교한 운대국교는 1970년대에 들어 한때 재학생 수가 700명을 넘기도 했다. 그러나 산업화에 따른 이농(離農), 자녀 덜 낳기 현상 등으로 학생 수가 급감하여 1999년 2월 14일 제49회 졸업식을 끝으로 4km 떨어진 고흥동초등학교에 통합되었다. 전국의 모든 국민학교 교명이 '초등학교'로 바뀐(1996년) 지 3년 만이다. 폐교의 아쉬움을 어찌 말로 다 표현할 수 있으랴.

운대국교는 그동안 각계에 많은 인재를 배출했다. 졸업생 수도 3,158명에 이른다. 나의 동기 제5회는 50명이 졸업했다. 되돌아보면 운대국교는 내게 삶의 기초를 다진 배움의 산실이었다. 따라서 그곳에는 수많은 사연이 서려 있다. 그 가운데서도 운크라에 관한 이야기는 지금도 머릿속을 떠나지 않는다. 6·25전쟁을 겪었던 세대 치고 운크라를 모르는 사람은 아마 없을 것이다.

운크라는 영어 'United Nations Korean Reconstruction Agency'를 줄인 말로, 6·25전쟁 때 우리나라 경제회복을 도운 유엔(UN) 산하 임

---

[**] 미국은 그때나 지금이나 각급 학교의 새 학기를 8월 중순에서 9월 초 사이 시작하고 있다.

운크라 지원으로 펴낸 국민학교 교과서.

시 특별기구였다. 우리말로는 '국제연합한국재건위원단'이라 번역되고 있다. 이 단체는 6·25전쟁이 일어난 1950년 12월 1일 국제 연합 총회결의 410(V)호에 따라 설립되었다. 전쟁으로 파괴된 한국 경제를 전쟁 이전 수준으로 되돌려 놓는 것이 설립 목적이었다. 여기에는 미국을 비롯한 34개 국제 연합 회원국과 5개 비회원국이 뜻을 같이했다.

기록에 따르면 운크라는 1차로 미국과 유엔 등이 내놓은 현금 4,200만 달러와 3,000만 달러어치의 구호물자, 1,000만 달러 상당의 원자재 등을 한국에 지원하며 활동을 시작했다. 그리고 1953년 휴전협정이 체결되자 본격적인 지원 사업을 벌였다. 지원 대상도 교통·통신시설을 비롯하여 주택·의료·교육시설 등 국내 산업시설 전반에 걸쳐 손길이 닿지 않은 곳이 거의 없을 정도였다.[*]

우리나라 판유리산업의 시발인 인천판유리공장, 국가기간산업의 하나로 각광받은 문경시멘트공장, 전쟁 당시 다친 병사 및 민간인 치료와 의료요원 양성기관으로 이름을 날린 국립중앙의료원(National Medical Center) 등은 대표적인 지원 사례로 꼽힌다. 이 시설들은 모두 운크라 자금으로 세워졌다. 특히 노르웨이·스웨덴·덴마크 등 스칸디나비아(Scandinavia) 3국의 합의로 설립된 메디컬센터는 오늘날 27개

---

[*] 《네이버 지식백과》 기관단체 사전 종합.

진료과목, 613개 병상 규모의 첨단 종합병원으로 발전했다.[**]

그뿐만이 아니다. 운크라는 6·25전쟁 이듬해인 1951년 유네스코 (UNESCO, The United Nations Educational, Scientific, and Cultural Organization, 국제 연합 교육 과학 문화기구)와 함께 국정교과서에 인쇄기와 종이를 지원, 교과서를 만들도록 도와줬다. 국정교과서는 이 종이로 국민학교 교과서 전부와 중학교 국어·실과교과서 일부를 찍어냈다.

이런 운크라가 나의 뇌리에 박힌 것은 당시 발행된 교과서 때문이다. 그때도 지금처럼 학기가 바뀔 때마다 교과서가 새로 나왔다. 비록 종이의 질은 그다지 좋지 않았으나, 모든 교과서 뒷면에는 다음과 같은 글이 영문과 나란히 인쇄돼 있었다.

이 책은 국제 연합 한국재건위원단(운크라)에서 기증한 종이로 박은 것이다. 우리는 이 고마운 도움에 감사하는, 마음으로, 한층 더 공부를 열심히 하여, 한국을 부흥 재건하는 훌륭한 일꾼이 되자(This book was printed with paper donated by the United Nations Korean Reconstruction Agency. Let us be good workers for the rehabilitation of our country by studying this book carefully. In this way, we can show our gratitude for the kind assistance of the United Nations).

대한민국 문교부 장관(Minister of Education Republic of Korea)

— 《사회생활 5-1》(단기 4287년 3월 발행)

---

[**] 《네이버 지식백과》 국립중앙의료원.

이 호소문은 당시 우리의 현실을 그대로 말해주고 있다. 나라 살림이 오죽했으면 종이가 없어 다른 나라의 도움을 받아 교과서를 만들었을까.

유엔무역개발회의(United Nations Conference on Trade and Development, 약칭 UNCTAD)는 2021년 7월 2일 회의에서 만장일치로 한국의 지위를 개발도상국(그룹 A, 아시아·아프리카)에서 선진국(그룹 B)으로 격상시켰다. 유엔무역개발회의에서 개발도상국 중 선진국으로 국가 위상이 오른 나라는 한국뿐이다.* 이는 실로 격세지감이 아닐 수 없다.

돌이켜보면 그때는 정말 종이가 귀했다. 물론 지역에 따라 사정은 달랐을지 모르나 농촌에서는 이야기책은커녕 공책도 제대로 구할 수 없었다. 나는 노트가 없어 이른바 백노지라는 큰 종이를 사서 32등분으로 접어 대신 사용했다. 그나마 흰색은 값이 비싸서 연필 색깔도 잘 보이지 않는, 겉면이 우둘투둘한 회색 종이를 이용할 수밖에 없었다.

그런 문명의 오지에서 교과서는 유일한 지식의 보고(寶庫)였다. 나에겐 단 하나밖에 없는 읽을거리였다. 나는 교과서가 나오는 새 학기가 다가오면 가슴이 설레었다. 새 교과서를 받을 때마다 가장 먼저 뒷면을 펴서 문교부 장관의 권유를 읽은 기억은 지금도 생생하다.

거기에 더하여 운크라에서 보내준 미국의 어린이용 도서는 신선한 충격이었다. 아마 6학년 때쯤으로 생각된다. 세계 위인전을 비롯한 여러 가지 책이 운대국교에 도착했다. 그중에서도 미국 제16대 대통령 에이브러햄 링컨(Abraham Lincoln, 1809~1865)에 관한 책은 나의

---

* 유엔무역개발회의는 선·후진국 간 경제 격차 시정을 위해 1964년에 설립된 유엔 보조 기관으로 사무국은 스위스 제네바에 있고 4년마다 한 번씩 회의를 열고 있다.

마음을 사로잡았다. 문자는 모두 영어여서 내용을 읽을 수는 없으나 종이 질이 매끈매끈하고 좋아 책에서 눈을 뗄 수가 없었다. 게다가 책 속에서 배어나는 향기가 어찌나 매혹적이었던지 저절로 코가 벌렁거렸다.

운대국민학교 제5회 졸업 기념 사진.

미국은 도대체 어떤 나라이기에 어린이들을 위해 이런 호화로운 책을 만들어 낸다는 말인가. 부럽기만 했다. 운크라가 머릿속에 오래 남아 있는 것은 이런 책들의 영향이 아닌가 싶다. 그리고 내가 어려운 가정 형편임에도 중학 진학을 결심한 것도 미국의 어린이용 도서를 보고 감명받은 것이 하나의 계기라고 말할 수 있다.

운크라는 4291년(1958년) 7월 1일 유네스코에 관련 업무를 넘기고 사업을 마감했다. 활동 8년여 동안 한국에 지원한 돈(물자 포함)은 1억 2천2백 8만4천 달러에 이른 것으로 기록은 전하고 있다. 운크라를 이끈 사람은 6·25전쟁 기간 미 1군단장과 제9군단장을 역임한 존 쿨터(John Coulter) 장군이었다.**

요즘 풍요를 만끽(?)하고 있는 젊은이들은 한국 전후(戰後) 부흥에 운크라의 도움이 컸음을 결코 잊어서는 안 될 것이다.

---

** 《한국민족문화대백과사전》, 《네이버 지식백과》 종합.

# 삼십 리 통학

고흥중학교는 고흥군에서는 가장 먼저 설립된 중등교육시설이다. 해방 이듬해인 4279년(1946년)에 문을 열었다. 나는 4288년(1955년) 4월 고흥중학교에 입학했다. 중학교도 입학시험을 치를 때다. 입시 경쟁률은 그다지 높지 않았던 것으로 기억된다.

그때 고흥중학교는 본디 고흥읍 등암리에 자리한 고흥산업과학고등학교(그때 교명은 고흥농업고등학교)와 한 울타리에 있었다. 우리 마을 동촌에서는 6km쯤 떨어졌다. 왕복으로 치면 삼십 리 길이다.

나는 그 길을 걸어서 통학했다. 사실 열서너 살 된 소년에게 12km는 한 번 걷기도 벅찬 거리다. 그런 먼 길을 일요일과 공휴일을 빼고 날마다 정해진 시간에 가고 오고 했으니 오죽했겠는가. 하기야 어머니도 일제강점기 어렸을 때 운대리 금오마을 집에서 고흥 읍내에 있는 홍양보통학교(현 고흥동초등학교)까지 4km를 걸어서 통학하셨다니 자랑은 아니다.

그나마 다행인 것은 마을에서 300m가량 나오면 벌교(筏橋)~도양(道陽) 간 국도로 이어져 학교까지 곧장 갈 수 있었다. 이 길은 두원면 용반리와 운대리 6개 마을 중·고등학생들의 통학 길이기도 했다. 고

홍중학교를 기점으로 하면 우리 마을이 가장 멀고 금오·금성·중대·반산·지등 마을 순이다. 이른 아침이면 한적한 도로는 각 마을에서 삼삼오오 합류한 통학생들로 시끌벅적했다.

지금은 고속도로가 뚫려 옛 모습은 온데간데없다. 그러나 당시는 화물 차량 두 대가 겨우 비켜 갈 수 있을 만큼 좁았다. 게다가 자갈길이어서 걷기가 여간 힘든 게 아니다. 통학로 중간쯤에 있는 50m가량의 송곡(松谷)재를 넘는 일도 수월치 않았다.

4283년(1950년)대만 해도 농촌에는 시계가 없어 사람들은 해가 뜨고 지는 때에 맞추어 활동을 시작하고 끝냈다. 어머니는 계절에 따라 약간 차이는 나나 으레 동이 트면 일어나 밥을 짓고 도시락을 싸 해가 솟아오르기 전 나를 학교에 보냈다. 열심히 걸어 학교에 도착해보면 대개 오전 8시 반 무렵이다. 집에서 학교까지는 2시간이 더 걸린 듯하다.

버스는 하루 네 번가량 다녔으나 등하교 시간에 맞지 않아 통학생들에게는 없는 거나 마찬가지였다. 트럭은 꽤 자주 다녔다. 길에서 지나가는 트럭을 만나면 먼지가 사라질 때까지 코를 막고 한참을 서 있어야만 했다.

통학 길이 먼 만큼 도중에 예기치 않은 사건·사고도 적지 않게 일어났다. 이를 모두 글 망태에 주워 담으면 두세 권의 책이 되고도 남지 싶다. 그 가운데서도 도로 한가운데에 돌을 쌓다가 경찰에 붙잡힌 사건은 아직도 기억 속에 뼈아픈 교훈으로 남아 있다.

돌을 쌓은 까닭은 지나가는 트럭이 여학생들만 차를 태워준 데 있었다. 아마 2학년 봄철 무렵이 아닌가 여겨진다. 그때 통학생들은 여학생은 여학생끼리, 남학생은 자기들대로 무리 지어 따로 걸었다. 여

학생들은 늘 남학생들보다 100여 m 뒤따라왔다.

단 한 번이라도 편하게 학교에 가보는 게 소원인 학생들은 고흥 읍내 쪽으로 가는 트럭이 올 때마다 태워달라고 손을 들었다. 트럭 운전사들은 여학생들 앞에서는 어김없이 차를 세웠다. 그러나 남학생 무리에 이르러서는 멈춰 서는 듯하다가 먼지만 잔뜩 일으키며 그대로 내달렸다. 그들은 늘 남학생을 본체만체했다.

이에 부아가 치민 남학생들은 트럭 운전사들에게 골탕을 먹이자고 뜻을 모았다. 의논 끝에 생각해낸 게 바로 도로 가운데 돌쌓기였다. 주모자는 동촌마을에서 나를 포함하여 2명, 금성에서 2명 등 모두 네 명이었다.

그렇지 않아도 이들은 모두 둘째가라면 서러워할 장난꾸러기들이었다. 이 개구쟁이들은 수업을 파한 뒤 함께 집에 돌아오는 날이면 으레 돌팔매질로 길가에 세워진 10여 m 높이의 전주(電柱)에 달린 애자(礙子)를 맞추는 내기를 하곤 했다. 애자는 전주 또는 전봇대의 어깨쇠에 고정하여 전선(電線)을 받쳐주는 절연체(絶緣體)로 뚱딴지라고도 한다. 보통 사기나 유리로 만들어 돌에 맞으면 깨지기 쉬웠다.

내기에 진 사람은 이긴 친구에게 풀빵을 사주는 조건이다. 그때 운대국민학교 옆에는 풀빵 가게가 있었다. 주인은 6·25전쟁 1·4 후퇴 때 북한에서 내려온 피란민이었다. 그는 당시 정부의 피란민 분산배치 보호 정책에 따라 이곳까지 왔다고 한다.

어쨌거나 돌팔매질 내기 바람에 거의 모든 뚱딴지가 돌에 맞아 성한 것이라곤 별로 없었다. 또 밑이 들기 전 고구마밭이나 무밭, 목화 다래밭 등도 이들의 눈에 들어오면 남아나지 않았다. 트럭 운전사들이 그런 선머슴들의 비위를 건드려놨으니 그냥 둘 리 만무했다.

이들은 수업 시간에 늦지 않게 보통 때보다 이른 시각에 나와 일을 저질렀다. 도로 주변에는 돌쌓기에 적당한 돌이 많았다. 어떤 때는 넷이 힘을 합해야 겨우 들 정도로 무거운 돌을 옮겨놓기도 했다.

"어디 한번 당해보라지! 운전사 혼자 치우려면 적어도 1시간은 더 걸릴 걸. 이쯤 되면 저들도 우리를 박대하지 못하겠지?" 우리는 돌쌓기를 마치고는 이런 말을 주고받으며 트럭 운전사들에 대한 섭섭한 마음을 달랬다. 돌쌓기는 1주일가량 이어졌다.

그날 아침도 땀을 뻘뻘 흘리며 돌을 날라다 쌓고 있었다. 그런데 어디선가 갑자기 경찰이 나타나 "야! 이놈들 거기서 뭐 하는 거냐? 그만두지 못할까! 모두 징역감이다"라고 으름장을 놓았다.

경찰이 출근하기에는 이른 아침이다. 더군다나 우리가 돌을 쌓은 곳은 고흥읍에서 3km, 두원지서에서도 3km가량 떨어져 경찰이 자주 순찰할 수 없는 지점이 아닌가. 이 시각에 경찰이 올 거라고는 아무도 예상치 못했다. 우리가 마음놓고 돌쌓기를 한 것도 그 점을 간파했기 때문이다.

경찰은 아마 트럭 운전사들의 신고를 받고 범인을 붙잡으려 잠복했던 모양이다. 우리는 꼼짝없이 현행범으로 체포되었다. 설령 도망친다 해도 큰길이어서 숨을 곳도 없었다. 우리는 경찰의 겁박에 예사롭지 않음을 깨닫고, "다시는 안 그러겠다"며 용서를 빌었다.

하지만 그는 벌을 받아봐야 못된 짓을 안 할 거라며 우리를 두원지서로 연행했다. 그리고 모두 자술서를 쓰도록 했다. 우리는 그가 시키는 대로 아버지와 어머니, 형제 이름을 비롯한 가족 사항은 물론 담임선생 이름, 교우관계 등을 자세히 써내야 했다.

금성마을에 사는 한 친구는 그의 형이 두원면사무소 계장으로 근무하고 있다고 적어냈다. 자술서를 읽던 경찰은 "트럭 운전사에 대한 반감은 이해할 만도 하다. 그렇다고 돌을 쌓아 차를 다니지 못하게 막으면 되겠느냐"고 꾸짖으며 금성 친구에게 정말 유 계장이 형이냐고 물었다. 친구가 그렇다고 대답하자 지서에서 100여 m 거리에 있는 면사무소로 연락하여 그를 지서로 오도록 했다.

친구 형이 불려 오면서 사건은 뜻밖에 쉽게 풀렸다. 그가 우리의 잘못에 대한 모든 책임을 지고 철저히 가르치겠다며 신원보증을 서준 덕이다. 물론 우리도 반성문을 썼다. 그러고 나니 지서 벽에 걸린 시계는 10시를 알렸다. 우리는 풀려나자마자 지서에서 3km쯤 떨어진 학교를 향해 부리나케 뛰었다.

학교에 도착하자 수업은 이미 3교시 중이다. 그때는 시간마다 학과 담임이 출석부를 들고 들어와 이름을 부르며 출석 여부를 확인했다. 나는 다행히 종례 때 담임이 늦은 이유를 묻지 않아 무사히 넘어갔다. 다른 친구들은 각자 담임들에게 호되게 야단을 맞았다고 한다.

또 고흥종돈장에서 겪은 이야기도 빼놓을 수 없다.

중학교에 갓 들어간 4월 하순 어느 장날로 생각된다. 아마 24일 아니면 29일이었을 것이다. 고흥 장은 매월 5일마다 끝자리가 4일과 9일에 장이 서는 까닭에 날짜를 짚어볼 수 있다. 고흥 5일장은 지금도 변함이 없다.

그때 장날은 으레 이른 아침부터 장꾼들로 북적거렸다. 벌교~도양 간 국도도 짐을 이고 지고 장을 보려는 사람들로 붐볐다. 닭과 돼지, 쌀자루 등을 가득 실은 소달구지도 줄을 이었다. 소와 돼지를 직접 몰고 나오는 사람도 눈에 띄었다.

나는 그날도 수업 시간에 늦지 않기 위해 친구들과 어울려 종종걸음을 쳤다. 그런데 읍내로 들어가는 길목에 자리한 종돈장 앞에 이르자 갑자기 학생들의 발걸음이 늦어졌다. 때마침 종돈장에서 평소에는 보기 힘든 '씨받이 행사'가 벌어지고 있었던 까닭이다.

종돈장엔 아무 가림막도 없어 돼지들의 사랑 장면이 적나라하게 드러났다. 종돈 사육사는 먼저 씨 받을 암돼지를 옛날 형틀처럼 생긴 씨받이 틀에 몰아넣고 꼼짝달싹할 수 없게 만든다. 그런 뒤 씨돼지를 풀어주면 녀석은 서슴없이 암돼지를 찾아가 있는 힘을 다해 주어진 임무를 수행했다. 씨돼지는 몸무게가 300kg도 넘게 보였다.

씨받이 틀에 묶인 암돼지는 덩치 큰 녀석이 마구 등을 밀어붙일 때마다 꽤액꽤액 소리를 질러댔다. 씨돼지는 그러거나 말거나 눈 깜짝할 사이에 볼일을 마치고는 유유히 제자리로 돌아갔다. 어린 눈으로 보기에도 재미를 보고 자기 우리로 돌아가는 녀석의 걸음걸이가 실로 당당해 보였다.

나는 돼지 씨받이 장면을 보기는 그때가 처음이다. 솔직히 말하면 나에겐 충격이었다. 나는 괜히 얼굴이 화끈거려 안절부절못했다. 현장에 뒤늦게 도착한 여학생들은 비명을 지르며 얼른 자리를 피했다. 반면 철이든 상급생들은 "야! 쟤는 복도 많지 뭐야. 도대체 하루 몇 번이나 아내를 바꾸지? 그러고도 저 체구를 유지하다니 대단하지 않아!"라며 은밀한 말을 주고받으며 킬킬댔다.

하기야 그때는 돼지가 비싸 농가의 주요 소득원이었다. 우리 마을에서는 추석과 설 명절이 아니고는 돼지고기를 맛볼 수 없었다. 그것도 한 마리를 잡으면 80여 가구 500여 명이 나누어 먹을 정도였다. 그런 상황에서 암돼지가 한번 씨돼지의 사랑을 받고 나면 한꺼번에 일곱 마리에서 많게는 열세 마리의 새끼를 낳아주니 너도나도 돼지를 키웠다. 그래서 장날이면 종돈장 앞은 발정한 암퇘지들로 발 디딜 틈이 없었다.

문제는 종돈장이 하필 한창 이성에 눈떠가는 학생들의 왕래가 잦은 등굣길 길목에 자리했다는 점이다. 지금이라면 아마 유해 교육환경이라고 지탄받았을지도 모른다.

종돈 사육사는 학생들의 시선이 부담스러웠던지 "그러다가 지각하겠다. 어서 가라!"며 큰 소리로 쫓곤 했다. 그러나 대다수 학생들은 드라마가 마무리돼야 자리를 떴다. 세월은 그로부터 벌써 68년이 흘렀다. 지금에 와 철없던 때를 되돌아보면 저절로 웃음이 난다.

# 하굣길에 기절한 이야기

나는 앞에서 설명한 대로 매일 왕복 삼십 리 길을 걸어서 중학교에 다녔다. 지금에 이르러 당시를 돌이켜보면 어른들도 쉽지 않은 거리를 어떻게 3년 동안 개근했는지 가히 기적이라는 생각을 지울 수가 없다. 이웃 여러 마을에서 함께 다니는 또래들이 없었더라면 아마 어려웠을 것이다.

특히 하굣길에 기절한 이야기는 평생토록 잊히지 않는다. 아니 다시는 생각하고 싶지 않은 끔찍한 경험이다. 이야기를 들어보면 심약한 소년의 심경을 헤아릴 수 있지 않을까.

화근은 통학 길에 마주쳐야 하는 안양제(安陽堤) 저수지 이웃 유실봉 골짜기였다. 이곳은 학생들이 밤은 말할 나위 없고 낮에도 혼자 걷기를 무서워했다. 왜냐면 6·25전쟁 때 거기서 공산군에게 살해된 사람들의 원혼이 밤만 되면 귀신이 되어 나타난다는 괴담이 파다했던 까닭이다. 유실봉 골짜기는 외진 데다 지형적으로도 움푹 들어가 으스스한 느낌이었다. 물론 지금은 그 자리에 레미콘 회사가 들어서 주변 모습이 완전히 달라졌지만 말이다.

실제로 유실봉 골짜기의 비극은 1980년 발행 《고흥군지(高興郡誌)》

(631~635쪽)에서도 확인할 수 있다. 이에 따르면 1950년 6월 25일 전쟁을 일으킨 북한 공산군은 한 달여 만인 7월 23일 광주에 이어 7월 26일 순천을 손안에 넣었다. 이때 공산군이 보성(寶城)을 점령하고 곧 고흥으로 진격해 온다는 정보를 들은 차성태(車成泰) 당시 고흥군수와 박사기(朴史基) 당시 고흥경찰서장 등 유지들은 모두 부산으로 피신했다고 한다.

고흥을 점령한* 북한군은 고흥경찰서 바로 옆에 있던 고(故) 신오휴(申午休) 씨 집에 내무서를 차리고, 홍교다리 옆의 고 신지우(申址雨) 씨 댁엔 인민정보부를 꾸려 자기들의 반대 세력을 잡아 가두는 일부터 시작했다.

검거대상은 주로 우익 인사와 반공청년, 신탁통치 반대 학생들이었다. 북한군은 붙잡은 사람들을 모두 고흥경찰서 유치장에 몰아넣고 모진 고문을 가하다가 다섯 번으로 나누어 광주형무소**로 압송했다. 더러는 광주형무소로 이송한다고 속이고 유실봉 골짜기로 끌고 가 10여 명씩 총칼로 찔러 죽이기도 했다.

이렇게 2개월 남짓 분탕을 치던 공산군들도 4283년(1950년) 9월 15일 유엔군이 인천 상륙작전에 성공하자 9월 22일부터 자취를 감추기 시작했다. 그들은 9월 26일 최후로 물러가면서 고흥유치장에 가둬뒀던 우익 인사 120여 명을 군용 트럭에 태우고 가다 유실봉 골짜기에서 집단 학살했다.

---

\* 북한군은 7월 말이나 8월 초쯤 고흥에 진입한 것으로 추측되고 있을 뿐 정확한 진입 일자와 부대 규모 등에 대한 기록은 찾지 못함.

\*\* 당시는 교도소를 형무소라고 칭함.

이런 참상은 그때 살해 현장에서 구사일생으로 살아난 송기완(宋基完, 운대리 중대) 옹이 증언함으로써 널리 알려졌다. 훗날 전남 교육계 원로가 되신 이분은 1950년대 내가 국민학교 1학년일 때 담임 선생님이셨다. 그는 2021년 8월 유실봉 골짜기 학살 사건에 대해 취재하던 나에게 "공산군은 우리를 일렬로 세워놓고 총을 쏜 뒤 탄알이 아깝다며 대검이나 대창으로 찔러 일일이 생사를 확인했는데, 나는 노끈으로 묶인 손에 칼이 들어와도 죽은 듯이 꼼짝하지 않고 엎드려 살아날 수 있었다"고 아찔했던 순간을 들려주셨다. 고령임에도 기력이 정정하시던 선생님은 2022년 3월 2일 작고하셨다. 향년 97세였다.

이렇듯 참극의 현장인 유실봉 골짜기는 겁이 많은 나에겐 두려움의 거리였다. 게다가 항상 같이 다니던 우리 마을 같은 학년 단짝이 서울로 전학을 가고 홀로 남게 되었다. 그래서 이곳을 지날 때는 늘 다른 동네 친구들과 어울려 다녔다. 그러면서도 혹시 수업이 늦게 끝나 이 길을 밤에 혼자 걷게 될까 봐 조바심이 끊이지 않았다.

아뿔사! 걱정하던 일이 기어코 현실로 다가왔다. 중3 때이다. 나는 3학년 4반 2학기 대의원으로 뽑혔다. 대의원은 반 대표로 전교대의원회에 참석하여 반 학생들의 의견을 대변한다. 전교대의원회는 보통 토요일 수업을 마친 뒤 오후에 열렸다. 정확한 날짜는 잊었으나 4290년(1957년) 12월 겨울방학 직전으로 기억하고 있다.

회의는 오후 2시부터 시작되었다. 그날따라 안건이 많아 토의는 늦게까지 계속됐다. 회의를 마치고 밖으로 나오자 사방엔 벌써 어둠이 깔리고 있었다. 공포의 길을 통과할 생각을 하니 가슴이 콩닥거렸다. 사정을 잘 아는 읍내 친구가 자고 가라며 잡았다.

그러나 집에서 기다릴 가족에 대한 생각이 앞섰다. 그때 농촌에는 전화고 뭐고 통신 수단이라곤 아무것도 없었다. 집으로 연락할 방법이 없으니 새로운 시험에 응전해보는 수밖에 다른 도리가 없었다. 친구에게 고맙다는 말을 뒤로하고 서둘러 교문을 빠져나왔다.

학교에서 읍내를 거쳐 송곡재에 이르자 이미 날은 칠흑같이 어두워졌다. 그날따라 달도 뜨지 않았다. 송곡재에서 안양제 저수지에 이르는 길가에는 지등이라는 마을이 있어 무서움은 덜했다. 때마침 저수지 상류에 외로이 서 있는 초가집에서도 불빛이 새어 나와 한결 마음을 다독여줬다.

이윽고 유령의 길로 들어섰다. 우선 손에 들고 있던 책보자기를 허리에 둘러 묶고는 땅만 보고 뛰기 시작했다. 200여 m쯤 뛰었을까. 저수지 아래 멀리서 갑자기 횃불 같은 불빛이 다가오고 있지 않은가. 그렇게 크고 환한 불빛을 보기는 난생 처음이었다.

저게 뭐지? 정말 귀신이 나타난 건가? 실로 간이 콩알만 해졌다. 하지만 물러설 수는 없었다. 부딪쳐 보는 수밖에. 속으로 죽기를 각오하고 뛰다 걷기를 되풀이했다. 마침내 문제의 유실봉 골짜기 가까이에 이르러 불빛과 마주쳤다.

아니 이게 뭐야. 뜻밖에도 자전거를 타고 오는 사람이 아닌가. 불빛은 자전거 헤드라이트였다. 헤드라이트가 그렇게 크게 비칠 수 있단 말인가. 혹시 나의 공포심이 그런 허상을 만들어 낸 것은 아니었을까.

자전거를 탄 사람은 아무 말도 건네지 않고 그냥 지나쳤다. 나는 사람임을 확인하고 안도의 한숨을 내쉬었다. 그러나 이내 그가 말 한마디 없는 점으로 미루어 유령일 수도 있다는 생각이 들어 등골이 오싹해졌다.

나는 그가 사라지기 전에 괴담의 현장을 빨리 벗어나고 싶어 젖먹

고흥중학교 제12회 졸업 사진(3학년 4반).

던 힘을 다해 뛰고 또 뛰었다. 그런데 이번에는 딸가닥 소리가 더 큰 공포를 몰고 왔다. 뛸 때마다 계속 뒤에서 따라오며 딸가닥거렸다. 내가 멈추면 딸가닥 소리도 따라서 멈추고, 다시 뛰기 시작하면 같은 소리로 마음을 긁었다. 뜀박질을 중지하고 조심스럽게 주변을 살폈다. 사방은 먹물 같은 어둠 속에 정적만 흐를 뿐 소리를 낼 만한 것이라곤 아무것도 없었다. 마지막으로 책보자기를 허리에서 풀어 흔들어보았다.

딸가닥 소리의 주범은 거기에 있었다. 책보 속의 빈 도시락 반찬 그릇이었다. "그러면 그렇지. 내가 뛰면 반찬 그릇도 따라서 소리를 낼 수밖에. 그것도 몰랐으니 난 바보야……" 혼자 중얼거리며 긴장 속에서도 실소를 금하지 못했다. 반찬 그릇이 흔들리지 않게 얼른 종이로 싸맨 뒤 다시 뛰었다.

하지만 안심도 잠시. 또 다른 괴음이 신경을 곤두세웠다. 아까보다

소리는 작았으나 달가닥거리기는 마찬가지였다. 내가 멈춰 서도 소리는 그치지 않았다. 그리고 어둠 속 가로수에서 이상한 물건이 어른거리는 모습까지 눈에 들어왔다. 정말 미칠 지경이었다. '어디 한번 마음대로 해보라'는 심정으로 가로수 옆으로 다가가 찬찬히 들여다보았다.

"오! 이런……" 정신을 홀린 물체는 다름 아닌 가로수 팻말이었다. 그리고 팻말이 바람에 흔들려 달가닥 소리를 냈다. 당시 면사무소가 주민을 동원하여 가로수를 심은 뒤 보호를 위해 나무마다 관리책임자 이름을 써붙여둔 것이다.

정신을 놓으면 그렇게 헛것이 보이는 걸까. 허깨비와 씨름하며 밤늦게 겨우 마을 어귀에 도착했다. 어머니가 호롱불을 들고 마중 나와 계셨다. 나는 어머니 품에 안겨 울음을 터뜨리며 정신을 잃었다. 그리고 다음 날 정오 무렵 겨우 제정신을 찾았다.

# Ⅲ
# 사범학교 입학의 뿌듯함

시골뜨기, 13대 1의 문을 뚫다

교사의 길, 사도

국민학교 교단에서 맞은 5·16

1년 7개월 동안 교사가 겪은 일

# 시골뜨기, 13대 1의 문을 뚫다

사범(師範)학교는 국가가 설립한 초등교원 양성시설이었다. 광복
이후 1960년대까지 우리나라 교육의 밑돌을 놓는 데 크게 공헌했다
는 평을 듣는다. 4286년(1953년) 무렵에는 전국적으로 모두 18개교에
이르렀다. 각 시·도별로 보면 서울·인천·춘천·강릉·청주·충주·대
전·공주·전주·군산·광주·목포·순천·대구·안동·부산·진주·제주사
범 등이다.[*]

이들 사범학교가 역사의 뒤꼍으로 사라진(1963년 3월) 지 어느새 60
년이 흘렀다. 신세대들은 아마 당시 사범학교 위상이 어떠했는지, 그
리고 사범학교가 얼마나 중학생들의 선망의 대상이 되었는지는 잘
알 수 없으리라.

돌이켜보면 사범학교는 어느 학교 할 것 없이 교육 선도자로 명성
을 떨쳤다. 입학하기도 여간 어려운 게 아니었다. 수업 연한은 일반
고등학교와 마찬가지로 3년이다. 중학교 졸업자라면 누구나 입학시
험에 응시할 수 있으나 색맹과 색약자는 들어갈 수 없었다.

---

[*] 《한국민족문화대백과》.

사범학교를 나오면 물론 대학에 진학할 수도 있었다. 다만 국비 지원을 받은 대가로 졸업 후 반드시 3년 이상 일선 학교 교사로 근무해야 하는 조건이 따랐다. 그러나 이 규정은 4·19혁명과 5·16쿠데타 등 정치적 혼란에 이어 폐교로 이어지면서 흐지부지되고 말았다.

사범학교는 특히 가정 형편이 어려워 대학에 진학할 수 없는 이른바 흙수저 출신 수재들에게 선호도가 높았다. 졸업생은 우선 국가가 국민학교 교사로 발령하여 취업을 보장해주는 데다 학비가 국비(그때는 관비라 부름)이고, 병역도 12개월 단기 복무(당시 육군 일반병은 33개월) 혜택을 주었으니 박수갈채를 받을 만했다.*

따라서 학교마다 입학시험 경쟁도 치열했다. 순천사범학교도 예외는 아니었다. 내가 순천사범학교에 응시한 4291년도(1958년)는 경쟁률이 13대 1이나 되었다. 그때 순천사범병설중학교를 제외한 전남 동부지역 6개 군(고흥·광양·구례·보성·승주·여천), 2개 시(순천·여수)의 12개 중학교에서 600여 명이 모여들었다. 그뿐만 아니라 광주·장흥·곡성, 심지어 경남 하동과 전북 순창에서도 지원했다. 각 중학교에서 난다 긴다는 학생은 너도나도 출사표를 냈던 것으로 전해지고 있다.

4283년(1950년)대 고교 입시 사정을 정확히는 알 수 없다. 교육부와 전남교육청, 순천사범 졸업생 학적부가 이관된 광주교육대학교 어디에도 그때 고교 입시요강에 대한 기록이 남아 있지 않기 때문이다. 실로 안타깝고도 한심한 일이다.

어쩔 수 없이 순천사범학교 입학 동기생들의 기억을 모아 당시 상황을 상기해보았다. 이에 의하면 그때 전남도 내 고등학교는 학교 사

---

* 단기 복무제는 1961년 5·16쿠데타로 폐지되어 1942년 이후 출생자는 일반병으로 근무.

정에 따라 특차·전기·후기로 나누어 신입생을 뽑았다. 광주·목포·순천 등 3개 사범학교는 특차였다. 인문계 고교는 보통 전기(후기도 있었음)이고, 실업계와 야간 고교는 후기로 선발했다. 인문계 진학 예정자가 자기 실력을 겨루어보고자 특차에 응시한 사례도 적지 않았다.

순천사범학교 입학 정원(학교마다 달랐음)은 남자 100명, 여자

1960년 당시 순천사범학교 전경.

1960년 순천사범학교 교무실 전경.

50명 등 모두 150명이었다. 선발도 남녀별로 분리했다. 여자 정원을 적게 하고 남녀를 구별한 까닭은 분명하지 않으나 여학생 숫자가 적었기 때문으로 전해지고 있다. 당시 여자가 시골에서 초등학교를 졸업한 뒤 중학교에 진학한 예는 드물었다. 나와 같은 해에 졸업한 고흥중학교 12회의 경우 졸업생 200여 명 중 여학생은 30여 명에 불과했다.

남자도 100명 중 55명은 사범병중에서 우선 뽑고, 나머지 45명만 일반 중학교 출신 응시자 중에서 선발했다. 그 바람에 일반 중학생들

이좌형 중3 담임선생님과 사범학교 입학 기념 촬영(1961년 봄).

의 경쟁은 그야말로 뜨거웠다. 사범병중도 3학년 재학생이 2개 학급 120여 명으로 자체 경쟁률이 2대 1을 넘었다. 사범병중은 우수 예비교원을 선발하기 위해 사범학교에 부설된 중학과정으로, 병중 수료생은 일반 중학 출신보다 사범학교에 들어가기가 쉬워 병중 입시도 경쟁률이 높았다고 한다.

순천사범은 두 번에 걸쳐 시험을 치렀다. 1차는 학과 시험을 보고, 2차는 학과 시험 합격자 발표 후 합격자만 면접과 음악·미술·체육 실기 실력을 테스트했다. 시험과목은 국어, 영어, 수학, 과학, 사회 등 다섯 과목으로 3월 3, 4일 무렵에 본 것으로 생각된다. 1차 합격자 발표일 또한 정확한 날짜를 기억하고 있는 사람이 없다. 왠지 내 머릿속엔 3월 10일로 입력되어 있다.

나는 합격자 발표날 순천고등학교에 다니던 친척 형과 함께 발표장으로 갔다. 학교는 순천시 조례동 1160 지금의 순천공업고등학교 자리에 있었다. 도심으로부터는 4km가량 떨어진 외곽이다. 시내버스가 없던 때라 걸어서 갔다. 시험 치던 날은 잘 몰랐으나 꽤 멀리 느껴졌다.

합격자 명단은 교실에서 화장실로 통하는 교사 바깥벽에 붙었다. 합격자라야 고작 160여 명(예비 합격자 포함)이므로 명단을 쓴 종이는 간단했다. 그러나 이름 없이 수험번호만 모두 한자로, 그것도 세로

로 늘어놓았다. 명단을
보는 순간 나는 고개를
떨구었다. 나의 수험번
호 팔십칠(八七) 번이 보
이지 않았기 때문이다.

그런데 옆에서 같이
명단을 훑어보던 형이
갑자기 "야! 저기 있다.

순천사범 1학년 때 하숙집 마당에서 역기 운동을 하는 필자.

합격을 축하한다. 너 정말 대단하구나!"라며 큰 소리로 격려하며 어
깨를 두드려주는 게 아닌가. 그 말을 듣고 뛰는 가슴을 진정하며 다
시 확인해보았다. 긴장했던 탓일까. 그래도 내 눈에는 八七 번이 안
들어왔다.

형에게 물었다. "一八七 만 있고 八七 번은 없지 않아요?" 형은
"八一 다음에 컴마(쉼표)가 있지 않아? 그다음이 바로 八七이야. 컴마
앞 숫자까지 붙여 읽으면 어떻게 해. 그렇게 잘못 읽고도 합격한 걸
보니 미심쩍구나"라며 웃음을 참지 못했다. 설명을 듣고 찬찬히 보니
'八一, 八七' 이라고 두 숫자 사이에 띄어 쓴 쉼표가 선명하게 보였다.

수험표를 받는 날 누군가가 그랬다. "3으로 나누어 딱 떨어지는
번호는 합격한다"고. 81번에 이어 87번도 합격자 명단에 든 걸 보고
허무맹랑한 우스갯소리가 현실로 나타나 고개를 갸웃거리게 했다.

어떻든 내가 다닌 고흥중학교에서는 남학생 30여 명이 지원하여 3
명이 합격했다. 재수생(2명)과 여학생(1명)을 포함하면 6명이다. 나중
에 들은 얘기지만 사범학교 합격자 발표 이튿날 고흥중학교에는 '순천
사범학교 시험에 고흥중 출신이 6명이나 합격했다'는 축하 격문과 함

께 합격자 명단이 나붙어 축제 분위기였다고 한다. 이는 그만큼 당시 로선 사범학교에 들어가기가 어려웠음을 말해주는 증표이기도 하다.

사실 나는 우리집 살림이 너무 어려워 등록금을 받는 일반 고등학교에는 진학할 수 없는 처지였다. 그래도 진학의 꿈은 버리지 않았다. 솔직히 말하면 일하기 싫어 공부해야겠다고 다짐했다. 국민학교 때부터 짊어진 지게는 농부의 멍에로 느껴졌다. 거머리가 종아리를 물어뜯어 피가 나도 멈출 수 없는 모내기도 고역이었다.

그래도 그것은 참을 만했다. 보리타작은 지금 생각해도 지긋지긋하기만 하다. 6~7월경 이글이글 타오르는 뙤약볕 아래서 보릿단을 원동기 타작기에 넣자마자 사방으로 흩날리는 까끄라기는 두려움 그 자체였다. 까끄라기는 한번 피부에 닿기만 하면 떨어질 줄 모르고 땀방울을 타고 옷 속으로 스며들어 살갗을 따끔거리게 한다. 땀에 젖은 이마에 달라붙기라도 하면 눈을 뜰 수가 없다. 경험해보지 않은 사람은 아무리 설명해도 쓰라림을 상상할 수 없으리라.

그런데 집에서는 자꾸만 농군이 되라고 강요한다. 나는 부랑아가 되었으면 되었지 결코 농촌에서 일하기는 싫다고 반대했다. 그렇다고 농사일을 완전히 외면할 수는 없었다. 집안일을 도우면서 밤이면 책을 가까이했다. 어머니도 밤늦게까지 공부하는 아들이 안쓰러웠던지 양초를 사다가 켜주셨다. 그때 우리 마을에는 전기가 들어오지 않아 집집마다 기름을 쓰는 등잔불로 어두움을 밝혔다. 그 바람에 등잔불 앞에서 오래 공부하다 잠든 뒤 이튿날 아침 일어나 코를 풀면 등잔에서 생긴 그을음이 그대로 묻어나왔다.

그런 사이 교통고등학교(1962년 폐교)와 체신고등학교(1964년 폐교)가 국비로 등록금을 받지 않는 사실을 알게 되었다. 학교 성적도 상위

그룹에 들어 도전해 볼 만했다. 그러나 둘 다 서울에 있어서 마음을 접었다. 생활비를 마련할 수 없었던 까닭이다.

나의 이런 뜻이 순천에 사는 이모에게 전해졌던 모양이다. "정 그렇다면 순천사범학교에 시험이나 보여 보자"며 이모가 원서를 구해 보냈다고 한다. 어머니가 살아계실 때 들려준 얘기이다. 이모는 그때 순천시 중앙동에서 대창상회라는 상점을 운영하셨다.

이렇듯 하마터면, 농민들에겐 약간 실례되는 얘길지 모르나, 농부의 멍에를 벗지 못할뻔한 나는 높은 경쟁률을 이기고 일단 예비교사의 길로 들어서게 되었다. 만나는 사람마다 장하다고 칭찬해주니 어깨가 으쓱해졌다. 게다가 이동석(李東碩, 1897~1975) 당시 교장의 입학식 축사는 나에게 더욱 큰 힘이 되었다.

이 교장은 4291년(1958년) 4월 4일 열린 입학식에서 "이번 신입생은 모두가 비범하다. 그중에서도 일반 중학교에서 들어온 학생들은 수재들이다. 앞으로 열심히 공부하여 훌륭한 교육자가 돼 주기 바란다"라며 칭찬을 아끼지 않았다.

그는 일본 와세다대학교 독문학과 유학 중 한용운(韓龍雲, 1879~1944) 지도로 김상철(金相哲)·서원출(徐元出)·김태흡(金泰洽) 등과 함께 조선불교동경유학생회를 조직하여 일제에 항거한 독립운동가이자 독문학자이다. 이름도 일본 경찰의 추적을 피해 이재원(李在元)에서 이동석으로 바꿨다고 한다. 경성고등보통학교(현 경기고등학교)에 다닐 때는 《상록수》 저자 심훈 등과 3·1운동 사건에 연루되어 퇴교당하기도 했다.[*]

---

* 《네이버 지식백과》《위키백과》 이동석.

그는 귀국 후 한때 순천 선암사에서 불교전문강원 원장, 감무(監務), 주지(主持) 등을 역임했다. 순천사범학교 교장으로 재직(1955. 3.~1958. 9)하면서는 독일어 과목을 직접 가르치며 참스승의 본을 보이기도 했다.

# 교사의 길, 사도(師道)

13대 1을 돌파한 선물은 실로 두둑했다. 무엇보다 고흥에서 순천으로 유학의 길이 열린 것은 내게 더할 수 없는 행운이었다. 중학교 3년 내내 나를 괴롭히던 검정고무신 대신 운동화를 신게 된 변화 또한 대수로운 보너스다. 가끔 영화(당시 고교생은 극장 영화 관람을 금했으나 허용된 영화도 있었음)를 보고, 공중목욕탕에 들어가 몸을 씻는 건 고흥에서는 누리지 못한 도시 문화의 덤이었다.

당시 순천은 인구 6만 9천여 명(1960년 순천시 통계)이 북적거리는 꽤 큰 교육도시였다. 지금도 그렇지만, 전라선(전북 익산~전남 여수)과 경전선(경남 삼랑진~광주 송정) 철도가 교차하는 교통의 중심지이기도 했다. 극장과 공중목욕탕을 비롯한 문화·위생시설도 도시 규모에 걸맞게 면모를 갖추었다.

나는 이모 도움으로 처음 순천시 한복판인 중앙동 순천극장 앞 어느 하숙집에 공부방을 마련했다. 이모가 경영하는 상점 대창상회에서 가까운 곳이다. 하숙집은 다다미를 비롯한 일제의 흔적이 그대로 남은 적산 가옥이었다. 하숙집에서 학교까지는 다소 먼 거리(약 4km)지만 이미 중학생 때 도보 통학에 이골이 난 터라 별문제는 아니었다. 하기야 그때는 시내버스도 없었다.

이윽고 4291년(1958년) 4월 4일 오전 10시 조례동 학교 운동장에서 손꼽아 기다리던 입학식이 열렸다. 그날따라 순천엔 때아닌 눈이 내렸다. 허허벌판에 만들어진 운동장은 바람막이가 없어 눈보라가 더욱 세게 몰아쳤다. 신입생들은 때늦은 추위에 떨면서도 온 얼굴엔 웃음꽃이 만발했다. 아마도 어려운 관문을 통과했다는 자부심 때문이었으리라.

나의 사도 수업은 그렇게 꽃샘추위로 시작되었다. 입학식은 이동석 교장의 신입생에 대한 칭찬의 말씀으로 절정에 이르렀다. 입학식을 마친 뒤 신입생은 모두 강당으로 옮겨 남학생은 반부터 나누었다. 나는 2반에 속했다. 2반은 음악 전공인 정용상(鄭容相) 선생님이 담임을 맡았다. 그는 나중 전남도교육청 음악 담당 장학사로도 근무하시고, 중·고등학교 교장을 거쳐 2005년 83세를 일기로 삶을 마감하셨다.

반 편성을 마친 후 학교 소개와 교육과정을 설명하는 오리엔테이션이 이어졌다. 설명회에서는 사범학교 교육과정에는 인문학과 외에 교육원리와 교육심리 같은 교직과목이 추가되고 예·체능 실기가 중요하다는 점이 강조됐던 것으로 기억한다.

그림 그리기는 말할 나위도 없고 서예, 풍금(오르간) 치기, 심지어 남학생도 무용을 배워야 했다. 3학년 때는 사범부속국민학교에서 석 달가량 직접 교단에 서서 학생들을 가르치는 교생 실습도 커리큘럼(교과 과정)에 들었다.

설명회에 이어 각 과목 교과서도 배부되었다. 국민학생 때부터 늘 그랬듯이 교과서는 소설이나 교양서를 사 볼 수 없었던 내겐 글동무였다. 사범학교에서 익혀야 할 주제가 무엇인지도 궁금했다. 먼저 국어 교과서부터 펼쳐보았다.

거기에는 〈어린이 예찬〉〈들국화〉〈백설부〉〈겨울밤〉〈금잔디〉〈오랑캐꽃〉〈신록 예찬〉 등 주옥 같은 수필과 기행문이 열 편 넘게 실렸다.[*]

나는 하숙집으로 돌아오자마자 국어책을 읽기 시작했다. 내겐 어느 것 하나 빼놓을 수 없는, 모두가 명문(名文)이고 재밌는 내용으로 다가왔다. 특히 〈청춘 예찬〉〈석굴암〉〈낙엽을 태우면서〉〈청포도〉 등은 단숨에 읽었다. 그 가운데서도 〈청춘 예찬〉은 심금을 울렸다. 지금도 가끔 첫머리를 되뇌어 보곤 한다.

널리 알려져 있듯이 〈청춘 예찬〉은 "청춘! 이는 듣기만 하여도 가슴이 설레는 말이다. 청춘! 너의 두 손을 가슴에 대고 물방아 같은 심장의 고동을 들어보라. 청춘의 피는 끓는다. 끓는 피에 뛰노는 심장은 거선(巨船)의 기관같이 힘 있다. 이것이다. 인류의 역사를 꾸며 내려온 동력은 꼭 이것이다. 이성은 투명하되 얼음과 같으며, 지혜는 날카로우나 갑 속에 든 칼이다. 청춘의 끓는 피가 아니더면, 인간이 얼마나 쓸쓸하랴? 얼음에 싸인 만물은 죽음이 있을 뿐이다"로 시작하고 있다.

이 글을 쓴 작가는 민태원(閔泰瑗, 1894~1935)이다. 그는 기자 겸 소설가였다. 《동아일보》 사회부장, 《조선일보》와 《중외일보(中外日報)》 편집국장 등을 역임했다. 그가 일제강점기에 조선총독부 기관지 《매일신보(每日申報)》 기자로 출발하여 1920년 무렵엔 한국인으로는 처음

---

[*] 교과서박물관.

으로 편집 책임자 격인 편집국 차석으로 근무했다는 사실은 2005년 8월 《일본 군국주의의 괴벨스 도쿠토미 소호》(지식산업사)라는 책을 펴내면서 알게 되었다.[*]

2학년에 올라가서는 정비석(鄭飛石, 1911~1991)의 〈산정무한〉과 독일 출신 안톤 슈낙(Anton Schnack, 1892~1973)의 〈우리를 슬프게 하는 것들〉이 마음을 흔들었다. 두 작가 역시 언론인 출신이다. 소설 《자유부인》으로도 유명한 정비석은 애석하게도 1940년부터 일제 패망 때까지 총독부 기관지 《매일신보(每日新報)》[**] 기자로 일하며 침략주의 일본을 찬양하여 친일반민족행위자로 지탄받기도 한다. 안톤 슈낙도 히틀러의 나치 독일에 협력한 작가였다. 교과서를 배울 당시는 이들의 부정적 전력(前歷)에 대해서는 전혀 알지 못했다.

어쨌거나 나는 이들의 작품을 즐겨 읽었다. 그리고 편지 쓰기를 좋아하게 되었다. 동기동창 이석장(李錫藏)과의 편지 주고받기는 지금도 잊히지 않는다. 2학년 여름방학 때로 떠오른다. 그는 무슨 의도였는지 내 이름 정일성(丁日聲)을 '正一星'으로 발음만 같을 뿐 한자를 다르게 쓴 엽서를 고흥 집으로 보내 왔다. 배달부가 편지를 전하면서 이런 성씨도 있느냐고 물었다. 나는 말문이 막혀 그냥 웃어넘겼다.

나도 장난기가 발동하여 그의 이름을 '二三章(이삼장)'으로 바꿔 답장을 보냈다. 수를 세는 '석'이 '삼'과 뜻이 통한다는 데 착안, 그렇게 엉뚱한 이름을 새로 지은 것이다. 친구도 배달부가 엽서를 들고 와 우리나라에 이런 두 이(二)자 성씨가 있는 줄을 이제야 알게 되었다고

---

[*] 《서울신문 100년사 : 1904~2004》 277쪽 참조.

[**]  1938년 4월 29일 《경성일보》에서 독립, 제호를 《每日申報》에서 《每日新報》로 바꿨음.

말해 배꼽을 뺐다고 개학 후 털어놨다.

엽서 내용은 주로 2학년 국어 교과서에 실린 〈우리를 슬프게 하는 것들〉에 대한 독후감을 주제로 했던 것으로 기억하고 있다. 그때 나는 〈우리를 슬프게 하는 것들〉을 읽고 한동안 비관주의에 빠져 헤어나지 못했다. 그런 '엽서 절친'은 안타깝게도 10여 년 전부터 소식이 끊겨 안부를 알 수 없다.

이렇듯 나는 새로 사귄 친구들과 어울려 예비교사 수업에 그런대로 적응해 나갔다. 그렇다고 모든 수업이 만족스러운 건 아니었다. 특히 예체능 과목 가운데 오르간 치기는 내게 입학 초기부터 애를 먹였다. 연습하려 해도 오르간을 쉽사리 차지할 수가 없었다. 음악실에 비치된 오르간이 30대가 채 안 되었기 때문이다.

이에 견주어 풍금 치기 연습을 해야 할 재학생은 500명에 가까웠다. 이른 새벽에 학교에 가지 않고는 도저히 자리를 잡을 수가 없다. 아침 7시에 출발하여 7시 40분쯤 음악실에 도착해 보면 이미 다 자리를 차지하고 있다. 사정이 어렵기는 방과 후도 마찬가지였다.

게다가 학기가 시작된 지 얼마 안 되어 편입생이 들어와 학생 수는 정원(150명)보다 크게 늘었다. 편입은 2학년 때도 계속되었다. 1, 2학년 도중에 편입하여 함께 졸업한 예비교사는 모두 32명(1반 13명, 2반 11명, 3반 8명)이나 된다.***

편입생은 대부분 인문계 출신으로 학년을 낮춰야 들어올 수 있었다. 다시 말하면 다른 학교 2학년은 1학년으로, 3학년이나 졸업생은 2학년이 되었다. 2학년 때 우리 반에는 세는나이로 네 살 많은 선배

---

*** 4294년 사범 졸업 앨범 '발자욱'.

가 편입하여 말 걸기가 거북하기도 했다.

편입생으로 인해 웃지 못할 일도 벌어졌다. 아마 1958년 6월께였을 것이다. 이동석 교장이 직접 수업을 맡은 독일어 시간이었다. 이 교장은 이날 한 학생이 남성, 여성, 복수에 따라 달라지는 독일어 정관사 변형을 모르자 그의 뺨을 잡아 끌어당기며 "너는 쌀 몇 가마를 주고 들어왔느냐"며 비아냥거렸다.

이처럼 이 교장이 편입 자체를 못마땅하게 여긴 걸 보면 교장도 편입학을 막을 수 없었던 모양이다. 교장은 수업 시간마다 묻는 말에 대답하지 못하면 무조건 편입생으로 여기고 힐난을 되풀이했다. 그 바람에 독일어 수업이 들어 있는 날엔 학생들이 "데어(der), 데스(des), 뎀(dem), 덴(den)……"을 외우느라 교실이 어수선했다.

통학로에 있던 생목동 고갯길 추억도 잊히지 않는다. 생목동은 풀빵 가게로 유명했다. 풀빵 생김새가 바나나처럼 생겨 바나나빵이라 부르기도 했다. 하교 시간이 되면 길가에 즐비한 빵집에서 새어 나오는 빵 굽는 냄새가 행인의 코를 잡아맨다. 허기질 때는 그냥 지나칠 수가 없다. 특히 국비가 지급되는 날은 문전성시를 이루었다.

그러나 국비가 나오는 날은 수난일이기도 했다. 순천시 내 다른 학교 주먹들이 몰려와 아무에게나 빵을 사라고 강요한 까닭이다. 이들은 주로 칠성파나 풍운아, 십자성 서클에 속한 불량배들이었다. 이들의 말을 거절하면 얻어맞기 일쑤였다. 샛길이 없어 피해갈 수도 없었다.

당시는 자유당 말기로 정치는 말할 것 없고 사회 전반이 모두 썩을 대로 썩었다. "못 살겠다. 갈아보자!"는 외침이 당시의 부패상을 잘 말해준다. 4·19학생 혁명이 일어난 것은 너무도 당연했다. 순천에도

4293년(1960년) 4월 말 자유당 타도 격랑이 일어 학생들이 거리로 나왔다.

돈을 내지 않고 순천극장에 마음대로 드나든 것도 잊을 수 없는 추억이다. 이미 설명했듯이 나는 순천극장 앞 하숙집에서 생활했다. 그때만 해도 순천극장은 날마다 한 번씩 영화를 상영했다. 극장 문을 여는 시간은 대개 저녁 7시로 기억된다. 극장 측은 영화를 상영할 때마다 스피커를 바깥쪽으로 대놓고 소리를 크게 틀어 극 중 대화를 들려주곤 했다.

하숙방에서 공부하다 들으면 궁금해서 도저히 견딜 수가 없다. 공부하다 말고 극장 출입구로 다가가 이른바 기도*가 한눈을 파는 사이 몰래 들어가 보았다.

마침 문지기는 이모부 친구였다. 그는 극장 앞에 있던 이모부 가게에 자주 놀러 와 낯이 익었다. 그러나 영화를 상영하는 첫날은 절대로 들여보내지 않는다. 게다가 그때는 학생들의 극장 출입을 엄격히 규제하던 시절이다. 개봉일엔 언제나 경찰관과 각 학교 생활지도 교사들이 극장 지정석에 나와 위반 학생을 단속했다. 나도 한 번 걸렸으나 담임 선생님이어서 무사히 넘어갔다.

그런 까닭으로 나는 새 영화가 들어오면 개봉된 지 3, 4일이 지나야 무료 입장을 시도했다. 따라서 처음부터 끝까지 감상한 영화는 드물다. 그렇게 토막으로나마 눈에 넣은 명화는 아마 100편은 넘지 싶다. 그 가운데서도 〈바람과 함께 사라지다〉〈카라마조프의 형제들〉〈전쟁과 평화〉〈춘향전〉 등은 그때의 감동을 이루 형언할 수 없다.

---

* 木戸, 극장이나 유흥업소 출입구에서 표를 받으며 지키는 사람을 이르는 일본말.

돌이켜보면 이처럼 사범학교 3년간은 나의 성장기 지식과 안목을 넓히는 데 큰 도움이 되었다. 특히 교육심리 시간에 배운 삼단논법은 지금도 사고와 글쓰기에 큰 도움이 되고 있다. 기자가 되겠다는 뜻을 세운 것도 사범학교 때였던 것으로 기억한다. 나는 사범학교 졸업 때 교지《한샘》의 장래희망 설문조사에 기자가 되고 싶다고 적었다.

# 국민학교 교단에서 맞은 5·16

나는 단기 4294년을 잊지 못한다. 서력(西曆)으로 말하면 1961년이다. 나는 그해 세는나이 스무 살이었다. 일찍이 공자(孔子)는 남자 나이 스물을 '약관(弱冠)'이라 했다. 약관이란 어른이 된다는 의미로 상투를 틀고 갓을 쓰게 하던 옛날 관례를 이름이다. 그런 약관에 국민학교 교사가 되었으니 잊힐 리가 있겠는가.

역사를 돌이켜보면 4294년만큼 국내외적으로 충격적인 사건이 많았던 해도 드물 성싶다. 한마디로 격동기라 해도 틀린 말이 아니다. 우선 국내에서는 5·16 군사쿠데타가 일어나 헌정 질서가 마비되고, 국제적으로는 미국과 구소련 두 강대국이 세계를 양분한 이른바 동서냉전을 부추기며 핵실험 경쟁에 들어갔다.

미국은 지하 핵실험(9월 15일)에 이어 다음날 네바다(Nevada)주에서 두 번째 핵실험을 하고, 소련도 이에 질세라 북극해에 있는 노바야제믈랴(Нòвая Земля)제도에서 수소폭탄 차르 봄바(Tsar Bomba) 투하 실험(10월 30일)을 했다. 또 독일의 동서 베를린 사이에 장벽이 세워지고(8월 13일), 한국 표준시가 동경 135도를 기준으로 30분 앞당겨졌으며(8월 10일), 소련의 유리 가가린(Yurii Gagarin, 1934~1968)이 인류 최초로 우주 비행에 성공한 것(4월 12일)도 그해였다.*

그런 격변기에 우리나라 정치 체제는 슬기로운 대처는커녕 본연의 구실도 제대로 하지 못했다. 주지하다시피 4·19혁명(1960년) 후 7·29 총선을 통해 압도적인 지지로 집권한 민주당은 내각제를 채택하고 윤보선(尹潽善, 1897~1990)을 대통령으로, 장면(張勉, 1899~1966)을 국무총리로 뽑아 민주정권을 출범시켰다.

그러나 민주당 정권은 시작부터 구파와 신파로 갈리어 정쟁(政爭)을 일삼았다. 그 바람에 내각제가 출범한 지 1년도 채 안 되어 실권을 쥔 총리가 민주당을 탈당(1월 31일)한 데 이어 대통령마저 민주당을 탈당(4월 30일), 여당이 없는 사상 초유의 사태가 빚어져 정국은 혼란의 소용돌이로 빨려들었다.**

사회 각계각층의 불만이 쏟아지고 항의 시위가 봇물을 이뤘다. 시민들은 마치 시위로 모든 일을 해결하려는 듯 데모를 앞세웠다. 교육계도 예외는 아니었다. 특히 전남 초등교육계는 교사가 남아돌아 졸업 후 1년 가까이 발령을 받지 못한 사람이 수두룩했다. 이에 불만을 품은 예비교사들은 특별 대책을 세우라며 연일 항의 시위를 벌였다.

그렇지만 장면 정권도 교원 적체(積滯) 문제를 풀지 못했다. 이런 사회적 혼란은 마침내 5월 16일 군사쿠데타를 불러왔다. 나는 그해 3월 순천사범학교를 졸업하고 순천남국민학교에서 임시(기간제) 교사로 어린이들을 가르치던 중 5·16을 만났다.

당시는 TV가 보편화 되지 않았던 때라 사람들은 모두 라디오에 귀

---

* 《위키백과》 1961년.
** 《네이버 지식백과》.

를 기울였다.<sup>***</sup> 시간마다 군가(軍歌)와 혁명 공약이 뉴스를 장식했다. 일선 교육기관에도 곧 비상이 걸렸다. 그리고 그로부터 한 달 반만인 6월 30일 일부 교원 발령이 났다. 나도 명단에 올랐다.

나는 곧바로 순천남국민학교 교사들과 작별 인사를 한 뒤 고흥군 교육청으로 달려갔다. 당시 평교사는 도 교육청(그때는 교육위원회)<sup>****</sup> 이 군 교육청으로 발령자명단을 통보하면 군 교육청이 이를 받아 개인별로 일선 근무지를 정해주는 발령 체제였다.

고흥군교육청에 들어서자 긴장감이 감돌았다. 벽면 여기저기에 나붙은 혁명 공약과 구호를 보고 비상시국임을 직감했다. 직원들은 전화통을 들고 어디론가 보고를 하거나 브리핑 자료를 만드느라 분주하다. 잠시 후 담당 장학사가 과역국민학교로 배정되었음을 알려줬다. 과역교는 과역면사무소 소재지에 있는 학교로 그때만 해도 학생 수가 18학급 1,000여 명으로 20여 명의 교직원이 근무하는 비교적 큰 학교 축에 들어갔다. 기쁜 마음을 감출 수 없었다.

서둘러 근무지를 찾아갔다. 나를 맞이한 교장은 대뜸 "혹시 오는 길에 불량배들에게 행패를 당하지는 않았느냐"고 물었다. 아무 일도 없었다고 대답하자 교장은 "얼마 전만 해도 불량배들이 새로 부임하는 젊은 교사들에게 시비를 걸곤 했는데 군인들이 무서워 자취를 감춘 모양이다"라며 웃었다. 실제로 나보다 1년 전에 부임했다는 젊은

---

*** 《네이버 지식백과》 시사상식사전 : 국내 텔레비전은 4289년(1956년) 5월 12일 방송국이 개설되고, 그해 11월 1일부터 정규방송에 들어갔으나 수상기를 수입에 의존하여 부유층이 아니고는 좀처럼 살 수 없었다.

**** 《두산백과》 교육위원회.

교사는 부임 도중 길거리에서 깡패들에게 까닭 없이 얻어맞았다고 들려줬다.

그런 격랑 속에 같은 날 과역교로 발령된 햇병아리 교사는 나를 포함하여 3명이었다. 우리는 합동으로 부임 인사를 했다. 아마 7월 10일 무렵으로 여겨진다(정확한 날짜는 잊음). 그날은 월요일이었다. 그때 과역교는 매주 월요일마다 전교생이 운동장에 모여 애국 조회를 열었다. 애국 조회에서는 신임 교사들의 부임 인사, 윗선의 지시 사항 전달, 보건 체조 등을 행했다.

나는 새로 맞춘 양복에 새 와이셔츠를 입고 넥타이를 맨 차림으로 운동장에 마련된 교단에 올라가 자기소개 겸 부임 소감을 발표했다. 말할 내용을 미리 마음속으로 준비는 했으나 너무 긴장한 나머지 뭐라고 말했는지 머릿속이 횡뎅그렁했다.

조회를 마치고 담임을 맡게 된 3학년 1반 교실로 옮겨 일일이 이름을 부르며 앞으로 열심히 공부하자고 다짐했다. 어린이들은 힘찬 박수로 뜨겁게 환영했다. 참으로 기쁘고 벅차고 가슴 뿌듯한 순간이었다. 우리 반 어린이 가운데는 3학년 적령(適齡, 8살)보다 두세 살 많은 제법 슬거운 학생도 있어서 학습 환경은 화기애애했다.

그러나 학교 분위기는 무거웠다. 무엇보다 매일 아침 직원 조회 때마다 다 함께 입을 맞추어 읽는 혁명 공약은 큰 고역이었다. 소리 내어 읽는데 그치는 게 아니라 모두 외워야 했다. 학생들도 혁명 공약을 외우지 못하면 꾸중을 들었다. 당시 5·16 주체는 교육위원회의 기능을 일시 정지하고 교육행정을 일반행정으로 흡수 통합, 일선 학교도 행정당국(시·도·군청)의 지시를 따르도록 했다.

혁명 공약은 "△ 반공을 국시의 제일의(第一義)로 삼고 지금까지 형식적이고 구호에만 그친 반공 태세를 재정비 강화한다. △ 유엔 헌장을 준수하고 국제협약을 충실히 이행할 것이며 미국을 위시한 자유 우방과의 유대를 더욱 공고히 한다. △ 이 나라 사회의 모든 부패와 구악을 일소하고 퇴폐한 국민 도의와 민족정기를 바로잡기 위해 청신한 기풍을 진작시킨다. △ 절망과 기아선상에서 허덕이는 민생고를 시급히 해결하고 국가 자주 경제에 총력을 경주한다. △ 민족의 숙원인 국토통일을 위하여 공산주의와 대결할 수 있는 실력배양에 전력을 집중한다. △ 이와 같은 우리의 과업이 성취되면 참신하고도 양심적인 정치인들에게 언제든지 정권을 이양하고 우리들은 본연의 임무에 복귀할 준비를 갖춘다." 등 6개 항으로 되어 있다.[*]

또 교사들을 농어촌 고리채(高利債) 정리 사업에 동원한 일도 마음이 언짢았다. 사실 농어촌 고리채 정리 사업은 쿠데타로 권력을 잡은 5·16 주체 세력이 농어민의 환심을 사려는 조치였다. 정변을 일으킨 지 한 달도 안 된 6월 10일 '농어촌 고리채 정리법'을 제정·공포한 사실이 저의를 잘 말해준다.

앞에서도 잠시 설명했듯이 당시 농어가(農漁家)는 대부분 고리채에 시달렸다. 예를 들면 빈농은 양식이 떨어지면 쌀을 빌려야 하는데 한 가마를 빌리면 빌린 기간에 상관없이 가을걷이 때 원금(한 가마)에 이자로 반 가마를 더 붙여 갚는 것이 관례였다. 게다가 지나친 이자 때문에 빚을 내어 빚을 갚는 악순환이 되풀이되고 있었다.

농어촌 고리채 정리법은 4294년(1961년) 5월 25일 이전의 채무 가운데 연리 20% 이상을 고리채로 규정하고 신고 대상으로 삼았다. 다

---

[*] 《네이버 지식백과》 혁명 공약.

만 신고 액수는 가구당 원금이 150,000환(圜)<sup>*</sup>을 넘지 않는 범위로 제한했다. 고리채로 판정된 채무에 대해서는 농업중앙회가 채권자에게 연리 20% 조건의 농업금융채권을 발행하되, 그 가운데 8%는 국가가 지원하고 나머지 12%는 채무자가 정부 융자금 상환 요령으로 갚도록 했다. 융자금은 2년간 이자만 낸 뒤 5년 동안 나누어 갚는 조건이다. 이밖에 액면 10,000환 이하는 1년 안에 갚을 수 있게 했다.<sup>**</sup>

이에 따라 전국 행정자치단체는 각 읍·면과 이(里)·동(洞)사무소에 고리채 정리위원회를 설치하고 고리채 신고에 박차를 가했다. 그러나 이를 반겨야 할 채무자들은 마냥 좋아하지만은 않았다. 우선 날마다 얼굴을 대하는 같은 마을 채권자에게 불편을 줄 수 없다며 신고를 꺼렸다. 게다가 신고 요령도 잘 알지 못해 신고가 부진했다. 이에 과역면은 직원과 교사들을 총동원하여 고리채 신고 독려에 나선 것이다.

때는 그해 8월 25일이다. 출근하자마자 고리채 신고를 독려하러 가라는 출장 지시가 내렸다. 출장지는 과역면 도천리 우도(牛島) 마을이었다.

주민들은 우도를 흔히 '쇠섬'이라 부른다. 섬 넓이라야 626,443㎡에 불과하고 경지 면적도 97,850m²에 지나지 않는다. 섬을 한 바퀴 도는 해안선도 3.2km밖에 안 된다(남양면 통계). 지금은 주민이 50여 가구 110여 명으로 줄었으나 그때는 100여 가구 500여 명이 농업과 어업에 종사하고 있었다. 이곳 역시 고리채에 시달렸다.

---

<sup>*</sup>　1952부터 1962년까지 사용된 화폐 단위.
<sup>**</sup>　《네이버 지식백과》한국민족문화대백과.

나는 이날 오전 과역면 노일리 선착장에서 과역면장과 함께 고깃배에 몸을 실었다. 그때는 고깃배 말고는 우도로 가는 교통수단이 없었다. 지금은 하루 두 번씩 썰물 때마다 바닷물이 빠져 땅이 드러나는 갯벌에 시멘트 도로(1.3km)를 만들어 자동차가 오간다. 행정구역도 1973년 7월 1일 개편에 따라 남양면에 편입되어 지금은 남양면 남양리에 속해 있다.

우리는 도착하기 바쁘게 고리채 정리위원회가 설치된 마을회관으로 옮겨 주민들에게 농어촌 고리채 정리법의 취지를 설명하고 신청서 작성 요령을 알려주며 신고를 도왔다. 많은 사람이 밤늦게까지 신고서를 제출했다. 저녁 8시쯤 되어서야 접수가 끝났다.

마을 이장을 비롯한 주민들은 면장이 직접 나와 수고했다며 우리에게 저녁 식사를 대접했다. 마침 그날은 음력 7월 15일 백중(百中)날이었다. 백중은 예로부터 농민들이 음식과 술을 나누어 먹으며 각종 놀이로 하루를 보낸다는 세시풍속이다. 주민들은 각자 집에서 손수 만든 음식을 마을회관으로 가져왔다. 그중에서도 고구마순을 데쳐 된장에 버무린 고구마순 나물은 인기가 높았다. 다들 막걸리에 거나하게 취했다.

면장과 나는 밤늦게 식사를 마친 뒤 쇠섬 선착장에서 고깃배를 타고 다시 노일리로 향했다. 그날따라 바다는 바람이 없어 명경지수(明鏡止水)였다, 중천에 뜬 보름달과 별들은 끝없이 바다에 쏟아져 명화(名畫)를 연출하고, 노를 저어 일렁이는 파도는 다이아몬드가 되어 눈을 사로잡는다. 하지만 마음은 편치 않았다. 이게 과연 내가 걸어야 할 길인가?

참고로 기록에 의하면 그해 12월 말까지 신고된 전국 농어민의 채무는 모두 480억 환에 달했다 한다. 이 가운데 293억 환(61%)이 농어촌 고리채로 판정되어 정부가 249억 환(전체 신고액의 52%)을 융자해주었다. 그러나 농어촌 고리채 정리 사업은 중공업 정책에 밀려 애초 기대만큼 성과를 거두지는 못한 것으로 평가되었다.[*]

---

[*] 《dongA.com》 2006년 7월 12일자 보도.

# 1년 7개월 동안 교사가 겪은 일

5·16쿠데타는 교단에도 칼바람을 몰고 왔다. 모든 행정은 군대식으로 바뀌고, 공문서도 군대 양식에 따라 기안(起案)해야 했다. 특히 입영을 기다리던 젊은 교사를 비롯한 병역 미필 공무원들은 군복무 문제로 홍역을 치렀다.

## 병역미필자 해고 소동

실제로 4·19혁명 이후 병역 미필 공무원들 문제는 심각한 사회문제로 떠올랐다. 군복무를 마친 사람들이 병역 미필 공무원을 공직에서 물러나게 하고 그 자리에 군필자를 고용하라고 주장하며 대대적인 시위에 나섰기 때문이다. 이를 정국 운영의 호재로 삼은 군사정권은 4294년(1961년) 6월 7일 각의(제14회)를 열고 4262년(1929년) 12월 31일 이후 출생한 공무원 가운데 군복무 미필자를 모두 해임키로 결의했다. 이어 9일에는 내각 공고 제1호로 일반인을 포함한 병역미필자 자진 신고 기간(6월 9~18일)을 설정, 공고했다.[**]

---

[**] 《네이버 지식백과》.

열흘 동안 접수결과 전국 병역미필자는 21만 5천여 명에 달했다. 이 가운데 공무원은 9,291명이었다. 이에 군사정권은 6월 20일 '병역의무미필자에 관한 특별조치법'을 만들어 처벌규정을 마련하고 정밀심사를 거쳐 7,571명을 자리에서 물러나게 했다.

이와 함께 6월 20일부터 한 달 동안 공무원 비리 조사를 벌여 관련 공무원 34,984명을 해직 조치했다. 사유는 정실 인사가 19,860명으로 가장 많고, 조직 변동 3,236명, 부정부패 1,676명, 축첩 1,047명, 무능력자 908명, 근무 태만 및 징계 686명, 기타 700명 등으로 나타났다. 여기에 병역기피·미필자를 합하면 해직공무원은 모두 35,684명에 이른다. 이 가운데 교육공무원이 몇 명인지는 알려지지 않았다.

이 같은 병역 회오리는 8월 들어 수그러드는 듯했다. 그러나 8월 15일 또다시 전국 각급 학교에 날벼락이 떨어졌다. 각 학교 재직 교사 중 1940년과 1941년에 태어난 병역의무 대상자는 이날 자로 모두 사직서를 내라는 통보였다.

이 사실이 전해지자 교단은 발칵 뒤집혔다. 나와 같이 근무하던 신 모 교사는 "아무리 개혁이라지만 입영 영장도 나오지 않았는데 마치 병역기피자 다루듯이 사표를 쓰라니 말이나 되느냐!"며 분통을 터뜨렸다. 그는 1940년생으로 쿠데타가 일어나기 1년 전(1960년) 징병신체검사를 받고 입영 영장을 기다리는 중이었다. 그래도 그는 김 모 교사에 견주면 덜 억울한(?) 편이었다. 김 교사는 1941년생으로 5·16이 나던 해 봄 징병검사를 받았으므로 그다음 해인 1962년에 입영 영장이 나오게 되어 있다. 그런데도 전남도교육위원회(교육청)는 그를 병역 미필로 8월 15일 면직 처리했다.

지금에 이르러 생각해보면 그때 병무 행정은 엉망진창이었다. 게다가 각 도 교육위원회마다 처리 방법도 달랐다. 대부분 교육위원회는 1940년, 41년 출생 병역의무 대상자를 모두 면직 처리했다. 그런가 하면 휴직 처리해준 곳도 있었다.

순천사범학교를 졸업한 뒤 1961년 5월 4일 경남 남해로 발령받아 근무 중 병역 미필로 8월 15일 해직된 배태규(1940년생) 동기에 따르면 경남도교육위원회는 같은 입영 대상 교사들에게 모두 휴직계를 받았다고 한다. 반면 전남도는 병역의무 미필, 일신상의 형편 등을 사유로 전원 의원면직 처리했다.

휴직과 면직은 의미가 다르다. 휴직자는 제대 후 복직원을 내는 것만으로 신분이 회복되나 면직자는 절차가 그리 간단치 않다. 실제로 면직자들은 입대 후 증빙서류를 부대에 제출하여 단기 복무 혜택은 받았으나 제대 후 복직하여 호봉 승진에서 면직 기간을 빼는 바람에 휴직자보다 월급을 적게 받는 불이익을 당하기도 했다. 나중 면직자들의 항의로 휴직 처리자와 호봉은 같아졌으나 그동안 받지 못한 월급은 보상받지 못했다.

이러한 입영 대상 교사들의 무리한 일괄 해직으로 전남에서는 갑자기 병력 자원이 남아돌아 서로 먼저 군대에 가려고 돈을 쓰는가 하면 실력자에게 연줄을 대어 출신지가 아닌 다른 지역으로 옮겨 입대하는 일까지 빚어졌다. 또 스승과 스승에게 직접 배운 제자가 같이 훈련소에 들어가 병영 생활을 하는 웃지 못할 일도 벌어졌다.

나는 호적이 실제 나이보다 늦게 실려 면직 파동은 피했으나 1962년부터 교사들에게 주어진 단기 복무 혜택이 폐지돼 일반병과 똑같이 31개월을 근무했다.

## 재건복 장학사의 암행에 걸렸으나……

또 이런 일도 있었다. 4294년(1961년) 10월 어느 화요일이었다. 그날 3학년 수업은 5교시로 짜여 있었다. 5교시째 내용은 일반교과가 아니라 운동장에서 여러 가지 오락을 할 수 있는 특별활동이다. 그날 따라 날씨가 잔뜩 찌푸려 금방이라도 비가 쏟아질 듯했다. 야외 활동이 어려울 듯하여 다른 2, 3반 선생들과 상의 끝에 학생들을 집으로 돌려보냈다.

그리고 막 책상에 앉아 대학 입시 공부를 하려던 참이었다. 사실 그때 나는 교단에서 아이들을 가르쳐보니 기대와 달리 교직이 적성에 맞지 않음을 깨닫고 진학 준비를 시작하고 있었다.

그런데 노크도 없이 갑자기 교실 문이 드르륵 열렸다. 누군지 참예의도 없다는 생각에 앉은 채로 물끄러미 쳐다만 보았다. 앞선 사람은 교감이고 뒤따른 분은 처음 본 얼굴이었다. 그의 재건복 차림에서 풍기는 당당함이 예사 신분이 아님을 짐작게 했다.

재건복은 군사정부가 4294년 10월 모든 국민 간소복 입기 운동에 앞서 고위공직자들에게 솔선수범하여 입도록 한 국가 지정 표준 간소복이다. 재건복 옷감은 누빈 것처럼 골이 지게 짠 코듀로이(corduroy, 당시는 코르덴으로 더 유명함)로 재건국민운동(1961. 6.~1964. 8)이 본격화되면서 한때 모든 공무원이 입게 되었다.<sup>*</sup>

재건복 차림이 물었다. "오늘 수업이 몇 시간이죠?" "예 4시간입니다"라고 얼떨결에 대답했다. "그래요. 그럼 학급경영부를 가지고 교무실로 와요!"라고 말하고는 바로 이웃한 2학년 3반 교실 쪽으로 발

---

<sup>*</sup> 《네이버 지식백과》 향토문화전자대전.

1962년, 교사 2년차에 담임을 맡은 과역국민학교 5학년 3반 학생들과 교정에서.

2011년 5월 스승의 날, 서울 강동구의 어느 음식점에서 과역국민학교 5학년 3반 제자들과 함께.

길을 옮겼다. 학급경영부는 어린이들을 가르치는 데 필요한 여러 자료를 기록한 학습지침서로 그 안에는 수업 시간표와 수업지도안, 출석부 등이 망라되어 있다.

그가 나간 뒤 아무래도 켕겨 이웃 다른 반 선생에게 재건복 차림의 정체를 물었다. 그는 전남도교육위원회에서 출장 나온 장학사라 했다. 그러면서 "오늘 실은 5교시인데 네 시간만 하고 아이들을 귀가시켰다"고 솔직하게 털어놨단다. 말을 듣고 나니 가슴이 철렁했다. 그렇지 않아도 항간에는 여천(麗川)에선지 어딘가에서 숙직을 잘못 선 교사가 적발되어 파면당했다는 소문이 파다했다. 그런 분위기에 거짓말까지 했으니 나는 무사하지 못하겠구나 하는 생각이 들었다.

그렇다고 그냥 손을 놓고 있을 순 없었다. 수업 시간표부터 고쳤다. 학급경영부를 꺼내놓고 화요일에 적힌 특별활동 시간을 면도칼로 긁어 지우고 금요일로 옮겨 적었다. 그렇게 2학기 전체시간표를 모두 고치느라 시간이 꽤 걸렸다. 그런 뒤 교무실에 제출했다.

그러나 지운 흔적이 너무 뚜렷하여 누가 보아도 고쳤음을 금방 알 수 있었다. 나는 될 대로 되라고 체념했다. 만일 교직에서 물러나게 되면 대학 입시 공부에만 전념할 수 있어 오히려 다행이라고 마음먹었다. 사표 쓸 각오를 하고 나니 쿵쾅거리던 마음이 다소 가라앉았다.

이윽고 교무실로 모이라는 종소리가 울렸다. 발걸음은 무거웠다. 교무실에 들어서자 평소 와자하던 분위기는 어디 가고 무거운 침묵이 긴장감을 더했다. 너나 할 것 없이 교사들 손에는 지시사항을 받아 적을 메모장이 들려 있었다.

전 직원이 모이자 교감이 재건복 신사를 전남도교육위원회에서 출장 나온 장학사라 소개했다. 곁들이자면 장학사는 사전 예고 없이 불시에 학교를 방문한 것이다. 옛날로 치면 암행어사였던 셈이다. 그때는 전화가 없어 도 교육위원회에서 장학사 방문을 미리 알려줄 길도 없었다. 곧이어 장학사가 학교를 돌아본 소감을 이야기했다. 그의 발언은 20여 분가량 계속된 것으로 기억된다. 요약하면 대강 이렇다.

"지금 나라 안은 군사 혁명으로 그야말로 비상사태이다. 비리가 적발되거나 규정을 조금만 어겨도 직을 내놓아야 할 판이다. 교사들은 이런 사태에 대해 너무 둔감하다. 대책 없이 수업 시간도 제대로 지키지 않는다. 오늘 3학년 수업이 바로 그 본보기이다. 3학년 담임들은 5교시 중 4교시를 마치고 아이들을 집으로 보냈다고 한다. 이름을 대지는 않겠다. 어느 한 교사만 학급경영부를 제대로 정리해놓았을 뿐 다른 두 명은 대안이 없었다. 수업을 안 하려면 조금 전 말한 그 선생처럼 적어도 학급경영부라도 고쳐놓아야 할 것이다. 물론 글씨 흔적을 보면 금방 고친 것을 알 수 있다. 그러나 그렇게라도 해 놓아야 변명할 여지가 있다. 다들 비상시국에 괜히 희생자가 생기지 않도록 철저히 대비해주기 바란다."

이야기를 듣는 순간 나는 살았구나 싶었다. 아니나 다를까 장학사는 이야기를 마치고 3학년 담임 두 명에게 경위서를 내도록 했다. 그러나 나에게는 아무런 요구가 없었다. 장학사에게 임기응변이 통한 것일까. 아니면 본때였을까. 장학사는 내가 기자가 되어 전남도교육위원회를 출입할 때(1975년) 초등교육과장으로 승진해 있었다.

## 국가 공용연호와 신학기가 바뀌고 화폐도 개혁

국가 공용연호가 단기에서 서기로 바뀐 것도 특기할 만한 일이다. 우리나라는 단기 4295년(1962년) 1월 1일부터 국가 공용연호를 서력기원으로 바꾸어 오늘에 이르고 있다. 군사정권은 시행에 앞서 4294년(1961년) 12월 2일 〈연호에 관한 법률〉을 "대한민국의 공용연호는 서력기원으로 한다"로 고쳤다. 이로써 단기 4281년(1948년) 9월 25일 제정된 단군기원 연호는 역사 속으로 사라졌다.[*]

이에 따라 교사들은 교과서에 나온 단기 연도를 서기로 환산하여 가르치느라 진땀을 뺐다. 그때 5학년 3반 담임을 맡은 나는 역사 환산에 '2,333'이라는 숫자를 기억하도록 강조했다. 단기에서 이 숫자를 빼면 곧 서력기원이 되기 때문이다. 지금도 그 시절이 생생하다.

또 학기 시작이 지금처럼 바뀐 것도 1962년도였다. 1961년까지만 해도 1학기는 4월에, 2학기는 10월에 시작됐다. 이를 각각 한 달씩 앞당겨 1학기는 3월로, 2학기는 9월로 조정한 것이다. 따라서 해마다 3월에 거행하던 졸업식도 2월로 당겨졌다.[**]

특히 화폐 개혁은 국민 생활과 직결되는 중대 사건의 하나이다. 군사정부는 그해 6월 10일 긴급통화조치 및 긴급 금융 조치를 단행했다. 이에 따라 화폐 단위 표시가 환(圜)에서 원(圓)으로 바뀌고 액면가도 10분의 1로 줄었다. 다시 말하면 10환이 1원이 되었다.

이와 함께 환의 거래와 유통을 금지하고 구권 화폐와 구권으로 지급 예정인 각종 자금을 6월 17일까지 금융기관에 예치토록 했다. 금융기관의 신규 예금은 물론 기존 예금도 동결했다. 개인이 새 돈으로 바꿀 수 있는 돈의 한도도 1인당 5,000환 이하로 제한했다.

그리고 한국은행은 새 은행권을 시중에 풀었다. 새 돈은 500원,

---

[*]  《네이버 지식백과》국가 공용연호.
[**]  《네이버 지식백과》신학기.

100원, 50원, 10원, 5원, 1원 권 등 모두 여섯 가지였다. 소액 거래의 편의를 위해 1962년 12월 1일 10전과 50전 권을 추가로 발행하기도 했다.*** 이 개혁은 한국은행 총재도 몰랐을 정도로 극비리에 추진되었다. 새 화폐는 영국에서 찍어 개혁 발표 44일 전 부산항으로 들여왔다. 화물 내용도 화학물질로 위장했다. 당시 언론은 부산항에 도착한 짐의 겉포장에 '폭발물'이라 표시되어 그 화물이 화폐인지는 아무도 몰랐다고 보도했다.

화폐 개혁의 목적은 당시 심각해진 인플레이션을 잡고 장롱 속에 사장된 돈을 찾아내어 침체한 경제를 활성화하겠다는 구실이었다. 아울러 연초(1월 13일) 발표한 제1차 '경제 개발 5개년 계획'을 효과적으로 추진하겠다는 뜻도 들어 있었다고 한다.

그러나 이에 따른 부작용도 만만치 않았다. 개혁이 너무 갑작스럽게 추진된 데다 새 돈의 교환량이 충분치 않아 사회적 불안감이 한층 높아졌다. 게다가 통금 시간까지 앞당겨져 미처 새 돈을 바꾸지 못한 시민들이 택시를 타려다 거부당해 혼란이 가중됐다.

새로 나온 지폐의 도안도 조잡하기 짝이 없었다. 100원짜리 뒷면 도안의 독립문 사진 설명이 '득립문'으로 표기되었는가 하면 '한국조폐공사'로 표기해야 할 액면 밑부분의 지폐 발행처를 '한국조페공사'로 잘못 쓰기도 했다.

화폐 개혁은 결국 군사정권의 처음 예상과는 달리 숨겨진 검은돈을 찾아내지 못한 데다 강력한 예금 봉쇄 조치로 산업 활동에 타격을 주어 실패한 개혁으로 평가되고 있다.

***《네이버 지식백과》한국민족문화대백과.

이 화폐 개혁으로 교사들의 월급도 액면이 10분의 1로 줄었음은 말할 나위 없다. 나는 교사 발령 후 한 달 만인 4294년(1961년) 7월 첫 월급을 받았다. 25일이었는지 말일인지는 기억에 없다. 교육부에 확인 결과 월급 액수는 45,964환이었다.[*] 이는 국민학교 2급 정교사 17호봉의 월급이다. 그때 국민학교 초임교사 급료는 17호봉부터 시작됐다. 그나마 세금(6%)을 빼면 실제로 받는 돈은 43,200여 환에 불과했다.[**]

교사 봉급은 말 그대로 박봉이었다. 당시 쌀값과 견주면 실상을 알 수 있다. 농림축산식품부 식량정책과에 따르면 1961년도 쌀값은 80kg들이 한 가마에 16,870환이었다. 말하자면 초임교사들은 한 달에 쌀 두 가마 반 조금 넘게 받고 일한 셈이다. 1962년 들어 월급은 4,600여 원으로 액면이 줄었다.

이외에 같은 해 12월 26일 개정, 공포된 헌법 제6호도 중대사로 역사에 기록돼 있다. 이 헌법은 종전의 내각제를 폐지하고 대통령 임기 4년 중임제를 채택한 점이 특징이다. 이를 잘 지켰다면 우리나라 민주주의를 좀 더 앞당길 수 있었을는지 모른다.

나는 그런 정치·사회적 혼란 속에 대학 진학을 위해 이듬해(1963년) 1월 말 교단을 떠났다. 과역교 교사로 발령을 받은 지 1년 7개월 만이다.

---

[*] 국가법령 정보센터 교육공무원 보수규정.
[**] 1961년도 소득세법 제14조, 당시 소득세율은 누진제로 30,000환까지는 소득의 3%, 30,000~50,000환은 6%, 50,000환 이상은 9%를 적용했다.

# IV
# 대학 생활과 군복무가 내게 남긴 것

아! '상아탑'이여

군대에서 만난 지옥

캠퍼스의 고무신과 막걸리

중학 입시 폐지로 과외선생 자리 잃고

# 아! '상아탑'이여

지성이면 감천이라 했던가. 1963년 3월 2일. 마침내 원하고 바라던 대학진학의 문이 열렸다. 이날 상오 10시 지금은 중앙광장으로 바뀐 고려대학교 종합운동장(서울 성북구 안암로 145)에서 열린 입학식은 내게 감동 그 자체였다.

그때 유진오(兪鎭午, 1906~1987) 총장은 축사를 통해 "제군들은 장차 국가의 운명을 걸머질 인재들이다. 어떠한 곤경이 닥치더라도 자유에 투철하고 정의에 앞장서며, 진리의 선봉장이 되기 위해 자기 도야에 힘써주기 바란다"고 새내기들을 격려했다. 나는 그의 입학 축하 말을 듣는 순간 오만가지 생각이 스쳐 지나가며 눈시울이 뜨거워졌다.

사실 내가 상아탑(象牙塔)에 들어서기까지는 숱한 난관을 극복해야 했다. 그중에서도 가장 큰 장애물은 역시 가난이었다. 앞에서 설명했듯이 그때 우리집은 끼니도 제대로 잇지 못할 정도로 형편이 어려웠다. 게다가 내 밑으로 동생들이 줄줄이 달려(3남 1여) 월급을 받으면 집안 살림을 돕는 게 당연한 도리였다. 그런 현실을 외면하고 진학을 강행했으니 부모님 마음이 오죽했겠는가. 그럼에도 정작 진학을 말리지는 않으셨다.

학생들을 가르치면서 틈틈이 입시 공부를 하기란 여간 힘든 일이 아니었다. 나는 3학년 담임을 마칠 무렵 교장에게 이미 시작한 대학 수험 준비 사실을 털어놓으며 새 학기(1962학년도)에도 3학년 맡기를 원했다. 3학년은 수업 시간이 적어 남는 시간을 활용할 수 있었기 때문이다.

그러나 교장은 그런 하소연에도 아랑곳하지 않고 하루 평균 6시간(토요일 제외)을 수업해야 하는 5학년 3반을 맡겼다. 그 반에는 교장의 아들도 배정되어 있었다. 거기에 더하여 전 교직원이 수업을 참관하고 결과를 강평(講評)하는 시범수업까지 준비하라고 지시했다.

교장은 왜 통사정을 들어주지 않은 것일까. 혹시 내가 입시 준비를 구실로 근무를 태만히 할까 봐서였을까? 하지만 개인 영달을 위해 수업을 소홀히 한다는 것은 직장 윤리에 어긋날 뿐만 아니라 우선 내 양심이 허락지 않았다. 오해를 받지 않으려고 근무 시간을 철저히 지키며 일과시간에는 오직 학생 지도에만 전념했다.

그러다 보니 남는 시간이라곤 밤과 일요일뿐이었다. 일요일에도 가끔 불려 나왔다. 나는 시간을 아끼기 위해 시외버스를 타고 집에서 4km가량 떨어진 학교를 오가던 버스 통근을 중단하고 아예 학교 근처에 하숙을 정했다.

설상가상으로 대학 입시제도가 바뀌어 시험을 두 번 치르게 된 것도 적잖은 부담이었다. 1962학년도에는 지금의 수능시험처럼 전국적으로 실시된 '대학 입학 국가 학력고사'라는 필기시험을 한 번만 치르면 끝났다.

좀 더 설명하면 수험생들은 학력고사에서 받은 성적표를 입시원서에 첨부하여 지망 대학에 낸 뒤 시험 일에 나가 달리기·턱걸이·팔굽

혀펴기 등 체력검사를 받고 거기서 얻은 체능 점수를 합산하여 합격 여부를 판정하는 방식이었다. 그런 탓에 대학의 서열이 매겨지고 눈치 작전이 극성을 부렸다. 더러는 체력검사 성적이 합격을 좌우하기도 했다.

그런 부작용을 막기 위해서였을까. 1963학년도 대학 입시는 전년도와 달리 1차 대학 입학 자격 고사와 2차 각 대학이 주관하는 본고사로 분리하고, 대학 본고사에는 1차 합격자만 응시할 수 있게 했다. 1차 시험은 말 그대로 입학 자격만 가릴 뿐 성적은 본고사에는 전혀 반영되지 않았다.[*]

그렇지만 시험과목은 국어·영어·과학(물리·화학·생물)·수학·사회(국사·세계사·지리)·실업(또는 가정) 등 고교 교육과정 전반을 테스트했다. 따라서 수험생들은 입학 자격시험과 각자 지망 대학의 본고사 과목에 대비해야 하는 이중고를 겪었다.

자격시험은 1962년 12월 13일(목요일) 각 도별로 일제히 치러졌다. 나는 이날 광주공업고등학교에서 시험을 봤던 것으로 기억한다. 10시부터 11시 30분까지는 수학·사회·실업을, 오후 1시부터 2시 30분까지는 국어·영어·과학 과목을 각각 치렀다. 실업 과목보다 가정이 쉽게 출제된다는 소문에 남학생이 가정 과목을 보는 웃지 못할 일도 벌어졌다.

시험을 보고 나서 한 달쯤 지나 각 시·도청[**]이 합격자를 발표했다. 교육부에도 기록이 없어 정확한 숫자는 알 수 없으나 전국적으로 2만

---

[*]  교육부 민원센터 자료.
[**]  당시는 교육행정이 일반행정에 통합돼 있었다.

7천여 명이 합격한 것으로 알려졌다.[*] 내게도 합격통지서가 날아들었다.

나는 통지서를 받자마자 고려대 물리학과에 원서를 냈다. 물리학과를 고른 것은 무엇보다 사범학교 때 물리 과목을 가르친 이용호 선생(나중 전북대 교수 역임)의 인상 깊은 강의가 배경이 되었다. 또 한 가지 물리학이 모든 학문의 기초가 된다는 말에도 솔깃했다.

고려대는 2월 4일부터 9일까지 시험을 치렀다. 첫날은 필기시험을, 그리고 5~9일은 학과별로 체능검사와 신체검사에 이어 면접시험을 보았다.[**] 나는 시험을 보러 1963년 1월 31일 전남 순천역에서 야간열차를 타고 이튿날 새벽 서울역에 도착했다. 한 손에는 쌀 한 말을, 다른 손에는 수험 참고서를 들었다. 쌀은 수험기간 동안 친지 집에서 머무는 동안의 하숙비였다. 당시 쌀은 곧 돈이어서 쌀로 대신한 것이다.

사범학교 3학년 수학여행(1960년 10월) 이후 두 번째 만난 서울역은 그야말로 아수라장이었다. 개찰구를 나오자 지게꾼들이 몰려들어 짐을 옮겨주겠다며 크지도 않은 보따리를 서로 차지하려 옥신각신이다. 생존경쟁의 치열함을 난생 처음 목격했다. 그런가 하면 여기저기서 자기 짐보따리가 없어졌다고 아우성이다. 고향을 떠나기 전 "서울은 빤히 눈뜨고 있는데도 코 베어 가는 곳이므로 각별히 조심하라"는 어르신들의 요주의 말씀이 실감났다.

---

[*] 1차 발표 후 대학 입학 자격자 수가 대학정원에 모자라 2·3차 합격자를 발표하기도 했다.
[**] 고려대 기록자료실.

짐꾼들을 간신히 뿌리치고 나와 동대문 쪽으로 가는 시내버스를 탔다. 그러나 이번에는 도무지 알아들을 수 없는 서울 말씨가 마음을 졸이게 했다. 버스가 설 때마다 여차장***은 "내리부란쇼! 내리부란쇼!"라고 두어 번 외치고는 승객을 태우느라 정신이 없다. 무슨 소린지 몰라 물었더니 "내릴 분 안 계세요!"라는 대답이다. 너무 추워 입이 벌어지지 않아서였을까. 아니면 말하기가 쉬워 그런 걸까. 암튼 내 귀에는 서울역도 '어울역'이라 들렸다.

제2회 석탑축전 포스터. 고려대에 입학하여 대학 축제를 즐겼다. (출처 《사진 고대학생운동사》)

수험기간 동안 묵었던 친지 집 부근 공동화장실에서 겪은 추억도 잊을 수 없다. 친지 집은 종로구 창신동 비탈길에 있었다. 집들이 다닥다닥 붙은 판자촌이었다. 화장실도 여러 집이 함께 사용했다.

2월 4일 시험 보는 날 아침. 그날따라 강추위가 몰아닥쳐 한강은 말할 것도 없고 윗목에 놓아둔 자리끼도 꽁꽁 얼어붙었다. 나는 시간에 늦지 않기 위해 휴지(신문지)를 들고 서둘러 화장실을 찾았다. 그런데 이게 웬일인가. 시골 농촌의 측간이나 다름없는 분뇨통은 이미 얼

---

*** 당시는 젊은 여성들이 버스 출입문 입구에서 요금을 받는 차장으로 일했다.

어붙은 대변으로 꽉 차버렸다. 신문지로 밀어내려도 꼼짝하지 않는다. 화장실 안에 세워둔 막대기로 겨우 공간을 만들어 문제를 풀어보려 했다. 그러나 대변을 보자마자 원뿔 모양의 아이스크림콘처럼 곧바로 얼어붙어 엉덩이를 위협한다. 쭈그리고 앉아서는 도저히 볼일을 볼 수 없어 반쯤 선 채로 간신이 급한 일을 해결했다. 지금도 가끔 그 생각이 떠올라 혼자 실소를 흘리곤 한다.

나는 입시에 무난히 합격했다. 대학 본고사 응시자격을 1차 시험 합격자로 제한한 때문인지 경쟁률은 미미했다. 당시 물리학과 정원은 30명이었다. 나는 그동안 모아둔 교사 월급으로 입학등록을 마쳤다. 신입생 입학등록금은 7,300여 원이었다.

다만 생활비가 걱정이었으나 다행히 아르바이트(가정교사)가 해결해 주었다. 나에게 아르바이트를 구해준 사람은 두 분이다. 한 분은 순천사범학교 동문인 노광웅 선배(12회)이고, 다른 한 분 역시 사범 동문의 강갑중(10회) 선배이다. 노 선배가 당시 덕수국민학교에서 근무하던 강 선배에게 다리를 놓아 덕수국민학교 5학년 학생 3명의 그룹 과외교사로 소개해준 것이다. 사범학교 재학 시절 같은 하숙집에서 한때를 보낸 노 선배는 그때 광화문에서 국민학생 과외교습소를 운영 중이었다. 당시는 국민학생들의 입시 경쟁이 치열했다.

학부모들은 가정교사 채용에 앞서 나를 인터뷰했다. 그들은 무엇보다 내가 지방 사투리를 사용할까 봐 걱정이었다. 이에 나는 사범학교에서는 늘 표준어를 사용하므로 그런 걱정은 하지 않아도 된다고 안심시켰다. 그리고 내 말을 들어보더니 좀 느리긴 하지만 아이들이 웃지는 않겠다며 안도했다.

가정교사 보수도 월 5,000원이나 되었다. 이는 세금을 뺀 나의 초임 월급(4,596원)보다 많은 액수였다. 거기다 저녁 식사까지 대접받았으니 가히 특급 대우라 할 만했다. 전직 교사란 점을 높이 산 듯하다.

받은 돈에서 하숙비 2,200원을 내고 300원으로 한 달 교통비를 해결하고 나면 2,500원이 남아 저축했다. 당시 일반 시민의 시내버스요금은 3원이고 학생은 그 절반인가 그랬다. 전차 요금도 비슷했던 것으로 기억한다. 당시는 효자동에서 원효로, 청량리~마포, 돈암동~서울역, 동대문~왕십리 사이에 전차가 다녔다.

그러나 호사다마라고나 할까. 그토록 좋은 조건의 아르바이트도 오래 하지 못했다. 그해 11월 어느 날로 생각된다. 갑자기 맹장이 터져 서울대학병원에서 응급 수술을 받아야만 했다. 전혀 예기치 못한 일이라 가르치던 학생 집에도 곧바로 알리지 못하고 발만 동동 굴렀다. 그때는 공중전화도 없었다. 입원한 지 3~4일 지나서야 겨우 인편을 통해 과외를 소개해준 노 선배에게 수술 사실을 알리고 학부모들에게 전해주기를 부탁했다. 아무 연락 없이 수업을 빼먹으니 학부모들도 황당했으리라.

수술 후 열흘 정도 지나 퇴원했다. 불편한 몸을 이끌고 곧바로 가정교사 집을 찾아가 수술 사정을 설명했다. 학부모들은 위로의 말과 함께 이미 다른 선생을 구했노라며 이해를 구했다. 내가 당사자더라도 그럴 수밖에 없다는 생각이 들어 그동안 고마웠다는 말을 끝으로 자리를 떴다.

나는 때마침 입영 영장(1964년 6월)을 받아둔 시점이어서 더는 아르바이트 구하기를 그만두고 보름가량 이종사촌네에서 신세를 지며 2학기를 수료한 뒤 고향으로 내려갔다. 9개월 남짓 만에 나를 본 부모님은 "서울 생활에 고생이 많구나. 젊어서 고생은 사서라도 한다는 말이 있지 않으냐. 우리도 힘이 닿는 대로 도울 테니 기죽지 말고 열심히 해라" 하며 용기를 북돋아주셨다. 지금에 이르러 자성해보니 나의 대학 진학은 실로 큰 모험이었다. 부모님에 대한 불효이기도 했다.

그룹 과외를 소개해준 노 선배는 몇 해 전 작고하셨고, 강 선배는 그 뒤 경복사립국민학교로 옮기셨다는 말까진 들었으나 소식이 끊겨 안부를 알 수 없다. 이들의 고마움을 여기에 기록한다.

# 군대에서 만난 지옥

남자들은 흔히 군대 생활 얘기를 즐겨한다. 요즘 젊은이들의 사정은 잘 모르나, 1960~90년대만 해도 회사원들의 회식 자리는 으레 군 복무 뒷얘기로 얘기꽃을 피웠다. 군대를 다녀온 예비역이건 병역미필자건 한번 대화에 말려들면 좀처럼 헤어나지 못했다.

이처럼 병영 생활 이야기가 일반 다중의 말거리가 된 까닭은 무엇보다 비상식적인 군사 문화라 할 수 있다. 가까운 예로 군에서는 "불가능이란 있을 수 없다" "무에서 유를 창조하는 게 군대다"라는 말을 자주 듣는다.

그런 영향인지 1960년대 군에서는 불가사의한 일들이 자주 일어났다. 좀 저속한 표현이지만 "×으로 밤송이를 까라면 까지 웬 잔말이야!"라는 명령어는 그때 유행한 말이다. 나 또한 사회에서는 도저히 상상할 수 없는 일들을 겪으면서 군복무 기간을 견뎌냈다.

나의 군 생활은 두 시기로 나뉜다. 전반 12개월은 육군에서, 후반 18개월 반은 미군을 지원하는 카투사(KATUSA, Korean Augmentation To the United States Army)에서 근무했다. 후반기는 오아시스였던 셈이다.

그러나 전반기는 실로 가시밭길이었다. 그야말로 처절했다고밖에

1966년, 카투사 복무 때.

달리 표현할 길이 없다.

이야기를 들어보면 당시 병영이 얼마나 모질었는지, 그리고 왜 적지 않은 병역의무자들이 군대 가기를 싫어했는지 이유를 알 만하지 않을까.

나는 앞에서 잠시 설명했듯이 대학 1학년을 마치고 집에서 농사일을 돕다가 1964년 6월 4일 사병으로 입대했다. 때마침 광주 향토사단에 신병교육대가 생겼다. 나는 논산이 아니라 향토사단에서 신병 훈련을 받았다.

입대 전 군문(軍門)을 나온 선배들로부터 훈련소 이야기를 자주 들어 내막을 익히 알고는 있었으나 그토록 딴 세상인 줄은 훈련소에 들어가서야 실감하게 되었다. 입대 첫날 훈련부대 배치에 앞서 잠시 머무는 훈련소 수용대에서 머리를 박박 깎은 훈련대기병들이 점심 식사 후 수돗물이 끊기자 식기에 침을 뱉어 자기 손수건으로 닦아 반납하는 모습은 실로 충격이었다. 나는 구역질이 나서 한동안 밥을 먹지 못했다.

특히 인분을 사람의 혀로 청소하게 한 일은 도저히 상상할 수 없는 일이었다. 이는 군사 문화가 낳은 일종의 폭력 행위이다. 그 일이 있은 지 59년이 지난 지금도 당시를 생각하면 소름이 돋아 견딜 수가 없다. 이야기의 줄거리는 대강 이렇다.

훈련 기간이 절반쯤 지날 무렵이었을까. 우리 소대 내무반에서 누군가가 밤중에 몰래 침상 밑에다 오물을 실례했다. 그것도 설리(泄痢)를. 당사자를 알아내지 못한 걸 보면 내무반 불침번도 그 시간

엔 졸았던 모양이다. 그때 부대에는 비상이 걸려 훈련병들은 3인 1조로 반드시 세 명이 같이 다녀야 했다. 밤에 소변을 보러 갈 때도 마찬가지였다. 훈련병 한 명이 야밤에 철조망을 뚫고 탈영한 때문이다. 그런 상황에서 오죽 다급했으면 거실에다 무례를 했을까.

날이 밝자 내무반은 발칵 뒤집혔다. 소대장은 장본인은 자진해서 나오라고 다그쳤다. 다들 오리발을 내밀었다. "그렇다면 할 수 없다. 공동으로 책임져야지!"라며 소대원 전원에게 혓바닥으로 핥아내도록 지시했다. 오물이 치워지기까지는 상당한 시간이 걸렸다. 이게 바로 군대란 말인가. 나는 자괴감이 들어 한동안 이 사실을 어디에도 말하지 못했다.

훈련 중 사격장에서 받은 '원산폭격'이라는 기합도 트라우마로 남아 있다. 사격 훈련이 거의 끝나갈 참이었다. 갑자기 "전원 철모를 벗어 땅에 놓아라!"는 명령이 떨어졌다. 그러고는 허리를 구부려 철모에 머리통을 대고 손을 허리 뒤로 올리란다. 맨땅도 아닌 우둘투둘한 철모에 머리를 박았으니 몇 분 지나지 않아 여기저기서 픽픽 쓰러졌다. 그럴 때마다 훈련 조교들은 몽둥이를 들고 쓰러진 훈련병을 사정없이 내려친다.

체벌 이유는 단순히 총기사고 예방 차원이란다. 그런 구실치고는 결과가 너무 심각했다. 소대원 30여 명의 머리에 피멍이 들고 피를 흘리는 부상자도 나왔다. 마침 무더운 여름철이어서 머리 상처가 덧나 곪기 시작했다. 소대원 절반 이상이 의무대 신세를 졌다. 지금 같았으면 아마 부대장이 징계를 받고 옷을 벗고도 남을 사건이었다. 나는 그때 받은 상처로 정수리 부분이 약간 튀어 올라 부은 모습이다. 다행히 머리털이 가려 솟아오른 부분이 외부로 드러나지는 않는다.

또 경기도 마석에 있던 차량 정비 교육대에서 받은 낮은 포복 기합도 군대의 쓴맛을 알기에 부족함이 없었다. 나는 신병교육대에서 4주간 기본 훈련을 마친 후 춘천 3보충대를 거쳐 차량 정비 교육대로 특명을 받았다. 내게 주어진 주특기가 차량 정비 병과(618)였던 까닭이다.

교육생은 100명 남짓 되었던 것으로 생각난다. 교육은 8주 동안 2½톤 군용 트럭의 구조를 이해하고 정비하는 요령을 익히는 과정이었다. 2½톤 트럭은 일본에서 조립한 미국산으로 일명 지엠시(GMC)라고도 불렀다. 그러나 연료는 휘발유가 아니라 디젤이었다.

처음에는 교육이 부드럽게 진행되어 다행이다 싶었다. 하지만 그런 생각도 잠시. 여기에도 교육생을 골탕 먹이는 복병이 기다리고 있었다. 운전 교육 시간이었다. 50여 대의 트럭을 돌멩이가 울퉁불퉁한 자갈길에 일렬로 세우도록 하더니 앞에서부터 뒤까지 기도록 했다. 길이가 150m는 넘었을 것이다. 차 밑부분이 너무 낮아 배를 땅에 바짝 대고 기지 않으면 통과할 수가 없다. 빨리 시작하지 않고 어물거리면 몽둥이질이 뒤따랐다.

그러자니 윗옷의 등 뒤는 말할 나위 없고 팔꿈치와 무릎 부분의 옷과 살갗이 찢어져 피범벅이 되었다. 운이 나빴던 걸까. 아니면 교육 과정이 원래 그렇게 짜인 것일까. 기합은 운전 교육이 끝나는 2주 내내 계속되었다.

차량 정비 교육대는 그런 속에서도 교육 성적이 3등 안에 들면 자기가 원하는 부대로 갈 수 있게 하겠다며 경쟁을 부추겼다. 훈련 결과 나는 등수 안에 들어 3의무대대를 골랐다. 의무대대라면 일하기가 좀 편할 줄 알았다. 나는 양주에 있던 3의무대대 본부를 거쳐 3이동외과병원(MASH, mobile army surgical hospital) 수송 부대로 최종 배치를 받았다. 3이동외과병원은 경기도 동두천 하봉암리에 있었다.

부대에서 출장 나온 연락병을 따라 3이동외과병원으로 갔다. 그날 따라 추석이어서인지 부대는 한가했다. 한 병사가 지프를 발딱 뒤집어 놓고 밑부분을 기름 수건으로 닦고 있었다. 나더러 빨리 와 도우라는 눈치였다. 옷가지가 든 더플백(Duffle bag)을 얼른 내려놓고 그를 도왔다. 2~3일 전에 왔다는 신병은 며칠 후면 윗선에서 검열이 나와 차량 밑부분의 청소 상태도 점검한다고 들려줬다. 이런 것이 군대라는 사실을 또 한 번 느꼈다.

나에게 맡겨진 일은 병기계를 도우라는 것이었다. 말하자면 병기계 조수였다. 병기계는 일이 복잡했다. 타이어·튜브·배터리를 비롯한 모든 수명이 다 된 자동차 부품을 물품 청구서에 기록하고 이를 다시 병참 기지에 제출하여 물품을 타오는 일이었다. 청구서류는 저장 번호만 빼고 모두 영문이다. 물론 모두 교본(TM book)에 적혀 있다.

나는 한동안 사수의 가르침대로 일을 잘 배워나갔다. 재미도 느꼈다. 그러나 내가 부대에서 일한 지 보름이 채 되지 않아 큰일이 터졌다. 중대장과 수송관, 인사계 등 부대 간부들이 모두 퇴근한 토요일이었다. 밤 9시쯤 모두가 막 잠들려는 시간이다.

내무반장이 어디서 마셨는지 거나하게 취해 들어왔다. 그는 전원을 집합시키고는 가장 졸병인 나에게 창고에 가서 공병 곡괭이자루를 가져오도록 했다. 그리고 시범적으로 나를 엎드리게 한 뒤 곡괭이자루 모서리로 궁둥이를 힘껏 내리쳤다. 나는 허리를 잘못 맞아 병신이 될까 봐 덜컥 겁이 났다. 그러나 그는 빠따 치기 선수였다. 내리칠 때마다 악이 받쳐 "하나! 둘! 셋!……"을 세며 내무반이 떠나갈 듯 큰 소리로 외쳤다. 스무 대를 때렸다.

그는 자기보다 계급이 아래인 졸병 40여 명을 그렇게 무지하게 때려눕혔다. 이유인즉 식사 당번이 차를 몰고 일을 나간 운전병의 점심을 제대로 챙겨놓지 않았다는 것이었다.

이튿날 아무도 일어나지 못했다. 빠따를 면한 상급병이 밥을 타와 배식했다. 월요일 아침에도 부대원들은 모두가 비실비실했다. 인사계 상사가 이유를 물었다. 그러나 그 참상을 그대로 이야기한 사람은 아무도 없었다. 인사계가 내무반장과 잠시 이야기를 나누더니 그냥 덮어두기로 했는지 조용히 넘어갔다.

나는 일주일 내내 엉덩이가 당겨 대변을 서서 보아야 했다. 다른 부대로 전출을 결심하고 휴가를 얻어 서울 안암동 이종사촌 집으로 나왔다. 엉덩이 치료가 급했다. 상처 치료제를 사 들고 목욕탕으로 들어갔다. 한 시간가량 뜨거운 물에 엉덩이를 담근 다음 약을 발랐다. 이를 지켜보던 어느 노인이 놀란 표정으로 왜 그렇게 다쳤느냐고 물었다. 부대에서 빠따를 맞았다고 사실을 말할 수 없어 얼버무렸다. 노인은 치료를 잘 해야겠다며 기가 찬 듯 혀를 끌끌 찼다.

이렇게 일단 몸과 맘을 추스른 후 문제의 부대를 빠져나올 방법을 여기저기 알아보았다. 수소문 끝에 1군사령부 부관 참모가 고흥 출신으로, 곧 군복을 벗고 국회의원 출마를 준비 중이라는 사실을 알아냈다. 그 즉시 사복으로 갈아입고 원주에 있던 1군사령부로 찾아가 사정을 이야기하며 카투사로 보내달라고 부탁했다. 다행히도 부관 참모 부속실에는 중학교 1년 선배가 당번으로 근무하고 있었다. 그에게도 도움을 요청했다.

부대로 돌아와 기다린 지 보름 만에 카투사 특명이 났다. 의정부

101보충대와 영등포 중앙보충대를 거쳐 인천 부평에 있던 미군 보충대에 이르기까지 2주가량 걸렸을까. 마침내 미군 38보충대에 들어섰다. 먼저 샤워실에서 몸을 씻은 후 큰 수건을 받아 알몸을 가리고 나오자마자 양어깨에 권총(?) 주사기로 예방주사를 놓는다. 그리고 엑스레이(X-ray) 검사 등 신체검사가 시작되었다. 이어 옷가지를 담을 군용 백(더플백)이 나오고 양말과 내복 등 피복이 지급됐다. 그런 후 병사들을 막사로 안내했다. 막사에 놓인 침대와 침구는 일류 호텔을 방불케 했다.

잠시 후 저녁 식사 시간이 되어 모두 식당으로 들어갔다. 그들은 병사용 식당을 메스 홀(Mess Hall)이라 불렀다. 메스 홀 출입구 위에는 "이 문을 통과하는 병사는 세계에서 제일가는 국민이다"라는 글을 크게 써붙여 놓았다. 과연 내가 세계 일등 국민인가. 부끄럽기 그지없었다.

이윽고 미군 부대 입소 첫날밤을 맞이했다. 침대에 누워 곰곰이 생각해보니 내가 이런 보상(?)을 받으려 그동안 고생을 견뎠구나 하는 생각에 쓴 웃음이 절로 났다. 나는 38보충대에서 2주간 카투사 일상에 필요한 영어와 행동 요령(manner)을 배운 뒤 서울 용산사령부(YDC)를 거쳐 대구 미8군 병참사령부(8th Army Depot Command) 중장비 사무실(Heavy Equipment Shop)에서 중장비 기록 사병으로 일했다.

중장비 사무실은 크레인(Crane)·불도저(Bulldozer)·잔디깎이(Lawn Mower)·덤프트럭(Dump truck) 등을 갖추고 미군 영내 시설 개·보수와 대구 시내 대민사업 등을 지원했다. 때론 발전기(Generator)가 미국에서 들어오면 이를 국내 각 미군기지에 중계하기도 했다. 이들 중장비의 출납을 기록하는 일이 나의 일과였다. 기계 운전과 고장 수리는 한국인 기술자들이 담당했다.

나는 대봉동 캠프 헨리(Camp Henry)에서 일하고, 밤과 휴일에는 앞산의 캠프 워커(Camp Walker)에서 보냈다. 캠프 워커는 장병들의 숙소였다. 미군 영내 버스가 두 캠프 사이를 오가며 출퇴근을 도왔다. 캠프 헨리에는 극장과 도서관, 당구장 등 각종 문화·오락시설들을 잘 갖춰 장병들을 즐겁게 했다. 도서관은 나의 휴식처였다. 일과가 끝나면 애용했다. 극장에서 영화를 무료로 볼 수 있어서 좋았다.

이렇듯 당시 적어도 내가 경험한 두 나라 군대 문화는 하늘과 땅 차이였다. 바꿔 말하면 미군은 낙원이라면 우리 군은 지옥이라 해도 부풀린 말이 아니다. 물론 지금은 강산도 여섯 번이나 바뀐 세월만큼 그 격차도 많이 좁혀졌으리라. '오늘도 무사히'를 되뇌며 하루하루를 운에 맡기는 청춘들이 줄어들었기를 기대해본다.

# 캠퍼스의 고무신과 막걸리

휴학한 지 3년 만이다. 1967년 3월. 나는 군복무를 마치고 꿈에 부풀어 고려대 캠퍼스로 돌아왔다. 그러나 활기로 넘쳐야 할 새 학기 교정은 스산하기 짝이 없고, 복학 등록을 하던 그날(3월 3일)따라 서울엔 봄비치고는 적지 않은 49.3mm의 비까지 내려 처연함을 더했다.[*]

캠퍼스 여기저기에는 '학생들을 감시하는 기관원은 물러가라', '당국은 학원 자유를 보장하라', '삼성 재벌의 밀수를 규탄한다'는 여러 대자보가 어지럽게 나붙어 시위의 응어리를 말해주는 듯하고.

캠퍼스에서 스치는 학생들은 혹시 내가 정보기관의 끄나풀은 아닌지 의심하는 눈초리다. 뭘 물어봐도 시큰둥하다. 하기야 그때는 교내에 정보원이 깔려 있다는 소문이 파다했다. 그런 마당에 지긋한 나이에다 쫄쫄이 군복에 검정 물을 들인 작업복 차림으로 게시판을 기웃거리니 어찌 보면 정탐꾼일 거라는 지레짐작은 당연할지도 모르겠다. 난 좀 억울하게 생각되었으나 한일 굴욕 외교 반대에 이어 학원 자유화 시위가 불러온 부작용이려니 생각했다.

---

[*] 기상청 기상콜센터.

학생들이 삼성그룹 밀수를 비판하는 플래카드를 들고 교내를 돌고 있다. (출처 《사진 고대학생운동사》

시위에 나섰던 한 학생은 캠퍼스가 이토록 황량하게 변한 까닭은 한마디로 군부 세력이 학생들의 정당한 주장마저 아예 말살하려는 데 있는 게 아니냐고 반문한다. 그러면서 시위의 도화선은 쿠데타로 권력을 잡은 박정희 정권이 국민의 반대를 무릅쓰고 한일 국교 정상화를 구실로 일본과 청구권협정을 체결한 뒤 일본 돈을 들여오려는 데 있었다고 덧붙였다.

역사가 기록하고 있듯이 청구권협정은 1965년 6월 22일 체결되었다. 그 결과 청구권자금은 무상 3억 달러, 정부 차관 2억, 민간 차관 3억 등 모두 8억 달러로 결정됐다. 그때 우리나라 1년 예산은 3억 5천만 달러 상당이었고, 일본 외화 준비액이 18억 달러 정도였다니 숫자만 보면 적지 않은 액수라 할 수 있다.[*]

그러나 무상 3억 달러는 모두 일본 생산품과 일본인 용역을, 그것

---

[*] 《책과인생》 2019년 9월호, 17쪽.

도 10년에 걸쳐 들여오는 조건이었다. 일본 정부 차관 2억 달러 역시 한일 간 약정에 따라 우리나라가 시행할 사업에 필요한 일본 생산물 및 일본인 용역을 조달하는 데 충당할 차금(借金)이라고 용처를 못박고 있다.

게다가 조약문에 조약 및 협정의 무효 시점을 결정하는 데 해석상 다툼이 일어날 수 있는 미숙한 외교 용어를 사용하는 실수까지 범했다. 한일기본조약 제2조의 '이미(already)'라는 용어가 바로 시빗거리이다. 한일기본조약 제2조는 "1910년 8월 22일 및 그 이전에 대한제국과 대일본제국 간에 체결된 모든 조약 및 협정이 이미 무효임을 확인한다"고 규정하고 있다. 영어로는 "It is confirmed that all treaties or agreements concluded between the Empire of Korea and the Empire of Japan on or before August 22, 1910 are already null and void"로 되어 있다.

여기서 한국과 일본은 '이미'라는 단어의 시점 해석을 놓고 아직도 말싸움을 벌이고 있다. 즉 한국 측은 이 조약 제2조는 식민지화 과정의 여러 조약에 대해 '이미 무효임(already null and void)'을 선언한 조규이므로 '이미'의 시점을 강제합병(병합)조약을 비롯한 각종 조약의 체결 당시로 해석하는 게 당연하다며 1910년 이전에 맺은 조약은 모두 원천무효임을 주장하고 있다.

반면 일본은 'already'를, 우리말 '이미'와 뜻이 같은 '모우(もう)'나 '스데니(すでに)'라는 말이 있음에도, 굳이 '이제'라는 의미의 '모하야(もはや)'로 쓰고는 제국시대에 맺은 조약의 무효 시점을 1945년 해방 또는 1948년 정부 수립 이후(한일기본조약 이후)로 보아야 한다고 우긴다.[**]

---

** 정일성, 《알수록 이상한 나라 일본》 149~150쪽.

이는 물론 일본의 억지일 수 있다. 어쨌거나 우리는 이런 졸속 협상으로 인해 한일기본조약을 체결한 지 60여 년이 다된 지금도 역사전쟁에 시달리고 있지 않은가.

굴욕 외교 결과는 사회 각계각층의 반발을 불러왔다. 먼저 166명이 연명한 기독교 목사·교역자들은 성명을 통해 "△ 평화선 포기는 어민의 생존권을 위협한 것이다. △ 청구권 무상공여는 일본의 침략 정신을 인정한 셈이다. △ 협상 조문은 과거 일본 통치를 합법화하고 한국의 신식민지화를 초래한 것이다"라고 지적하고, 당국은 국민의 애국적 행위를 권력으로 탄압하지 말라고 호소했다(1965. 7. 1).

이어 문학인 82명은 "△ 한일 국교 정상화는 한국 우위의 입장에 서야 한다. △ 한일 조약 전문이 일본에 유리하게 되어 있다. △ 비준은 전면 거부할 것을 요구한다"는 내용의 성명을 내고, 한일 조약에 대한 국민의 정당한 의사를 탄압하지 말고 애국 학생을 석방하라고 촉구했다(7. 9).

또 재경(在京) 대학교수단 359명은 "△ 조약은 굴욕적인 전제를 인정했다. △ 일본 자본의 경제적 지배 소지를 마련했다. △ 평화선 포기로 한국 어업이 일본 어업에 예속되게 하였다. △ 재일교포의 법적 지위는 신식민지주의적 처우로 비인도적인 배신을 자행했다. △ 문화재를 자진 포기했다." 등을 내용으로 한 '한일협정 비준 반대' 성명을 발표했다(7. 12).

심지어 예비역 장성 11명은 "이번 협상은 잔학한 수탈로 일관한 일제의 죄책을 합법화했다. 우리 생명과 재산과 문화재 강탈에 대한 청구권으로 일본 상품과 용역을 들여온다는 것은 역사가 용인하지 않을 것"이라고 경고했다(7. 14). 예비역 장성들 가운데는 김재춘(金在春,

예비역 육군 소장)과
박원빈(朴圓彬, 예비
역 육군 중장) 같은
5·16 쿠데타를 함
께 한 인사도 들어
있다.[*]

또 1964년에는
반일 투쟁이던 시

시위 중 잡힌 학생들을 경찰이 감시하고 있다. (출처 《사진 고대학생운동사》)

위가 65년도에 들어서는 반미 투쟁으로까지 확대된 사실도 빼놓을 수
없다. 서울대 법대생들은 미국이 한일 회담에 깊이 관여하고 있음을
간파하고, "미국은 더이상 관여하지 말 것"을 촉구하는 결의문을 발
표한(5. 10) 데 이어 "우정은 좋으나 간섭은 싫다(Friendship Yes, Interference
No)"고 외쳤다(5. 18). 또 서울대 사대생들은 "미국은 우리 민족의 주
체성을 말살하는 행동을 삼가라"(5. 18)고 경고하고, 고려대생들은 "양
키여 침묵하라(Yakee Keep Silent!)"고 목소리를 높였다(6. 29). 이화여대생
들은 《워싱턴 데일리 뉴스(Washington Daily News)》 편집국장 앞으로 항
의문을 보내기도(6. 27) 했다.[**]

1차(1964년도) 시위를 계엄령(1964. 6. 3)으로 무참히 잠재웠던 박 정
권은 이렇듯 한일협정 비준을 반대하는 시위가 격렬해지자 이번(1965. 8.
27)에는 위수령(衛戍令)으로 각 학교 문을 강제로 폐쇄했다. 그 바람에 교
수들도 군인들에게 일일이 신분증을 보여주고 교문을 드나들어야 할 정

---

[*]  이재오, 《해방후 한국학생운동사》 217~220쪽.

[**]  이재오, 앞의 책, 236쪽.

임시휴교령이 내려지자 교문 앞에서 연좌시위를 벌이는 학생들.
(출처 《사진 고대학생운동사》)

도였다.

《해방 후 한국학생운동사》에 따르면 1964년도 시위는 73일간(3. 24.~6. 3) 계속되었고, 그 이듬해엔 190일 동안(2. 18.~8. 27) 이어졌다고 한다. 이어 1966년도에도 3월부터 학원 자유화를 요구하는 시위가 시작되더니 9월에는 삼성 재벌의 이른바 사카린 밀수 사건이 터져 정국이 또다시 뜨거워지자 조기 방학 또는 휴교령으로 시위를 막았다.

삼성 재벌 사카린 밀수 사건 당시 국회에서는 김두한(金斗漢, 1918~1972) 의원이 9월 22일 국회 본회에서 대정부 질문 도중 국무원석에 앉아 있던 정일권(丁一權, 1917~1994) 당시 국무총리와 장기영(張基榮, 1916~1977) 부총리 등 각료들에게 미리 준비해 온 오물통을 던져 악취를 풍기게 한 촌극을 빚기도 했다.[*]

이런 정치·사회적 소용돌이로 3년 내리 정상 수업을 받지 못한 학생들은 1967학년도 새 학기를 맞아 "올해는 대통령 선거(제6대)와 국회의원 선거(제7대)가 있는 해이다. 제발 별 탈 없이 수업이라도 제대로 이행되면 좋겠다"고 입을 모았다. 수업은 학생들이 바라는 대로 5

---

\* 《네이버 지식백과》 사카린 밀수 사건.

월까지는 잘 진행되어갔다. 그리고 5월 3일에 치러진 대통령 선거도 별일 없이 박정희 후보(득표율 51.44%)의 승리로 끝이 났다.

그러나 6월 8일 실시된 국회의원 선거가 병통이었다. 지역구 131명, 전국구 44명 등 모두 175명을 뽑는 이 총선에서 민주공화당은 129석(지역구 102명, 전국구 27명)을 차지하고, 신민당은 겨우 45명(지역구 28명, 전국구 17명)이 당선됐다. 이외에 대중당에서 1명(지역구)이 뽑혔다.

결과만 보면 집권 여당의 압도적인 승리였다. 특히 농어촌 지역에서는 여당이 싹쓸이했다. 하지만 관권과 고무신, 막걸리가 선거판을 흐렸다. 특히 목포에서 출마한 신민당의 김대중(金大中, 1924~2009) 후보를 낙선시키기 위한 관권 개입은 극에 달했다. 김대중의 상대는 민주공화당의 김병삼(金炳三, 1923~1988) 후보였다. 그는 진도 출신으로 5·16쿠데타에 참여하여 국가재건최고회의 초대 내각 사무처장과 체신부장관 등을 역임했다. 제6대 대통령에 당선한 박정희는 눈엣가시인 김대중을 떨어뜨릴 목적으로 목포에 김병삼을 전략 공천한 뒤 목포에서 두 번이나 국무회의를 주재하는 등 김병삼을 직접 도왔다. 목포역 앞에서는 유일무이하게 지원 유세도 했다. 박정희는 2만여 명의 청중이 모인 이 자리에서 "김병삼 후보를 밀어주면 목포에 대학도 지어주고 경제도 살리겠다"고 약속했다. 그러고도 김병삼은 김대중을 이기지 못했다.[**]

야당은 금품과 관권을 동원한 여당의 총체적 부정선거라 규정하고 재선거를 요구했다. 이에 학생들도 6월 9일부터 부정선거를 규탄하며 대대적인 시위에 나섰다. 학교수업은 전폐되고, 학생들은 자고 일

---

[**] 《이희호 평전》 https://www.hani.co.kr/arti/politics/politics_general/699850.html.

어나면 거리를 메웠다. 고려대생 2천여 명은 6월 13일 서울 시내 7개 대학 8천여 명과 함께 거리 시위를 벌였다. 이어 14일에는 시내 10개 대학 1만여 명과 4개 고교생 3천2백여 명이 종로와 청계천, 광화문 등 거리로 몰려나와 부정선거를 규탄했다.[*]

문교 당국은 시위에 가담하는 학교가 늘어나자 휴교령을 내렸다. 하지만 학생들은 단식과 동맹휴학으로 이에 맞섰다. 정확한 날짜는 잊었지만 6월 13일 아니면 14일이었지 싶다. 나도 시위대와 스크럼을 짜고 고려대 정문을 나와 신설동 로터리를 거쳐 종로에 이르도록 "정의사회!"를 외치며 거리 행진을 함께했다.

거리에는 최루탄이 난무하고 돌멩이가 날아다녔다. 경찰이 붙잡으려 들면 사방으로 흩어졌다가 다시 모여들기를 거듭하며 시위대는 광화문 네거리에 이르렀다. 청와대 쪽은 경찰 차량이 장벽을 쌓아 더는 가지 못하고 남대문 쪽으로 향했다. 시청 앞에 이르자 어디서 왔는지 시위대가 이미 넓은 광장을 차지하고 있다. 우리는 그곳에 앉아 이른바 연좌데모를 벌였다.

자리에 앉아 "부정선거 주모자를 처벌하라! 국회의원 선거 다시 하라!"를 외친 지 2~3시간쯤 흘렀을까. 경찰 기동대가 시위대를 에워쌌다. 그러고는 한 명씩 붙잡아 대기 중인 경찰버스에 태웠다. 나는 종로경찰서로 끌려갔다. 그곳에서 조사를 받고 반성문을 쓴 뒤 훈방되었다. 시위 중 붙잡힌 복학생은 무조건 반성문을 써야 풀려날 수 있었다. 군복무까지 마친 복학생은 철이 들어 사리를 판단할 줄 아는데도 공부는 안 하고 시위에 가담한다는 이유였다.

---

[*] 이재오, 앞의 책, 253~254쪽.

경찰서 유치장 문을 나서자 날은 이미 어둠이 깔렸다. 버스를 타려고 주머니를 뒤져 보았다. 버스표며 학생증도 모두 없어졌다. 스크럼을 짜고 뛰며 외치고 부르짖은 대가다. 집에까지 갈 일이 막막했다. 그때 나는 성북구 안암동 이모네 집에 잠시 기숙하고 있었다.

하는 수 없이 버스 차장에게 사정을 이야기하자 돈을 받지 않고 태워줬다. 그들도 학생들의 심정을 이해하는 듯했다. 그로부터 며칠 후 휴교령이 내렸다. 조기 방학인 셈이다. 짐을 챙겨 고향으로 내려갔다. 7월 초쯤으로 기억난다. 종로경찰서에서 진술한 나의 시위 기록은 두고두고 신원 조회에 따라다녔다.

# 중학 입시 폐지로 과외선생 자리 잃고

6·8 부정선거의 여진이 계속되는 가운데 1968년 새 아침이 밝았다. 간지(干支)로는 무신년(戊申年) 원숭이해다.

때는 동서냉전이 격화되고, 미국과 한국·오스트레일리아·필리핀·뉴질랜드 등이 참전한 베트남전쟁(1960~1975), 일명 월남전쟁도 확전일로로 치닫고 있었다.[*]

나는 겨울방학 중 고향 고흥에서 무신년 첫날을 맞이했다. 지금도 그렇지만, 그때 시골에선 설을 더 중히 여기는 분위기여서 양력설을 쉬는 사람은 거의 없었다. 내게도 양력 원단(元旦)은 새 학기 등록금과 서울 생활비 마련을 걱정해야 하는 고뇌의 시간일 뿐 명절 기분은 아니었다. 거기에 더하여 대학 졸업 후 진로에 대한 회의감까지 겹쳐 마음은 더욱 무거웠다.

그래도 전남향우회 장학금을 받게 되었다는 소식은 큰 위안이었다. 장학금은 당시 등록금을 내고도 남는 5만 원이었다. 나는 그때 전남향우회가 가정 형편이 어려운 성적 우수생(총 24학점의 8개 과목 기준

---

[*] 《네이버 지식백과》월남전쟁.

평균 B학점 이상을 받은 학생)에게 장학금을 지원한다는 얘기를 듣고 신청서를 내었었다.

장학금은 내게 실로 금쪽같은 선물이었다. 마음을 짓누르던 등록금 시름은 단방에 싹 가셨다. 나머지 문제는 서울에서의 생활비였으나 이 또한 이전처럼 설과 대보름을 쇠고 나서 상경하면 어떻게 해결되겠지 하는 생각으로 시간이 가기만을 기다렸다. 그해 설은 1월 30일이었다.

설을 손꼽아 기다리던 1월 23일쯤이었지 싶다. "북한 무장 간첩이 우리 정부 요인을 암살코자 떼거리로 휴전선 군사분계선 철조망을 뚫고 청와대 코앞까지 침투하여 경찰과 교전, 많은 사상자를 냈다"는 충격적인 뉴스가 전해졌다. 이른바 '1·21사태'이다.

마을 이장이 공무로 두원면사무소에 갔다가 듣고 와 알려줬다. 당시 우리 동네에는 라디오도, 신문도 없어 세상사를 소문으로 듣곤 했다.

기록에 의하면 1·21사태 때 북에서 넘어온 무장 간첩은 모두 31명이었다. 이들은 모두 북한 124군 부대에서 특수훈련을 받은 게릴라전 요원으로, 국군 복장을 하고 1968년 1월 18일 자정 군사분계선 철조망을 넘은 뒤 어둠을 이용해 20일 밤 10시쯤 서울 세검정 자하문 초소 부근까지 접근했다가 검문에 걸리자 수류탄을 던지고 기관단총을 난사했다고 한다.

이 과정에서 현장을 지휘하던 최규식(崔圭植) 총경(경무관으로 추서)이 전사하고, 무고한 시민이 5명이나 목숨을 잃었다. 경찰도 2명이 다쳤다. 경찰은 무장 게릴라 가운데 29명을 사살하고 1명을 산 채로 붙잡았다. 그가 바로 잘 알려진 김신조(金新朝, 1942~)다. 나머지 1명은 북으로 달아났다.*

이 흉보(凶報)는 전국을 강타했다. 시민들은 "무장 간첩이 군사분계선을 넘어 청와대 부근에 이를 때까지 우리 군은 도대체 뭘 했단 말인가. 이렇게 안보가 허술해서야 어떻게 믿고 살겠느냐"며 개탄했다.

그로부터 이틀 뒤에는 "북한군이 1월 23일 북한 해안으로부터 동쪽으로 40km쯤 떨어진 공해상에서 작전 중이던 미국의 정보수집함 푸에블로(Pueblo)호를 납치했다"는 뉴스가 전해져 온 세계를 경악게 했다. 정보수집함에는 미군 장교 6명, 사병 75명, 민간인 2명 등 모두 83명이 타고 있다지 않은가. 북한군은 초계정 4척, 미그기 2대를 동원하여 푸에블로호를 북으로 끌고 갔다. 납치 과정에서 미군 1명이 사망하기도 했다.

미군은 곧바로 판문점에서 군사정전위원회를 소집하고 나포(拿捕)의 부당성을 주장하며 즉각 송환을 요구했다. 그리고 핵 추진 항공모함 엔터프라이즈(Enterprise)호와 제7함대 구축함 2척을 동해상으로 급파, 만일의 사태에 대비했다. 하지만 북한은 긴 협상 끝에 결국 납치로부터 11개월만인 그해 12월 23일 판문점을 통해 승무원 82명과 유해 1구만을 돌려보내고 푸에블로호 함정은 몰수했다.**

이렇듯 한반도는 무신년 정초부터 북한의 도발로 전운(戰雲)이 감돌았다. 뒤에 들은 얘기지만 그때 서울시민들은 전쟁이 날까 봐 비상식량을 사재기하느라 야단법석이었다고 한다. 비상식량으로는 삼양라면이 이름을 날렸던 것으로 전해지고 있다. 삼양라면은 1963년 9

---

* 《두산백과》1·21사태.
** 《네이버 지식백과》 푸에블로호 납치 사건.

월 15일 출시 이후 서민들의 인기를 독차지하고 있었다.

거기에 더하여 2월 들어서는 월남전에서 북베트남과 베트콩 연합군 8만여 명이 설날(1월 30일) 자정을 기해 미군과 한국군을 기습 공격, 큰 피해를 주었다는 비보까지 날아들어 위기감을 더했다. 베트콩 연합군은 매년 설이면 명절 전후 1주일가량 휴전하던 관례를 깨고 미군과 한국군이 주둔하던 사이공을 비롯한 남베트남의 36개 주요 도시를 일제히 공격했다. 역사는 이를 '베트콩 구정 공세(일명 테트 공세)'로 기록하고 있다. ***

장손이라고 나를 끔찍이 사랑하던 할머니도 이런 뉴스를 듣고 걱정이 되셨는지 "애야! 전쟁이 날지 모른단다. 좀 잠잠해지면 가거라" 하며 서울행을 말리셨다. 그 말씀이 지금도 귓전에서 떠나지 않는다. 할머니는 매년 가을이면 마당에 열린 대봉감을 따서 쌀독에 넣어 홍시를 만든 뒤 다른 손자들 몰래 감춰뒀다가 겨울 방학 때 가면 내주시곤 했다. 할머니와 생면(生面)은 그때가 마지막이었다. 할머니는 그해 여름(음력 7월 13일) 이승을 떠나셨다.

나는 할머니를 안심시키고 보름(2월 14일)을 지낸 다음 날 서울로 올라왔다. 무엇보다 새 학기 강의가 이뤄질지 궁금했다. 학교 분위기를 살피기 위해 성북구 삼선동 이모네에 짐을 내려놓자마자 안암동 본관 캠퍼스부터 찾았다. 추위 탓이었을까. 교정은 시골에 알려진 전쟁 위기 소문과는 달리 평온했다. 수강신청 서류를 들고 다니는 학생들이 간혹 눈에 띄었으나 그들의 얼굴에서 긴장감은 찾아볼 수 없었다. 중앙도서관에도 공부하는 학생들로 빈자리가 없었다.

***

*** 《네이버 지식백과》 베트콩 구정 공세.

본관을 돌아본 나는 수강신청을 하기 위해 물리학과 사무실이 있던 이공대학 건물(본관에서 400여 m 떨어진 애기능 쪽)로 발길을 옮겼다. 당시는 수강신청을 먼저 하고 납기 일이 지난 뒤 등록금을 내어도 학업에 별 지장이 없었다.

학과 사무실은 수강신청을 하려는 학생들로 북적거렸다. 나보다 1년 앞서 군대를 제대한 입학 동기생도 보였다. 너무 오랜만이어서 그에게 다가가 반갑게 손을 잡고 한참 동안 여러 가지 얘기를 나눴다. 강원도 양양이 고향인 그는 방학에도 내려가지 않고 서울 중구 광희동에서 국민학생들을 모아 그룹과외를 하는 중이라 했다. 그러면서 입주 가정교사를 구하는 중인데 나더러 학생을 가르쳐 볼 생각이 있느냐고 물었다.

'하늘이 무너져도 솟아날 구멍이 있다'는 속담은 이럴 때 해당한 말이 아닐까. 이모네에 얹혀 있던 나로서는 당장 숙식을 해결할 아르바이트를 구해야 할 판인데 이렇게 고마울 데가 어디 있단 말인가. 생각보다 빨리 일자리를 찾아 감지덕지했다.

개인 교습을 바라는 학생은 중학교 입시를 앞둔 '국민학교' 6학년생이었다. 내 친구의 지도를 받아왔으나 그룹 과외가 싫어 개인 교사를 찾는다는 설명이다. 3월부터 학생 집에 들어가기로 약속하고 친구와 헤어졌다. 이어 수강신청을 마치고 은행에 등록금도 냈다.

그로부터 열흘가량 지나 개인 교습 생활이 시작되었다. 난생 처음 경험한 입주 가정교사여서 속옷 빨래하며 불편한 게 한두 가지 아니었다. 교습시간도 그의 하교 시간에 맞춰져 내가 쓸 수 있는 시간은 그리 많지 않았다. 그래도 어쩌랴. 대학을 졸업하려면 그 정도 불편은 감내할 수밖에.

오랜만에 캠퍼스도 정상으로 돌아와 강의다운 강의를 듣게 되었다. 그러나 북한의 도발은 계속되었다. 정부 통계에 따르면 북한은 그해(1968년) 동해와 서해에서 우리 어선을 납치하는가 하면 300여 건, 1,000여 명에 이르는 무장 간첩을 남파하기도 했다고 한다.[*]

이에 정부는 '향토예비군설치법시행령(대통령령 제3386호)'을 제정·공포(2월 27일), 북한의 도발에 대비했다. 그리고 그해 4월 1일 대전공설운동장에서 향토예비군 창설식을 열었다. 향토예비군 규모는 총 191개 대대, 2,608개 중대, 478개 직장중대로 인원은 166만 2,143명에 이르렀다. 이에 따라 예비군 훈련이 일상화되었다.[**]

그해 5월에는 종전 각 도별로 통용하던 도민증을 없애고 주민등록증 제도를 새로 도입했다. 지금은 주민등록증이 다목적에 쓰이고 있으나 당시는 간첩이나 불순분자 색출을 쉽게 하려는 데 목적이 있었음은 말할 나위 없다. 참고로 지금의 13자리 주민등록증은 1975년 제3차 개정에 따라 바뀌었다. 이때부터 주민등록 발급 대상자의 나이를 17세로 낮추고 주민등록증 발급을 의무화했다. 또 경찰이 확인을 요구할 때는 반드시 내보이도록 규정했다.[***]

그러나 이런 안보 긴장이 계속되는 가운데서도 학생 시위는 이어졌다. 학생들은 무엇보다 박정희 정권의 장기 집권 움직임을 못마땅하게 여겼다. 서울법대생 500여 명은 6월 12일 헌정 수호 성토대회를 열었다. 6월 27일에는 대구 계명대생 400여 명이 헌정 수호 성토

\* 《네이버 지식백과》.
\*\* 《네이버 지식백과》 향토예비군.
\*\*\* 《네이버 지식백과》 주민등록증.

대회에서 "우리를 더 미치게 하지 말라"고 외쳤다.[*]

하지만 이와 같은 학생들의 시국 선언은 7월 15일 문교부가 발표한 '중학교 입학제도 개선책'에 묻히고 말았다. 중학교 입학제도 개선책은 "내년(69학년도)부터 3년에 걸쳐 연차적으로 전국의 남녀중학교 입학시험을 전폐하고, 학교군 제를 신설하여 추첨으로 입학생을 뽑는다"는 내용이었다.

이날 발표는 권오병(權五柄, 1918~1975) 당시 문교부 장관이 직접 나섰다. 그는 발표문을 통해 "△ 아동의 건전한 성장발달과 학부모의 과중한 경제적 부담을 줄이고 △ 학교 차를 없애며 △ 입시 경쟁의 시점을 고교로 옮겨 유년기의 과중한 짐을 덜어주는 데 목적이 있다"고 개혁 이유를 밝혔다.[**]

그러면서 "지금까지의 중학 입시는 △ 국민학교 교육을 입시 위주로 전락시켰고 △ 입시에서 떨어진 아동들의 재교육과 선도가 큰 문제였으며, △ 재수생들이 과외공부로 정력과 시간 소비와 건강의 소모가 측정할 수 없이 막대했고 △ 학교 차로 인한 일류·이류 교 등장, 학부모들의 신경전, 치맛바람과 뒷문 입학 폐단 등을 낳아 사회 발전을 해치는 암적 존재가 되고 있다"며 사회 각계가 지적한 중학 입시 폐단을 시인했다. 그럼에도 중학 입시 개혁은 특권층의 자녀를 구제하려는 조치라는 입방아도 적지 않았다.

아무튼 이 뉴스는 국민의 눈과 귀를 잡아매고도 남았다. 입시생을 둔 학부모들은 말할 나위 없고 일반 시민도 중학교 무시험 조치를 대

---

[*] 이재오, 앞의 책, 254쪽.
[**] 《네이버 지식백과》 한국민족문화대백과 입시제도.

환영했다. 내가 가르치고 있던 학생도 "야! 이제 입시 지옥에서 벗어나게 되었다"며 좋아 어쩔 줄 몰라 했다.

그러나 나는 학업을 중도 포기해야 하느냐 마느냐는 갈림길에 서게 되었다. 당장 생활비 수입원이 없어졌으니 정말 난감했다. 그때 나 같은 처지에 몰린 대학생은 아마 수천 명은 넘었지 싶다.

때마침 많은 대학은 종강하고 학기말시험을 치르거나, 빠른 대학은 여름방학에 들어간 곳도 있었다. 고려대는 기말시험이 한창이었다. 나는 일단 보따리를 싸서 전세살이하는 이모네로 다시 들어갔다. 그리고 일간신문에 급히 구직광고를 냈다.

다행히 가정교사를 찾는 학생이 나타났다. 고교 입시를 준비하는 중학교 3년생으로 하루 2시간씩 가르치는 시간제 조건이었다. 기말시험이 끝나자마자 그를 지도하기 시작했다. 따라서 2학기도 학업을 계속할 수 있게 되었다.

그 바람에 그해 9월 27~28일 열린 고연전(高延戰)을 참관하며 모처럼 대학생의 낭만을 맛볼 수 있었다. 고연전은 고려대와 연세대가 매년 가을 야구·농구·아이스하키·럭비·축구 등 5개 종목을 놓고 겨루는 시합이다. 그해(68년도)는 고려대가 4승 1무(축구만 무승부)로 연세대를 일방적으로 이겨 기쁨은 배가 됐다. 마지막 날(28일) 저녁 서울 명동에서 막걸리를 마신 뒤 동기들과 어깨동무를 하고 거리를 누비며 고려대 교가와 응원가를 소리 높여 불렀던 기억은 아직도 잊을 수가 없다.

# V
# 어릴 때의 꿈, 기자가 되다

'펜은 칼보다 강하다'는 말에

기자가 되었으나

새마을운동의 근원

면도칼과 썩은 달걀―10·26 전야의 비화

5·18과 나

언론 통폐합

위안부·강제 노동 피해자 배상 거부 왜?

# '펜은 칼보다 강하다'는 말에

시간은 속절없이 흘렀다. 어느새 1969년 대학 졸업반이다. 그동안 대학생으로서의 낭만은커녕 그 유명한 음악감상실에도 들어가 본 적이 없다. 그렇다고 특별히 시간을 내어 책을 읽으며 교양을 쌓은 것도 아니다. 전공 과목도 잦은 시위로 공부하는 둥 마는 둥 했다.

어찌 되었건 나로서는 1969년 한 해만 잘 견디면 사각모는 쓰게 되었다. 자연히 취직 걱정이 앞섰다. 대학을 졸업하고도 직장을 구하지 못한다면 부모님은 물론이고 함께 근무하던 교사들이 뭐라 수군거릴지 상상만 해도 아찔했다.

잘 알려져 있듯이 물리학과는 취업보다는 학자가 되는 코스이다. 전문 학자가 되려면 대학을 마치고도 석사과정 2년, 박사과정 2년 등 4년을 더 수련하게 되어 있다. 지금도 여전하지만, 박사 학위를 딴 뒤에도 대학에 빈자리가 생겨야 강단에 설 수 있었다. 나는 어리석게도 그런 현실을 상아탑에 들어서서야 알게 되었다.

3년도 겨우 버텨온 나로서는 학자의 길은 언감생심이었다. 내게 전공 선택이 잘못되었음은 대학에 입학하자마자 통감했다. 물론 교직과목을 이수한 사범 출신이므로 신청만 하면 중·고교 선생(물리 과

1970년 2월 25일, 대학을 졸업하며.

목)이 되는 길은 열려 있었다. 그러나 교직이 싫어 교단을 뛰쳐나오지 않았는가. 또다시 강단에 서는 일은 생각조차 싫었다.

그래서 기자가 되기로 마음먹었다. 기자는 앞서 설명대로 사범학교시절부터 선망의 대상이었다. 아마도 "펜은 칼보다 강하다(The pen is mightier than the sword)"는 말에 매료된 듯하다.

이 말은 영국 작가이자 언론인이며 정치가인 에드워드 리턴(Edward E Lytton, 1803~1873)이 1839년 발표한 〈리슐리외 혹은 모략(Richelieu Or Conspiracy)〉이란 사극(史劇)에서 정의한 경구이다(Richelieu, 프랑스 루이 13세 때 재상). 이는 언론과 저술을 통한 정보전달이 폭력보다 사람들에게 영향력이 더 크다는 것을 비유적으로 설명한 수사법임은 말할 나위도 없다.

나는 날마다 도시락을 싸들고 지금은 고려대 대학원 도서관으로 바뀐 중앙도서관으로 향했다. 그리고 언론계 시험공부를 시작했다. 때마침 캠퍼스는 시위가 휩쓸고 학과수업은 쉬기 일쑤였다. 휴강은 내게 언론계 시험을 준비하는데 절호의 기회였다.

이 얼마나 아이러니한 일인가. 이 중앙도서관은 문화재로 지정되었다고 한다.

시위는 1969년에 들어서도 대학가의 연례행사처럼 어김없이(?) 거듭됐다. 이번에는 개헌이 이슈였다. 시위의 빌미는 5·16쿠데타로 정권을 잡은 군부 세력이 8년을 집권하고도 장기 집권에 미련을 두고 3선개헌을 추진하는 데 있었다.

기록에 의하면 길재호(吉在號, 1923~1985) 당시 여당인 민주공화당 사무총장이 1969년 들어 가장 먼저 화살을 당겼다. 그는 1월 6일 신년 인사에서 "늦어도 올 안에 개헌을 마무리 지어야 한다"고 개헌 문제를 끄집어냈다.

이어 다음날 윤치영(尹致暎, 1898~1996) 당시 민주공화당 의장서리가 기자회견을 통해 3선 개헌의 정당성을 역설하고, 민주공화당은 1월 8일 이를 받아들여 공식적으로 검토하겠다고 발표했다. 그리고 이튿날 백남억(白南憶, 1914~2001) 당시 민주공화당 정책위원회 의장은 당무회의에서 3선개헌의 필요성을 거들었다.

이런 가운데 박정희 전 대통령은 1월 10일 열린 연두 기자회견에서 "임기 중 개헌할 의사는 없다. 그러나 필요하다면 연말에 해도 늦지 않을 것"이라고 아리송하게 한 발짝 더 나갔다.

민주공화당은 이에 앞서 장기 집권을 거냥하고 1968년도부터 이미 여론전에 나섰다. 개헌안은 중임이던 대통령 임기를 3선까지 연임할 수 있게 하고, 대통령에 대한 탄핵소추 결의의 요건을 강화하며, 국회의원이 행정부 장·차관을 겸직할 수 있도록 하는 것 등이 주요 내용이다.

개헌 음모는 6월 들어 본색을 드러냈다. 민주공화당은 당시 야당이던 신민당의 조홍만(曺興萬)·연주흠(延周欽)·성낙현(成樂絃) 의원 등 3명을 포섭하여 개헌 통과선 122석을 확보하는 한편 대한재향군인회와 대한반공연맹 등 여러 사회단체에 개헌 지지 성명을 내게 하는 등

온갖 수단 방법을 다 동원했다.[*]

　이에 당황한 신민당은 6월 5일 '3선개헌 반대 범국민투쟁위원회'를 결성하고 결사 항전에 들어갔다. 한동안 교내에서 개헌 반대 성토대회를 벌이며 여야의 대립상황을 지켜보던 학생들도 거리로 몰려나와 '개헌 반대' 구호를 소리 높이 외쳤다. 또다시 거리에는 돌멩이가 날아다니고, 연막 소독 차량처럼 대량으로 최루 가스를 뿜어대는 페퍼 포그(Pepper Fog)가 처음 등장했다.

　경찰은 7월 1일 600여 명으로 시작된 거리 시위가 사흘 뒤 5,400여 명으로 크게 불어나자 헬리콥터를 동원하여 각 대학 상공을 돌며 "학생들은 시위를 중단하고 강의실로 돌아가라!"는 군중 해산 권유 방송을 하기도 했다.

　앞에서도 설명했듯 나는 그때 중앙도서관에서 살다시피 했다. 그러나 그대로 앉아 공부만 계속할 수는 없었다. 게다가 학생들이 스크럼을 짜고 도서관으로 몰려와 "공부가 우선이 아니다. 모두가 힘을 합해 장기 집권 음모를 깨부수자!"고 외치는데 어떻게 외면할 수 있겠는가. 읽던 책을 덮고 도서관을 나와 시위대와 어깨동무를 하고 신설동 로터리까지 나아갔던 기억은 아직도 눈에 선하다.

　문교 당국은 학생 시위가 심각해지자 7월 4일 휴교령을 내렸다. 고려대는 그 이튿날 이종우(李鍾雨, 1903~1974) 총장이 〈학생 제군에게 고(告)〉하는 담화문을 발표하고 조기 방학에 들어갔다.[**]

　야당은 야당대로 헌법개정의 개헌 통과선을 막기 위해 9월 7일

---

[*] 《네이버 지식백과》 3선개헌.
[**] 《사진 고대학생운동사 1905~1985》 142쪽.

편법으로 당을 해산한 뒤 여당으로 넘어간 3명을 제외한 나머지 의원들이 '신민회'라는 새 이름의 국회 교섭단체를 등록했다. 그때 국회법은 당을 해산하면 그 당 소속 의원은 의원직을 잃게 돼 있었다.

그러나 그것도 소용없었다. 여당은 국회 본회의장에서 점거 농성을 하고 있던 신민회 의원들을 따돌리고 9월 14일 일요일 야음(새벽 2시)을 틈타 국회 제3별관에서 여당계 의원 122명이 모여 전원 찬성으로 개헌안을 변칙 통과시켰다. 한일 정상회담 반대시위의 무력진압에 이은 두 번째 폭거였다. 그 뒤 개헌안은 10월 17일 총 유권자의 77.1%가 참여한 국민투표에서 65.1%의 찬성을 얻어 확정, 10월 21일 공포되었다.***

역사가 말해주듯 학생 시위는 당국의 강제 해산과 대학의 조기 방학 조치로 여당의 3선개헌을 막지 못하고 막을 내렸다. 게다가 언론마저 한일외교 정상화 반대시위 때와는 달리 개헌 통과 사실만 보도할 뿐 침묵으로 일관했다. 이는 그때 고대생들이 발표한 "아첨으로 배를 불리며 백성의 내일을 장사(葬事)지내려는 장사꾼들이여, 가라. 한가하고 유복한 장사치 지배계급의 충실한 호위병들이여, 가라. 저 골고다의 계곡으로 사라져 가라"는 내용의 〈언론인들에게 보내는 공개장〉이 잘 말해준다.****

언론이 개헌 문제에 입을 다문 데는 그럴 만한 사연이 있었다. 한일 국교 정상화 이후 신문사, 특히 메이저급들은 1968년 말부터 1971년 제7대 대통령 선거 직전까지 일본을 비롯한 외국으로부터 연

---

*** 《네이버 지식백과》 3선개헌.

**** 김영호, 《한국 언론의 사회사》 상권, 541쪽.

리 3.5~8%의 저리 차관을 정부의 특혜로 들여왔다.

《한국 언론의 사회사》에 따르면《조선일보》는 사옥 신축과 코리아 나호텔 건설자금으로 일본 이토상사로부터 연리 6% 조건으로 4,000만 달러를 들여왔고, 《경향신문》은 일본 도쿄기계제작소에서 고속 윤전기 매입 자금으로 605만 달러를 도입했다. 또《동아일보》는 독일 알버트사로부터 고속 윤전기 값으로 1,600만 달러를 빌렸고, 《중앙일보》도 스위스 크라피칼트사에서 고속 윤전기 시설자금 1,270만 달러를 들여왔다. 그뿐만 아니라 외국에서 들어오는 신문 용지도 일반 관세율 28.5%보다 훨씬 싼 4.5%로 특혜를 주었다.[*] 말하자면 거의 모든 언론사가 정권에 코가 꿰인 것이다.

학생들도 현실을 체념한 것일까. 개헌안 통과 후 시위는 줄었다. 휴교령(9월 12일)의 영향이 컸음은 물론이다. 중앙도서관도 정상을 되찾았다. 300여 석의 일반 열람실이 오전 8시쯤이면 꽉 들어찼다. 사법시험 또는 취직시험 준비생이 대부분이었다. 열람실에는 국내에서 발행되는 신문은 물론 외국의 주요 신문도 갖춰 놓아 내게는 큰 도움이 되었다. 나는 거의 하루도 빠지지 않고 열람실을 찾아 신문을 읽으며 언론시험에 대비했다.

그러던 어느 날, 아마 10월 초순쯤이었을까. 《서울신문》에 사원 모집 공고가 실렸다. 모집 대상은 수습·교정·편집·지방주재·도안·만화·경리·판매 등 8개 분야였다. 나는 주재 기자직에 원서를 냈다. 주재 기자직을 택한 것은 솔직히 실력이 모자란 것이 가장 큰 이유였다. 일단 시험에 붙고 보자며 하향 지원한 것이다. 또 고향에서 가까

---

[*] 김영호, 앞의 책, 542쪽.

운 광주쯤에서 일하며 부모를 모실 수 있고, 타사에 견주어 월급이 많다는 점도 매력이었다. 수습 기간 월급은 9,600원이었으나 3년 만 (1972년 12월)에 3만 5천여 원으로 4배가량 올랐다. 타사는 보수를 제대로 받지 못하는 주재 기자들이 수두룩했다.

《서울신문》 사원 모집에는 모두 982명이 응시했다. 주재 기자직도 6명 모집에 120여 명이 원서를 넣었다. 굳이 경쟁률을 셈하면 20대 1 이다. 응시자들은 11월 9일 서울 명지대학교에서 시험을 치렀다. 오전 10시부터 시작하여 오후 5시까지 논문·국어·외국어·상식·기사 작성 등 5개 분야에 걸쳐 실력을 겨뤘다.

시험을 치른 지 닷새 만(14일)에 1차 합격자가 발표됐다. 1차에는 기자직 66명, 업무직 67명이 통과했다. 이들은 16일 면접을 거쳐 22 일 49명이 최종합격자로 발표되었다. 기자직은 21명(수습 9명, 주재 6명, 편집 2명, 교정 4명)이었다.[**]

신입사원들은 12월 1일부터 출근하여 수습 교육을 받았다. 수습 기간은 부서마다 달랐다. 주재 기자직은 2개월 반이었다. 우선 2명 1 조로 신문사 내 정치·경제·사회·문화·사진·외신·교정부 등 각 부서를 돌아가며 업무를 익혔다. 그리고 각 부 선배들이 출입하는 정부 부처에 같이 따라 나가 취재하고 송고하는 요령도 배웠다.

그러던 1969년 12월 11일, 말 그대로 큰 사건이 터졌다. 입사한 지 열흘 만이다. 이날 낮 12시 25분쯤 강릉을 떠나 서울로 가던 대한항공 YS-11 여객기가 이륙한 지 14분 만에 강원도 평창 대관령 상공에서 납북된 것이다. 여객기에는 승객 47명과 승무원 4명이 타고 있었

---

[**] 《서울신문 사보》 1969년 11월 25일자.

다. 온 나라가 발칵 뒤집혔다. 국내 신문·방송사는 말해 뭐하랴.[*]

당시 석간인 《서울신문》에도 비상이 걸렸다. "YS-11기 기장 유병하·부기장 최석만·스튜어디스 성경희·정경숙 사진을 구하라!" 사진부에 명령이 떨어졌다. 사진부 모두가 4개 팀으로 나뉘어 뛰었다. 때마침 나는 사진부에서 신문 편집상 사진의 역할과 중요성을 공부하고 있었다.

차량 범퍼에 《서울신문》 깃발을 달고, 문 양쪽을 《서울신문》 싸인보드로 장식한 회사 취재 차를 타고 경적을 울리며 사진부 선배와 함께 스튜어디스 성경희가 살고 있던 성북구 돈암동으로 쏜살같이 달렸다. 목적지에 도착하여 성경희 어머니에게 사진을 구하러 왔다고 말하자 앨범을 내왔다. 관련 사진을 모두 챙겼다. 다행히 타사가 다녀간 흔적은 없었다.

성경희 어머니에게 "사진은 쓰고 돌려드리겠다. 다른 신문사 기자들이 오면 이미 서울신문사에서 사진을 모두 가져가 버려 더는 없다고 말하라"는 말을 남기고 급히 회사로 돌아왔다. 그만큼 취재 경쟁이 치열했다. 사건이 너무 오래되어 함께 간 선배 이름과 몇 시쯤이었는지 등은 기억에서 사라졌다. 이 사건을 통해 신문 제작에 사진이 얼마나 중요하며 취재에 앞서 사진을 먼저 구해야 한다는 사실을 깊이 깨달았다.

수사 결과 YS-11기 납북 사건은 북괴 고정간첩 조창희가 여행객을 위장하여 저지른 단독 범행으로 밝혀졌다. 북한은 지루한 협상 끝에 1970년 2월 14일 판문점을 통해 승무원 4명과 승객 8명 등 12명을 제

---

[*] 《위키백과》 대한항공 YS-11기 납북 사건.

외한 39명을 돌려보냈다. 남한으로 돌아오지 못한 성경희 스튜어디스는 2001년 2월 제3차 이산가족 방북단으로 평양을 방문한 자신의 어머니를 만나기도 했다.

나와 함께 입사한 주재 기자들은 수습을 마치고 1970년 2월 5일 발령을 받았다. 나는 희망대로 광주로 배정됐다. 국민학교 교사를 그만두고 대학에 들어가 자유·정의·진리를 배운 지 6년여 만이다. 기자가 되겠다는 뜻을 세운 사범학교시절부터 헤아리면 10여 년이 걸린 셈이다.

# 기자가 되었으나

기쁨과 설렘 속에 1970년 2월 13일 서울역에서 광주행 열차에 몸을 실었다. 《서울신문》 광주지사 발령을 받은 지 8일 만이다. 서울 생활을 마무리하느라 늦어졌다. 설(2월 6일)을 쉰 지 이레가 지나서였을까. 명절 전후 북적이던 열차 안은 비교적 한산했다.

나는 광주로 가는 동안 오만가지 생각에 잠겨 마음이 뒤숭숭했다. 무엇보다 기자 시험에 합격하고 가장 먼저 기쁨을 알리러 찾아간 이모님(2013년 별세)이 "왜 하필 주재 기자냐?"고 못마땅해하신 말씀이 가슴을 저몄다. 이모는 그때 전남 순천에서 시내버스(합승) 회사를 경영하시며 회사에 손을 벌리는 사이비 기자들에게 시달리는 기색이었다.

이모의 한마디는 마음을 후비는 쓴소리로 다가왔다. 교사를 그만두고 기자직을 택한 것은 잘못인가. 그리고 주재 기자에 대한 일반의 고정관념이 그렇게 나쁜가? 나도 욕을 먹지나 않을는지. 취재원들에게 좋은 인상을 심는 방법은 없을까? …….

생각을 미처 다 정리하지 못한 채 광주역에 닿았다. 열차에서 내려 택시를 타고 《서울신문》 광주지사로 향했다. 그때 《서울신문》 광주지사는 황금동 무등극장 옆에 있었다. 광주지사에 들어서자 때마침 기사를 쓰고 있던 고 안정기·양해천·윤재문 등 선배 기자 3명과 지사장이 반갑게 맞이했다.

사무실에는 내가 쓸 책상도 이미 들여놓았다. 어느 선밴가 앞으

1975년 8월, 《서울신문》 광주지사에서 안정기 취재반장(오른쪽)과.

로 내가 사용할 책상을 가리키며 앉으라고 권했다. 나는 인사를 마친 뒤 안정기 취재반장에게 하숙부터 정해야 하니 일요일까지 말미를 주시면 좋겠다고 허락을 구했다. 그날은 금요일이었다. 그때 기자들은 일요일도 출근했다.

다행히 하숙은 광주 출신 고려대 물리학과 후배의 안내로 쉽게 정했다. 약속대로 월요일(16일) 아침 일찍 광주지사 사무실로 출근했다. 오전 9시 취재반 회의가 열렸다. 이 자리에서 취재반장이 출입처를 발표했다. 당시 광주 주재 기자들이 출입하는 기관은 크게 전남도청(전남도 경찰국 포함), 전남도교육위원회(광주지방검찰청 포함), 광주시청 등 세 곳이었다. 이들 기관은 선배들이 하나씩 차지하고 나에게는 광주경찰서와 서광주경찰서, 농협 전남도지부 등을 맡으라고 했다. 중앙 일간지 주재 기자 중 경찰서와 농협을 담당한 기자는 없었다.

나는 기초부터 단단히 다져야겠다고 마음먹고 열심히 뛰었다. 취재원들에게 먼저 커피를 사며 격의 없이 접근했다. 그들은 "이런 기자는 처음 본다"며 마음을 열었다. 그리고 가끔 다른 기자들(지방지 기자) 몰래 기삿거리를 알려줬다. 그때는 보통 상식으로는 이해할 수

없는 선정적 사건이 자주 일어났다. 물론 본지에는 가십거리가 될까 말까 한 잡지용이 대부분이었다. 당시 《서울신문》에서는 《선데이서울》* 잡지도 발행하고 있었다. 이들 기기묘묘한 사건은 모두 《선데이서울》에 송고했다. 아마 매달 한 건씩은 기고한 것으로 기억된다.

그때 기사로 쓴, 남편의 욕정에 견디다 못한 아내가 바람기 많은 여자를 소개해줬다가 결국 남편을 빼앗긴 사연, 어떤 가정에서 딸이 색에 미치자 발목에 쇠고랑을 채워 굴속에 가뒀는데 지나가던 남자가 몰래 들어가 정을 통해 아기를 낳은 이야기 등은 세간을 흔들었다. 《선데이서울》에 실린 기사는 원고료를 따로 주었다. 액수는 얼마 안 되었으나 재미는 쏠쏠했다.

그렇게 기사 쓰기에 열을 올려 시간 가는 줄도 몰랐다. 그러나 1971년 12월 1일 갑자기 목포지국으로 발령이 났다. 이유는 주재 기자들에게 각 지역 실상을 샅샅이 알게 하기 위한 순회 취재 계획의 일환이란다. 부산·대구 등 대도시에서 일하던 입사 동기들도 모두 경북 영주, 전북 남원 등 중소도시로 발령됐다.

그래도 나는 마음이 언짢아 채용 시 약속과 다르다며 고 김기영 당시 지방부장에게 항의했다. 김 부장은 서울공대 출신으로 인품이 너그러운 분이셨다. 그는 목포에 가서 1~2년만 근무하면 다시 광주로 옮겨주겠다고 약속했다. 그 말을 믿고 일단 목포로 내려갔다.

그러나 그로부터 1주일 뒤 언론계에는 찬바람이 불어닥쳤다. 박정희 정권이 '언론계 정화'를 이유로 12월 7일 국가비상사태를 선언하

---

* 《서울신문》이 1968년 9월 창간한 성인오락용 주간 잡지. 1978년 신년에는 23만 부를 발행하기도 했다. 너무 선정적이라는 비판에 밀려 1991년 12월 자진 폐간했다.

고, 이른바 '사이비 기자 숙청' 작업에 나선 것이다. 정화 작업은 신문 발행인들로 구성된 한국신문협회 자율에 맡긴 형식이었다. 겉으로는 자율이지만 사실은 정부의 강제였다.

이에 한국신문협회는 "언론계 정화의 필요성을 자인한다"는 내용의 성명을 발표하고 '언론 자율에 관한 결정사항'을 채택했다.[**]

언론 자율에 관한 결정사항은 서울에서 발행하는 일간 종합지

1972년, 《서울신문》 목포지국에 근무할 당시 도선을 타고 해남으로 취재를 가며. 뒤로 목포항과 유달산이 보인다.

는 부산과 각 도청 소재지에는 지사, 시 단위에는 지국, 기타 지역에는 보급소를 설치하되, 기자는 시·도청 소재지에만 두고 회사마다 주재 기자 수도 45명을 넘지 못한다는 내용을 담았다. 또 정부가 발급하는 프레스카드 없이는 취재할 수 없고, 프레스카드(보도증) 발급 자격도 월 2만 원 이상의 월급을 받는 기자로 제한했다.

이러한 언론 정화는 1970년 10월 경북 안동시 도산면 토계동에서 열린 도산서원 보수정화사업 준공식에 너무 많은 기자가 몰린 것이 빌미였던 것으로 전해지고 있다. 그날 준공식에는 박정희 전 대통령이 참석했다. 이에 따라 행사장에는 청와대와 문공부 출입 기자, 사진기자단 말고도 100여 명의 지방 기자가 '보도' 완장을 차고 취재 경

[**] 《매일경제》 1971년 12월 20일자, 언론 자율에 관한 결정사항.

쟁을 벌였다. 이를 본 박 전 대통령이 같이 간 윤주영 문공부 장관에게 "웬 기자들이 저렇게 많으냐"고 질책했다고 한다. 이에 문공부가 대책을 마련하고 한국신문협회에 압력을 넣어 기자 수를 줄이게 한 것이다.

정부의 이런 결정은 기자직을 악용해 온갖 이권 청탁에 개입하거나 비리를 저지르는 기자가 너무 많다는 민심도 반영한 것으로 알려졌다.

정부 방침에 따라 1971년 12월부터 이듬해 2월까지 대대적인 언론 정화 작업이 펼쳐졌다. 나는 기자 숙청 작업이 별로 두렵지 않았다. 우선 공개채용시험을 통해 입사한 지 얼마 안 돼 해고될 염려가 적었다. 설령 해고되더라도 다른 직장을 찾으면 되겠지 하는 자신감이 앞섰다.

그런 와중에 당시 일본 가나가와현〔神奈川縣〕 요코스카〔横須賀〕에 거주하던 고모가 삿포로〔札幌〕 동계 올림픽을 구경하라며 초청장을 보내왔다. 삿포로 올림픽은 1972년 2월 3일부터 2월 13일까지 열흘 동안 열렸다. 나는 회사에는 알리지 않고 여권 신청부터 먼저 했다. 아마 1972년 1월 중순쯤이었지 싶다. 여권이 나왔다. 한 번 다녀오면 효력이 없어지는 1회용이었다. 여권을 들고 회사 데스크를 찾아가 여행 허가를 요청했다.

하지만 데스크는 들어주지 않았다. 김기영 부장은 "지금 회사는 해고 대상자를 고르느라 비상이다. 이런 판국에 해외로 여행 갈 생각이 나느냐?"며 꾸짖었다. 그러면서 "정 가고 싶으면 사직서를 써놓고 가면 될 게 아니냐"고 넌지시 말했다. '갈 테면 소리 나지 않게 가라'는 말로 들렸다.

그때는 해외여행이 여간 어려운 게 아니었다. 이런 기회가 또 언제 올지 몰랐다. 미혼인 나는 '에라 모르겠다. 해고되면 그때 가서 직장을 다시 구하면 될 게 아닌가' 하는 마음을 먹고 회사 몰래 일본 여행을 결행했다. 면직을 각오하고 나니 마음이 홀가분했다.

나는 1월 25일 무렵 도쿄행 비행기에 탑승했다. 하네다〔羽田〕 공항에는 고모님이 마중을 나와 계셨다. 요코스카 구리하마〔久里浜〕

1972년 2월, 일본 나라 금각사 앞에서.

에 있는 고모네로 옮겨 그곳에 머무르며 오사카·나라·하코네〔箱根〕· 에노시마〔江の島〕 등 일본 명승지를 구경했다. 당시로선 우리보다 잘 발달한 교통 시스템, 문화재를 중히 여기는 풍토, 일본인의 친절한 모습 등은 우리가 참고해야 할 부분이라고 생각되었다.

그러나 2주일가량 놀다 보니 약간 지루하게 느껴졌다. 일본 체류 허용 기간은 20일간이었으나 며칠 앞당겨 귀국했다. 김포공항에서 전화로 데스크에게 별일 없는지를 물었다. 그때 데스크는 우홍제(입사 15기) 선배였다. 그제야 내가 일본에 간 사실을 안 그는 "일본에 갔으리라고는 생각지도 않았다. 그동안 기분이 나빠 기사를 송고하지 않은 것으로 알고 있었다. 별일 없으니 빨리 내려가 일하라"고 재촉했다.

이 사실을 보고받은 부장도 나중 만나 "일성 씨는 이마가 좁은 셈치고는 통이 큰 것 같다"며 농담을 건넸다. 그러면서 나의 도일(渡日)을 문제 삼지 않았다.

내가 일본에서 돌아올 때까지도 언론계는 어수선했다. 1972년 1월 1일부터 시행키로 한 프레스카드제는 2월 10일에 가서야 일단락됐다. 발급 절차가 그만큼 까다로웠기 때문이다. 프레스카드를 발급받은 기자 수는 전국 43개 일간신문에서 3,080명, 7개 통신 461명, 민방협회 434명, KBS(당시는 문공부 소속) 209명 등 모두 4,184명이었다. 이에 따라 1971년 12월 현재 7,090명이던 전국의 기자(본사 기자 포함) 수는 2,806명이 줄어들었다. 주간과 월간 잡지 기자 828명은 카드 발급 대상이 아니었다.

이 프레스카드제는 정권의 강력한 언론 통제 방편인 동시에 신문 산업의 경영 합리화를 위한 수단으로도 이용되었다. 문공부는 '프레스카드 소지자 명단'을 책자로 만들어 각 기관에 뿌렸다. 1973년 5월 문공부가 배포한 명단에는 3,829명이 기재됐다. 이는 1972년보다 355명이 줄어든 숫자이다. 1975년도에는 2,997명으로 1973년보다 832명이나 줄었다.*

일본에서 돌아온 나는 목포로 내려가 다시 뛰기 시작했다. 2월 10일쯤 프레스카드도 나왔다. 그때 목포에는 《경향신문》《대한일보》《동아일보》《서울신문》《신아일보》《조선일보》《중앙일보》《한국일보》 등 8개 신문사와 경제지가 주재 기자를 파견했다. 프레스카드가 나오기 전에는 2명이 근무하는 회사도 있었으나 자율 정화 뒤 모두 1명만 남게 됐다.

---

* 《미디어 오늘》 1995년 12월 20일자.

각사 기자들은 보통 오전 10시쯤 목포경찰서 옆에 있던 밀물다방
에 모여 차를 마시며 정보를 교환한 뒤 출입처로 흩어졌다. 중앙지
주재 기자들은 공교롭게도 4명씩 두 쪽으로 나뉘어 다녔다. 나는 오
전 중 목포경찰서와 목포시청을 거쳐 부둣가에 있던 해양경찰서를
순회하는 팀을 따랐다. 그리고 오후에는 북교동에 있던 신안군청으
로 함께 가서 취재한 뒤 지국 사무실로 돌아와 기사를 썼다. 웬만한
기사는 모두 공동으로 취재하여 각자가 작성했다. 기사는 열차 편으
로 송고했다.

나는 목포에서 10월 유신<sup>**</sup>을 만났다. 이에 앞서 7월 4일 오전 밀물
다방에서 차를 마시던 중 이후락이 직접 TV에 출연하여 "북한 김일
성을 만나고 왔다"며 발표한 7·4 남북공동성명을 듣기도 했다. 시민
들은 금방이라도 통일이 될 듯 기쁨을 감추지 못했다. 그때 시민들의
반응을 취재하여 전화로 송고했던 기억은 아직도 생생하다.

특히 조선내화(朝鮮耐火) 이훈동(1917~2010) 사장이 매년 벚꽃이 필
무렵이면 목포시 유달동 자신의 저택으로 목포 시내 기자들을 초대
하여 음식을 대접하고 용돈을 주며 '삼봉'이라는 화투 경연대회를 연
행사는 잊히지 않는다. 조선내화는 섭씨 1,000도 이상에서도 견디는
제철소 용광로용 벽돌을 만드는 회사였다. 조선내화 사택은 조경이
아름다워 박정희 전 대통령이 목포에 가면 반드시 하룻밤을 묵는 것
으로도 유명했다.

또 신안군 흑산도성당에서 선교 활동을 하던 아일랜드 출신 설요
한(본명 John Russell, 1939~1997) 신부가 시멘트로 배를 만들어 섬 주민들

---

<sup>**</sup>  대통령 박정희가 1972년 10월 17일 장기 집권을 목적으로 단행한 초헌법적 비상조치.

이 소흑산도·홍도·태도 등 이웃 11개 섬을 오갈 수 있게 교통편을 해결해 준 이야기도 지역사에 길이 남을 만한 미담이다. 배는 17톤급으로 한꺼번에 30명이 탈 수 있었다. 배 이름은 철망(mesh), 철

1973년 4월 17일, 흑산도에서 설요한 신부가 시멘트로 만든 'MRC 대건호' 진수식을 마치고 설 신부와 함께 시승.

근(rod), 시멘트(cement)의 첫 자를 따고 한국 최초의 신부 김대건의 이름을 빌려 'MRC대건'호라 했다.

이 이야기는 〈돌배는 환호를 싣고〉라는 제목 아래 1973년 4월 18일자 《서울신문》(3판) 사회면 머리를 장식했다. 나는 4월 17일 흑산도 현장에서 열린 MRC대건호 진수식에 참석하여 이 모습을 취재하고 목포로 돌아와 기사를 송고했다.

전남 목포에서 93km 떨어진 흑산도는 그때 여객선으로 4시간가량 걸렸다.

'객초(客草)' 이야기도 빼놓을 수 없다. 기자들은 점심을 먹은 뒤 신안군청으로 몰려가곤 했다. 그때마다 군청 공보실에서는 객초(손님을 대접하기 위해 준비한 담배)라며 담배 한 갑씩을 나눠 줬다. 담배 종류는 아리랑이 보통이고, 때론 파고다·청자·신탄진 등을 내놓았다. 나는 담배를 피우지 못한다며 받기를 거절하자 취재할 때 유용할 것이라며 억지로 떠맡기다시피 했다. 객초란 말은 그때 처음 들었다.

나는 1973년 8월 1일 정든 목포를 떠나 광주로 돌아왔다. 1년 8개

월 만이다. 그러나 모든 언론은 긴급조치 9호[*]로 통제되고, 유신 헌법[**]을 비판하는 사람을 모두 감옥에 가두는 이른바 전 국토 병영(兵營) 시대가 기다리고 있었다.

---

[*] 신문·방송 등으로 헌법을 부정하는 행위는 일절 금지하고 사전에 허가받지 않은 집회·시위는 열지 못한다는 게 주요 내용이다. 1975년 5월 13일 발효된 후 1979년 12월 7일 해제될 때까지 4년 넘게 맹위를 떨쳤다.

[**] 1972년 10월 17일 국가 비상조치에 따라 같은 해 12월 27일 제정 공포된 헌법. 모든 권력은 대통령에게 집중되어 있다. 특히 유신 헌법 제53조는 "대통령이 국가위기 상황이라고 판단될 때 헌법에 규정된 국민의 자유와 권리를 잠정적으로 정지할 수 있다"고 규정했다.

# 새마을운동의 근원

새마을운동은 때로 터키 케말파샤운동에 비유되곤 한다. 더러는 북한 천리마(千里馬)운동에 대응한 냉전의 산물로 해석하는 학자도 있다. 케말 파샤(Kemal Pasha)는 1923년 터키공화국을 창건, 초대 대통령으로 15년 동안 장기 집권하며 터키의 근대화에 많은 업적을 남긴 인물이다. 천리마운동은 조선노동당중앙위원회가 노동자·농민들의 증산의욕을 높이고자 1956년 처음 제창, 1958년부터 시행한 국민사상 개조 겸 집단사회주의 노동경쟁운동을 말한다.

새마을운동 지지자들은 새마을운동을 건국 이후 가장 위대한 업적이자 국가발전의 원동력, 대한민국의 대표브랜드라 평가한다. 전 세계 80여 개 개도국 4만 8,000여 명의 외국인이 이를 국가발전 모델로 배워 갔다는 통계를 보면 그럴 만도 하다. 새마을운동은 《조선일보》가 정부 수립 50주년을 맞아 지난 1998년 7월 16일 실시한 여론 조사에서 '대한민국 50주년 업적' 분야의 으뜸으로 꼽히기도 했다.[*]

하지만 새마을운동은 파급효과에 따른 경제 발전으로 국가 위상을

---

[*] 《책과인생》 2012년 12월호, 86쪽.

한 단계 높였다는 긍정적인 평가에도 불구하고 비판의 소리 또한 적지 않다. 비판자들은 무엇보다 새마을운동이 유신체제 출범과 함께 권위주의 독재정권의 형성 과정에서 장기 집권 정략으로 본격 추진되었다는 점을 곱지 않은 시선으로 바라본다. 사업이 정부 주도 아래 상의하달(上意下達)식 반강제적으로 시행되어 부작용이 속출했다는 사실도 빼놓지 않는다. 다시 말하면 새마을운동은 국민의 입과 귀를 강제로 틀어막은 긴급조치와 더불어 유신독재체제를 지탱한 2대 버팀목이었다는 게 이들의 주장이다.[**]

모두 다 알고 있듯이 새마을운동은 1970년 4월 22일 박정희 전 대통령이 전국 시도지사들을 모아놓고 가뭄 대책을 논의한 자리에서 농촌 자력갱생 방안을 강구하도록 지시한 데서 비롯되었다. 당시 대통령의 발언은 곧 법이나 다름없었다.

이에 따라 내무부(지금의 행정안전부)는 같은 해 5월 6일 새마을가꾸기운동 추진방안을 마련하고, 10월부터 이듬해 6월까지 전국 3만 3,267개 농촌에 마을마다 335부대의 시멘트를 무상으로 나누어 주었다. 겨울철 농한기를 이용하여 마을 환경 개선에 쓰도록 한 것이다. 물론 이때 마을에 공으로 준 시멘트는 당시 생산 과잉과 수출 부진으로 남아도는 재고품이었다.[***]

## 유신체제 버팀목, 마을 환경 다듬기로부터
내무부는 첫 시도에서 반응이 기대 이상 긍정적으로 나타나자 또

---

[**] 《나무위키》 새마을운동.
[***] 《한국민족문화대백과사전》 새마을운동.

다시 1만 6,600개 마을을 선정해 각각 시멘트 500부대와 철근 1톤씩을 주고 경쟁심을 부추기며 자발적인 협동 노력을 장려하기 시작했다. 이렇게 맨 처음 마을 환경 다듬기로 시작된 새마을운동은 1995년 서울시청에서 새마을기(旗)가 내려오기까지 4반세기 동안 정부 주도로 농촌사회를 주름잡았다.

그럼 박정희는 왜 제3공화국 말기에 이르러서야 국가원수로서 새마을운동을 직접 발의하게 되었을까. 새마을운동의 추진 계기나 기원에 관한 기록이 없어 이 물음에 대한 확실한 답을 내놓을 수는 없다. 그러나 당시의 정치 상황과 학자들의 연구 결과를 종합해보면 어느 정도 추정은 가능하지 싶다.

먼저 정치 상황부터 되돌아보면, 역사가 말해주듯이 1961년 5월 16일 쿠데타에 성공하여 10여 년 동안 제3공화국을 이끌어온 박정희는 1970년대 들어 최대 정치적 위기를 맞았다. 그는 이른바 3선 개헌(1969년 9월 14일)이라는 비정상적인 방법을 통해 연임의 길을 찾았고, 제7대 대통령 선거(1971년 4월 27일)에서 신민당의 김대중 후보와 대결, 온갖 정치공작을 총동원하고도 94만여 표차로 간신히 3선 연임에는 성공했다.[*]

그러나 이에 대한 반작용이 만만치 않았다. 연일 집권세력의 독주에 대한 항의 시위가 잇따라 민심은 그야말로 한 치 앞을 내다볼 수 없을 정도로 흉흉했다. 영향은 대통령 선거에 이어 실시된 국회의원 선거(1971년 5월 25일)에서 바로 나타났다. 그때 여당인 민주공화당은 개헌선(132석) 이상의 당선을 목표했으나 전국구 27명

---

[*] 《네이버 지식백과》 제7대 대통령 선거.

을 포함하여 113명을 당선시키는 데 그쳤다. 당 지지율도 민주공화당 48.8%, 신민당 44.4%로 나타났다.[**]

집권세력 내부의 권력투쟁도 골칫거리였다. 김종필(金鍾泌)을 비롯한 민주공화당 심복들은 대통령이 3선 임기가 끝나는 1975년도에는 당연히 물러나리라 믿고 서로 간 암투를 서슴지 않았다. 1971년 10월 2일 박정희의 반대 지시를 무시하고 오치성(吳致成) 당시 내무부 장관의 국회 해임건의안에 찬성한 이른바 10·2 항명 파동은 그 좋은 예라 할 수 있다.

그때 민주공화당의 실세로 불렸던 백남억(白南檍)·김성곤(金成坤)·길재호(吉在號)·김진만(金振晩) 등 4인방을 비롯한 국회의원 23명은 남산의 중앙정보부에 끌려가 혹독한 심문을 당했다. 특히 당시 세간에 나돈, 김성곤이 팔자 수염을 뽑히고, 길재호도 하도 두들겨 맞아 지팡이 신세를 지게 되었다는 참담한 이야기는 지금도 듣는 사람을 오싹하게 한다.[***]

거기에 더하여 인권 탄압이 수반된 무리한 개헌 통과로 미국을 비롯한 서방 여러 나라도 박 정권에 등을 돌렸다. 박정희는 이런 정치 구도로는 권력을 더 유지할 수 없다고 판단, 1972년 10월 17일 유신이라는 초헌법적 비상조치를 꺼내 든 것이다. 이 마지막 선택은 군대를 동원, 계엄을 선포하여 기존 헌법 기능을 정지시키고 비판세력의 정치 활동을 전면 금지하여 친위쿠데타로 불리기도 한다.

유신독재체제 구축 작업은 그야말로 일사천리로 진행됐다. 유신

---

[**] 《두산백과》 제8대 국회의원 총선거.
[***] 《네이버 지식백과》 한국근현대사사전 10·2항명파동.

선포 열흘 만에 조국의 평화통일을 지향하는 헌법개정안(유신 헌법)을 공고하고, 11월 21일 이를 국민투표에 부쳐 확정했다.

내용은 △ 대통령 선거 및 최고 의결기관으로 통일주체국민회의 설치 △ 통일주체국민회의 대의원들이 대통령을 뽑는 대통령 간선제 실시 △ 대통령 임기를 4년에서 6년으로 연장 △ 대통령에게 긴급조치권·국회 해산권 등 초헌법적 권한 부여 △ 국회의원 정수의 3분의 1을 대통령의 추천으로 통일주체국민회의에서 일괄 선출 △ 국회의원선거제도를 1구 2인 선출 방식의 중선거구제로 변경 △ 국회의원의 임기를 6년(국민 선출)과 3년(통일주체국민회의 선출)으로 분리 △ 국회의 국정감사 중지와 지방의회제 폐지 등을 주요 골자로 했다.

이와 함께 1972년 10월 17일의 비상조치와 그에 따른 대통령의 특별선언에 대해서는 이를 법원에 제소하거나 이의를 제기할 수 없도록 아예 헌법에 못을 박아 국민의 반론권을 막아버렸다.[*]

유신체제는 이를 바탕으로 통일주체국민회의가 12월 23일 단독 출마한 박정희를 제8대 대통령으로 뽑고, 12월 27일 취임함으로써 비상조치 2개월 열흘 만에 닻을 올렸다. 이 유신 헌법은 말할 나위도 없이 대통령 한 사람에게 모든 권력을 집중시켜 입법부와 사법부를 정권의 꼭두각시로 만든 반민주적 악법이었다.

박정희는 유신을 선포하면서 크게 두 가지 명분을 내세웠다. 하나는 조국의 평화통일이고 다른 하나는 조국 근대화 조기 달성이었다. 박정희는 "평화통일을 위해 국가안보를 정부 시책의 최우선 과제로 하여 안보 태세를 확립하고, 사회에 만연한 부정·부패·부조리·무질

---

* 《네이버 지식백과》유신 헌법.

서를 과감히 척결하며 경제 발전을 도모해 조국 근대화를 앞당기겠다"고 다짐했다.

요약하면 안보 태세 강화와 경제의 고도성장이 장기 집권의 명분이자 실체였다. 그는 특히 "선거는 너무 소모적이다. 대통령 직선제는 낭비적이고 국론 분열의 원인이 된다. 현행 체제(3공화국 체제)와 정상적 방법으로는 소기의 목적을 달성할 수 없으므로 국력을 극대화할 수 있는 한국적 민주주의를 마련해야 한다"며 민주주의의 토착화를 강조했다.

### 이후락 평양 방문으로 국민 충격 부르고

박정희는 철통같은 보안 속에 이러한 장기 집권을 위한 정체(政體) 변환의 사전 계획을 준비했다. 그의 심복이던 이후락(李厚洛) 당시 중앙정보부장을 평양에 보내 7·4 남북공동성명을 이끌어낸 일도 그중 하나로 꼽을 수 있다. 전 국민에게 엄청난 충격을 준 이후락의 평양 방문은 1972년 5월 2일 이뤄졌다. 그는 5월 5일까지 평양에 머물면서 김일성을 만났다. 김일성은 이후락을 껴안고 '당신은 영웅'이라고 치켜세우며, 6·25남침과 청와대 습격 사건에 대해 미안하다는 화해의 뜻을 전했다고 한다. 그때 이후락이 비밀리에 판문점을 넘으면서 만일의 사태에 대비하여 호주머니에 청산가리를 넣고 갔다는 일화는 아직도 많은 사람의 입에 오르내리고 있다.<sup>**</sup>

이런 충격요법은 국민의 관심을 한곳에 모으기에 충분했다. 7·4 남북공동성명 이후 남쪽에서는 유신체제를, 북쪽에서는 주석제(主席

---

** 《네이버 지식백과》 7·4 남북공동성명.

制)를 도입하여 남북 모두 1인 독재체제를 강화했다. 그래서 학계는 7·4 남북공동성명을 두 권력자의 통치체제 강화를 위한 일시적 공생 관계로 해석하기도 한다.

박정희는 이후락의 평양 방문으로 일단 정치체제 변환을 겨냥한 일차 목표는 이룩한 셈이었다. 이런 일련의 정치 행위로 미루어 보면 새마을운동 역시 장기 집권 체제를 구축하고자 미리 짠 치밀한 정치적 포석이라는 해석이 가능하다. 좀 더 구체적으로 말하면 지식층과 도시민을 비롯한 반체제 세력을 누르고 농민들을 지지 기반으로 끌어들여 국정을 의도대로 몰고 가기 위한 고도의 정략이었던 셈이다. 1970년 말에 태동한 새마을가꾸기운동이 유신체제 출범과 함께 정신 개발 교육과 소득 증대 사업을 주요 내용으로 하는 본격적인 새마을 운동으로 확대 개편된 사실이 이를 잘 말해준다.

박 정권은 1973년 1월 16일 정부 조직을 개편, 내무부에 새마을 담당관과 새마을 계획분석관을, 상공부에 농가공산품개발과와 농어촌 전화(電化)과를, 농수산부에 새마을 소득과를 두는 등 전담부서를 새로 만들어 새마을사업을 밀고 나갔다. 내무부는 이보다 한발 앞서 1972년 1월부터 새마을 지도자들에게 정신 개발 교육을 실시하기 시작했다. 그리고 1973년 6월 경기도 수원에 새마을 지도자 연수원을 설립했다. 연수원 원장에는 김준(金準)이 임명되었다. 김준은 13년 남짓 스스로 강의를 하고 연수생들과 함께 생활했다. 그 바람에 '새마을 운동의 교주'라는 별명을 얻기도 했다.

새마을연수원은 정신교육 도장이자 새마을 지도자들의 성공사례 발표장이었다. 처음에는 한 기(期)마다 1개 군(郡)에서 1명씩 모두 140명의 연수생이 참가했다. 1974년부터는 중앙부처의 국장급, 그 이듬해부터는 대학교수도 새마을 교육을 받아야 했다. 새마을 교육 대상은 그로부터 사회지도급 인사·언론인·기업인 등으로 점차 확대 되었다. 새마을 교육의 최종 목표는 조국 근대화와 한국식 민주주의 였다. 따라서 실제 교육에서는 국시(國是)로 내건 반공과 민족주의가 가장 강조되었다.[*]

## 새마을운동은 일본 군국주의의 잔재

이처럼 우리 현대사에 일대 사건으로 기록되고 있는 새마을운동은 그동안 박정희가 단독으로 창안한 그의 창작물로 알려져 왔다. 그러 나 재일 한국인 민속학자 최길성(崔吉城, 1940~ 히로시마대학 명예교수)은 새마을운동을 일본 군국주의 잔재로 규정하고, 그런 일설을 완전히 뒤집는다. 최길성은 그가 일본에서 펴낸 《'친일'과 '반일'의 문화인류학('親日'と'反日'の 文化人類學)》에서 "새마을운동은 정권의 정 당성을 갖지 못한 군사정권의 지도자인 박 정희가 정권 연장을 위해 정치 생명을 건 사건으로 우가키 가즈시게(宇垣一成) 조선 총독이 조선반도에서 추진한 농촌진흥운 동을 본뜬 것"이라고 주장하고 있다.[**]

새마을운동의 근원을 보도한 최 길성의 《'친일'과 '반일'의 문화인 류학》.

그럼 여기서 잠시 농촌진흥운동의 실상 을 알아보는 것도 새마을운동의 뒤틀림을

---

* 《한국민족문화대백과 사전》 새마을운동.
** 崔吉城, 《'親日'と'反日'の文化人類學》 63~101쪽.

이해하는 데 다소나마 도움이 되리라 믿는다. 결론부터 말하면 농촌 진흥운동은 한마디로 우가키 조선총독이 조선을 효율적으로 지배하고자 머리를 짜낸 고도의 정치 수작이었다. 조선 농민을 철저히 감시하여 항일운동을 미리 막고, 농업 생산력을 높여 일본군에 식량 공급을 원활하게 하며 노동력을 최대한 빼앗는 데에 주된 목적이 있었다. 중국과의 전쟁(1937년 7월 7일)을 앞두고 조선을 튼튼한 병참기지로 만들기 위한 사전 정지(整地) 작업이었다고 해석하는 학자도 적지 않다.

우가키 가즈시게는 1931년 7월 14일 제6대 조선 총독으로 서울에 부임했다. 당시 조선은 경제공황으로 서민 생활이 피폐할 대로 피폐한 데다 민족 해방 투쟁이 격화되어 일제로서는 위기였다. 이런 상황에서 우가키는 조선인의 경제를 돕는다는 미명 아래 1932년 9월 농촌진흥운동을 들고 나왔다. 국방의 인적 요소가 농촌에 있다고 생각한 우가키는 "독일 나치스 정권의 농촌 정책을 읽고 이를 조선에서 시현해 본 것"이라고 그의 일기(1934년 1월 26일)에 쓰고 있다. 당시 농촌진흥운동(또는 지방문화진흥운동)은 제국주의 시대 군대에 동원되는 농민들의 불평불만을 무마할 목적으로 펼친 하나의 애향·애국 운동이었다. 일본뿐만이 아니라 독일·이탈리아 등 전체주의 국가들에서도 유행했다.

우가키는 겨울철이면 조선의 농촌 일손이 놀고 있는 점에 착안하여 이 운동을 시작했다고 한다. 겉으로는 농촌 부업을 장려하여 농가가 봄철마다 식량이 떨어져 춘궁(春窮)을 겪는 일이 없도록 하고, 그 수입으로 충분한 식량을 비축게 하며, 금전 수지 균형을 맞추어 빌린 돈을 점차 갚아 나가도록 한다는 허울 좋은 계획이었다. 그렇다고 총독부가 농가에 필요한 자금을 대준 것도 아니다. 오로지 마음가짐을 바로 하여 자력갱생을 이루라는 다그침에 불과했다. 우가키는 이를 심전개발(心田開發)운동이라 불렀다.

우가키는 이에 따라 총독부 조직을 개편(1932년 7월 27일자)하여 농촌 진흥운동 전담부서를 만들고 이 운동을 지도 감독할 조선총독부농촌 진흥위원회를 설치했다. 총책인 위원장은 정무총감에게 맡겼다. 지 방에도 각 행정단체장을 위원장으로, 일선 경찰과 공무원을 위원으 로 하는 농촌진흥위원회를 두었다. 이와 더불어 일본에서 농촌계몽 운동으로 이름을 날리던 야마자키 노부키치(山崎延吉, 1873~1954)를 불 러들여 총독 고문으로 발령하고 전국 순회강연을 시작했다. 강연 주 제는 심전 개발, 즉 정신 개발이었다.*

이시카와현(石川縣)에서 태어난 야마자키는 일본의 손꼽히는 농정 가이자 농민교육가였다. 그는 아이치현(愛知縣) 헤키카이(碧海) 지방을 '일본의 덴마크'로 만든 일로도 유명하다. 야마자키는 시간이 날 때 마다 일본 전국을 돌아다니며 농민들에게 자립정신을 불어넣기도 했 다. 그때 야마자키가 내건 봉공의 정신·협동의 정신·자조의 정신이 란 지도이념은 농민들에게 감동을 준 것으로 전해지고 있다.

우가키의 초청으로 조선에 발을 디딘 야마자키는 농촌진흥운동이 국가총동원령(1938년 4월)에 따라 국민정신총동원운동 등 국민운동으 로 흡수된 뒤에도 조선에 남아 일제 패망 때까지 13년 동안 농촌진흥 운동을 도왔다. 그가 조선에서 행한 강연은 모두 411회나 되었다.**
우가키 총독은 야마자키가 조선 출장을 마치고 일본으로 돌아갈 때마

---

\* 정일성, 《인물로 본 일제 조선지배 40년》 286~293쪽.

\** 崔吉城, 앞의 책, 85쪽.

다 부산항까지 사람을 보내 꽃다발과 과일 상자를 선물했다고 한다.

## 조선농촌진흥운동, 실패로 막 내려

그럼에도 조선농촌진흥운동은 실패로 막을 내렸다. 아니 처음부터 실패를 예고하고 있었다. 계획서 작성이 까다로운 데다 자금지원이 전혀 없는, 현실을 무시한 계획이었기 때문이다.

각 농가는 '농가 갱생 5개년 계획' 양식에 따라 가족 실태와 겸업 여부·토지 이용 상황·농가 부채 상황·노동력 등을 적어내야 했다. 대부분의 농민들은 글을 몰랐으므로 주재소 순사·학교 교원·금융조합 직원 등의 도움으로 계획서를 작성했다. 하지만 농경지와 산림 면적·가족 구성원·가축 등 영농 규모·현금 수입 지출·부족 식량·채무액 등은 가족의 비밀사항으로 함부로 공개할 수가 없었다. 게다가 양돈·양계·양잠·퇴비 증산 계획·새끼 꼬기·가마니 짜기 등 부업까지 가계부를 쓰도록 했다.

글과 셈법을 잘 모른 농가는 이런 기록 작성이 여간 어려운 일이 아니었다. 말로는 담당 공무원들이 상부 계획을 알기 쉽게 구체적으로 가르쳐준다고는 하지만 멸시와 괴롭힘은 말로 다 표현할 수 없었다. 또한 마을 담당들은 지도를 핑계로 노인부터 유아까지 일가 모두의 노동·휴식·의식주 일체를 24시간 내내 감시했다.

더군다나 농민의 8할이 소작인인데도 이 조선농촌진흥계획은 가난의 직접 원인인 지주의 무법적인 착취에 대해서는 아무 대책이 없었다. 소작료를 조금이라도 감면해주지 않고 농민의 궁핍을 해소하기란 불가능한 일이었다. 그때 소작인들은 소작료 감면은커녕 지주에게 언제 소작권을 빼앗길지 모르는 불안한 상태였다. 이 운동이 조선을 일본의 대륙침략 병참기지로 만들고 민족 해방 투쟁을 잠재우기 위한 정치공작이었다는 해석도 바로 그런 이유 때문이다.

박정희가 어이없게도 이런 식민통치 잔재를 새마을운동의 거울로 삼았다니 정말 놀라운 일이다. 최길성은 박정희가 초등학교 교사로 근무할 때 농촌진흥운동에 직접 참여한 체험을 가장 믿을 만한 증거로 내세워 이런 궁금증을 풀어가고 있다.[*]

## 국민교육헌장도 일제 '교육 칙어' 모방

유신정권이 만들어 선포한 국민교육헌장과 가정의례준칙도 우가키 총독이 국민총화를 목적으로 강조한 교육 칙어(勅語)와 가정의례준칙을 흉내낸 것이란 설명이다. 새마을운동을 '정신 혁명'이라 정의하고, 박정희와 우가키가 위기 극복을 목적으로 정치 생명을 걸고 새마을운동과 농촌진흥운동을 추진한 사실, 사업시행 조직이 서로 비슷한 점도 그 근거로 들었다.[**]

또 일본 군국주의 사상에 푹 빠졌던 박정희의 정신세계도 농촌진흥운동을 모방했을 가능성이 크다. 박정희의 이념과 사상은 그가 장기 집권을 위한 친위쿠데타를 '10월 유신'이라 이름 붙인 사실에도 잘 드러나 있다. '유신'이라고 말하면 곧 일본의 메이지유신을 떠올리게 된다. 유신이란 말은 물론 동양 고전의 《시경(詩經)》과 《서경(書經)》등에 나오고 한국 민족 종교인 동학에서도 쓰고 있어 일본어에서 빌려온 것이 아니라고 주장하는 학자도 있다.

---

[*] 崔吉城, 앞의 책, 88~90쪽.
[**] 崔吉城, 앞의 책, 99쪽.

그러나 박정희가 늘 "메이지유신의 혁명 지사(志士)들과 같은 각오로 조국 재건에 힘쓰겠다. 나는 일본 육군사관학교 출신으로 강한 군대를 만드는 데는 일본식 교육이 가장 좋다"고 말했다는 사실은 곧 메이지유신에서 용어를 따왔음을 입증하고도 남는다. 박정희는 실제로 조국 근대화를 명분으로 일으킨 5·16쿠데타를 메이지유신에 견주고 이를 본보기로 삼겠다고 일본 우익 정객 앞에서 실토하기도 했다고 한다.

최길성은 이외에도 "박정희 스스로 자신은 '황민화 교육과 함께 폭넓게 교양 교육을 받았다'고 말하고, 일제 잔재 청산을 외치면서도 일본을 한 번도 비판한 적이 없으며, 혁명 후 최초로 일본에 친선사절단을 보낸 사실, 군인적 발상으로 혁명을 하고 정책을 일본의 군국주의 정신, 그중에서도 혁신파 장교들이 일으킨 '쇼와유신(2·26 사건)' 사상을 바탕으로 입안한 점, 국정 모델을 일본, 특히 1950년대 이케다[池田] 내각의 소득 배증 정책을 표본으로 한 사실 등에서 박정희의 친일 정신을 충분히 읽을 수 있다"며 "새마을운동은 농촌진흥운동으로부터 시작되었다"고 결론짓는다.[*]

### '새마을'이란 용어와 구호도 일본 걸 본떠

사실 이런 사례 말고도 새마을운동이 농촌진흥운동을 답습한 자취를 찾자면 하나둘이 아니다. 근면·자조·협동이라는 새마을운동 구호가 야마자키 노부키치의 농촌지도이념인 봉공의 정신·협동의 정신·자조의 정신과 비슷한 점은 결정적 증거에 속한다.

---

[*] 崔吉城, 앞의 책, 101쪽.

두 기치(旗幟)는 근면과 봉공의 정신만 다를 뿐 자조·협동은 정신이라는 말만 빼면 완전히 똑같다.**

또 우가키 총독의 비서이자 농촌진흥운동의 브레인이었던 가마다 사와이치로[鎌田澤一郎, 1894~ ?]가 새마을운동이 시작될 무렵 서울을 드나들며 한국 정부의 자문에 응했다는 일본 측의 기록도 새마을운동의 내막을 들여다볼 수 있는 자료이다. 가마다는 일본에 면양(緬羊)을 보급한 면양사육 전문가였다. 그는 16년 동안 조선에 머무르면서 총독부 기관지《경성일보》편집에 관여하고 서울 교외에 민족경제연구소를 차려 조선경제를 연구해 그 결과를 우가키에게 보고하기도 했다.

새마을이란 용어도 일본의 '아타라시키무라[新しき村]'를 우리말로 옮긴 것이다. 아타라시키무라를 번역하면 '새로운 마을', 곧 '새마을'이다. 아타라시키무라는 1919년 3월 15일 미야자키현[宮崎縣] 고유군[兒湯郡] 기조무라[木城村] 이시가와치[石河內]에 처음 생겼다. 시라카바[白樺] 동인으로 다이쇼[大正]왕 당시 유행한 다이쇼데모크라시 바람을 타고 일본 사회 개조를 꿈꾸던 무샤노코지 사네아쓰[武者小路實篤, 1885~1976] 등 30여 명이 뜻을 모아 만들었다.***

이 마을이 추구한 이념은 인간의 자유, 자유스러운 인간관계였다. 모든 인간이 천명을 다하고 각 개인의 마음속에 내재한 자아를 완전성장시킨다는 이상이다. 구체적으로 말하면 하루 6시간의 의무 노동으로 경제 문제를 해결하고 그 뒤는 완전 개인의 자유 시간으로 각

---

** 杉本幹夫,《'植民地朝鮮'の硏究》285쪽.
*** 關川夏央,《白樺たちの大正》240쪽.

자의 예술 활동을 위해 쓰는 것을 목표로 했다. 회원들은《아타라시키무라》라는 소식지를 발행하여 마을 동정을 밖으로 알리기도 했다. 당시 일본 전국을 휩쓸다시피 한 이 새마을 소문은 중국에도 알려져 1920년 2월 새마을 베이징지부가 만들어졌다. 이 무렵 베이징에는 신촌(新村) 붐이 일었다고 한다.[*]

그러나 아타라시키무라는 1938년 댐 건설로 그 일대가 수몰됨에 따라 일부는 1939년 지금의 자리 동쪽 마을[東の村]로 이전하고, 나머지는 사이타마현[埼玉縣] 휴가새마을[向日新しき村]로 옮겨 현존하고 있다.

지금까지 보아왔듯이 조국 근대화를 표방한 유신체제 정책에는 식민지 시대 일본의 조선 황민화 정책이 적지 않게 스며들어 있다. 이를테면 유신 헌법·국민교육헌장·대통령의 지방 초도순시(初度巡視)·[**] 애국 조회·학교를 병영화한 교련·반상회·국기에 대한 맹세 등 손꼽을 수 없을 정도이다.

그런 까닭이라고 해야 할까. 우리 사회는 아직도 각 분야에 걸쳐 일본 문화의 영향을 벗어나지 못하고 있다. 특히 국가의 뼈대를 이루고 있는 정부 행정 조직·교육제도·검찰·사법제도·경찰 조직·언론 구조 등이 일본 제국주의 시대에 만들어진 틀을 뛰어넘지 못하고 있음은 숨길 수 없는 사실이다.

앞에서도 설명했듯이 새마을운동은 크게 성공한 국가사업이다. 그 성과를 아무렇게나 깎아내릴 일은 물론 아니다. 그러나 새마을운동

---

[*] 關川夏央, 앞의 책, 279~288쪽.

[**] 일본 유신혁명에서 '천황'으로 옹립된 나이 어린 메이지가 권위를 높일 목적으로 1875년부터 전국을 돌며 지방 장관에게 보고를 받고 얼굴을 알린 데서 비롯되었다.

은 조선을 영구히 식민지화하려는 일제 황민화 정책을 본뜬 거라는 사실쯤은 알고 있어야 할 것이다.

일본 우익들은 박정희가 우가키의 농촌진흥운동을 본받아 경제 발전을 이룩했다고 공공연히 비아냥거리고 있지 않은가.***

***  杉本幹夫, 앞의 책, 283~288쪽.

# 면도칼과 썩은 달걀
## ─10·26 전야의 비화

꿈은 내게 예언자나 다름없다. 꿈을 꾸고 나면 당일 아니면 며칠 사이 뭔가 비슷한 일이 벌어지곤 한다. 악몽일수록 실제와 딱 들어맞는 예가 적지 않다. 그날도 꿈자리가 몹시 사나웠다. 그 해괴한 꿈은 44년이 흘러간 지금도 뇌리에 생생하다.

혼자 어느 강가를 거닐고 있었다. 그런데 느닷없이 강물이 불어나 흙탕물로 변하더니 순식간에 강둑을 덮쳐 그만 급류에 휩쓸리고 말았다. 겁에 질려 살려달라고 아우성쳤으나 주위에는 아무도 없었다. 얼마쯤 떠내려갔을까? 마침내 큰 바다에 이르러 한가운데 떠 있는 부표를 붙잡아 간신히 살아났다.

순간 꿈에서 깨어났으나 일어나지 못하고 한동안 두려움에 떨어야 했다. 수평선 말고는 아무것도 보이지 않는 망망대해에서 오로지 부표 하나를 붙들고 목숨을 부지했던 잔상이 좀처럼 가시지 않은 까닭이다. 바다가 그렇게 무서운 줄 이전엔 몰랐다.

### 해괴한 꿈이 현실이 될 줄이야
꿈 이야기는 당연히 아침 밥상머리로 이어졌다. 아내에게 이런 꿈은 처음이라며 불길한 예감을 털어놨다. 아내는 하찮은 개꿈이라고 대수롭지 않게 웃어넘겼다. 그 해몽을 믿고 출근길을 서둘렀다. 그러나 이 꿈이 곧이어 나에게 닥쳐올 고난·고통을 암시하는 현몽(現夢)일 줄이야!

1979년 10월 24일의 사건이다. 그때 나는 《서울신문》 전남도 취재반장으로 전남도청과 전남도 경찰국을 출입했다. 마침 그날은 한 달에 한 번씩 보도하는 '이달(11월)의 도정'을 취재하기로 전남도청 공보실과 예약이 되어 있었다. 이달의 도정은 도지사가 인터뷰 형식으로 매월 초 그달에 추진할 도청의 주요 업무를 미리 알리는 일종의 도정 홍보이다. 기사 분량도 지방판 전체를 차지할 만큼 많았다.

간밤의 꿈이 영 마음에 켕겼으나 여느 때와 다름없이 8시 30분쯤 시내버스를 탔다. 그때 네 식구가 살았던 우리집은 광주시 동구 소태동 속칭 '배고픈 다리' 부근에 자리했다. 무등산으로 올라가는 길목이기도 하다. 집 옆으로는 무등산에서 발원한 실개천이 흐르고, 천주교 카리타스 수녀원도 이웃에 두었다. 배고픈 다리는 도로보다 낮게 움푹 들어가게 다리가 놓여 붙여진 이름이라고 한다. 무등산 쪽으로 오르다 보면 통일 신라 시대에 창건했다는 증심사(證心寺)도 만나게 된다. 집에서 옛 전남도청까지는 2km가 조금 넘는 거리이다. 버스로는 10여 분 걸렸다.

나는 도청 앞 정류장에서 내려 분수대 옆에 있던 와이살롱으로 들어갔다. 와이살롱은 한꺼번에 100여 명의 손님을 받아들일 수 있는 꽤 넓은 찻집으로 지방유지들이 즐겨 찾아 명성이 높았다. 서울에서 파견된 중앙일간지 주재 기자라면 아침마다 반드시 들르는 곳이기도 하다. 기자들은 각사별로 모여 차를 마시며 어제의 뉴스 지면을 비교해보고 그날의 취재 계획을 교환한 뒤 각자 출입처로 흩어졌다. 말하자면 와이살롱은 중앙일간지 주재 기자들의 정보센터이자 임시회의실이었던 셈이다.

그때 광주에 주재 기자를 둔 중앙일간지는 《경향신문》《동아일보》《서울신문》《신아일보》(1980년 10월 강제 폐간) 《조선일보》《중앙일보》《한국일보》 등 7개 회사다. 그밖에 《합동통신》과 《동양통신》도 있었다. 이들 언론사는 각 사별로 1명부터 많게는 4명을 파송했다. 《서울신문》은 처음에는 4명이었으나 나중 2명으로 줄었다.

그날따라 동료 기자는 오지 않았다. 나는 타사 기자들과 어울려 커피를 마신 뒤 도정 취재 시간에 늦지 않기 위해 10시 30분쯤 일어나 기자실로 발길을 옮겼다. 공보실은 기자실 바로 옆이다.

공보실에 도착한 나는 취재에 앞서 공보실 직원들과 이런저런 이야기를 나누었다. 그들은 10월 16일 부산·마산 지역에서 일어난 학생데모(부마사태)를 알고 싶어 했다. 그러나 아무도 그에 대해 말하는 사람이 없다. 시국 문제라면 다들 고개를 저었다. 당시는 긴급조치가 사회를 감시 통제하던 시절이다. 그것도 귀에 걸면 귀걸이 코에 걸면 코걸이였다. 실제로 그때 유신체제를 반대한다는 이유만으로 고초를 당한 지식인·학생들이 부지기수다.

### 전남도 공보실장이 대공분실 수배 사실 귀띔하다

그런 시국에서 자칫 말을 잘못했다간 화가 미칠 게 뻔해 다들 입을 다물었다. 공보실 보도 담당도 대화가 싱거워지자 주어진 일이나 잘하자며 도정 홍보자료를 꺼냈다. 그때였다. 이종무 공보실장이 갑자기 자기 방에서 나오더니 이렇게 물었다.

"어이 정 반장! 당신 혹시 시국과 관련하여 무슨 잘못한 일이 있어? 저쪽(중앙정보부 광주 대공분실)에서 아주 고약한 말투로 당신을 찾고 있는데……."

"아니요. 서울신문 기자가 어떻게 잡혀 갈 만한 잘못을 저지를 수 있나요? 그런 일은 결단코 없습니다"라고 힘주어 말하며 감사의 말도 잊지 않았다.

"그렇다면 다행입니다만, 암튼 그들의 험악한 말투로 보면 신상에 좋지 않은 일이 있을 것 같아요. 일단 몸을 피했으면 합니다. 연락이 닿는 곳으로……."

아무 잘못이 없는데도 그의 이어진 권유에 덜컥 겁이 났다. 하기야 중앙정보부라면 시쳇말로 날아가는 새도 떨어뜨릴 수 있다지 않은가. 그들이 무슨 일을 꾸밀지 몰랐다. 그래서 더욱 등골이 오싹해졌다.

나는 공보실장의 조언을 따르기로 하고 여기저기 은신처를 알아보았다. 그러나 아무리 생각해봐도 숨을 곳이라곤 우리집밖에 없었다. 급히 택시를 잡아타고 집으로 내뺐다. 당시 국민학교 2학년 아들은 학교에 가고 없고, 집에는 아내와 두 살 난 딸이 있었다.

초인종을 누르자 아내가 나왔다. 아내는 겁에 질린 내 얼굴을 보더니 "안색이 왜 그래? 무슨 잘못된 일이라도 생겼어? 한참 일할 시간인데 퇴근은 아닐 테고"라며 걱정스러운 기색으로 맞아들였다.

나는 방안에 들어서자마자 공보실장이 전해준 말부터 꺼냈다.

"무슨 일인지 대공분실에서 나를 찾고 있다네. 그것도 기분 나쁘게."

되풀이 생각해봐도 잘못한 일이라곤 없는데 말이다. 정말 기가 막했다. 저절로 온몸이 오들오들 떨렸다. 아내가 당신 잘못이 없다면 별일 없을 테니 점심이나 함께 먹자며 밥상을 차려왔다. 그러나 밥이 목구멍으로 제대로 넘어갈 리 만무했다. 그때 얼마나 떨었던지 참다 못한 아내가 "사내가 뭐 이래. 바깥에서 일어난 일을 집에까지 가져 와 이렇게 가족들을 놀라게 하면 어떻게 하느냐"고 원망했다. 그 한 마디는 지금도 잊히지 않는다.

집으로 피신하고 나서 반 시간쯤 흘렀지 싶다. 공보실장한테서 전화가 왔다.

"정 반장! 지금 곧 기자실로 와 줘야겠소. 그렇지 않으면 내 자리가 위태로울 것 같소."

그는 실제로 다급했다. 내가 어디론가 숨어버리면 그가 화를 당하는 건 물어보나 마나다. 그래 죄를 지은 것도 없는데 무슨 탈이 있겠느냐며 굳게 마음먹은 뒤 호주머니에서 트집의 빌미가 될 만한 수첩, 메모 등을 모두 꺼내놓고 기자실로 갔다. 점심시간이어서인지 기자실에는 아무도 없다. 먼저 공보실장에게 고맙다는 말을 건넸다. 그리고 그가 말해준 대로 별일 없었던 듯 혼자 태연히 기자실에 앉아 신문을 보는 척했다.

### 광주 대공분실에 연행되다

얼마쯤 지났을까. 얼룩무늬 차림의 건장한 사나이 두 명이 들어와 험상궂게 정일성 기자를 찾았다. 내가 정일성이라고 말하자 다짜고짜 잠깐 확인할 일이 있으니 같이 가자고 한다. 물론 구인 영장을 내보인 것도 아니다. 지금으로 보면 그야말로 상상할 수 없는 불법 인권 유린이다.

나는 그들의 기세에 눌려 한마디 이유도 물어보지 못하고 묵묵히 따라나설 수밖에 없었다. 그들은 이미 도청 앞뜰에 검정색 지프 차를 세워놓았다. 둘은 나를 마치 화물칸에 짐짝을 쑤셔 넣듯이 뒷좌석으로 밀어넣은 뒤 급히 출발했다. 당시 검은색 지프는 무소불위의 상징이었다.

그들은 도청문을 나서자마자 무전기로 대공분실에 신병 확보 사실을 알리는 눈치였다. 물론 모두가 암호여서 그렇게 짐작할 뿐이다. 지프 차는 도청 앞 분수대를 끼고 금남로로 들어섰다. 금남로는 옛 도청 앞에서 임동 오거리까지 4차선 2.3km를 이름이다. 가을이면 금남로 양쪽 도로변에 서 있는 은행나무 가로수들이 보는 이의 눈을 사로잡는다. 그날도 은행잎은 가을을 머금어가고 있었다.

그러나 지프에서 내다본 은행잎은 온통 새하얀 색깔이다. 하늘도 그렇고 심지어 아스팔트 도로도, 농성동 일대 논의 고개 숙인 벼이삭도 모두가 하얗다. 온 세상이 그토록 하얗게 보인 적은 난생 처음이다. 극도로 불안한 심리의 뒤틀림이라고나 할까? 사형장으로 끌려가는 죄수들의 심정도 이런 걸까? 거듭 돌이켜보아도 내가 무슨 죄를 지었길래 연행당해야 하는 까닭을 도무지 알 수가 없다.

## 닭 모가지를 비틀어도 새벽은 온다

1979년은 박정희 전 대통령이 한국적 민주주의라는 미명하에 모든 민주주의 제도를 정지시키고 유신체제를 도입한 지 7년째 되는 해이다. 유신정권 1기 대통령 임기(1972~1978)를 마치고 2기를 시작한 (1978년 12월 27일) 지도 10개월째를 맞이했다. 모든 권력은 대통령 한 사람에게 집중되었고 입법부와 사법부는 들러리였다. 다시 말하면

박 대통령은 불가능이 없는 절대군주나 다름없었다. 아니, 그는 곧 법이었다.

그러나 그해 시작부터 정국은 파국으로 치달았다. 언론 탄압은 극에 달했고 교도소는 민주 투사로 넘쳐났다. 오죽했으면 '전 국토의 감옥화'란 말까지 유행했을까. 유신체제를 반대한 사람들을 가두고 풀어주기를 반복해도 유신독재 반대 운동은 그칠 줄 몰랐다. 이에 유신정권의 인권 탄압을 심각하게 여긴 지미 카터(Jimmy Carter, 1924~) 당시 미국 대통령은 정치범 석방을 위해 서울을 방문(6월 29일)하기도 했다. 그렇지만 아무런 성과도 없이 빈손으로 돌아갔다.

게다가 그가 한국을 다녀간 지 채 두 달도 안 되어 YH무역 여공들이 야당인 신민당 당사를 점거·농성하는 사태(8월 9일)가 벌어졌다. 이 사건은 정쟁으로 번져 집권 여당인 민주공화당은 법원에 신민당 총재단 직무집행정지 가처분 신청서를 냈고 법원이 이를 결정(9월 8일), 정국은 소용돌이에 휩싸였다.

이어 김영삼(金泳三) 총재를 국회에서 제명 처분(10월 4일), 정치 생명의 숨통을 조이기도 했다. 이는 모두 유신정권의 정치공작에서 비롯되었음은 말할 나위도 없다. 신민당은 이에 반발, 국회의원 전원 사퇴(10월 13일)로 맞섰다.

1979년 7월 1일, 김영삼 당시 신민당 대표가 지미 카터(Jimmy Carter) 미국 대통령과 반갑게 인사를 나누며 악수하고 있다.

잘 알려져 있듯이 그때 김 총재가 남긴 "닭 모가지를 비틀어도 새벽은 온다"는 명언은 아직도 우리

귀에 쟁쟁하다. 김 총재의 국회 제명 처분은 결국 대학생들의 시위로 격화되어 부마항쟁(10월 16~20일)을 불러왔다.[*]

이런 혼란 속에 마치 도살장에 끌려가는 소 꼴이 되었으니 어디 제정신이겠는가. 만감이 교차하는 가운데 지프는 어느새 광주시 서구 농성동 중앙정보부 대공분실에 도착했다. 처음 마주한 대공분실은 입구부터가 겁을 먹게 했다. 육중한 철문은 돌아올 수 없는 저승문으로 느껴졌다.


## 초벌구이는 끔찍했다

둘은 나를 1층 수사실에 내려놓는다. 그곳엔 이미 전투복 차림의 깡마른 사나이가 팔짱을 끼고 서서 노려보고 있다. 그는 수사실의 상관인 듯하다. 거무튀튀한 얼굴에는 신경질적인 성깔이 그대로 묻어났다. 게다가 군화까지 신고 있는 걸 보면 뭔가 본때를 보여줄 낌새다. 가까이 다가가 정중하게 고개부터 숙였다. 아니나 다를까. 그는 대뜸 욕지거리로 말문을 열었다.

"이 새끼 여기가 어딘 줄 알아? 왜 왔지? 당장 무릎 꿇어 ×새끼야. 니가 기자라고? 어디 맛 좀 봐. 호주머니에 있는 거 다 꺼내놔. 이 ××새끼야."

그가 말하는 대로 신분증과 지갑 등을 꺼내놓고 맨바닥에 무릎을 꿇었다. 바닥은 콘크리트를 연마기로 갈아 반질반질했다. 그는 내가 무릎을 꿇자마자 군홧발로 사정없이 양쪽 허벅지를 번갈아 내리 짓밟았다. 밟고 또 짓뭉개도 분이 풀리지 않은 듯 식식거렸다.

---

[*] 《한국민족문화대백과》 부마항쟁.

그렇게 폭행을 당하는 동안 갑자기 궁금증이 떠올랐다. 도대체 왜 고문자들은 이토록 잔인한 걸까? 그들은 당하는 자의 신음을 듣고 쾌감을 느끼는 것일까? 아니면 독재자의 대리 만족일까? 조금이나마 그 심리를 읽어보고 싶어 그의 얼굴을 뚫어지게 쳐다보았다. 그는 그게 마음에 걸렸던 모양이다.

"이 새끼 나가 누구인 줄 알고 함부로 쳐다봐. 너는 오늘 니 발로 여기서 걸어서는 못 나간다. 니까진 놈 하나쯤 죽여도 상관없다."

그는 당장이라도 죽일 듯 있는 힘을 다해 연방 아랫도리를 밟아댔다. 이마와 양쪽 가슴에도 마구 주먹이 날아왔다. 같은 방에 있던 다른 요원들도 가세했다. "이 새끼는 왜 왔어? 어디 기자라고? 서울신문 기자라면 모범을 보여야 할 게 아니야?" 한마디씩 하고는 돌아가며 이마를 주먹으로 치거나 가슴을 후려갈겼다.

《서울신문》 기자라면 모범을 보여야 한다는 말에 나에 대한 혐의가 뭔지 더욱 궁금해졌다. 그리고 이러다간 정말 여기서 죽을 수도 있겠다는 무서움이 밀려왔다. 그러면서도 웬일인지 그들이 수없이 때리고 주먹질해도 전혀 아픔을 느낄 수 없다. 보통 때 같았다면 틀림없이 비명을 질렀을 텐데 말이다. 지금에 와 되돌아보아도 믿을 수 없는 일이다. 정말 이상한 경험이다.

목숨을 내놓으면 고통도 사라지는 걸까? 실제로 죽기를 각오하고 그들에게 전부를 내맡겼다. 어디 한 번 마음대로 해보라는 심정으로. 다만 비굴함을 보여서는 안 된다는 생각에 자세를 가다듬곤 했다. 아프다는 외마디 소리도 지르지 않는 모습에 그들도 지독한 놈이라고 한마디씩 내뱉었다.

그렇게 1시간가량 시달렸지 싶다. 그는 그제서야 직성이 풀렸는지 화풀이(?)를 멈추고 다른 요원을 불러 감방에 처넣으라고 지시했다. 대공분실 신고식은 실로 끔찍했다. 그들은 이를 '초벌구이'라 한다든가.

## 지하 취조실의 아비규환, 지옥을 연출하다

어쨌든 그것으로 끝이 아니다. 지하 취조실로 옮겨 본격 심문에 들어갔다. 지하실은 넓고 어두컴컴했다. 입구에는 송아지만 한 셰퍼드가 지시만 내리면 물어뜯을 듯 헐떡거리고 있다. 멀리 한쪽 구석에는 몽둥이가 보이고, 다른 한쪽에는 포승줄을 감아놓아 저절로 몸이 오싹해진다. 방 한가운데에 놓인 커다란 책상과 책상 바로 위 천정에 달아둔 백열전등이 공포 분위기를 더한다.

대형 책상에는 취조관이 미리 와서 기다리고 있다. 그는 1층 요원들과는 달리 제법 예의를 갖추는 듯했다. 부드러운 목소리로 앉으라고 권했다. 초주검이 된 내 모습이 불쌍했나 보다. 그러나 그건 오해였다. 친절(?)은 이내 겉치레임이 드러났다.

의자에 앉자마자 갑자기 백열등이 내리쬐어 깜짝 놀랐다. 백열등은 갓을 씌워 빛을 한 곳으로 모으게 만들어져 열기가 강렬하다. 금세 땀이 흐르기 시작한다. 이어 어디선가 비명이 들려왔다. 아파서 죽겠다며 살려달라고 아우성이다. 폐부를 찢는 울부짖음은 나의 마음을 천길, 만길 낭떠러지로 밀어내렸다. 그 무서움은 말과 글로는 다 형용할 수가 없다.

이윽고 문초가 시작되었다. 먼저 자술서부터 쓰란다. 이름·생년월일·주소·본적지·가족관계 등은 물론이고 일가친척·외가·진외가 심지어 처가 사람들 이름도 죄다 적으라고 했다. 거기에다 전과나 평소 저지른 죄, 공무원들에게 인사 청탁한 사실 등도 빼놓지 말고 고백하란다.

그러나 나 자신에게 묻고 또 물어봐도 죄를 짓거나 남에게 폐를 끼친 적이 없다. 더군다나 초벌구이 충격으로 손이 떨려서 도저히 펜을 잡을 수가 없다. 그래서 기본적인 것만 대충 적어서 냈다. 자술서를 받아본 그는 곧 취조관의 근성을 드러냈다.

"너 여기 무슨 죄로 들어왔지?"

"모르겠습니다."

"정말 바른대로 말하지 않을 거야?"

"……."

"죄가 없다면 도대체 왜 왔지?"

"글쎄요. 없는 죄를 대라니 저도 궁금합니다."

"이 자식 설맞았구먼. 밖에 아무도 없나. 누구 들어와 이 새끼 제대로 손 좀 봐 줘!"

그의 말이 끝나기 무섭게 어깨가 딱 벌어진 요원이 들어와 묻지도 않고 일어서라더니 뺨과 이마, 가슴을 주먹으로 마구 갈겼다. 이마는 멍이 들도록 주로 한가운데만 때린다. 구타는 10여 분간 이어졌다. 당시 이마에 생긴 멍울은 그로부터 14년 뒤 본사 《뉴스피플》 부장으로 근무할 때 마침내 부어터져 수술칼로 도려내야 했다. 시술 자국이 당시를 잘 말해주고 있다.

문초는 말 그대로 나를 곤죽으로 만들었다. 꿈인지 생신지 분간할 수가 없다. 그의 질문에 바라는 대로 답을 하지 않으면 다른 요원들이 들어와 구타를 계속한다.

"야 임마, 긴급조치가 왜 있는 줄 알아?"

"……."

"이 새끼 이제 보니 학교 다니면서 순 데모만 했구먼그래."

"……."

## 대학생 때 시위전력도 괘씸죄

그는 책상에 미리 갖다 놓은 서류를 뒤적거리면서 대학생 때 데모한 사실까지 들춰냈다. 시위에 가담한 건 순순히 자백했다. 그러나 순 데모만 했다는 추궁엔 동의할 수 없었다.

1966년 말 군에서 제대하고 그 이듬해 봄 고려대에 복학했을 때이다. 국회의원 175명(지역구 131명, 전국구 44명)을 뽑는 제7대 총선이 그해 6월 8일 실시되었다. 선거 결과 민주공화당은 129명(지역구 102명, 전국구 27명)이 당선되고, 신민당은 45명(지역구 28명, 전국구 17명)에 불과했다. 그밖에 대중당이 1명(지역구)을 차지했다. 겉으로는 집권 여당의 압도적인 승리였다. 농어촌 지역은 여당이 싹쓸이했다.[*]

그러나 그것은 고무신과 막걸리가 작용한 결과였다. 야당은 금품과 관권을 동원한 여당의 총체적 부정선거라 규정하고 재선거를 요구했다. 학생들도 부정선거를 규탄하며 대대

'면도칼과 썩은 달걀' 우스개를 전해준 사범 동기 최무범(오른쪽)과 함께 1960년 가을, 카메라 앞에서.

---

[*]  《네이버 지식백과》 제7대 국회의원 총선거.

적인 시위에 나섰다. 앞서 이미 설명한 대로 나도 시위대와 스크럼을 짜고 정의사회를 외치며 거리 행진을 함께했다. 아마 6월 13일 아니면 14일쯤으로 기억된다. 서울시청 앞 광장에서 붙잡혀 종로경찰서로 끌려갔다. 그곳에서 조사를 받고 반성문을 쓴 뒤 밤늦게 훈방되었다. 시위 중 붙잡힌 복학생은 무조건 반성문을 써야 풀려날 수 있었다. 종로경찰서가 넘쳐 다른 경찰서에서 조사를 받은 학생도 수두룩하다.

대공분실에 불려간 때로 따지면 이미 10년도 넘는 개인정보이다. 그런 사생활 기록이 대공분실에 와 있다니 정말 놀라웠다. 비명소리는 조사를 받는 내내 이 방 저 방에서 들려왔다.

취조관은 나를 파렴치범으로 몰아 감방에 넣으려고 작심한 듯 비리 관련 여부를 집중추궁했다. 대부분 수긍을 해도 걸리고 부정해도 법을 거스르는 문답 요령이다.

"그동안 공무원들을 겁박해 얼마나 촌지를 받았지?"

"……."

"왜 대답이 없어. 누구를 공갈쳐 얼마를 받았냐 말이야."

"선의의 작은 뜻을 받아들인 적은 있지만 약점을 노려 돈을 받은 일은 없습니다."

"그럼 도청 간부에게 인사 청탁한 일도 없단 말이야."

"없습니다(실은 있었으나 담당자가 다칠까 봐 거짓말했다)."

그는 내가 저지르지도 않은 비리 부정을 억지로 끌어다 대고는 시인하라 윽박지른다. 그럴 때마다 묵비권으로 맞섰다. 묵비에 대한 앙갚음은 구타로 돌아왔다. 시간은 하염없이 흘러갔다. 그는 아무래도 안 되겠다 싶었는지 한 번 더 겁을 주고는 마침내 확인하고 싶은 내용을 꺼내놓는다.

"야! 뭐 면도칼이 어쩌고 썩은 달걀이 어째?"

이 한마디에 정신이 번쩍 돌아왔다. 아니 저절로 웃음보가 터졌다. 그렇게 얻어맞고도 말이다. 불과 며칠 전 친구로부터 전해 들은 이 우스개가 자꾸 떠올라 도저히 웃음을 참을 수가 없다.

"이 자식 정말 실성했나? 웃긴 왜 웃어. 아직 덜 맞았구먼."

"진즉 이 말을 물었다면 수고를 하지 않아도 되었을 텐데…… 맞아요. 그 말은 제가 한 우스갯소립니다."

## 대학 캠퍼스에 배달된 '면도칼과 썩은 달걀' 파문

이 우스개를 들은 것은 1979년 10월 21일쯤이다. 일과를 마치고 막 퇴근할 무렵 《서울신문》 광주지사로 전화가 걸려왔다. 부산 어느 목재회사 전무로 근무하던 순천사범 동기동창 단짝 최무범이다. 조금 전 도착했다며 저녁 식사를 함께하잔다. 그는 수해 복구용 목재 수십 트럭을 싣고 와 지금 막 전남도에 전달하고 일을 끝냈다고 했다. 당시 전남도의 수해는 연례행사였다. 그해는 도내 곳곳에서 둑이 터지고 강물이 범람하여 피해가 더욱 심했다.

그와는 고교를 졸업하고 18년 만의 만남이다. 평소 더러 다니던 한 식당으로 안내했다. 그는 자기가 부담하겠다며 술과 안주도 푸짐하게 주문했다. 둘은 술잔을 기울이며 그동안 살아온 이야기를 허심탄회하게 나누었다. 화제가 자연히 부마사태로 옮겨졌다. 언론 보도가 완전히 통제된 상황에서 그가 들려준 말은 모두가 충격적인 뉴스다. 그중에서도 '면도칼과 썩은 달걀' 이야기는 압권이다. 해외 토픽감이었다. 그의 설명은 대강 이렇다.

"요즘 부산에는 '면도칼과 썩은 달걀'이란 말이 유행하고 있다. 서울 어느 여자대학 학생회가 소포로 부산의 한 대학에 면도칼을 보내고 또 다른 대학에는 썩은 달걀을 부친 데서 비롯된 말이라고 한다. 하필 면도칼을 보낸 이유가 뭐겠어. 이 고장 출신 김영삼 총재의 국회 제명 처분을 보고도 항의할 줄 모르는 남학생들은 모두 남자의 상징을 잘라야 한다는 의미래. 또 썩은 달걀은 그것만도 못한 멍청한 머리를 빗댄 뜻이라나. 이는 곧 학생들더러 시위에 나서라는 의도가 아니겠어? 그래서인지 부산과 마산에서는 지난 16일 학생데모가 일어났지. 시위는 비록 군부대의 개입으로 나흘 만에 진압되었으나 인명피해는 물론 물적 피해가 이만저만이 아니야. 부산과 마산에는 지금도 위수령이 발효 중이고……."

둘은 이 우스개를 되풀이하며 얼마나 웃었는지 모른다. 불의에 항거할 줄 모르는 남자는 구실을 할 수 없게 보내준 면도칼로 국부를 잘라야 한다니 배꼽을 잡을 수밖에 없다. 썩은 달걀만도 못한 돌대가리의 비유도 그렇고. 그것도 여대생들이 주도했다지 않은가. 정말 오랜만에 가져본 유쾌한 시간이었다.

그러나 듣는 것으로 끝났으면 얼마나 좋았을까. 가벼운 입이 그만 화를 자초했다. 다음날 전남도 경찰국 기자실에 들른 나는 우스운 이야기를 혼자만 담고 있을 수 없어 여러 기자가 모인 가운데 발설하고 말았다. 물론 기자들만 알고 다른 곳으로 옮기지는 말라는 당부도 덧붙였다. 다들 손뼉을 치며 크게 웃었다.

그런데 기어코 탈이 났다. 장본인은 전남도경을 출입한 어느 통신사 서 모 기자였다. 그 또한 자기만 알고 있기는 아까웠던지 그날로 광주 금남로에 있던 단골 양복점을 찾아가 주인에게 의기양양하게 부산의 '면도칼과 썩은 달걀' 이야기를 자랑했다. 그러면서 양복을 맞추러 온 대학생에게 "자넨 어느 대학에 다니나? 데모는 하지 않고 멋이나 부려?"라고 비꼬았다고 한다. 그게 불씨였다.

## "얼굴 긴 구레나룻 기자를 찾아라" 광주 기자 검거 회오리

이에 앙심을 품은 학생은 곧 대공분실에 신고했다. 기자가 학생 시위를 선동하고 있다는데 그냥 놔둘 정보기관이 어디 있겠는가. 때마침 광주 대공분실은 광주 시내 대학생 시위에 촉각을 곤두세우고 있었다. 나중에 확인된 사실이지만 그렇지 않아도 전남도지사를 비롯한 기관장들은 모임을 갖고 비판 기사를 많이 쓴 기자들을 한번 혼내주자고 의견을 모았다고 한다.

빌미를 벼르던 대공분실로서는 제대로 걸려들었던 셈이다. 곧바로 광주 시내에 기자 검거 회오리바람이 일었다. 대공분실은 먼저 양복점 주인을 불러 시위 선동자가 서 모 기자임을 알아내고 그를 붙잡아 신문하기 시작했다. 서 기자는 처음 조사 과정에서 취재원을 보호한답시고 내 이름 대신 얼굴이 길쭉하고 구레나룻이 난 사람이라고 우스개 발설자의 인상착의를 설명했다고 한다.

그 때문에 나처럼 얼굴이 길고 구레나룻이 난 기자는 줄줄이 붙들려가 혼쭐이 났다. 유신독재 비판에 앞장섰던 《동아일보》는 광주 주재 세 명이 다 그것도 한밤중에 잡혀가 겁박을 당했다. 《동아일보》 신광연(86) 선배는 지금도 만나면 그때를 회상하며 진저리친다. 안타깝게도 세월이 많이 흘러 수난을 당한 기자 중 유명을 달리한 분도 있다. 우스갯소리를 내가 퍼뜨렸다는 사실을 확인한 취조관은 다음 질문을 이어갔다.

"면도칼과 썩은 달걀은 곧 대학생들에게 데모하라는 이야기 아닌가? 그럼 넌 시위 선동죄에 걸려! 알아?"

"파장이 이렇게 커질 줄 미처 몰랐습니다. 웃기는 말은 가십이라고 해서 기자들 입에 자주 오르내립니다. '면도칼과 썩은 달걀'도 기자실에서 웃자고 해본 소리입니다."

"그렇다면 그 소리를 어디서 누구한테 들었지?"

"와이살롱에서 차를 마시면서 들었습니다. 옆자리에 앉은 사람들이 이야기 중 갑자기 크게 웃어 알게 되었지요. 그는 경상도 말씨를 쓰고 있었습니다."

친구의 이름을 대면 그에게도 화가 미칠 일이어서 얼렁뚱땅 둘러냈다. 그는 또 거짓말을 한다며 순순히 대라고 다그친다. 그때 1층에서 초벌구이 상사가 갑자기 내려와 성난 목소리로 소리친다.

"야 이 새끼. 너 누구한테 빽 썼지? 그렇다고 무사할 줄 알아? 넥타이 풀어! 이 ×새끼야."

"……."

이젠 정말 죽는구나 싶었다. 그의 말대로 얼른 넥타이를 풀었다. 또다시 주먹이 날아들었다. 누가 뭐라 부탁하여 그의 심기를 건드렸는지 궁금하다. 모든 것이 귀찮았다. 죽이든지 살리든지 빨리 끝냈으면 좋겠다는 생각뿐이었다.

나중에 들은 바로는 당시 함께 근무하던 임정용 기자가, 내가 대공분실에 연행된 사실을 본사에 알리고, 이를 들은 유홍락 부장이 《서울신문》 출입 중정 요원에게 확인을 요청하면서 알려져 광주 대공분실 담당이 흥분했다고 한다. 유 부장은 몇 해 전 유명을 달리했다. 삼가 고인의 명복을 빈다. 내가 분실에서 문초를 받던 시간 내 고향 고흥에서도 난리가 났단다. 신원 조회가 전에 없이 사상문제까지 파고들어 고흥 두원농협조합장을 지낸 진외가 송태수(당시 42세) 형님이 대답하느라 진땀을 뺐다고 한다. 그도 2021년 11월 5일 이승을 등졌다.

## 연행 사실 비밀 준수 서약서 쓰고 석방되다

그러나 이게 웬일인가. 초벌구이가 다녀간 뒤부터 조사가 일사천리로 진행되었다. 취조관은 더는 꼬투리를 잡지 않고 내가 진술한 대로 받아적었다. 조사가 거의 끝날 무렵 뒤쪽을 보라고 한다. 문제의 서 기자가 복도를 지나가면서 미소를 짓는다. '면도칼과 썩은 달걀' 발설자를 확인하는 순서인 듯하다. 조사를 마친 취조관은 서약서를 쓰라고 했다. 내용은 그가 스스로 불러줬다.

첫째, 대공분실에 연행된 사실을 절대로 발설하지 말 것.
둘째, 귀가하는 도중 절대로 되돌아보지 말 것.
셋째, 어떤 일이 있더라도 내일부터 평상대로 출근할 것.
넷째, 위 사실을 어기면 어떤 벌도 달게 받는다.

서약서를 쓴 뒤 결코 무사히 돌아올 수 없었던 철문을 나섰다. 바깥은 벌써 어둠이 깔렸다. 시계는 24일 저녁 8시를 넘어가고 있다. 택시를 잡아타고 금남로에 있는 광주지사로 갔다. 다들 퇴근을 하지 못하고 기다리고 있다. 본사에 전화부터 걸었다. 무사히 조사를 받고 돌아왔다고. 고생했다는 부장의 격려 말씀이 얼었던 마음을 녹아내리게 했다.

보고를 마치고 집으로 향했다. 초조하게 기다리던 아내에게는 한마디도 하지 못하고 그대로 쓰러져 잠이 들었다. 이튿날 아침 9시쯤 겨우 깨어났다. 자고 나자 온몸에 피멍이 솟아올라 차마 눈 뜨고는 볼 수가 없다. 도저히 일어날 수 없는데도 반드시 출근해야 한다는 서약서가 생각나 도청 기자실로 나갔다. 다들 크게 다친 데는 없느냐고 걱정이다.

또 불려갈까 두려워 절친한 친구에게만 피멍 자국을 보여주었다. 어느 친구는 두들겨 맞은 상처는 똥물이 특효라며 먹어보라 권한다. 똥물은 예부터 전해 내려오는 민간요법으로, 속이 빈 대나무를 똥통에 넣어 건더기를 걸러내고 물만 우려내어 만든다고 한다. 하지만 난 비위가 약해 차마 똥물을 마실 수는 없었다. 그런 고통 속에 사흘이 흘렀다.

## 심복이 쏜 총탄에 유신체제는 막을 내리고……

1979년 10월 27일 새벽이다. 4시쯤 공보실장한테서 전화가 왔다. "정반장! 비상사태라는데 또 몸을 피해야 할지 모르겠소." 그가 전하는 말에 또다시 모골이 송연했다.

전화를 끊고 급히 라디오를 틀었다. 대통령이 유고란다. 날이 밝으면서 박 대통령 운명 소식이 전파를 탔다. 대통령 시해 뉴스는 그야말로 전 지구촌을 경악하게 만들었다. 영구 집권을 꾀하던 유신체제는 그렇게 26일 밤 절대 권력자의 심복 김재규가 쏜 총탄에 막을 내렸다.

천인공노할 광주 대공분실의 '기자 연쇄 폭행 사건'은 드러나지 않은 채 역사의 뒤안길로 묻히고. 나는 일주일가량 몸져누웠다가 가까스로 일어나 출근했다.

　안타깝게도 비상사태 소식을 알려준 공보실장도 몇 해 전 세상을 떠났다. 그 고마움을 어찌 잊을 수 있으랴.

# 5·18과 나[*]

　온 세계를 경악게 했던 공수부대의 5·18 만행도 어느새 43년이나 흘렀다. 그때(1980년 5월) 나는 《서울신문》 전남도 취재반장이었다. 세는나이 서른아홉, 한창 삶을 터득해가는 생의 한 중반에서 민족적 비극을 직접 눈으로 지켜보았다.

　당시 내 눈에 투영된 공수부대원은 한마디로 피에 굶주린 악마였다. 인간이기를 거부했다. 짐승만도 못했다. 아니 대한민국의 군대가 아니었다. 그들의 잔인함을 표현하는 데는 그런 말도 모자라다.

　공수부대원들은 마치 침략군이 피점령국의 저항 세력을 토벌하듯 국민을 마구 패고 찌르고 도살했다. 같은 피를 나눈 형제들이 어떻게 그토록 잔혹하게 국민을 적군만도 못하게 패대기칠 수 있단 말인가. 나는 이들의 무자비한 진압을 꼼꼼히 메모하며 본사에 송고했다. 비록 신군부의 엄격한 보도 통제에 막혀 신문에 실리지는 못했지만 말이다.

　당시 공수부대의 천인공노할 죄상은 5·18에 관한 연구서에 적나

---

[*] 이 글에 실린 사진 자료 출처는 위정철, 《실록 광주사태》임을 밝혀둔다.

라하게 드러나 있다. 시중에 나온 5·18 관련 서적은 단행본만도 100종을 넘는다. 특히 《죽음을 넘어 시대의 어둠을 넘어》에는 5·18을 기획하고 실행한 주모자 16명의 재판 결과가 실려 있다.

그럼에도 일부 극우 선동가들은 아직도 신군부의 광주시민 항쟁에 대한 과잉 진압을 '북한 특수부대가 내려와 획책한 폭동일 뿐 계엄군의 폭력 진압은 없었다'는 터무니없는 주장을 펴고 있다. 그런가 하면 5월 27일 새벽 마지막 작전 때 도청에서 죽은 시민군은 자기들끼리의 오인사격으로 인한 사고이지 계엄군은 민간인을 단 한 명도 죽이지 않았다는 거짓말도 서슴지 않는다. 이야말로 5·18 피해자들을 두 번 죽이는 꼴이다.

사실 나는 여태껏 5·18에 대해 단 한 편의 단상도 쓰지 않았다. 아니 쓰지 못했다는 표현이 더 옳을지 모르겠다. 당시 군부의 엄격한 보도 통제, 서울로의 근무지 이동, 해외(일본) 연수, 이어진 특집 취재 등 핑계가 없지 않은 까닭이다.

그러나 이유야 어떻든 5·18에 관한 글을 쓰지 않았음은 죽을 고비를 체험한 일선 기자로서 실로 부끄러운 일이다. 자괴감을 금할 수 없다. 늦었지만 생의 종점을 앞두고 자성하는 의미에서 내가 겪은 5·18을 단편적으로나마 되돌려보려 한다. 극우 선동가들의 주장이 얼마나 터무니없는가를 이해하는 데도 도움이 되리라 믿는다.

그리고 보니 당시의 취재 수첩이 아쉽기만 하다. 나는 공수부대의 잔악상을 날마다 취재 노트에 적었다. 하지만 어리석게도, 계엄군이 기자들 집을 수색하여 5·18에 관한 문서가 나오면 처벌한다는 유언비어에 속아 그만 모두 없애버렸다. 실로 바보스러운 개인사이다.

따라서 나의 회고는 기억에 기댈 수밖에 없다. 정확성이 요구되는 구체적인 날짜 등은 《죽음을 넘어 시대의 어둠을 넘어》(광주민주화운동기념사업회 엮음), 《현장기자가 쓴 10일간의 취재 수첩》(김영택 지음), 《실록 광주사태》(위정철 지음) 등을 참조하고 인용했다.

1980년 5월 19일, 광주 금남로에서 한 시민을 집단 구타하고 있는 공수부대원들.

## '화려한 휴가'가 시작되다

돌이켜보면 1980년 봄, 전국은 민주화 기대로 들뜬 분위기였다. 민주화는 더는 거스를 수 없는 시대적 요구이기도 했다. 하지만 12·12 쿠데타에 성공한 신군부 세력은 내친김에 정권을 잡기로 모의하고 비밀리에 집권계획을 세워 작전을 서둘렀다.

그들은 먼저 언론을 손아귀에 넣은 다음 정부의 주요기관을 차례로 제압한다는 전략이었다. 이에 따라 보도검열단을 만들어 모든 신문과 방송, 통신사의 보도기사를 사전 검열했다. 서울 지역은 서울시청에, 지방은 각 시·도청에 보도검열실을 두었다. 보도검열실은 마음에 들지 않는 기사는 안보라는 잣대를 앞세워 가차 없이 잘라냈다.

그들에게 학생 시위는 더할 수 없이 좋은 빌미였다. 공수부대가 실전처럼 강행한 충정훈련도 학생 시위 진압을 명분으로 정권을 장악하기 위한 음모의 일환이었다.

아니나 다를까. 최규하 과도정부는 5월 17일 밤 10시 비상국무회의를 열고, 이날 자정을 기해 비상계엄을 전국으로 확대한다고 발표했다.

나는 뉴스를 듣자마자 불길한 예감이 머리를 스쳤다. 전남대생들은 5월 16일 횃불 집회를 마감하면서 계엄령이 확대되면 다시 교문 앞에서 모이자고 다짐하지 않았는가.

18일이 밝았다. 일요일임에도 학

20일, 옛 전남도청 앞 시위대가 공수부대 총탄에 희생된 시신을 리어카에 싣고 와 시위를 벌이고 있다.

생들 움직임이 궁금해 전남도경 국장실에 전화부터 걸었다. 부속실 직원은 별일 없다고 응답했으나 평상시와는 뭔가 다른 느낌이다. 집에서 이른 점심을 먹고 오전 11시 반쯤 도경찰국 기자실로 나갔다.

기자실은 여느 일요일과는 달리 긴장감이 감돌았다. 금남로 가톨릭센터 앞에서는 이미 오전 11시부터 500여 명의 학생이 모여 연좌시위를 시작했다고 한다. 나는 곧 금남로가 한눈에 들어오는 전남도청 4층으로 올라갔다. 그동안 봐왔던 광경대로 금남로는 시위대와 이를 해산시키려는 전경들로 아수라장이었다. 밀고 밀리는 실랑이는 한동안 계속되었다.

그러나 그것도 잠시. 이날 오후 3시 40분 무렵부터 말 그대로 소설에서나 나올 법한 생지옥이 연출됐다. 계엄사가 7공수여단 33대대 병력 554명을 트럭 11대에 나누어 태워 금남로 일대에 풀어놓은 것이다. 이른바 작전명 화려한 휴가의 시작이다.

공수부대원들은 진압봉을 닥치는 대로 휘둘러 학생들의 머리며 얼굴, 가슴 등에 상처를 냈다. 진압봉은 길이 45~70cm, 직경 5~6cm로 경찰봉보다 크며 재질이 단단한 물푸레나무로 만들었다. 진압봉 끝은 예리한 칼날을 장착, 버튼만 누르면 튀어나오게 설계되었다.

## 20대 여성 발가벗겨 폭행

학생들의 옷은 금세 피범벅이 되었다. 공수부대원들은 그도 모자라 학생들의 옷을 팬티만 남기고 모두 벗겼다, 남자든 여자든 구별하지 않았다. 그들은 발가벗긴 학생들을 아스팔트 도로에 머리를 처박도록 하는 이른바 원산폭격 벌을 주고, 도주하는 젊은이들을 끝까지 따라가 반 죽여 놓았다. 붙잡은 젊은이가 10여 명쯤 되면 트럭에 태워 어디론가 사라졌다. 달리는 시내버스나 택시를 무조건 세워 젊은이들을 끌어내린 뒤 치욕을 가했다. 학생이냐 아니냐는 묻지도 않았다. 시위대가 민가와 상점 등으로 다급히 숨으면 군화를 신은 채 쫓아가 붙잡고 요절을 냈다. 그뿐만이 아니다.

△ 이날 오후 5시 무렵 때마침 택시 한 대가 금남로를 지나다가 공수부대원의 정지 수신호로 멈춰섰다. 택시에는 감색 양복에 흰색 와이셔츠 차림의 젊은 남자와 색동저고리에 빨간 치마를 입은 새색시가 함께 타고 있었다. 결혼식장에서 막 식을 마치고 신혼여행을 떠나는 참이었다. 공수부대원은 이들을 내리게 한 뒤 신랑을 진압봉으로 무자비하게 패고 군홧발로 걸어찼다. 아무 이유도 없었다. 신랑은 "아이고, 내 눈이야"라 비명을 지르며 땅바닥에 나뒹굴었다. 눈알이 빠져 버린 것이다. 신부도 군홧발에 차여 한복이 엉망진창이 됐다.

그래도 누구 하나 말리는 사람이 없다. 무서워서 감히 도와주려 엄두를 내지 못했다. 신혼부부는 "빨리 꺼져"라는 공수부대원의 말에 아픈 눈을 감싸 쥐고 황급히 달아났다.[*]

19일, 시민들을 무자비하게 구타한 공수부대원들이 열을 지어 어디론가 이동하고 있다.

△ 공수부대는 이날 금남로에 세워둔 맨 마지막 트럭에서 인간으로서는 도저히 용인할 수 없는 일을 저질렀다. 그들은 스물두세 살가량의 젊은 여성을 붙잡아 아랫도리를 완전히 벗기고 놀려댔다. 윗옷은 갈기갈기 찢어지고 발아래에는 피로 얼룩진 그녀의 팬티며 치마가 널브러졌다. 젊은 여성은 양다리를 꼬고 두 손으로 겨우 치부만 가리고 흐느꼈다. 그런데도 공수부대원들은 좋아라 하며 킬킬댔다.

공수부대원들은 금남로 5가 서석병원을 비롯한 건물이 늘어선 대로변에서 사람들이 지켜보는 가운데 망나니짓을 서슴지 않았다. 그들은 젊은 여성에게 속옷과 간호사용 가운을 건네주려던 서석병원 사무장도 몽둥이로 때렸다. 김 모(당시 50) 서석병원장과 병원 앞을 지나던 행인, 이웃 건물 입주자 등 수많은 사람이 이 참혹한 광경을 지켜보았

---

[*]  김영택,《10일간의 취재수첩》19~20쪽.

다. 그러나 이 만행 역시 누구도 말리는 사람이 없고 그저 "저놈들은 제 가족도 없나. 개돼지만도 못한 놈들"이라고 한탄만 했다. 이 탄식이 망나니들의 귀에도 들렸는지 그녀를 실컷 놀린 뒤 풀어주었다.

△ 공수부대원은 이어 서석병원에서 100여 m 떨어진 광주제일고등학교 교실에도 들이닥쳤다. 이곳은 제국주의 일본 때 광주학생독립운동의 진원지로 일본 헌병이 독립운동 학생들을 끌어갈 때도 함부로 교무실을 들어가지 않았다고 한다. 그런데 공수부대원은 군화를 신은 그대로 마구 들어가 수업 중이던 학생들을 아무 이유도 없이 짓밟아 놓았다. 이날 교실에서는 정규 고교를 다니지 못한 젊은이들이 방송통신고교 학생으로 일요일을 맞아 고교과정을 배우던 중이었다. 시위와는 아무 관련이 없는 젊은이들이다. 이때 하사관 정복을 입고 공부를 하던 어느 육군 중사도 진압봉 세례를 받았다. 그는 "나도 군인이지만 어떻게 저럴 수가 있느냐?"고 개탄하며 황급히 자리를 피했다.

△ 오후 6시 무렵이었다. 시위를 벌이던 한 젊은이가 공수부대에 쫓겨 북동우체국 골목 마지막 집으로 뛰어들어 안방 장롱 속으로 숨었다. 공수부대원 3명이 쫓아 들어가 혼자 집을 보던 일흔이 넘은 할머니를 다그쳤다. 모른다고 하자 "쌍년이 거짓말하네." 욕설과 함께 진압봉으로 마구 때리고 집안을 샅샅이 뒤졌다. 군화를 신은 채 안방으로 들어가 기어코 장롱에서 젊은이를 찾아내고 무수히 때려 실신시킨 뒤 질질 끌고 나갔다.[*]

---

[*] 김영택, 앞의 책, 14~28쪽.

## 국내 언론 광주 취재지원팀 특파

7공수여단의 화려한 휴가 작전은 18일 오후 7시 1막을 내렸다. 실로 상상하기 어려운 참혹한 일요일이었다. 공수부대는 이날 173명을 연행했다. 광주지역에는 이날 밤 9시 통행금지령이 내렸다. 광주항쟁은 이렇듯, 다름 아닌 공수부대의 잔인한 진압에서 비롯되었다.

나는 이러한 처참한 모습들을 취재하여 전화로 본사에 기사를 불렀다. 그러나 계엄사 보도 통제에 막혀 신문에는 전혀 기사화되지 못했다. 물론 타사 기자들의 수고도 모두 헛일이었다. 계엄사는 처음부터 진압 작전에 대한 보도 자체를 원천 봉쇄했다.

엄격한 보도 통제에도 국내 언론사들은 상황이 심각해지자 자사 취재지원팀을 광주에 급파했다. 보도 금지가 언제 풀릴지 몰라 우선 취재부터 해 놓고 보자는 속셈이었다. 《서울신문》도 19일 사진부 김윤찬 기자와 함께 사회부 김원홍을 내려보냈다. 이후 24일 사회부에서 안병준·채수인, 사진부에서 조덕연·왕상관 기자가 차례로 내려왔다.

우리는 당시 《전남매일》 신문사 옆 황금장 여관에 숙소를 정하고 취재에 나섰다. 황금장은 무엇보다 전남도청이 가깝고 금남로와 황금동으로도 이어져 취재하기가 편리했다.

김윤찬 기자는 광주에 늦게 도착한 바람에 18일 모습을 찍지 못하고 지방신문사에서 여덟 장을 구해 회사로 전송했다. 이를 받은 데스크가 겁도 없이(?) 신문에 싣고자 검열실에 내놓았다가 몽땅 빼앗겼다. 압수로 끝난 게 아니라 김 기자는 물론이고 그에게 사진을 제공한 지방사까지 불려가 "그런 사진을 찍은 의도가 뭐냐? 북괴를 이롭게 하려는 게 아니냐"고 다그쳐 혼쭐이 났다. 지방사는 그런 속사정도 모르고 《서울신문》이 일부러 검열실에 사진을 준 것으로 오해했다고 한다.

### 화려한 휴가 II

공수부대의 악행은 19일(월요일)에도 되풀이됐다. 이번에는 11공수가 주연으로 나섰다. 11공수는 이날 새벽 4시 광주 동구 대인동 공용터미널(61대대)·동구 장동(62대대)·계림동(63대대) 등지에서 인간사냥에 들어갔다. 그들은 공용터미널에서 버스를 기다리던 사람들에게 한마디 이유나 근거도 없이 몽둥이세례를 퍼부었다. 부근을 지나가던 시내버스나 택시를 무조건 멈춰 세우고 승객을 진압봉으로 패고는 조금이라도 반항하는 기색이 보이면 가만 놔두지 않았다.

이런 잔인한 폭력에 분을 삭이지 못한 학생과 시민들은 금남로로 모여들었다. 10시쯤에는 금남로를 가득 메웠다. 주월동에 있는 대동고교와 양동의 중앙여고에서는 교내시위가 벌어졌다. 계엄군은 헬기를 띄워 군중들에게 해산을 종용하는 한편 금남로에 장갑차 4대를 긴급 투입했다.

오후 2시부터는 시위대 주력이 학생에서 일반 시민으로 바뀌었다. 이날 가톨릭센터 앞에 모인 5,000여 명은 금남지하상가 공사장의 돌멩이와 화염병으로 공수부대와 맞섰다. 공수부대원들은 어제와 똑같이 닥치는 대로 시민들에게 진압봉을 휘둘렀다. 시위대와 거리를 두고 걸어가는 행인과 구경꾼도 무사하지 못했다.

시위에 가담한 젊은이는 남녀를 가리지 않고 진압봉과 개머리판으로 두들겨 팬 후 대기하고 있던 트럭에 실었다. 공수부대는 시위대가 호텔·여관·목욕탕·사무실·민가 등으로 숨어들면 끝까지 따라 들어

가 곤죽을 만들었다.[*]

## 시위 상관없는 행인들에게도 무차별 몽둥이질

그런 가운데 흰옷 차림의 40대 부부가 이유도 없이 금남로 길에서 공수부대원한테 붙잡혔다. 어디서 맞았는지 부부의 머리에서는 이미 피가 줄줄 흘러내리고 옷은 온통 피투성이였다. 부인은 아무 잘못도 없다고 두 손으로 빌며 놔주기를 애원했으나 막무가내였다.

이웃 건물 2, 3층에서 이를 지켜보던 시민들은 "저런 죽일 놈들이 있나. 이게 대한민국 군대인가"라고 분개하며 이를 갈았다.[**] 부부를 끌고 가던 그들도 뭔가 켕겼는지 마지못해 풀어주었다. 가톨릭센터 꽃집 주인은 화원에서 꽃을 손질하다 까닭 없이 공수부대원 진압봉에 맞아 실신했다. 땅바닥엔 그녀가 흘린 핏자국이 선명했다. 조선대 숲속에서는 여대생을 붙잡아 대검으로 유방을 난자한 악행이 목격되기도 했다. 5월 27일 사망자 일제 부검 결과 사인이 유방 자상(刺傷)으로 밝혀진 여성이 들어 있었다.[***]

공수대원들은 시위 가담자를 붙잡으면 두 손은 귀를 잡고 어린애처럼 팔꿈치로 기는, 포복을 시켰다. 제대로 안 하면 군홧발로 걸어

---

[*] 황석영·전용호·이재의(광주민주화운동기념사업회 엮음), 《죽음을 넘어 시대의 어둠을 넘어》 56~86쪽.

[**] 위정철, 앞의 책, 44~45쪽.

[***] 참여경찰관 임양운의 보고서에 따르면 부검은 5월 26일 도청 구내(상무체육관)에서 검사 이상완과 광주서 경찰관 양회명이 입회한 가운데 조선대병원 의사 전호종과 군의관 김상우(당시 대위)가 실행했다. 《서울신문》 채수인 기자는 국내 언론인으로는 유일하게 이 부검을 지켜보았다. 그러나 보고서에는 안병준 기자로 기록돼 있다. 채 기자는 당시 입사 5개월 된 수습이었다.

찼다. 전남도경 경비과장은 잡아둔 젊은이를 놓쳤다며 공수부대 상사에게 뺨을 얻어맞았다.

공수부대원에게 붙잡히면 시위 가담 여부에 상관없이, 남녀 모두에게 몽둥이질은 기본이고 금남로 한복판에서 속옷만 입고 뒤로 취침·앞으로 취침·좌로 굴러·우로 굴러 등 군대식 벌을 받았다.

이런 만행을 저지른 공수부대원은 주변 건물로부터 비난이 빗발치자 확성기로 "창문을 닫고 커튼을 쳐라. 내려다보면 쏘겠다"고 위협한 뒤 못된 짓을 계속했다. 그러자 금남로와 충장로 일대 상가는 일찍 문을 닫고 철시했다. 관공서와 회사들도 정오쯤 직원들을 모두 집으로 돌려보냈다.

공수부대원들의 행패는 이에 그치지 않았다. 11공수 대원들은 지나가는 시내버스와 택시를 무조건 세우고 운전기사들을 사정없이 진압봉으로 후려갈겼다. 학생들을 실어나르고 부상한 시민을 병원으로 옮겨준다는 이유였다. 이 운전기사 난타는 광주의 모든 운전기사를 흥분시켜 다음 날(20일) 오후 스스로 모는 택시와 시내버스 그리고 트럭까지 몰고 나와 임동 무등공설운동장에서 금남로 2가까지 집단 경적 시위를 벌이는 계기가 되었다.

공수부대의 시민 몽둥이 찜질은 19일 온종일 계속됐다. 시민들은 치미는 분노를 가누지 못해 주먹을 불끈불끈 쥐었다. 택시 운전사들은 공수부대원들을 차로 치어 죽이고 싶은 충동을 느낀다며 울분을 토했다. 시민들은 분개하며 자신의 무기력함을 한탄했다.

공수부대의 잔혹함을 목격하고 참다못한 광주 유지들은 19일 오후 3시 전투교육사령부에서 열린 기관장회의에서 계엄군의 무차별 폭행을 항의했다. 그러나 신군부는 오히려 19일 밤 11시 3공수여단 중파를 결정하고, 충정작전 지침에 따라 강경 진압을 계속하라고 지시했다.

## 밤샘 시위, 군중 10만 명 넘어

20일 광주는 공수부대의 폭압이 없는 가운데 오전 한때 숙연했다. 게다가 비까지 내렸다. 하지만 날이 개자 시내는 온통 벌집을 쑤셔 놓은 듯 발칵 뒤집혔다. 성난 군중이 전남도청 앞 광장과 금남로에 구름같이 몰려들었다.

계엄사는 계엄사대로 병력을 증강, 광주시민의 원성에도 무력진압을 중단하지 않았다. 계엄사는 이날 아침 도착한 3공수여단 병력 1,392명(장교 255명, 사병 1,137명)을 정오부터 황금동(11대대)·시청(12대대)·공용터미널(13대대)·양동사거리(15대대)·전남대(16대대) 등지에 서둘러 투입했으나 성난 군중을 흩어지게 하기에는 역부족이었다.

시위대는 이날 밤 8시쯤 양동·역전·학동파출소와 광주시청을 점거하고, 밤 9시 45분쯤엔 시위대를 '폭도'라 왜곡 보도한 광주MBC에

18일, 옛 전남도청 앞 분수대에서 열린 대학생 평화시위.

불을 질렀다.

자정 무렵에는 시위 군중이 10만 명 이상으로 불어났다. 당시 광주시 인구가 73만여 명이었던 점을 고려하면 시민의 7분의 1이 거리 시위에 나선 셈이다. 이는 광주시민의 분노가 어떠했는가를 여실히 말해주는 증거이기도 하다. 심지어 술집 마담들까지도 모두 거리로 나와 "공수부대원들을 때려죽이자"며 소리 높여 외쳤다.

궁지에 몰린 3공수 11대대는 밤 11시쯤 광주역에서 시위대를 향해 마구잡이로 총을 쏘아 시민 5명을 죽음에 이르게 했다. 계엄군의 최초 집단 발포였다. 공수부대원 1명도 밤 10시쯤 시위 차량에 깔려 희생됐다.

## 방송국 불타고 시외전화 끊겨 암흑

광주 시내는 이제 시위대와 공수부대의 격전장으로 변했다. 시위는 밤을 지새웠다. 시계는 벌써 21일 0시 35분을 가리키고 있다. 이 시각 광주노동청 앞에서는 시위대 2만여 명과 공수부대가 공방전을 벌이고, 조선대 정문에서도 새벽 4시 반까지 3,000여 명이 공수부대를 상대로 돌멩이와 몽둥이질을 주고받았다.

그런 사이 새벽 1시 30분쯤 KBS광주방송국과 광주세무서가 불탔다. 계엄사는 21일 새벽 2시 광주의 생지옥이 외부로 새나가지 못하게 시외 장거리전화(DDD)를 차단했다. 따라서 기자들의 기사 송고 길도 막혔다(기사를 보내봐야 신문에 실지도 못했지만). 나는 어쩔 수 없이 경찰 비상경비 전화를 빌려《서울신문》치안본부 출입 기자를 통해 회사에 상황을 알렸다. 전화를 받은 기자는 취재에 너무 신경 쓰지 말고 몸조심하라고 당부한다. 경남 마산 처가에서 걱정하고 있다는 말을 듣고 무사함을 대신 전해달라 부탁하기도 했다.

시위가 계속되는 가운데 날이 밝았다. 때마침 공교롭게도 부처님 오신 날이었다. 밤새 내내 공수부대와 겨루던 시위대는 아침 8시쯤 광주공단입구에서 20사단 지휘 차량 14대를 빼앗고, 아시아자동차공장에서 장갑차 4대·차량 56대를 몰고 나와 각 지방 시·군으로 내달렸다. 광주 소식을 알리고 지원세력을 구할 셈이었다.

집에서 사태를 지켜보던 시민들은 아침부터 시내 중심가로 집결하기 시작했다. 정오 무렵에는 도청 앞과 금남로 일대가 시위 군중으로 가득 찼다. 전남대에서는 5만여 명의 시위대가 교문을 사이에 두고 공수부대와 대치, 계엄군의 무조건 철수를 요구했다.[*]

## 발포 명령은 도대체 누가

21일 도청 앞에는 3공수가 나와 시위 확산을 막았다. 그들은 진압봉을 마구 휘두르던 전날과는 달리 도청 분수대 앞에 장갑차 2대를 세워놓고 열중쉬어 자세로 시위대가 던진 돌을 그대로 맞았다. 돌을 맞은 부대원의 얼굴에서는 피가 흘러내렸다. 계엄사는 병사의 피 흘리는 모습을 동영상으로 찍어 텔레비전 방송에 내보냈다. 그들은 텔레비전 방송국에 계엄군의 피해 장면을 계속 되풀이 방영케 하여 과잉 진압의 정당성을 찾으려 열을 올렸다. 3공수는 이에 앞서 오전 11시쯤 모든 부대원에게 실탄을 지급하고 만일의 사태에 대비했다.

이 시각 광주비행장에는 전두환이 헬리콥터를 타고 내려왔다 한다. 당시 505보안부대 서의남 대공과장의 증언이다. 서씨는 지난

---

[*] 황석영·전용호·이재의, 김영택, 위정철, 앞의 책 종합.

2020년 5월 제이티비시(JTBC) 방송을 통해 "전두환이 광주에 온 것은 틀림없는 사실이다. 다만 헬리콥터 조종사와 정비사, 특전사령관, 본인 등 네 명만이 그 비밀을 알고 있을 뿐이다"라고 전두환이 극비리에 광주에 온 사실을 털어놨다. 전두환은 이날 계엄사 간부들에게 빳빳한 새 돈으로 100만 원씩 격려금을 줬다 한다. 어쨌거나 그 이후 광주 시내에는 갑자기 긴박감이 감돌았다.

시위는 낮 12시 반이 지나면서 한층 가열되었다. 금남로에 있던 시위대가 점점 도청 쪽으로 밀고 올라와 공수부대도 한발 뒤로 물러날 수밖에 없는 상황에 이르렀다. 그러나 도청 분수대 앞에는 3공수 대원들이 열을 지어 앉아 쏴, 서서 쏴 자세로 요지부동이다. 그때 갑자기 장갑차 2대가 대열을 깔아뭉갰다. 꿈쩍도 하지 않고 서 있던 병사 한 명이 깔려 그 자리에서 숨지고 다른 한 명은 크게 다쳤다.

부대원이 희생되자 대열은 웅성거리기 시작했다. 더러는 멋대로 시위대를 향해 총을 쏘았다. 이윽고 도청 복도에 세워둔 커다란 자명종 시계가 둔탁하게 1시를 알렸다. 그 순간 느닷없이 전남도청 구내 방송에서 애국가가 흘러나왔다. 그게 계획된 발포 명령이었을까?

도청 앞 광장에서는 애국가가 끝나자마자 요란한 총성이 일제히 울려 퍼졌다. 더러는 서서 쏘고 일부는 엎드려 자세로 금남로 2가에서 대치한 시위대와 높은 건물에서 이를 지켜보던 구경꾼들에게 잇달아 방아쇠를 당겼다. 모두가 미리 짜인 각본처럼 돌아갔다.

나는 이 광란을 도청 건물 4층에서 김원홍 기자와 함께 숨죽이며 지켜보았다. 타사 기자들도 더러 보였다. 이곳은 분수대와 금남로가 훤히 내려다보여 취재하기가 편리했다.

4층까지 뛰어올라온 공수부대원들은 우리에게 "비켜! 비키지 않으면 쏘겠다"고 거칠게 쏴붙였다. 그러고는 곧바로 창가를 차지해 아래를 내려다보고 마구 총탄을 퍼부었다. 만에 하나 그들이 위층으로 올라오면서 보이는 족족 방아쇠를 당겨버렸다면 내가 이런 글을 남길 수 있을까? 지금에 와 다시 생각해보아도 아슬아슬하기만 하다.

### 김 기자는 광주를 탈출하고……

여기저기서 시민이 쓰러지는 모습을 목격한 김원홍 기자는 기어코 울음을 터뜨렸다. 기자 경력 6년 차인 그는 손수건으로 눈물을 훔치며 "정 선배! 나는 5대 독자예요. 여기서 그냥 죽을 수는 없습니다!" 라며 어서 피하자고 재촉했다. 하기야 총알이 날아다니는 판에 어떻게 취재할 정신이 있겠는가. 취재는 둘째였다.

도청에서 200여 m 거리의 숙소 황금장 여관에도 총알이 빗발쳐 도저히 들어갈 엄두가 나지 않았다. 그는 무엇보다 광주를 한시바삐 빠져나가고 싶어 했다. 조급한 그를 붙잡을 수는 없었다. 일단 그를 안전하게 광주 바깥으로 내보내는 것이 나의 책임이라 생각했다.

광주 외곽은 이미 계엄군이 왕래를 막아 외부 소통이 여간 어려운 게 아니다. 우선 광주 동구 소태동에 있는 우리집으로 가서 방법을 찾아보기로 하고 둘은 서둘러 도청을 빠져나왔다. 그리고 여관·여인숙이 즐비한 도청 뒤 골목길을 택해 전남의대 쪽으로 발길을 옮겼다. 전남의대는 집으로 가는 길목이다.

골목길에 들어서 몇 발짝 뗴었을까. 둘이 걸어가는 바로 앞길에 총탄이 드르륵 떨어지는 게 아닌가. 깜짝 놀라 잠시 멈춰 서서 총을 쏘는 곳을 찾아보았다. 그러나 아무리 보아도 공중이 아니고는 그럴 만한 곳이 없다. 건물은 다닥다닥 붙어 있고, 길은 손수레가 겨우 지나갈 정도로 비좁아 도청에서 내려다보고 쏘기에는 각도가 맞지 않는다. 때마침 도청 상공에는 헬리콥터 굉음이 요란했다. 헬리콥터에서 쏘지 않고서는 도저히 있을 수 없는 일이다.

둘은 이리저리 피해 오후 4시쯤 겨우 집에 도착했다. 그동안 요기는커녕 물 한 모금도 마시지 못했다. 도청에서 집까지 2km가 조금 더 되는 거리를 세 시간 남짓 걸었으니 험로의 과정을 짐작할 수 있으리라.

나는 바로 김 기자가 화순으로 빠져나갈 방법을 찾아야 했다. 때마침 우리집 옆방에 세 들어 자취하던 여학생이 고향 보성에서 돌아왔다. 그는 조금 전 도로가 잠시 열려 화순에서 걸어왔다고 한다. 하늘이 도운 일이다.

김 기자에게 다행히 화순에서는 차가 다닌다고 한다, 다만 걸어서 거기까지 가는 게 문제라고 알려줬다. 우리집 소태동에서 화순까지는 7km 남짓이다. 천천히 걸어도 한두 시간이면 닿을 수 있다는 말도 덧붙였다. 그때 아내가 식사를 차려왔다. 그러나 한가하게 밥을 먹고 앉아 있을 여유가 없다. 공수부대가 언제 또 길을 막아버릴지 몰랐다. 벌써 시각은 오후 4시 반이다. 그는 지금 바로 가겠다며 일어섰다. 나는 '5대 독자'가 무사히 빠져나가기를 빌며 집 앞에서 작별 인사를 한 뒤 걸어서 급히 도청으로 다시 갔다.

김 기자는 그날 밤 경남 진주에 도착하여 광주 탈출 사실을 회사에 알렸다고 한다. 그의 취재 포기에 대해 뒷말이 없진 않았으나 망나니들의 날뜀 현장을 경험해보지 못한 사람들이 어찌 당사자의 심정을 이해할 수 있으랴. 잠시나마 고통의 시간을 함께한 나로서는 지금도 그의 선택이 옳았음을 망설이지 않고 대변하고 있다. 그런 그도 몇

해 전 세상을 떠났다. 하늘나라에선 좋은 일만 있길 빈다.

## 광주시민, 도청 앞 발포 뒤 무장

공수부대의 마구잡이 총격으로 금남로 1, 2가는 그야말로 아비규
환이었다. 시위하던 청년과 구경꾼들이 총탄에 맞아 계속 쓰러졌다.
그래도 시위대는 죽음을 각오하고 덤벼들었다. 공수부대의 집단 발
포 소식은 전 도내로 급속히 퍼졌다.

그때 도청 옆 진내과병원 부근에서 집단 난사를 지켜본 한 청년은
자신을 학운동 예비군 중대장이라 신분을 밝히고 "공수대원이 무차
별 총을 쏘고 있는데 돌멩이와 각목으론 상대할 수 없다. 우리도 무
기로 대항해야 한다"고 호소했다. 그러자 30여 명의 청년이 몰려들었
다. 그들은 그 자리에서 조를 짠 뒤 차를 몰고 무기를 찾아 광주에서
가까운 화순·나주·전남방직 등으로 내달렸다.

집단 발포 소식은 21일 아침 아시아자동차공장 등에서 빼앗은 차
량을 몰고 지방으로 내려간 시위대에도 전해졌다. 이들은 이미 무력
에 대항하기 위해서는 무기가 필요함을 느끼고 일선 경찰 지서 무기
고를 노렸다. 마침내 이날 오후 1시 20분쯤 나주군(지금 나주시) 다시
면지서 무기고에서 총기를 획득하는 데 성공했다. 이는 시위대의 최
초 무장이기도 하다.

이들은 이어 광산군(지금 광주광역시) 비아지서, 나주군 영산포지서,
영광·무안·영암·장성 등 경찰 지서 무기고에서 카빈총과 탄알을 끄
집어내어 오후 3시 무렵 광주공원으로 옮겨왔다. 이에 앞서 오후 2시
40분 무렵에는 화순탄광에서 카빈총 1,108자루와 실탄 1만 7,760발
을 가져와 무장하고 공수부대와 시가전을 벌였다. 이로써 시위대는

'시민군' 형태를 갖추었다.

광주 시내 각 파출소 무기고는 시위대의 탈취에 대비, 총기류를 사전에 모두 군부대로 옮겨 놓아 탈이 없었다. 따라서 광주시민이 항쟁 시작부터 무기를 소지하고 진압군과 맞섰다는 이야기는 극우 보수 선동가들이 지어낸 말이다.

집단 발포 이후 4시간가량 시가지를 휩쓸던 계엄군은 시위대의 총격 소리에 놀라 오후 5시쯤 도청에서 물러났다. 7공수와 11공수는 조선대, 3공수여단은 광주교도소로 각각 퇴각했다. 계엄사령부는 저녁 7시 반 방송을 통해 군의 자위권 발동을 알리고 진압군에 접근하면 하복부를 쏘겠다고 경고했다. 이런 초강경 진압에도 전남도청은 이날 밤 8시쯤 시민군에 넘어갔다.

## 해방감을 맛보다

항쟁 5일째인 22일, 계엄군이 물러난 광주 시내는 해방감에 휩싸였다. 그러나 분위기는 더욱 무거웠다. 어제까지만 해도 목숨을 빼앗던 잘 훈련된 특전용사들이 쫓겨가다니 실로 믿기 어려운 일이었다. 공수부대의 악행에 분통을 터뜨리던 시민들은 기쁨을 감추지 못했다. 전남도청 옥상에는 조기(弔旗)가 내걸리고, 시민들은 너도나도 청소 도구를 들고나와 금남로를 치우느라 구슬땀을 흘렸다. 이곳저곳에 아직 굳지 않은 채 남아있는 희생자들의 핏자국도 말끔히 닦아냈다. 굳게 닫혔던 상점들도 다시 문을 열어(23일) 활기를 되찾았다.

무기만 들었을 뿐 규율이 없던 시민군은 계엄군의 반격에 대비, 조직을 정비했다. 김원갑을 비롯한 청년 네댓 명이 앞장섰다. 이들은 우선 무질서하게 몰고 다니던 차량을 광주공원 광장에 모아 번호부터 매겼다. 운전기사의 신분증을 참조하여 차량을 수첩에 등록했다. 차량은 모두 78대였다. 등록 차량은 일단 담당 구역을 배정, 구역 안에서만 운행하되 소형 차량은 구호와 연락 임무를, 대형은 병력과 시민 수송·보급 등을 책임지도록 했다.

시민군은 도청을 지휘본부로 정하고 본관 1층 서무과를 상황실로 쓰기 시작했다. 또 경비반을

22일, 공수부대원들을 잠시나마 도심에서 몰아낸 시민들이 트럭을 타고 환호하고 있다.

편성하여 경비반원들에겐 무기를 지급했다. 도청 앞에는 무장 트럭 20여 대를 상시 대기시켰다. 학생들은 자체적으로 학생수습위원회를 만들어 질서 유지와 무기 회수·헌혈 활동에 나섰다.

그러나 악몽을 딛고 일상으로 돌아가려던 시민들은 이날 밤 9시 반 박충훈 신임 국무총리가 방송에서 "광주는 치안 부재 상태며, 불순분자가 군인들에게 총을 쏘았다"고 공표하자 아연하며 다시 한 번 치를 떨었다.

그런 가운데서도 도청 앞 광장에서는 연일 민주 수호 궐기대회가 열렸다. 참가 시민도 수만 명에 이르렀다. 특히 23일 오후 3시 금남로 일대에서 열린 제1차 '민주수호범시민궐기대회'에는 자그마치 15만여 명의 인파가 몰려 발포 명령자와 과잉 진압 책임자를 처벌하라고 한목소리로 외쳤다. 시위는 도내 전 시·군 지역으로도 번졌다. 목포에서는 22일부터 27일까지 날마다 시민궐기대회가 이어졌다.

옛 전남도청 앞 상무대에 안치된 희생자들을 군의 담당관들이 검시하고 있다.

한편 도심에서 물러난 계엄군은 광주 외곽을 틀어막고 외부와의 왕래를 완전히 차단했다. 장성으로 통하는 오치 지역은 31사단, 담양으로 나가는 교도소는 3공수, 화순과 연결되는 주남마을 국도는 7공수와 11공수, 극락교·백운동 요금소·통합병원 쪽은 20사단이 각각 주요 도로를 막았다. 이들 길목에서는 민간인 학살이 잇달았다.

21일 오후 도청에서 물러나 지원동 주남마을 뒷산에 매복하고 있던 11공수는 23일 오전 10시쯤 주남마을 부엉산 아래 광주~화순 간 국도에서 화순 쪽으로 달리던 미니버스가 정지 신호를 무시하고 내빼자 집중 사격, 차에 타고 있던 11명을 숨지게 했다.

이어 이날 오후 2시쯤에는 같은 도로에서 화순 쪽으로 달리던 미니버스에 총을 쏴 차에 타고 있던 18명 가운데 15명이 그 자리에서 숨졌다. 부상자 2명은 뒷산으로 끌고 가 사살, 몰래 묻었다. 희생자 가운데 일신방직공원 고영자(당시 22세)와 김춘례(당시 18세)는 화순 집에 제사 모시러 가다 변을 당했다.

희생자들의 시신은 공수부대가 24일 주남마을을 빠져나간 뒤 25일과 28일에야 수습됐다. 이 사건은 미니버스에 탔다가 유일하게 살아난 홍금숙 씨가 1988년 12월 7일 국회 청문회에서 증언함으로써 알려졌다.

또 24일 오후 1시 반쯤에는 11공수가 광주시 서구 원제마을 저수지에서 물놀이하던 학생들에게 마구 총을 쏘아 2명이 숨졌다. 송기숙(宋基淑, 1935~2021) 전 전남대 교수는 《광주여 말하라》는 책에서 "공수부대는 못자리에서 피사리하던 농부에게 총을 쏘아 중상을 입히고 저수지에서 목욕하는 중학교 1학년짜리를 오리 사냥하듯 쏘아 죽였으며, 배수관 밑으로 숨어 들어가는 여인에게 6발이나 총을 쏘아 죽이고 도망치다 벗겨진 고무신을 줍는 국민학교 4학년짜리한테 10여 발이나 총을 갈겨 몸뚱이를 걸레로 만들었다. 칠면조 우리에 총을 쏘아 200여 마리나 죽였으며, 젖소를 쏘아 죽이기도 했다. 그것도 전투 중에 한 것이 아니라 부대가 시 외곽으로 물러나서 이틀이나 쉰 다음 24일 부대 이동을 하면서 한 짓이다"라고 개탄했다.[*]

11공수는 그로부터 25분 후 광주비행장으로 이동하면서 효천역 부근을 지키고 있던 전투교육사령부 교도대를 시민군으로 잘못 알고 교전, 공수대원 9명이 죽고 33명이 중상을 입기도 했다.

### 언론은 사실을 왜곡 보도하고……

걷잡을 수 없이 커진 민중시위를 더는 감출 수 없다고 판단한 걸까. 아니면 신군부가 조작한 '김대중 내란음모' 수사 결과 발표를 돋보이게 하기 위함이었을까. 계엄사령부는 21일 석간부터 보도 금지를 해제했다. 사건 발생 나흘 만이다.

하지만 모든 사건을 있는 그대로 기사화하도록 내버려 둔 것은 물론 아니다. 앞서 설명한 보도검열실에서 사전 검열을 통해 사실 보도를 엄격히 제한했다. 다시 말하면 부분적으로 보도 금지를 풀어준 대

---

[*]  한국현대사사료연구소 엮음, 《광주여 말하라》 133~134쪽.

신 제한된 정보만을 공급, 진실을 숨기도록 유도한 것이다.

그때 중앙일간신문은 모두 7종이었다. 《경향신문》《동아일보》《서울신문》《신아일보》《중앙일보》 등이 석간이고 《조선일보》와 《한국일보》가 조간으로 발행됐다. 오후에 발간되는 석간은 서울과 당일 배달이 가능한 수도권에서 구분이 통할 뿐 광주에서는 다 같이 열차 편으로 다음 날 아침에 내려와 조간이나 다름없었다.

보도 금지 해제에 따라 중앙일간지들은 21일 광주 상황을 담은 신문(22일자)을 만들고도 광주역에 열차가 닿지 않아 제대로 배달하지 못했다. 닷새 동안 신문을 보지 못한 광주시민들은 이번 사건을 어떤 시각으로 다루었는지 실로 궁금하게 여겼다. 심지어 계엄군의 외곽 통제선을 뚫고 송정역까지 몰래 나가 신문을 산 시민도 있었다.

그런데 신문을 사서 본 사람마다 분통이 터져 벌린 입을 다물지 못했다. 모든 신문이 하나같이 광주를 '폭도의 도시'로 먹칠한 까닭이다. 당시 산업은행 등 정부 기관이 투자한 《서울신문》은 말할 나위 없고, 유력지라 뽐내는 이른바 조·중·동 또한 조금도 다르지 않았다. 모두가 "지역감정과 유언비어가 사태를 악화"시켰고, "공공건물과 차량이 파손됐다"고 강조하면서 계엄군이 오히려 피해자인 듯이 보도했다.

《조선일보》는 25일자 사설에서도 "남파 간첩들이 지역감정을 촉발시키는 등 갖은 유언비어를 퍼뜨렸다"면서 계엄 당국의 주장을 그대로 받아썼다. 《동아일보》와 《중앙일보》의 논조도 다르지 않았다. 한결같이 광주를 폭도가 장악한 무법천지의 무정부 상태로 표현했다.

## 조작된 김대중 내란음모 수사 결과 발표

《서울신문》은 22일(②판) 이른바 김대중 내란음모 사건에 대한 계엄사 중간수사 결과를 1면(정치면) 머리로 실었다. 그러나 《조선일보》는 5월 23일자(11판) 1면 왼쪽 4단 크기로 다루었다. 이는 물론 신군부가 집권을 목표로 거짓 조작한 정치 음모였다. 〈학생소요 조종 민중봉기 기도〉라는 제목 아래 실린 기사는 아래와 같다.

계엄사령부는 22일 "김대중(정치인) 씨가 학생 소요를 배후에서 조종 선동해온 확증을 잡았다"는 중간수사 결과를 발표했다. 김대중 씨는 비상계엄이 전국으로 확대된 직후인 지난 18일 당국에 의해 연행되었다〈중간수사 결과 발표 전문 7면에〉.

발표에 따르면 김씨는 표면상으로는 국민과 학생, 근로자들의 자제와 자숙을 강조하면서도 이면적으로는 이른바 '민주화 추진 전국민운동'을 내세워 학원사태를 뒤에서 조종했다는 것이다.

계엄사령부는 김씨가 "대중 선동→민중봉기→정부 전복의 구체적인 실천을 위해 복직 교수와 복학생을 사조직에 편입시켜 각 대학과의 연계 관계를 강화하면서 이들에게 연대 의식과 투쟁 의욕을 불어넣기 위해 초상이 새겨진 메달과 볼펜을 나누어 주는 등 학원 소요사태를 민중봉기로 유도 발전시킬 것을 기도했다"고 발표했다.

계엄사령부는 김씨가 △ 복직 교수와 복학생을 통해 학생 시위 방향을 제시해줬고 △ 산하에 정책연구실(실장 이문영), 한국정치연구소(소장 김상현), 민주헌정동지회(회장 김홍일, 김씨의 장남) 등 조직을 구성, 추종 세력과 대학생을 회원으로 가입시켜 학원 세력을 강화했으며 △ 학생회장 입후보자에게 선거자금을 제공하고 각 대학 학생회 간부들에게 시위에 필요한 자금을 은밀히 지급했고 △ 학생 시위 현장에 사조직을 보내 확인하거나 학생들과 수시로 연락을 취하며 시위 학생을 격려했다고 밝혔다.

계엄사령부는 "김씨가 22일 서울은 장충공원, 지방은 시청 앞 광장에서 '민주화 촉진 국민대회'를 열어 선언문을 채택, 일제 봉기를 획책한 증거를 잡았다"고 발표했다.

계엄사령부는 김씨 사건과 관련돼 연행 조사 중인 사람은 김씨 외에 예춘호·김상현·김종완·김녹영·김홍일·이택돈·이문영·고은·김동길·문익환 씨 등이며 학원소요 주동 학생으로 서울대 채정섭·고려대 이경재·연세대 서창석 등이라고 밝히고 앞으로 조사의 진행에 따라 전모를 발표하겠다고 발표했다.[*]

이 조작 수사기록은 유네스코 세계 기록 문화재로 등재되기도 했다. 기사에서 보듯이 신군부 세력은 정권 장악을 위한 각본을 미리 짠 뒤 계엄을 확대함과 동시에 민주인사들을 연행, 정부 전복 혐의를 뒤집어씌웠음을 확인할 수 있다. 당시 김대중 정치인은 유력한 대권 후보였다. 과잉 진압 대상지를 광주로 선택한 까닭도 알만하지 않은가.

이 터무니없는 기사를 읽은 시민들은 "언론도 모두 신군부 세력과 한통속임이 분명하다"며 분통을 터뜨렸다. 그리고 "사실을 사실대로 보도하지 않은 언론은 필요없다. 광주에서 나가라"고 대놓고 적개심을 드러냈다.

아무튼 나는 이 기사로 경계인의 쓰라림을 통감했다.

---

[*] 《서울신문》 1980년 5월 22일자.

## 대를 끊을 수는 없다

5월 25일 일요일이다. 어느새 항쟁은 8일째로 접어들었다. 어제저녁부터 시작한 비는 온종일 계속됐다. 이날 아침 8시 독침 사건**으로 도청 항쟁지도부에 잠시 소란이 있었으나, 궂은 날씨에도 오후 3시부터 도청 앞 광장에서는 제3차 민주수호범시민궐기대회가 열렸다. 참가 인원도 5만 명을 웃돌았다. 궐기대회가 열리는 동안 시중에는 그날 밤 계엄군이 다시 시내로 들어올 거라는 소문이 파다했다. 시민군은 차를 몰고 계엄군 초소 부근을 부산하게 들락거리며 움직임을 살폈다.

그때 우리집은 광주시 동구 소태동 배고픈 다리 부근이었다. 무등산 중심사로 올라가는 요로이기도 하다. 조선대 뒤로도 이어져 이른바 격전지로 꼽혔다. 조선대 뒷산을 비롯한 무등산 일대에는 도심에서 물러난 공수부대가 드러나지 않게 숨어 시위대 움직임을 예의주시했다.

시민군은 계엄군이 중심사 길을 따라 다시 시내로 들어오리라 내다보고 배고픈 다리에 방어진을 쳐 폭약(티엔티)까지 설치했다. 주민들은 불안에 떨지 않을 수 없었다. 놀란 엄마들은 시민군에게 주먹밥과 음료수를 갖다주며 폭약을 조심히 다뤄달라고 신신당부했다.

위험에 노출된 우리 가족은 다섯이었다. 아내와 아들, 딸 그리고 막냇동생이다. 막내는 전남대 1년생이어서 공수부대에 끌려갈까 봐 여간 신경 쓰이는 게 아니었다. 게다가 공수부대가 집을 수색하여 대

---

** 자칭 정보반장 장계범이 독침을 맞았다며 쓰러져 전남대병원으로 이송된 사건. 계엄군의 항쟁지도부 분열 공작으로 의심받았다.

학생을 잡아간다는 유언비어마저 나돌아 속을 태워야 했다. 때마침 어머니도 가족 안위가 걱정되어 고흥에서 올라와 계셨다.

광주 시내는 총기를 든 시민군들이 가끔 트럭을 타고 돌아다닐 뿐 비교적 조용했다. 물론 취재해보아야 메모용에 불과하지만, 나는 걸어서 도청 광장에 나가 잠시 궐기대회 모습을 지켜본 뒤 일찍 집으로 돌아왔다. 모처럼 한 가족이 모두 모여 정국 돌아가는 이야기를 나누며 사태 추이를 걱정했다.

저녁 식사 시간이었다. 어머니가 먼저 말씀을 꺼냈다. "야야 오늘 밤에 계엄군이 내려온단다. 그리되면 다리가 폭파되고 우리도 무사할 수는 없지 않겠냐. 우리 집안 대를 끊을 수는 없다. 우선 남자들만 안전한 곳으로 피해라." 살아오신 동안 여러 전란을 겪은 어머니는 혹시 다리가 폭파되어 화를 입지 않을까 걱정이 태산이다.

우리는 어머니 말씀을 따르기로 하고 피할 곳을 찾았다. 마침 집에서 1km가량 떨어진 지원동에 일가 형이 살고 있었다. 증조할아버지들이 형제이므로 가까운 집안이다. 전화로 사정을 이야기하자 흔쾌히 오라고 한다. 동생과 아들 그리고 나, 셋은 어둠이 내릴 무렵 잠옷 가지를 챙겨 들고 형네 집으로 갔다.

그런데 이게 웬 날벼락인가. 그곳은 화순으로 통하는 큰 도로변이어서 더욱 살벌했다. 11공수가 이틀 전 미니버스에 총격을 가했던 주남마을이 엎드리면 코 닿을 곳이다. 늑대를 피하려다 호랑이소굴에 들어간 꼴이다. 큰길에서는 밤중 내내 자동차 소리가 붕붕거리고, 총소리가 콩 볶듯 했다. 도저히 잠을 이룰 수가 없다. 뜬눈으로 꼬박 밤을 샜다. 물론 탈은 없었다.

우리는 어머니가 걱정하실 것 같아 날이 밝자마자 집으로 돌아왔다. 집에 남은 어머니와 아내도 고통을 당하기는 비슷했다. 고부는 혹시 시위대와 계엄군이 맞붙어 쏘는 총에 유탄이라도 날아들까 봐 어린 딸을 꼭 껴안고 벽돌로 쌓은 안방 벽 밑에 구부려 하룻밤을 벌벌 떨었다고 한다.

이 ×× 달린 자들만의 피신은 우리 집안의 우스갯소리가 되었다. 그때 같이 피했던 막내는 한국 남동발전회사 전무이사를 지냈고, 아들은 한양대학교 의과대학 교수로 한양대 구리병원에서 일하고 있다. 이 우스개를 만든 어머니는 8년 전(2015년) 작고하셨다.

## 항쟁의 최후

항쟁 아흐레째 날, 슬픔을 예고한 걸까. 26일 광주에는 아침 한때 비가 내렸다. 그동안 금남로를 뜨겁게 달궜던 민주화 열기는 식어가고, 생업에 나선 행인들의 얼굴에도 지친 모습이 역력했다. 게다가 아침부터 계엄군이 다시 들어온다는 소문이 공공연히 나돌아 가라앉은 분위기를 더욱 침울하게 만들었다.

소문은 사실이었다. 계엄군은 이날 오전 10시 30분 상무대 전교사 령관실에서 시민군 진압을 위한 상무충정작전회의를 열었다. 20사단장, 31사단장, 3·7·11공수여단장, 보병학교 교장 등이 참석했다. 이들은 27일 새벽까지 도청을 원상대로 돌려놓겠다고 다짐했다.

이 뉴스는 곧바로 도청 항쟁지도부에도 전해졌다. 그렇지 않아도 항쟁지도부는 26일 새벽 4시 무렵 한바탕 곤욕을 치렀다. 계엄군이 예고도 없이 광주 외곽 봉쇄선인 서구 화정동 농촌진흥원 앞까지 탱크를 밀고 들어온 것이다.

이에 항쟁지도부 수습대책위원회 위원 17명은 아침 8시부터 도청에서 화정동까지 이른바 죽음의 행진을 시작했다. 화정동은 도청에서 4km쯤 떨어져 있다. 걸어서는 1시간가량 걸린다. 거리에서 행진을 지켜보던 시민들도 대열에 합류, 숫자는 금세 수백 명에 이르렀다. 이들은 탱크 앞에 서서 군대를 원래 자리로 돌리라고 외치며 계엄군의 진입을 결사반대했다.

홍남순 변호사와 김성용 신부를 비롯한 11명의 시민 대표들도 유혈 충돌만은 막아보자며 오전 7시부터 상무대 계엄분소를 찾아가 군 간부들과 평화적 해결을 위한 마지막(4차) 마라톤협상을 벌였다. 그러나 4시간 반 동안 계속된 협상도 결국 무위로 끝나고 말았다.

그런 사이 오전 10시 도청 앞 광장에서는 제4차 민주수호범시민궐기대회가 열렸다. 애초 이날 오후로 예정했던 집회를 항쟁지도부가 거리방송, 대자보 등을 통해 앞당겼다. 참가 인원은 3만 명을 넘었다. 항쟁지도부는 이 자리에서 "이번 사태의 모든 책임은 과도정부에 있다. 과도정부는 모든 피해를 보상하고 즉각 물러나라"는 등 7개 항의 〈80만 광주 민주시민의 결의〉를 채택했다.

이어 오후 3시에는 시민 5,000여 명이 모인 가운데 제5차 민주수호범시민궐기대회를 열었다. 오전 계엄분소를 다녀온 시민 대표들의 협상 결과보고를 겸한 이 대회에는 많은 시민이 연단에 올라가 계엄군의 만행을 성토했다. 한 아주머니는 광주교도소 부근에서 공수부대원들한테 가족이 떼죽음을 당한 사실을 얘기하면서 말을 잇지 못하고 울음을 터뜨렸다. 또 어느 시민군은 '우리는 왜 총을 들 수밖에 없는가?'라는 제목의 성명을 발표하기도 했다.

오후 5시 무렵에는 항쟁지도부의 외신 기자회견도 있었다. 계엄군 진입이 확실한 국면에서 항쟁지도부가 '수습위원회'를 '민주투쟁위원회'로 바꾸고 주선한 첫 회견이어서 큰 관심을 모았다. 항쟁지도부는 외신기자들에게 20여 장의 기자 출입증을 발급했다. 이는 항쟁지도부의 내신기자들에 대한 불신이 얼마나 컸는지를 말해주는 본보기이기도 하다.

이어 오후 6시 도청 부지사실에서는 마지막 수습위원회 회의가 열렸다. 오병문 전남대 교수·이종기 변호사·조비오 신부·조아라 회장·장세균 목사·정상용·김종배·김창길 등이 함께했다. 이들은 항쟁과 투항 문제를 놓고 격론을 벌였다. 회의는 저녁 7시가 넘어서도 결론을 내지 못했다. 회의 도중 투항파 20여 명이 도청 밖으로 빠져나옴으로써 도청에는 항쟁파만 남게 되었다.

광주 거주 외국인 207명도 이날 저녁 7시 광주공항에서 특별기편으로 서울로 대피했다. 그리고 어둠이 짙어지면서 운명의 시간은 다가왔다. 공수 특공대는 자정을 넘긴 27일 새벽 1시 반부터 작전에 돌입했다.[*]

## 자칭 정부군 대변인과 시민군 대변인

나는 이날 낮 동안 서로 흩어져 취재를 마치고 돌아온 사회부 안병준, 채수인 기자와 같이 황금장 여관에 들었다. 너무 피곤하여 모두 자정쯤 잠에 곯아떨어졌다. 깊은 잠에 빠진 우리는 어디선가 들려온 여성의 애절한 방송에 그만 단잠을 깼다. 그때 시침은 새벽 3시 50분을 가리키고 있었다.

귀 기울여 들어보니 도청 옥상에 설치된 고성능 확성기에서 나오

---

[*] 황석영·전용호·이재의, 앞의 책, 402~452쪽.

는 소리였다. 도청 확성기는 민방공 훈련용으로 동서남북 방향 4개가 설치되어 500m 이상 멀리 떨어진 곳에서도 들렸다. 조용한 밤하늘에 퍼진 그녀의 애잔한 호소는 듣는 이의 마음을 더욱 비통하게 만들었다.

"시민 여러분, 지금 계엄군이 쳐들어오고 있습니다. 사랑하는 우리 형제, 자매들이 계엄군의 총칼에 숨져가고 있습니다. 우리 모두 계엄군과 끝까지 싸웁시다. 우리는 광주를 사수할 것입니다. 여러분 우리를 잊지 말아 주십시오. 우리는 최후까지 싸울 것입니다. 시민 여러분, 계엄군이 쳐들어오고 있습니다."

그녀의 애간장을 태우는 목소리는 네댓 차례 되풀이된 후 갑자기 끊겼다. 방송 원고를 읽던 중 계엄군의 침투가 급박해지자 민원실 2층 강당을 지키던 한 시민군이 4시 정각 도청 전체 전원 스위치를 내려버렸다고 한다. 목소리 주인공은 항쟁이 시작되면서부터 거리 방송을 계속해온 박영순(당시 송원전문대 2년)이었다.

우리는 이 방송을 듣고도 밖으로 나갈 수 없어 날이 밝기만 기다렸다. 새벽 5시가 되어 KBS방송을 틀었다. 전남·북 계엄분소장이 담화를 발표했다.

"폭도들은 투항하라. 도청과 광주공원도 군이 장악하였다. 너희들은 포위됐다. 총을 버리고 투항하면 생명은 보장한다."

그로부터 2시간 후 모든 작전은 마무리됐다. 27일 아침 7시 3·7·11공수는 20사단 장병들에게 도청을 인계한 뒤 광주비행장으로 떠났다.

우리는 이날 9시 경찰과 공무원은 근무지로 복귀하라는 KBS방송을 듣고 바로 숙소에서 200여 m 떨어진 도청으로 달려갔다. 도청 뒤

뜰에는 시민군 사망자 27명이 거적으로 덮여 있고 붙잡힌 295명은 손이 묶인 채 엎드려 땅바닥에 코를 처박고 있었다. 이날 작전에서는 공수부대원도 2명이 죽고 12명이 다쳤다.

작전 종료 후(30일) 사회부 류철희·이중호·김인극·정인학 기자(당시 수습)가 현장 취재기자 위로 차 소주 40병들이 1박스와 새우깡 1박스를 싣고 광주에 왔다. 회사에서 보낸 것이라 했다. 《서울신문》 취재팀은 광주 금남로 3가 미도장 여관으로 숙소를 옮겨 모처럼 함께 모여 술을 마셨다.

이중호 기자와 나는 소주를 물 마시듯 들이켜며 민주항쟁에 관한 갑론을박을 주고받았다. 나는 시민군 대변인을, 그는 정부군 대변인을 자칭하고. 화제는 공수부대의 무자비한 진압 방법에서부터 부마사태, 전라도 기질과 푸대접 등에 이르기까지 다양했다.

대작은 저녁 7시부터 시작하여 대략 8시간쯤 계속했나 보다. 2홉들이 소주는 벌써 열여덟 병이 비었다. 안주는 새우깡이 전부였다. 나는 술이 약한데도 예닐곱 병가량 마신 것 같다. 보통 때 같았으면 도저히 상상할 수 없는 치사량이다. 도대체 무엇이 그토록 술을 이기도록 했는지 모를 일이다. 입씨름은 저녁 내 계속됐다.

자칭 '정부군 대변인'도 몇 해 전 이승을 등졌다. 삼가 명복을 빈다.

## 5·18민주화운동은 끝나지 않았다

5·18 비극은 하마터면 역사의 미아가 될 뻔했다. 진상을 규명하고 신군부 주역들을 단죄하는 데 자그마치 17년이란 세월이 걸렸다. 비록 미흡하지만, 뒤늦게나마 광주의 한을 풀 수 있었던 것은 문민정부(김영삼 정부)의 치적이라 아니할 수 없다. 물론 문민정부도 처음에는

어려움이 적지 않았다.

5·18 관련 단체들은 문민정부가 들어서자 불법 집권한 전두환 정권의 신군부 인사를 고소·고발했다. 검찰은 이에 1995년 7월 "전두환이 불법적으로 정국을 장악할 의도가 있었고 무고한 시민이 희생된 점은 확인됐지만 '성공한 쿠데타'는 처벌할 수 없다"는 논리로 불기소 처분했다.

그러나 뜻밖의 일로 과죄의 실마리가 풀렸다. 당시 민주당 박계동 의원이 1995년 10월 19일 국회에서 '노태우 비자금 4,000억 원'을 폭로한 것이다. 이에 당국은 그해 11월 1일 노태우를 일단 특정범죄 가중처벌법 등에 관한 법률 위반(뇌물) 혐의로 구속한 데 이어 12월 3일 전두환도 구속했다.

그리고 국회가 뇌물죄만으로는 그들이 받을 형벌이 가볍다고 판단하고 12월 21일 '5·18민주화운동 등에 관한 특별법'을 제정했다. 이는 여소야대 국회의 힘이었다. 이에 따라 검찰은 신군부 출신 두 전직 대통령을 반란수괴, 반란 중요 임무 종사 등으로 구속·기소했다.

아울러 나머지 불법 집권 주요 가담자 15명도 재판에 넘겨 벌을 받게 했다. 이로써 성공한 쿠데타도 처벌을 받을 수 있다는 선례를 남겼다.

대법원 전원합의체는 1997년 4월 17일 신군부 측 내란 사건 최종심(사건번호 96도3376)에서 "우리 헌법 질서하에서는 폭력 수단으로 헌법기관의 권능 행사를 불가능하게 하거나 정권을 장악한 행위는 어떤 경우에도 용인될 수 없다"고 판시했다.

이어 피고인들은 국헌을 문란케 할 목적으로 시국 수습방안을 모의하고, 특수 훈련된 공수부대를 투입하여 진압봉과 총 개머리판으로 시위자들을 두들겨 패고, 가게나 건물 안으로 도망하는 시위자들을 끝까지 쫓아가 연행했으며, 계엄군의 난폭한 과잉 진압에 분노하여 무장한 시민들에게 총을 쏘아 많은 사상자를 냈고, 시위가 다른 곳으로 퍼지는 것을 막지 못하면 내란의 목적을 달성할 수 없는 상황에 이르게 되자 급히 광주 재진입 작전을 강행, 많은 시민을 희생시켰다고 신군부 폭력 진압의 불법성을 질타했다.

광주민주화운동은 실로 수많은 인명피해를 냈다. 신원이 밝혀진 사망자만도 569명에 이른다. 이 가운데 193명은 시위 도중에 희생됐고, 376명은 후유증으로 숨졌다. 신고된 행방불명자도 65명이나 된다. 또 3,139명이 부상하고, 1,589명은 구속 및 고문 피해로 지금도 고통에 시달리고 있다.

광주사태는 종결된 지 이미 오래다. 하지만 광주민주화운동은 아직 끝이 나지 않았다. 앞으로 해결해야 할 숙제가 적지 않다. 무엇보다 중요한 일은 집단 발포 명령자를 찾아내는 일이다. 비록 이 사건의 열쇠를 쥔 전두환이 지난 2021년 11월 23일 입을 다문 채 세상을 떠났으나 진실 규명 작업은 계속되어야 할 것이다.

여기저기에 암매장된 희생자의 유골을 찾는 일도 시급하다. 그 밖에도 광주 시내 넝마주이 200여 명을 수용하고 있던 서구 월산4동 무등갱생원이 5·18이 끝나자마자 남구 제석산 남쪽 기슭으로 옮기고, 넝마주이들의 행방이 하루아침에 묘연하게 된 것도 규명해야 할 과제다. 지만원이 주장하는 광수가 바로 무등갱생원 출신이다.

그나마 한 가지 다행스러운 일은 광주민주화운동 관련 기록이 유네스코 세계기록유산에 등재된 사실이다.

유네스코 세계기록유산 국제자문위원회(IAC)는 2011년 5월 25일

영국 맨체스터에서 회의를 열고 5·18 관련 문서를 세계기록유산으로의 등재를 결정했다.

등재된 기록은 △ 국가기록원이 간행한 5·18민주화운동 자료 △ 전두환의 김대중 내란음모 조작 사건 자료 및 군 사법기관 재판 자료 △ 운동 참가 시민들의 성명서와 선언문, 기자들의 취재 수첩과 참가자들의 일기 △ 2,017컷의 사진 자료(흑백) △ 민주화운동 참가 시민들의 증언 영상 및 기록 자료 △ 피해자들의 병원 치료 기록 △ 광주민주화운동 진상 규명 회의록 △ 미국 정부가 제공한 5·18민주화운동 관련 기밀 해제문서 △ 정부의 정식 보상 내력서와 보상인 자료 등 아홉 종류이다. 이는 아시아 각 국가의 민주화운동에도 큰 도움이 되고 있다고 한다.

5·18은 몇 가지 교훈도 남겼다. 핵심은 성공한 쿠데타를 처벌함으로써 군사쿠데타를 우리 사회에서 영원히 추방했다는 사실이다. 또 아무리 사실을 왜곡해도 시간문제일 뿐 진실은 반드시 밝혀진다는 점도 소중한 가르침이다.

다만 신군부 세력이 부당하게 권력을 장악하는 데 언론이 견제는커녕 오히려 앞잡이 노릇을 한 점은 크게 반성해야 할 일이다. 1988년 당시 김중배 《동아일보》 논설위원은 "학살은 밀실에서만 가능하다. 학살의 밀실이었던 광주에 눈을 감았던 모든 사람 특히 언론에 몸을 담은 자들은 통렬한 죄책감이 없을 수 없다"고 전제, "그 밀실 형성을 가능케 한 나 또한 계엄령과 검열이라는 현실적 제약에도 불구하고, 공범의 혐의를 부인할 수 없다"고 자탄했다.[*]

---

\* 김영택, 《10일간의 취재수첩》 추천사.

오늘을 사는 언론인들이 뼛속 깊이 새겨들을 일이다. 그런 무단시대가 다시 온다면 과연 어떻게 처신할까. 나 역시 자성에 반성을 거듭하고 있다.

# 언론 통폐합

　광주를 상징하던 옛 전남도청(광주광역시 광산동) 앞 분수대가 다시 물줄기 연주를 시작했다. 시내버스 운행이 재개되고 상점들도 하나둘 셔터를 올렸다. 굳게 닫혔던 은행 문이 열리고, 과잉 진압 모습이 외부로 새어나갈까 봐 차단했던 시내전화와 장거리 시외전화도 본래대로 되돌아왔다. 1980년 5월 28일 광주의 단편이다.

　광주는 5·27 계엄군의 강제 진압으로 겉으로는 평온을 되찾았다. 때맞춰 신군부 세력은 5월 28일 김종호(金宗鎬, 1926~1994) 예비역 육군 소장을 전남지사로 발령하여 성난 민심을 달래게 했다. 김 지사는 이날 기자회견을 통해 "물질적인 복구보다는 정신적인 복구, 마음의 구원을 통해서만이 오늘의 이 어려움을 극복할 수 있다"며 시민들의 응어리 해소에 최선을 다하겠다고 포부를 밝혔다.

　그러나 시민들의 마음은 여전히 부글부글 끓었다. 게다가 시위대를 무자비하게 살해한 공수부대가 베레모를 쓰고 옛 도청 앞에 열을 지어 발을 구르며 마치 개선군이라도 된 듯이 목청껏 군가를 부르는 모습에는 시민들이 입을 벌리고 말을 하지 못했다.

　시내 곳곳의 전신주에는 붉은 사인펜으로 쓴 '살인마 전두환' '전두

환 때려죽이자'는 구호가 나붙고, 고향에 휴가 나온 특전사 복장의 공
수부대원들이 성난 청년들에게 애먼 앙갚음을 당하기도 했다.

시민들의 흥분이 채 가라앉지 않은 가운데 항쟁에서 숨진 민간인
희생자 129명은 변변한 장례식도 없이 5월 29일 오전 11시부터 오후
5시 사이 개별적으로 망월동 묘지에 묻혔다. 가족들만 참관이 허용된
장례는 마치 진짜 폭도의 시신을 묻는 듯이 숨조차 제대로 쉴 수 없을
정도로 극도의 공포와 불안 속에 극히 간소하게 치러졌다고 한다.<sup>*</sup>

이처럼 구체적인 진상조사도 없이 시신을 매장하자 시내에는 희
생자 숫자를 줄이기 위해 시신을 감추고 있다는 유언비어가 나돌았
다. 이에 계엄사령부는 5월 31일 서둘러 '광주사태의 전모'를 발표
했다. 그러나 사망자는 170명(민간인 144명, 군인 22명, 경찰 4명)이고, 부
상자도 380명(민간인 127명, 군인 109명, 경찰 144명)이라고 희생자 숫자만
밝혔을 뿐 과잉 진압에 대한 사과는 한마디도 없었다.

이 발표를 들은 시민
들은 "희생자가 그렇게
적다니 말이 되지 않
는다. 이는 사건을 은
폐·축소하기 위해 조
작한 숫자다. 사망자
는 2,000명을 넘을 것"
이라 주장했다.<sup>**</sup> 실제

1981년 12월 말, 사옥 신축을 위해 을지로로 이사하기 전 사회
부 부원과 기념 촬영.

---

\* 김영택, 앞의 책, 258쪽.

\*\* 김영택, 앞의 책, 260쪽.

1985년, 태평로 새 사옥으로 옮겨와서.

로 그때 계엄군에 체포되어 가족과 연락이 끊긴 행방불명자가 부지기수여서 그런 말이 나올 만도 했다(최종 희생자는 222쪽 〈5·18과 나〉 참조).

명목상 최규하(崔圭夏, 1919~2006) 대통령이 이끄는 과도정부는 6월 7일 희생자에 대한 피해보상 계획을 발표했다. 사망자는 시신 1구당 위로금 400만 원과 장례비 20만 원을 지급하고, 부상자는 1인당 위로금으로 300만 원을 지급하되 중상자는 생계보조비로 40만 원을, 경상자는 10만 원을 지원한다는 내용이다.

계엄사 발표는 하나하나가 기삿거리였다. 송고가 바빠진 가운데 한 달이 훌쩍 지나갔다. 이제 관심사는 항쟁 관련 구금자에 대한 재판 문제였다. 이들에 대한 수사 속보를 쫓고 있던 어느 날 갑자기 항간에 조만간 기자들에 대한 대대적인 숙정이 있을 것이라는 소문이 나돌았다. 아마 7월 중순쯤이었지 싶다.

소문은 곧이어 현실로 나타났다. 신문협회와 방송협회는 1980년 7월 29일 난데없이 '언론 자율 정화 및 언론인의 자질향상에 관한 결의문'을 발표했다. 두 협회는 발표문을 통해 "지난 1971년 12월 17일 채택한 '언론 자율 정화'에 관한 결의와 결정사항, 1975년 5월 24일의 '언론 부조리 숙정에 관한 결의'를 재확인하고, 언론계가 안고 있는 언론 저해 요인을 과감히 척결하며 모든 부조리와 비위를 근절하여 새로운 언론 풍토를 조성하겠다"고 선언했다.

이는 언론인 대량 해직의 신호탄이었다. 그로부터 5일 뒤인 8월 2일부터 언론사들은 보안사에서 통보한 명단을 바탕으로 해고를 단행했다. 해직 대상은 계엄 검열 거부 운동을 주

1983년 11월, 스웨덴의 아세아 아톰(Asea Atom) 원자력 연구소에서 첨단기술을 취재하며.

도했던 기자협회 간부 전원과 각 분회 간부, 각 언론사 언론 자율결의문 초안 작성자, 정부 비판 또는 비협조 편집국 간부와 논설주간 등이 우선이었다.

해직 기자 숫자는 자료에 따라 차이가 난다. 김영호가 쓴《한국 언론의 사회사》에 따르면 보안사가 문공부에 명단을 넘긴 정화 대상자는 239명이었다. 여기에 문공부 등에서 선정한 추가대상자와 신문사 경영진의 판단으로 끼워 넣은 인원을 합하면 모두 933명에 이르렀다.

이를 매체별로 나눠 보면 서울에서 발행되는《경향신문》《동아일보》《서울신문》《신아일보》《조선일보》《중앙일보》《한국일보》등 7개 일간지에서 261명·《서울방송》등 5개 방송사에서 219명·2개 통신사에서 22명·4개 경제지에서 57명·4개 특수통신사에서 34명·14개 지방 일간지에서 235명·《문화방송》의 지방사에서 99명·기타 6명 등으로 나타났다.[*]

---

[*] 김영호,《한국 언론의 사회사》하권, 159쪽.

이에 견주어 인터넷 《네이버 지식백과》(《한국 신문 역사》)는 717명으로 기록하고 있다. 이를 직급별로 구분하면 사장 등 임원이 19명, 주필·논설 위원급이 24명, 편집·보도국장·부국장 41명, 부·차장급 153명, 평기자는 480명으로 집계됐다.

또 문공부가 1984년 6월 임시국회 때 보안사 문서를 근거로 작성한 자료에 따르면 해직자는 모두 770명이었다. 해직 사유는 부조리가 439명으로 가장 많고, 제작 거부 235명·무능 64명·반정부 17명·정치 유착 6명·국시 부정 5명·범법과 파렴치 각 2명으로 나타났다. 광주에서도 10여 명의 중앙일간지 주재 기자들이 해임되었다.

이처럼 자료에 따라 해직자 수가 다른 것에 대해 김영호는 그의 책에서 "극도의 보안 속에서 신속히 단행하지 않을 때 생겨날 부작용이 크게 예상돼 정선 과정을 거치지 못했고, 새로운 정치 세력으로 등장한 신군부에 영합하기 위해 앞다투어 실적을 보이려 의식적으로 노력한 점도 무시할 수 없다"며 "신군부는 뜻밖에도 언론계가 힘의 권위 앞에 맥없이 굴종하는 현상을 접하게 되어 권력 장악에 자신을 갖게 되었다"고 덧붙였다.* 사실 언론인 정화는 신군부가 5·17 비상계엄 확대 조치 이후 언론 검열 철폐와 자유 언론 실천 운동을 주도한 한국기자협회 간부들을 잡아 들이면서 예고돼 있었다.

12·12쿠데타로 군권을 장악한 신군부는 이에 앞서 권력을 잡기 위해서는 무엇보다 언론을 장악하는 일이 긴요한 과제라고 판단, 1980년 2월 1일 보안사령부에 정보처를 신설하고 그 안에 언론 업무를 총괄하는 언론계를 두었다. 그리고 이와는 별도로 국내 모든 언론기관

---

* 김영호, 앞의 책, 160쪽.

을 통제·조종하는 언론대책
반을 따로 만들어 운영했다.
언론대책반은 반장을 포함하
여 모두 14명의 요원으로 꾸
려졌다.

언론대책반에서는 이른바
K공작 계획을 수립하고 실행
했다. K공작의 K는 King(왕)
을 뜻하는 것으로 전두환을
대통령으로 만들기 위한 공
작이었음은 말할 나위도 없
다. 반장은 당시 보안사령부
인사계 상사 이상재(李相宰,
1934~2017)** 가 맡았다.***

뉴스피플 창간2돌 "자축연"

이한수사장등 참석 '정상지 도약, 당부

「뉴스피플」창간 2주년 기념자축연이 지난 1월26일 출판
편집국 사무실에서 이한수사장등 많은 임직원들이 참석한
가운데 조촐하게 열렸다. 이 자리에서 이한수사장은 뉴스
피플의 정일성부장 및 기자들의 노고를 치하하고 앞으로
더욱 매진해 줄것을 당부했다. 사진은 축하케이크를 자르
는 이한수사장과 권기진출판편집국장(왼쪽), 정일성 뉴스
피플부장.
(이접석기자)

1994년 1월 26일, 《뉴스피플》 부장으로 근무하던 당
시 창간 2돌을 맞아 《서울신문》 故 이한수 사장(오른
쪽), 권기진 출판국장(왼쪽)과 기념 케이크를 자르다.

언론대책반의 업무는 크게 두 가지였다. 하나는 언론의 보도기사
를 사전 검열하는 일이고 다른 하나는 언론기관의 주요 인사를 접촉
회유하는 공작이었다. 기사 사전 검열은 보도 검열단이, 언론기관 주
요 인사 회유는 K공작반이 각각 담당했다.

언론 보도 검열은 지역별로 나누어 시행했다. 앞서 잠시 설명했듯

---

** 육군 상사로 20년간 국군 보안사령부에 근무하다 전두환에 발탁되어 합동수사본부 언론
대책팀장 등을 역임하고 민주정의당 사무차장, 제12·14대 국회의원 등을 지내며 막강한
권력을 휘둘렀다. 특히 1988년 국회 5공비리청문회 때 불려 나와 언론 통폐합에 관해 증
언했다.

*** 《위키백과》 K공작계획.

이 서울 지역은 서울시청에 마련된 기사 검열실에서 검열 요원 5명이 각 언론사의 보도 내용을 사전 검열하고 정보를 모아 이상재 팀장에게 보고했다. 지방 언론사 검열은 각 시·도청에 검열실을 두어 보안부대 요원들이 맡았다. 모든 언론사 기사는 반드시 보도 검열을 통과해야만 보도할 수 있었다. 광주항쟁 관련 뉴스를 보도할 수 없었던 것은 바로 이 보도 검열단의 통제 때문이었음은 물론이다.

K공작반은 언론사 차장급 이상을 회유하기 위한 반장 1명, 중견 기자 이상을 상대로 여론을 수집하는 분석관(문공부 직원) 2명, 여론 수집 및 언론사 행사일정을 모으는 수집관 5명 등 8명이 활동했다. 이들은 특히 집권에 방해가 되는 기자를 면직시키기 위해 중앙정보부와 각 경찰서 정보과 등 여러 정보기관과 문공부 등을 통해 각 언론사 기자들의 성향 분석과 부정·비리 관련 여부를 철저히 조사하여 정화 대상자 명단을 작성했다.

문공부는 이런 기자 대량 해고에 때맞춰 1980년 7월 31일자로 정기간행물 172종의 등록을 취소했다. 취소 이유로는 각종 부정·부조리·비위 등 사회 부패의 요인이 된 간행물, 음란·저속 외설적이거나 범죄 및 퇴폐적 내용, 특히 청소년의 건전한 정서에 해로운 내용을 게재한 간행물, 계급의식을 격화 조장하고 사회 불안을 조성해 온 간행물 등 발행 목적을 위반했거나 법적 발행 목표를 채우지 못한 간행물 등을 들었다. 그러나 취소된 간행물 가운데는 정부에 비판적인《씨알의 소리》《창작과 비평》《뿌리 깊은 나무》등이 들어 있어 독자들의 비난이 높았다.<sup>*</sup>

---

\* 《한국신문역사》언론 통폐합과 기자 무더기 해임.

신군부의 언론 개혁은 이에 그치지 않았다. 1980년 11월 14일 이른바 언론매체 통폐합으로 언론계에는 다시 한 번 폭풍이 몰아쳤다. 이 언론매체 통폐합은 당시 중앙정보부 비서실장이던 허문도(許文道, 1940~2016)** 가 초안을 만들어 11월 12일 전두환 당시 보안사령관 결재를 받고 보안사 언론대책반이 실행에 옮겼다.***

그러나 이 언론매체 통폐합 역시 신문협회와 방송협회의 자율정화 형식을 취했다. 신문협회와 방송협회는 11월 14일 〈건전언론 육성과 창달에 관한 결의문〉을 채택했다. 이 결의에 따라 언론 통폐합이 이루어졌다. 이는 언론의 전반적인 구조를 개편하는 충격적인 조치였다.

언론매체 통폐합은 전국 28개 일간지 가운데 11개(중앙지 1·지방지 8·경제지 2) 신문을 없애고, 29개 방송사 가운데 6개(중앙사 3·지방사 3) 방송사를 KBS에 흡수 통합시키며, MBC 계열사 21개의 주식 21%를 서울 MBC가 소유주로부터 인수하여 계열화하고, 7개 통신사는 모두 해체, 1개만 남긴다는 내용이었다.

구체적으로 말하면 《경향신문》이 《신아일보》를 흡수 통합하고, 《서울경제》는 《한국일보》로 합치게 했다. 통신사는 《동양통신》과 《합동통신》을 발전적으로 해체하여 《연합통신》을 신설, 《시사통신》 《경제통신》《산업통신》을 모두 《연합통신》에 합치고 《무역통신》은 무역협회 기관지로 바꾸도록 했다.

또 방송은 《KBS》가 《동아방송》과 《동양방송》을 흡수하여 국내에

---

** 서울대 농대를 졸업하고 《조선일보》기자로 입사하여 《조선일보》도쿄 특파원·주일대사관 공보관·대통령 정무수석·국토 통일원 장관 등을 역임.

*** 《위키백과》허문도.

는 《KBS》와 《MBC》 두 개 공영방송만 남긴다는 것 등이었다. 지방지는 1도 1사를 원칙으로 통폐합하게 했다.

이로써 전국 64개 언론매체는 44개(신문사 11·방송사 27·통신사 6)가 통폐합되어 20개만 남게 되었다. 이에 따라 언론인도 1,000여 명이 직장을 잃게 되었다. 이와 함께 중앙 일간신문의 지방 주재 특파원 제도를 폐지하여 신문이 발행되는 지역 밖의 뉴스는 통신사 뉴스를 받아 보도하도록 했다.<sup>*</sup>

지방 주재 기자 제도가 없어짐에 따라 나는 그해 11월 말 사회부 발령을 받았다. 그리고 법조 2진으로 법원·검찰을 담당하게 되었다. 그러나 거기에도 많은 고난이 기다리고 있었다. 그중에서도 낮 근무를 마치고 밤사이 일어나는 사건을 쫓아 10여 년 후배들과 밤 10시부터 다음날 새벽 4시까지 경찰서를 도는 야근이 가장 괴로웠다. 서울 시스템을 빨리 익히도록 하려는 조치라는 데는 할 말이 없었다. 그때 《서울신문》은 발행 체제를 석간에서 조간으로 바꾸었다. 나는 사회부에서 기자 수습을 새로 하듯이 세찬 훈련을 거쳐 이듬해(1982년) 문화부로 자리를 옮겼다.

---

\* 《위키백과》 언론 통폐합.

# 위안부·강제 노동 피해자 배상 거부 왜?

일본인들은 흔히 자기 나라 국민성의 으뜸으로 '쇼지키[正直]'를 내세운다. 쇼지키는 우리말로 '정직하다'는 뜻이다. 이 말은 30여 년 전만 해도 국제사회에서 일본 국가 브랜드로 인정받았다.**

그러나 이제 일본인이 정직하다는 말은, 적어도 동북아시아에서는 더는 통하지 않게 되었다. 역사 수정주의에 함몰된 일본의 집권 세력이 거짓말을 밥 먹듯이 하고 있기 때문이다.

특히 한일간 과거사 해석을 놓고 아베 신조[安倍晋三] 전 일본 총리가 2022년 7월 8일 총에 맞아 죽기 전까지 뇌까린 외교상 허튼소리는 말 그대로 생떼 수준이었다. 이미 널리 알려져 있듯이 아베는 과거 일제 식민지배 역사를 미화하는 역사 수정주의자로 악명이 높았다. 그는 2012년 재집권 후 무엇보다 일본의 조선 식민지배·위안부 강제 동원 등에 대하여 사과한 고노 담화(1993년 8월)와 무라야마 담화(1995년 8월) 지우기에 안간힘을 쏟으며, 일본군 위안부 화해 재단 해산 문제에도 딴지를 걸었다.

---

** 이 기사는 《책과인생》 2019년 9월호 머리에 실린 기사로, 때매김을 시의에 맞게 고쳤다.

그뿐만 아니라 위헌 시비가 끊이지 않는 일본자위대를 합법화하기 위한 헌법 개정에도 혈안이었다.

## 전쟁 군수 기업 배상 판결에 경제 보복 선포

2018년에는 우리 대법원의 일본 전쟁 군수 기업에 대한 배상 명령 판결에 불만을 품고 경제 보복을 선포했다. 아베는 2018년 8월 2일 열린 일본 각료 회의에서 한국을 수출 통관 절차 간소화 대상국인 이른바 화이트리스트*에서 제외해 버렸다.

같은 해 7월 1일 텔레비전과 휴대전화의 화면(EL)을 만드는 데 쓰는 플루오린 폴리이미드, 반도체 제조에 필요한 리지스트, 에칭 가스(고순도 불화수소) 등 3개 핵심 품목에 대해 수출 제한 조치를 내린 데 이은 두 번째 몽니였다. 이는 우리 민족 감정에 기름을 붓는 적반하장도 이만저만이 아니다.

주지하다시피 일본의 반도체 부품 수출 규제로 시작된 양국 간 무역 마찰은 경제 전쟁으로 확대되었다. 아베의 폭거에 분노한 국민은 국민대로 일본제품 불매운동에 팔을 걷어붙이고 나섰다. 심지어 당시 불매운동을 '제2의 3·1운동'이라 규정하고 동참을 호소하는 사람도 적지 않았다. 누가 시킨 것도 아닌데 이처럼 들불처럼 번진 일본제품 불매운동은 예전과 달리 식을 줄 모르고 있다.

아베가 경제 손실의 위험을 무릅쓰고 극약 처방을 선택한 것은 반한 감정으로 일본 국내 여론을 한데 모아 헌법을 개정하려는 데 뜻이

---

* 일본 정부가 무기 개발 등에 사용될 수 있는 물자나 기술, 소프트웨어 등 전략물자를 외국에 수출할 때 관련 절차를 간소하게 처리하도록 지정한 물품 목록.

있었다고 일본 연구전문가들은 입을 모았다. 아베는 2018년 7월 21일 실시된 참의원 선거에서 반도체 부품 수출 규제 조치로 일본 국민의 반한 감정을 자극, 적지 않은 성과를 거둔 것으로 알려졌다. 선거 결과 연립 여당(자민·공명당)이 개선(改選) 의석 124석 가운데 81석(임기 중인 의원을 포함하면 160석)을 차지, 과반을 웃도는 사실이 이를 뒷받침한다. 선거에 앞서 실시된 여론 조사에서 일본 국민은 전체의 58%가 반도체 부품 수출 규제 조치를 잘한 일이라 응답했다 한다.

아베는 선거 때마다 이처럼 반한 감정을 부추기는 선거 전략으로 톡톡히 재미를 봐왔다. 그는 2018년 선거 유세 중(7월 4~20일) "한국의 안보가 허술해 반도체 부품 수출을 규제한 것"이라는 근거 없는 거짓말로 한국 때리기를 계속했다. 그러나 개헌 발의 조건인 참의원 3분의 2의석(164석)을 확보하는 데는 실패했다. 아베로서는 절반의 성공이었던 셈이다.

## 일본 기업의 배상은 불법적이고 반인도적 행위에 대한 위자료

어쨌거나 우리 대법원 전원합의체는 2018년 10월 30일 이춘식 씨 등 4명(이 가운데 3명은 이미 작고)의 일제강제징용 피해자들이 일본 기업 ㈜신일철주금(新日鐵住金, 옛 신일본제철)을 상대로 낸 손해배상청구소송 재상고심에서 신일철주금의 재상고를 기각하고 원고들에게 1억 원씩 배상하라는 원심판결을 확정했다. 피해자들이 2005년 소송을 제기한 지 13년 8개월 만이고, 2013년 9월 재상고심에 들어간 지 5년여 만이다.

대법원2부도 2018년 11월 29일 양금덕 할머니 등 강제징용 피해자(이른바 정신대) 5명이 미쓰비시(三菱)중공업을 상대로 낸 피해보상

청구소송에서 피해자들에게 1인당 1억~1억 5,000만 원의 위자료를 주라고 확정판결했다.

대법원은 판결서에서 1965년의 한일청구권협정으로 개인 손해배상청구권은 소멸되지 않았고, 피해자들의 손해배상청구는 미지급 임금이나 보상이 아니라 일본 정부의 불법적 식민지배 및 침략전쟁의 수행과 직결된 일본 군수 기업의 반인도적 불법 행위에 대한 정신적·육체적 피해, 즉 위자료 성격이며, 일본 각급(各級) 법원의 기각 판결은 식민지배가 합법적이라는 법의식을 전제로 하므로 강제동원 자체를 불법으로 보는 대한민국 헌법 가치와 충돌하여 이를 받아들일 수 없다는 점 등을 들어 이같이 판시했다.

이에 대해 고노 다로〔河野太郎〕 당시 일본 외무상은 "한국인에 대한 전후 보상<sup>*</sup> 문제는 한일청구권협정으로 완전히 그리고 최종적으로 해결되었다"는 역사 수정주의자들의 주장을 되풀이하며 대법원 판결을 폭거라고 강하게 비판했다. 그의 발언에 대해 청와대는 "일본의 일련의 정치적 행동은 대단히 불만스럽고 유감이라고 말할 수밖에 없다"<sup>**</sup>고 쓴소리를 했다. 한국 외교당국도 "한일 간에는 법적으로 해결되지 않은 도덕적·역사적 사안이 적지 않다. 문제를 도외시하는 태도는 바람직하지 않다"고 반박했다.<sup>***</sup>

---

* 補償, 일본 측은 배상 대신 주로 보상이란 용어를 사용한다.
** 2018년 11월 7일자 《아사히신문》 석간.
*** 2018년 12월 4일자 《아사히신문》.

## 일본 정권에 따라 한국인에 대한 배상 논리 오락가락

그럼 현 일본 집권 세력의 주장대로 한국인에 대한 전후 배상 문제는 한일청구권협정으로 완전히 해결되었을까. 일본의 양식 있는 변호사들은 한마디로 전 아베 정권의 과거사 해석에 부정적이었다. 특히 야마모토 세이타(山本晴太, 67) 변호사는 2014년 〈한일 양국 정부의 한일청구권협정 해석의 변천〉이란 제목의 보고서를 발표하고, 일본 정부의 이중성을 낱낱이 폭로했다.****

야마모토는 이 보고서에서 "일본 정부는 한국인에 대한 전후 보상 문제가 생길 때마다 이 문제는 한일청구권협정 제2조 제1항에 따라 완전히 해결되었다고 주장하나, 일본은 정권에 따라 법률 해석이 다르며, 해결되었다는 주장은 일종의 정치적 선전에 불과하다"고 비판한다. 한일청구권협정 제2조 제1항은 "두 체약국(締約國) 및 각 국민(법인 포함)의 재산·권리·이익과 두 체약국 국민 간의 청구권에 관한 문제는 1951년 9월 8일 샌프란시스코에서 체결된 일본과의 평화조약 제4조(a)에 규정된 것을 포함하여 완전히 그리고 최종적으로 해결됨을 확인한다"고 기술하고 있다.

글 제목이 말하듯이 야마모토는 정권마다 한일청구권협정 조항을 어떻게 해석해 왔는지를 외무성 조약국장의 국회 답변 등을 일일이 추적, 일본 정부의 이중 플레이를 지적하고 있다. 그의 보고서를 토대로 전후 전쟁 피해자들의 국가 배상 문제에 대한 일본의 이중 논리를 추적해보기로 한다.

일본은 1951년 미국과 샌프란시스코 평화조약을 체결한 데 이어

---

**** 《야후 재팬》 justice. skr. jp/seikyuuken-top. html.

1956년 구소련과도 일소공동선언을 통해 국교를 정상화했다. 일본은 두 나라와 조약을 체결하면서 서로 외교보호권을 포기했다. 게다가 이 두 조약에는 한일청구권협정과 비슷한 청구권 포기 조항이 들어 있다. 외교보호권이란 어떤 나라의 국적을 가진 개인이 타국의 국제 위법 행위로 인해 손해를 입는 경우 국적국(國籍國)이 국제 위법 행위를 행한 나라에 책임을 추궁하는 국제법상의 권한을 말한다.

## '외교보호권 포기론'으로 국가 배상 책임 회피

국가가 외교보호권을 포기하면 당연히 국가보상(배상) 문제가 따르게 마련이다. 실제로 외교보호권 포기 소식이 일본 국내에 전해지면서 히로시마·나가사키 원폭 피해자, 사할린에 억류되었다가 풀려난 사람, 한반도에 재산을 남겨두고 귀국한 일본인 등이 잇따라 자국 정부를 상대로 손해배상청구소송을 제기했다. 소송 건수는 실로 헤아릴 수 없이 많았다.

그 가운데서도 히로시마(廣島) 원폭 피해자 시모다 류이치(下田隆一) 씨와 일본 패전 후 시베리아에 억류된 일본군 퇴역 장병들이 국가를 상대로 낸 소송을 대표로 들 수 있다. 시모다 등 3명은 미국의 원폭 투하로 큰 피해를 당했으나 국가의 청구권 포기로 배상받을 길이 막혔다며 1955년 4월 도쿄지법에 손해배상청구소송을 냈다. 또 시베리아 억류 일본군 퇴역 군인 57명도 원고 한 명당 1,100만 엔의 손해를 국가가 보상하라는 소송을 2009년 10월 29일 교토지법에 냈다. 이들은 국가가 조약(외교보호권 포기)을 통해 국민의 재산권을 소멸시킨 거나 다름없으므로 이를 국가가 대신 보상해야 한다고 입을 모았다.

일본 정부는 이에 외교보호권 포기론으로 맞섰다. 즉 "일본과 미국, 일본과 소련 간 조약으로 포기한 것은 외교보호권뿐이고, 피해자 개인의 손해배상청구권은 소멸되지 않았다. 따라서 정부는 피해자에 대해 보상할 의무가 없다"고 주장한 것이다.

이를 좀 더 구체적으로 설명하면 미국의 원폭 투하로 피해당한 당사자는 미국, 사할린 피해자는 소련 등 가해국의 국내 절차에 따라 각각 손해배상을 청구할 길이 남아 있으므로 일본 정부는 배상 책임이 없다고 발뺌했다. 일본 법원도 이 논리를 받아들여 시모다 류이치와 퇴역 군인들의 소송은 물론 다른 사건에 대해서도 모두 기각 판결, 결국 피해자들의 소망은 물거품으로 돌아갔다.

야마모토 변호사는 "이렇듯 일본 자국민의 해외재산과 원폭 피해 등에 대한 국가 배상 책임을 회피하기 위해 외교보호권 포기론을 창안했고, 창시자는 다름 아닌 일본 정부였다"고 밝혔다.

야마모토 변호사는 이런 논리는 한일청구권협정에도 마찬가지로 적용되었다고 말한다. 그에 따르면 "일본 외교당국자는 한일청구권협정 체결 당시부터 협정으로 포기되는 것은 양국의 외교보호권이지 개인의 권리를 소멸시키는 것은 아니라며 한반도에 재산을 남겨두고 귀국한 일본인들에게 국가는 보상 책임이 없다고 설명했다"는 것이다. 이는 당시 한일 회담 협상 담당관이었던 다니다 마사미〔谷田正躬〕의 증언에서도 확인되고 있다. 다니다는 1966년 3월 10일자로 발행된 《시의 법령〔時の法〕》(별책)이라는 책에서 "청구권협정으로 포기한 것은 외교보호권이므로 조선에 재산을 두고 돌아온 일본인에 대하여는 일본 정부가 보상 책임을 지지 않는다"고 알린 사실을 명기하고 있다. 이는 물론 한국인 피해자의 권리 문제가 아니라 조선에서 살았던 일본인이 대상이었다.

## 한국인 피해자도 개인청구권은 소멸되지 않았다

그렇다면 한국인 피해자들의 개인청구권 문제는 어떻게 설명되었을까. 이는 1990년대 들어 한국인 피해자들이 일본 정부를 상대로 잇따라 손해배상청구소송을 제기하면서 한일 외교의 논쟁거리로 떠올랐다.

야마모토 변호사는 이에 대해 "일본 정부의 논리대로라면 한국 정부가 한국인 개인의 권리에 대해 포기한 것 또한 외교보호권에 지나지 않으므로 한국 피해자의 개인 권리는 여전히 존속한다고 해석하는 것이 마땅한 논리적 귀결"이라고 주장한다. 그러면서 "일본 정부는 한일 간 문제도 처음부터 이런 논리로 해결할 생각이었음에도 한일청구권협정으로 완전히 해결되었다는 정치적 주장을 계속해온 것"이라고 분석했다.

실제로 일본은 1990년대 초반까지 한국인 피해자의 개인청구권이 소멸되지 않았다는 논리를 그대로 유지했다. 1991년 8월 27일 참의원 예산심의위원회에서 증언한 야나이 순지[柳井俊二] 당시 외무성 조약국장의 답변이 이를 입증하고 있다.

야나이 전 조약국장은 일본 국내법 절차에 따라 소송을 제기한 한국인 피해자에 대한 중의원 질의응답에서 "한일청구권협정에서 양국 간 청구권 문제는 완전히 그리고 최종적으로 해결되었다는 말은 한일 양국이 국가로서 가지고 있는 외교보호권을 서로 포기했다는 것이지 개인청구권 그 자체를 국내법적인 의미로 소멸시켰다는 것은 아니다"라고 답변했다. 그러면서 소송 문제는 사법부가 해결할 과제라며 공을 법원으로 넘겼다.

또 《외무성 조사 월보 1994년도 No. 1》에도 "국가가 국민의 청구권을 포기한다는 문언의 의미는 국내법상의 개인청구권 자체를 포기한 것이 아니라 국제법상 국가가 자국민의 청구권에 대해 국가로서 갖는 외교보호권을 포기하는 것이다. 일본 정부는 이런 해석을 지금까지 일관되게 취해 오고 있는 바이다"라고 분명하게 적고 있다.

야마모토 변호사는 "이와 같은 해석에 따라 1990년 이후 한국인 피해자가 제기한 몇십 건의 전후 보상 재판에서 2000년까지 10년간 일본 측이 청구권에 대해 한일청구권협정으로 해결이 완료되었다고 항변한 예는 한 건도 없었다. 그리고 소송에서 한일청구권협정이 쟁점이 된 일도 없었다"고 털어났다.

## 2000년대 들어 재판 불리하자 청구권 포기론으로 기존 논리 뒤집어

그런데 2000년대 들어 일본은 국내외적으로 상황이 크게 달라졌다. 우선 국내적으로는 과거 일본 침략을 미화하는 역사 수정주의가 급부상했다. 밖으로는 일본 정부를 상대로 한 한국과 중국인 피해자들의 전후 배상청구소송이 잇따르며 일본에 불리한 법리 해석이 나오기 시작했다. 이렇게 되자 일본 극우 보수 세력은 기존의 주장을 뒤엎고, 전후 배상 문제는 청구권 포기 조항으로 모두 해결되었다고 목청을 높였다. 일본인이 배상청구소송을 낼 때와 외국인 피해자들이 제기할 때의 해석이 완전히 정반대로 바뀐 것이다.

부연하자면 일본인 피해자로부터 보상 청구를 받을 때는 피해자는 가해국의 국내 절차에 따라 청구할 길이 남아 있으므로 정부에는 보상 책임이 없다는 논리로 책임을 회피하고 외국인 피해자로부터 배상청구를 받게 되자, 조약에 따라 일본 국내 절차로 청구하는 것은 불가능하게 되었으므로 일본에는 책임이 없다고 억지를 부렸다. 일본 최고재판소도 2007년 판결에서 이러한 일본 정부의 새로운 주장을 기본적으로는 받아들였다. 하지만 "청구권 포기 조항으로 소멸된 것은 피해자가 소송을 통해 청구하는 권능일 뿐, 피해자 개인의 실체적 권리는 소멸되지 않았다"는 토를 달았다.

야마모토 변호사는 "최고재판소가 이렇게 판단한 이상 행정부도 이를 존중해야 함에도 지금까지 일본 정부는 개인의 실체적 권리는 소멸되지 않았다는 부분을 생략하고, 모든 것이 한일청구권협정으로 해결되었다는 주장만을 되풀이하고 있다"고 비판했다.

### 한국은 민주화 이후 개인청구권 문제 삼아

그럼 한국은 일본 정부의 이와 같은 기발한(?) 논리에 어떻게 대처했을까? 한마디로 한일청구권협정 당시 5·16군사정권은 일본으로부터 돈을 받아내는 데 급급했지 정작 협정문 작성에는 별로 관심이 없었던 것 같다. 그러지 않고서야 어떻게 협정문이 그토록 허술할 수 있겠는가. 오늘의 한일 간 갈등은 바로 한일청구권협정으로부터 시작되었다고 해도 과언이 아니다.

잘 알려져 있듯이 쿠데타로 권력을 잡은 박정희 군사정권은 1965년 6월 22일 국민의 반대를 무릅쓰고 일본과 한일청구권협정을 체결한 뒤 일본으로부터 8억 달러(무상 3억·정부 차관 2억·민간 차관 3억)를 들여왔다. 그때 우리나라 1년 예산은 3억 5천만 달러 상당이었고, 일본 외화 준비액이 18억 달러 정도였다니 적지 않은 돈이다. 우리가 이 돈으로 이른바 한강의 기적을 이룬 것은 우리 모두 아는 사실이다.

그럼에도 협정문에는 "이로써 두 체약국 및 그 국민(법인 포함)의 재산·권리 및 이익과 두 나라 및 그 국민 간의 청구권에 관한 문제가 완전히 그리고 최종적으로 해결되었음을 확인한다"고 적고 있을 뿐, 이 돈이 일본의 한국 식민지배에 대한 피해배상이라는 말은 한마디도 없다. 일본은 이 돈을 그저 독립 축하, 발전도상국 지원 명목으로 건넸다고 한다.

협정문에서 알 수 있듯이 박정희 정권은 한일청구권협정으로 두 나라 사이 청구권 문제가 완전히 해결된 것으로 간주했다. 이에 따라 박 정권은 1971년 '대일 민간 청구권 신고에 관한 법률', 1974년 '대일 민간 청구권 보상에 관한 법률'을 제정하고(각 1982년 폐지) 피징용 사망자 유족에게 사망자 1인당 30만 원씩 모두 91억 8천만 원(당시 엔화 약 58억 엔)을 지급했다. 이는 무상지원금의 5.4%였다.

야마모토 변호사는 "이들 시책 실행 과정에서 특히 피해자의 실체적 권리와 외교보호권의 관계가 논의된 흔적을 발견할 수 없고, 1970~1990년대에 보상 범위를 두고 몇 가지 소송이 제기되었으나 여기서도 한국 정부의 외교권 포기를 의미할 뿐 피해자 개인의 일본에 대한 실체적 청구권이 존속한다는 취지의 주장을 정부 측이 내놓았다는 사실도 찾아볼 수 없다"며, "이들 시책은 청구권협정의 실체적 권리 소멸을 전제로 진행되었던 것으로, 일본의 견해와 뒤틀려 있다"고 설명했다. 그런 해석은 군부 세력이 정권을 잡고 있던 1980년대 후반까지도 줄곧 유지되었다.

그러나 군부 독재정권이 물러나고 1990년대 들어 민주화가 이루어지면서 대일(對日) 개인청구권이 현안문제로 부상했다. 때마침 세계는 소련 붕괴로 이른바 동서냉전이 막을 내리고, 그동안 동결상태로 방치돼온 옛 식민지 문제를 해결하려는 화해 바람이 일었다. 미국·영국·프랑스·독일·스페인 등 제2차 세계대전 전 세계를 지배했던 나라들이 반성과 사죄로 옛 식민지민들의 마음을 달랬다. 고노 담화도 이러한 과거 제국주의 강대국의 과거사 청산의 흐름 속에 나온 산물이었다.

## 김대중 정부가 최초로 일본군 위안부 피해자 배상 요구

이런 국제 화해 바람 속에 1997년 탄생한 김대중(金大中, 1924~2009) 정부는 한일청구권협정을 재론하고 나섰다. 김 정부의 초대 외교통상부 장관에 임명된 박정수(朴定洙, 2003년 작고) 장관은 정부 발족 직후 국회 발언을 통해 최초로 일본군 위안부 피해자들에 대한 개인 배상을 거론했다. 또 2000년 10월 9일에는 이정빈(李廷彬, 1934~1987) 당시 외교통상부 장관이 국회 질의에서 "비록 한일청구권협정으로 두 나라 정부 사이 청구권 문제는 해결되었지만, 개인이 재판을 제기하는 권리에는 영향을 끼치지 않는다"고 답변했다. 이는 한국 정부가 한일청구권협정으로 포기된 것은 외교보호권에 불과하다는 견해를 최초로 밝힌 외교 발언이었다.

이어 노무현 정부는 2004년 민관공동위원회를 구성하고 한일청구권협정에 대한 본격적인 논의에 들어갔다. 그로부터 1년 뒤인 2005년 8월 26일 민관공동위원회는 회의를 열고 한일청구권협정에 대한 정부의 공식적인 견해를 발표했다.

그 주요 내용은 다음과 같다.

한일청구권협정은 기본적으로 일본의 한국 식민지배에 따른 배상 문제를 해결하고자 하는 것이 아니라 샌프란시스코 조약 제4조에 근거하여 한일 두 나라 간 재정적·민사적 채권·채무 관계를 풀기 위한 것이었다.

일본군 위안부 문제 등 일본 정부·군 등 국가 권력이 관여한 반인도적 불법 행위에 대해서는 청구권협정에 의하여 해결된 것으로 볼 수 없고, 일본 정부의 책임이 남아 있다.

야마모토 변호사는 이에 대해 "이는 사할린 잔류 한국인과 한국인 원폭 피해자는 당초부터 협의 대상에 들어가지 않았고, 일본군 위안부 역시 협상 대상에 포함되지 않은 데다 반인도(反人道)에 해당하는 중대 범죄로 일본 정부는 손해배상 책임을 면할 수 없다는 견해"라고 풀이했다.

## 이명박 정부 대법원도 강제징용 피해자 주장 받아들여

이어 이명박(李明博) 정부 들어 대법원도 마침내 일제 식민지 피해자들의 손을 들어주었다. 대법원은 2012년 5월 23일 강제징용자 8명이 미쓰비시중공업과 신일본제철을 상대로 제기한 손해배상청구소송 상고심에서 원고 패소 판결의 원심을 깨고 재판을 원고 승소 취지로 다시 하도록 서울고법과 부산고법으로 각각 돌려보냈다. "1965년의 한일청구권협정은 일본의 식민지배에 대한 배상을 청구한 협상이 아니다. 따라서 일제가 범한 반인도적 불법 행위에 대한 개인의 손해배상청구권은 여전히 유효하고, 소멸 시효가 지나 배상 책임이 없다는 피고의 주장도 신의성실의 원칙에 반하여 인정할 수 없다"는 것이 판결 이유였다. 이 소송은 앞서 이미 설명한 대로 2018년 10월 30일 대법원 최종심에서 징용 피해자 측의 승소로 막을 내렸다.

이처럼 한일청구권협정에 관한 해석은 양국 정권의 정치적 성향에 따라 크게 변질되어왔음을 알 수 있다.

야마모토 변호사는 "그렇지만 현재 한일청구권협정으로 피해자 개인의 배상 청구권(실체적 권리)이 소멸되지 않았다는 점에 대해서는 양쪽의 견해가 일치하고 있다. 다만 남은 쟁점은 외교보호권의 유무와 소송 청구권이다. 이 가운데 소송 권능 문제는 일본 법원에 의한 해결 가능성이 사라져 기대하기 어렵다. 그러나 외교보호권은 피해자 개인과 기업 간 협상에는 직접 관계가 없는 문제이다"라고 분석하고, "그래서 한일청구권협정이 전쟁·식민지 피해자의 권리 회복에 장애가 되는 것은 아니다"라고 강조했다.

그는 또 지난 2015년 말 한일 두 나라 외교 수장이 서울에서 공동 발표한 〈한일 일본군 위안부 문제 합의 성명〉에 대해서도 "합의문에 나온 '최종적 및 불가역적 해결'이란 표현은 한국이 외교보호권을 포기한다는 의미에 불과한 것"이라고 덧붙였다.

## 내부의 적은 막을 수 없다

한일기본조약 체결로 국교가 정상화된 지 어느새 반세기하고도 8년이 지났다. 그럼에도 두 나라는 아직도 가깝고도 먼 나라의 관계를 벗어나지 못하고 있다. 나만의 생각일까. 지난 2012년 아베가 재집권한 이후 한일 관계는 우호 증진은커녕 적대국으로 치닫는 양상이다.

돌이켜보라! 2019년 7월 19일 오전 고노 다로 전 일본 외상이 남관표 전 주일 한국대사를 불러놓고 호통쳤던 모습을. 한국이 무엇을 잘못하여 나라를 대표하는 대사가 일본 외무성에 불려가 그토록 저자세로 폭언을 들어야 했을까. 이 부끄러운 해프닝은 우리 대법원이 이미 배상 확정판결한 ㈜신일철주금과 미쓰비시중공업의 배상 문제를 제3국 중재위원회에 넘겨 해결하자는 일본 측의 제안에 대해 답변 시

한인 18일까지 응답하지 않았다는 게 이유의 전부였다고 한다. 이 광경을 TV뉴스로 직접 목격한 시청자치고 분개하지 않은 국민은 아마 없었을 것이다.

그뿐인가. 이보다 6일 앞선 7월 13일 일본 산업 경제성이 우리 산업통상자원부 과장 2명을 창고 같은 허술한 사무실에 앉혀 놓고 마치 범죄자 심문하듯이 연출한 치졸한 장면은 차마 눈을 뜨고는 볼 수가 없었다. 또 2019년 7월 31일 한국을 대표한 중진 국회의원 10명이 사태 해결의 실마리를 찾고자 도쿄를 방문했다가 한일의원친선연맹으로부터 당한 문전박대는 무슨 꼴인가.

거기에 더하여 아베의 무례한 언동은 실로 가관이었다. "일본군 위안부는 존재하지 않았다" "강제징용도 없었다" "우리는 미국에 졌을지언정 한국에 패한 것은 아니다" "한국에 대한 전후 피해 보상은 한일청구권협정으로 완전히 그리고 최종적으로 해결되었다"…… 아베가 수상 때 아무렇게나 뱉어놓은 말이다. 그의 한 마디 한 마디는 말 그대로 우리 가슴에 비수로 꽂혔다. 아무리 자국 역사를 찬미하는 역사 수정자라지만 이토록 역사를 왜곡해도 만방에 통하는 것일까.

이 대목에서 프랑스의 식민주의 학자 귀스타프 르 봉(Gustav Le Bon, 1841~1931)이 20세기 초 주창한 '인종 우열론'이 새삼 뇌리에 떠오른다. 믿고 싶진 않으나 왠지, 같은 제2차 세계대전 패전국으로 전후 배상 문제를 말끔히 정리한 독일과 대비되어 귀스타프의 일본인 폄하는 저절로 고개가 끄덕여진다.

이미 잘 알고 있듯이 독일은 2003년까지 모든 나치스 피해 주변국과 피해자들에게 배상을 완료하고 다시 유럽 중심 국가로 우뚝 섰다. 독일은 심지어 지난 2001년 정부가 먼저 50억 마르크를 내놓고 나치스 시대 강제 노역을 시킨 벤츠와 폭스바겐 회사에도 50억 마르크를 내도록 하여 합계 100억 마르크(당시 한화로 약 5조 2,000억 원)로 '기억 책임 미래'라는 이름의 기금을 설립, 2007년까지 자그마치 150만여 명의 나치스 강제 노역자들에게 피해배상금을 지급했다고 한다.[*] 고작 몇십 명에 불과한 일본군 성노예와 일본 기업의 강제징용 피해자에 대한 배상 문제를 놓고 20년 넘게 일본과 티격태격하고 있는 우리에겐 딴 세상 이야기로 들리지 않는가.

한 가지 더 유감스러운 일은 일본의 전쟁 군수기업들은 중국인 피해자들에게는 이미 피해배상을 하고도 유독 한국인 피해자들에게만 이를 거부하고 있다는 사실이다. 이는 국가 소송 사건 전문 변호사인 우치다 마사토시(內田雅敏) 변호사가 월간 잡지 《세카이》 2019년 2월호에 기고한 〈강제 노동 문제를 화해로 이끄는 지름길(强制勞動問題の和解への道すじ)〉[**]이라는 글에서 밝혀졌다. 우치다는 일제의 강제 노역으로 고통을 당한 중국인 피해자와 유족들이 가시마(鹿島)건설회사와 니시마쓰(西松)건설·미쓰비시메티어리얼사 등을 상대로 낸 손해배상청구소송에서 원고 측 변호를 담당, 사건을 화해로 중재하여 결국 기업으로부터 배상을 받아냈다. 일본의 이중성에 대한 독자들의 이해를 돕고자 우치다 변호사의 기고문을 요약한다.

일제는 태평양전쟁이 절정에 이른 1944년 8월부터 1945년 5월까지 3만 8,935명의 중국인을 일본으로 연행하여 135개 사업장에서 강제 노역시

---

[*] 《세카이(世界)》 2019년 2월호, 218쪽.
[**] 《세카이》 2019년 2월호, 211~218쪽.

컸다. 이 가운데 6,830명이 가혹한 노동으로 사망했다. 이 가운데 986명을 배정받은 가시마구미(鹿島組, 현 가시마건설)의 경우 이들을 아키다(秋田)현 오다테(大館)시 하나오카(花岡)광산에 몰아넣고 혹사했다. 혹독한 노동에 견디다 못한 이들은 1945년 6월 30일 항의 데모를 벌였다. 이에 일제 헌병과 경찰들은 진압에 나서 패전에 이르기까지 모두 418명의 목숨을 앗아갔다. 역사에 '하나오카 사건'으로 기록된 이 비극은 일본 패전 후 연합국이 노동자들을 탄압한 가시마구미 하나오카 출장소장과 오다테경찰서장 등 6명을 요코하마 BC급 전범재판소에 넘겨 교수형에 처했다(나중 전원 무기로 감형된 뒤 1955년까지 석방되었다).

이처럼 인간을 가혹하게 다룬 가시마건설은 결국 2000년 11월 29일 희생자 후손들에게 화해금 5억 엔을 내놓고 용서를 빌었다. 이와 함께 하나오카에 평화기념관을 설립, 희생자들의 넋을 기리는 한편 매년 6월 30일 중국인 희생자 후손들을 초청, 희생자 위령식을 열고 있다.

중국인노동자 360명을 히로시마 북쪽 야스노(安野)발전소의 위험한 터널 공사에 밀어넣은 니시마쓰구미(西松組, 현 니시마쓰건설)에서는 29명의 사망자가 나왔다. 이에 니시마쓰건설은 2009년 10월 23일 피해자 및 유가족들과 화해, 위로금을 지급하고 과거 잘못에 대해 사죄했다. 또 이들이 일했던 야스노발전소에 '중국인 수난의 비(中國人受難の碑)'라는 위령비를 세워 매년 추도식을 열고 있다. 중국인 수난의 비에는 니시마쓰건설에서 일했던 중국인 강제 노역자 360명의 이름이 새겨져 있다.

이밖에 3,765명의 중국인 노동자를 나가사키 해저 탄광 군칸지마(軍艦島) 등 13개 사업장에서 짐승처럼 부린 미쓰비시 메티어리얼사에서는 722명이 가혹한 노동으로 목숨을 잃었다. 미쓰비시도 2016년 6월 1일 피해자 유가족들과 화해, 희생자 1인당 10만 위안(元, 일본 돈 약 160만 엔)을 지급하고 각 사업장에 수난의 비를 세워 다시는 이런 일이 재발하지 않도록 하겠다고 약속했다. 미쓰비시는 생존자 11명에게도 사죄하고 화해금을 지급했다.

우치다 변호사는 결론적으로 현재 한일 간 다툼이 계속되고 있는 한국인 징용자 배상 문제도 앞에서 잠시 설명한 독일형 기금 설립으로 문제를 풀었으면 한다고 제안했다. 그러면서 주일(駐日) 독일 대사와 프랑스 대사는 2018년 11월 3일 제1차 세계대전 종결 100주년에 맞춰 《아사히신문》에 다시는 전쟁의 쓰라림을 되풀이하지 않기 위해 양국은 앞으로도 우호 관계를 더욱 돈독히 하는 데 심혈을 기울일 것이라는 내용의 결의문을 연명(連名)으로 기고한 사실을 소개했다. 그는 이 기사를 보고 깜짝 놀랐다며 이젠 동북아시아에서도 이러한 관계성을 창출했으면 좋겠다고 호소했다. 그러나 지금의 일본 집권 세력에 과연 그런 아름다운 모습을 기대할 수 있을까. 지금으로선 하늘의 별 따기나 다름없는 소리이다.

이제 주사위는 던져졌다. 일본이 도발을 감행해온 이상 일전을 피할 수는 없다. 경제전문가들은 국내 전 산업계로 확대된 한일 경제전면전은 당분간 지속될 것으로 내다보고 있다. 일본이 칼자루를 쥐고 있는 탓이다. 부끄러운 얘기지만 우리는 그동안 여러 면으로 일본에 의지해온 게 숨길 수 없는 사실이다. 첨단 산업이 그렇고 금융자본이 그렇다. 우리 기업이 일본에서 90% 이상 들여오는 품목만도 48가지에 이른다고 한다. 그런 만큼 일본이 수출을 전면 중단하면 고통이 클 수밖에 없다. 그러나 이겨내야 한다.

그렇다고 일본의 이런 국제 무역 관례를 무시한 경제 보복 조치가 우리에게 일방적으로 나쁜 것만은 아니다. 장기적으로 보면 한국 경제 완전 자립을 위한 천재일우(千載一遇, 천 년에 한 번 만난다)의 기회가 아닐 수 없다. 굳이 악성 독감에 빗대면 예방주사를 맞은 꼴이기도 하다. 정부와 기업은 우리 경제의 약점을 세심하게 점검하고 보강책을 강구해야 할 것이다. 만에 하나 이토록 치욕을 당하고도 대책을 소홀히 한다면 한국은 영원히 일본의 '경제 식민지' 신세로 전락할지도 모른다.

이런 위기 상황은 우리에게 그 어느 때보다 냉철한 머리와 지혜 그리고 내부 결속을 필요로 하고 있다. 그런데도 여야는 친일파 정쟁(政爭)으로 밤낮을 새고 있다. 안타깝기 그지없다. 즉시 내부 총질을 멈추고 모두 함께 조선 시대 의병의 심정으로 돌아가 어려운 국면을 슬기롭게 극복해야 할 일이다.

정치인들은 정녕 선조 때 충신 유성용(柳成龍, 1542~1607)이 임진왜란 실록《징비록(懲毖錄)》에 남긴 '외부의 적은 물리칠 수 있어도 내부의 적은 막을 수 없다'는 가르침을 모르고 있는 걸까.

# VI

# 일제 '민낯' 까발린 책 여덟 권 쓰다

제1권 황국사관의 실체—일본 군국주의는 되살아나는가

제2권 후쿠자와 유키치—탈아론을 어떻게 펼쳤는가

제3권 이토 히로부미—알려지지 않은 이야기들

제4권 일본 군국주의의 괴벨스—도쿠토미 소호

제5권 야나기 무네요시의 두 얼굴

제6권 인물로 본 일제 조선지배 40년

제7권 일본을 제국주의로 몰고 간 후쿠자와 유키치—'탈아론'을 외치다

제8권 알수록 이상한 나라 일본

# 제1권 • 황국사관의 실체
## ―일본 군국주의는 되살아나는가

### 《황국사관의 실체―일본 군국주의는 되살아나는가》

(지식산업사, 2000)

정년을 2년여 앞둔 1998년 10월 31일 명예퇴직이란 미명으로 《서울신문》을 조기 퇴직했다. 세는나이 쉰일곱이었다. 막상 30여 년간 몸담았던 직장을 스스로 그만두고 나니 만감이 교차했다. 더러는 "같은 고향 출신이 대통령이 되었는데 왜 그만두느냐"며 우스갯소리를 하는 사람도 없지 않았다.

아마도 자기 지역 출신 인사를 중용(?)하던 TK정권처럼 새 정부도 전라도 출신을 우대할 줄 알았던 모양이다. 물론 나와는 상관없는 빈정거림이었다. 주지하다시피 당시 정권은 1998년 2월 25일 새정치국민회의 김대중 총재가 제15대 대통령으로 취임함으로써 신한국당에서 새정치민주연합(DJP연합)으로 넘어갔다. 이른바 국민의 정부이다.

공교롭게도 그때 국내에는 외환 위기(IMF)가 터져 경제가 곤두박 질쳤다. '36년 만의 사상 첫 여야 정권 교체'라는 말이 무색할 정도였 다. 경영 자금을 마련하지 못해 도산하는 회사가 줄을 잇고, 회사마 다 감원 선풍이 일어 길거리에 나앉는 노동자들이 수를 헤아릴 수 없 었다. 내가 몸담고 있던 《서울신문》에서도 그해 5월 부장급 이상 간 부 60여 명이 쫓겨났다.

그러나 사장을 비롯한 임원들은 역대 정권과 조금도 다름없이 새 정권 측근 인사들이 낙하산을 타고 내려와 자리를 꿰찼다. 신문 성 격상(정부 소유) 집권 세력의 바람을 타는 임원들은 그렇다 치자. 하지 만 어떤 줄을 댔는지 중간 간부도 강제로 비운 자리를 비집고 들어와 설쳐댔다. 다들 시대가 바뀌었다고 말은 하나, 그런 낙하산식 인사는 여전했다. 나는 그게 매우 못마땅했다. 새 정부에서는 그런 일은 없 을 줄 알았다.

국민의 정부 출범 이후 8개월을 지켜본 나는 기회는 이때다 싶어 과감히 사표를 냈다. 무엇보다 일본에서 계획한 주제들을 책으로 내 려면 내게 남은 시간이 촉박하다는 생각이 들었다. 게다가 일본 연수 를 다녀온 지도 벌써 12년이 흘렀다.

나는 사표를 낸 뒤 반년 동안 휴식하며 재충전을 했다. 그리고 1999년 5월 들어 일본에서 모아온 자료를 정리, 원고를 쓰기 시작했 다. 때마침 언론인고용지원센터*가 퇴직언론의 출판을 돕는다는 소 식을 듣고 원고를 제출했다.

---

* 외환 위기로 직장을 잃은 언론인들을 돕기 위해 1999년 6월부터 한시적으로 운영한 기관. 집필·직장 알선 등을 지원했다.

심사 결과 내가 쓴 원고가 '출판 대상(對象)'으로 뽑혔다. 발표와 함께 언론인고용지원센터에서 출판지원금(800만 원)도 나왔다. 지식산업사에 맡겨 《황국사관의 실체—일본 군국주의는 되살아나는가》(이하 '황국사관의 실체')라는 제목으로 책을 냈다. 내 생애 첫 작품이다.

이 책은 일본 군국주의에 대한 비판서이자 '일본 바로 알기'이다. 황국사관이란 무엇인가, 패전 후 황국사관, 황국사관과 교과서 검정 등을 주제로 하여 일본 천황주의 역사관을 해부했다.

좀 더 구체적으로 설명하면 황국사관의 논리와 문제점, 일본 패전 후 상징 천황제가 생긴 까닭, 황국사관의 총 본산인 야스쿠니신사(靖國神社)의 실상, 일본 보수우익들의 망언, 도쿄재판의 시작과 끝, 일본 언론의 왕실 보도 실태, 1982년 일본 교과서 파동의 노림수, 일본 교과서 검정과 채택 제도 등을 깊이 있게 분석했다.

지난 1982년 6월 일본이 일으킨 역사 교과서 왜곡 파동의 결과물이라 해도 과한 말이 아니다. 돌이켜보면 일본 문부성은 그해 중고교용 역사 교과서를 검정하면서 집필자들에게 제2차 세계대전 후 상식화된 역사 용어를 자국에 유리하도록 다시 쓰게 했다. 이를테면 우리 민족의 의거인 3·1운동을 '3·1폭동'으로 고치게 하고, 조선 침략을 '조선 진출'로 바꿔 쓰도록 강요했다. 그런가 하면 일제가 강제로 우리 고유의 성씨와 이름을 일본식으로 바꾸게 한 창씨개명도 조선 민족이 스스로 선택한 '임의제도'라 서술케 하고, 일본군 위안부와 한국인 강제 동원도 만들어 낸 이야기라며 삭제토록 했다. 또 제국주의란 용어는 아예 쓰지도 못하게 막았다.

특히 일본 보수우익들은 1982년 당시 일본 사회에 팽배한 패배의식이 미일전쟁 결과임에도 이를 일본의 침략 역사 반성을 거론하는

1986년 봄, 일본 연수 중 가족과 함께 고마 진자(高麗神社)에서.

학자들 탓으로 돌렸다. 그들은 "일본의 과거 아시아 침략 역사를 반성해야 한다"는 학자들의 견해를 자학사관(自虐史觀)이라 폄훼하고, 이를 주장하는 양심적인 학자들을 국가의 역적으로 몰아세우기도 했다. 이에 일본 문부성은 자학사관 탈피라는 구실을 내걸고 역사 교과서 왜곡이라는 무리수를 두게 된 것이다.

그때 국내 언론은 이를 과거 식민지 피지배 민족에 대한 정신적 박해이자 선전포고 없이 우리 국권을 제압하려는 '역사 전쟁'이라 규정하고 연일 강도 높은 비판을 쏟아냈다. 중국을 비롯한 세계 여론이 발칵 뒤집혔음은 말할 나위도 없다.

나는 《서울신문》 문화부 학술담당 기자로 이 사건을 맞닥뜨렸다. 그러면서 우리는 왜 일본의 식민지배를 받게 되었고, 반세기가 넘도록 역사 전쟁에 시달려야 하는지에 대해 궁금증이 생겼다. 의문을 풀자면 일본 근현대사를 공부해보는 게 지름길일 수 있다고 판단, 1984년 12월 한국언론진흥재단(당시는 한국언론재단)이 주관한 언론인 해외 연수생 모집에 응모했다.

다행히 기회가 주어졌다. 나는 그 이듬해 1985년 9월 아내와 당시 중학 1년, 초등 1년이었던 아들딸과 함께 도쿄로 갔다. 그리고 동경 한국인학교가 있던 신주쿠(新宿) 요쓰야(四谷)역 부근에 임시 보금자리를 마련했다.

주거가 안정되자 우리는 각자 배움의 길로 나섰다. 아이들은 동경 한국인학교에 입학하고, 아내는 일본어학원을 찾았다. 나는 그해 10월 1일 게이오[慶應] 대학 법학부 정치학과에 객원 연구원으로 등

일본 게이오대학 '나카무라 제미(中村ゼミ)' 창립 22주년 기념식에서 객원 연구원으로 인사말을 하고 있는 필자(오른쪽에서 세번째).

록하고 메이지유신을 비롯한 일본 근대사를 공부하기 시작했다.

나는 대학원생들과 함께 매주 화요일 후쿠자와 유키치[福澤諭吉, 1835~1901]*에 대한 수업을 들었다. 지도 교수는 나카무라 가쓰노리[中村勝範, 1929~2020] 교수였다. 그는 메이지 사회주의 전공으로 신문에 러시아를 비판한 글을 많이 기고했다.

정확한 날짜는 잊었으나 게이오대학 본관 6층 강의실에서 수업을 받던 중 진도 6 정도의 지진이 일어나 학생들이 모두 책상 밑으로 숨었다. 3~4분 후 진정되자 나카무라 교수가 "정 상(씨)! 놀랐지요. 이런 경험은 처음입니까. 우리는 늘 이런 지진을 견디며 살아요"라고 위로의 말을 건넸다. 이런 흔들림은 난생 처음이어서 정말 아찔했다.

1986년 새해 첫날 일본 황궁 앞에서 겪은 일본인들의 새해맞이도 머리에서 지워지지 않는다. 게이오대학에서 공부를 시작한 지 2달이 채 안 된 때의 일이다. 학생들로부터 일본인의 설맞이 관습에 대한

---

* 다음 장《후쿠자와 유키치―탈아론을 어떻게 펼쳤는가》참고.

설명을 들었다.

일본에는 하쓰모데[初詣]라는 세시풍속이 있다. 새해가 되면 제마다 신사를 찾아가 신년 한 해의 행운과 건강을 빌고 소원성취를 기원하는 정초 풍속이다. 대학 입시를 앞둔 수험생이나 학부모는 말할 것도 없고 결혼을 약속한 연인, 새 사업을 구상하는 사업가, 황혼 길을 걷고 있는 노인 등이 주류를 이룬다고 한다.

하도 궁금하여 정월 초하루 도쿄 한복판에 있는 어느 신사를 찾아가 보았다. 눈앞에 펼쳐진 광경에는 정말 놀라지 않을 수 없었다. 프로야구 경기가 열리는 야구장이나 유명 배우가 출연하는 공연장이 아니고는 그토록 많은 인파를 본 일이 없기 때문이다. 운집한 군중들은 마치 옛날 성처럼 보이는 큰 건물을 향해 두 손을 모으고 연신 머리 숙여 절을 했다. 혼잣말로 중얼거리며 뭔가 간절히 바라는 기도문을 외는 모습도 눈에 들어왔다.

나중에야 알게 된 일이지만 그곳은 신사가 아니라 일본 왕이 기거하는 이른바 황거(皇居)라 했다. 일본 왕실은 패전 후 상징적으로 남아 있을 뿐인데 그토록 수많은 사람이 간절하게 왕실의 안녕을 빌다니……. 또 한 번 놀라지 않을 수 없었다.[*]

그렇다면 무엇이 그토록 일본 국민을 왕실로 향하게 하는 것일까. 그리고 그 힘은 도대체 어디서 나오는 걸까. 나는 귀국 즉시 이 현상을 책으로 펴내 볼 생각으로 시간이 날 때마다 간다[神田]에 있는 고서적상을 뒤지고, 도쿄역 부근의 야에스[八重洲]북센터에 들러 한일 근현대사 관련 서적을 사 모았다. 게이오대학 도서관과 교수 연구실에

---

[*] 정일성, 《황국사관의 실체―일본 군국주의는 되살아나는가》 머리말.

비치된 책 가운데 참고가 될 만한
자료도 모두 인쇄했다.

1986년 7월 27일, 후지산에 올라 일출을 보다.

그리고 게이오대학 국제센터에
서 일본어 공부도 게을리하지 않
았다. 국제센터에서는 듣기와 읽
기·쓰기·작문 등을 집중적으로
교육했다. 수업은 월요일부터 금
요일까지 매일 5시간이었다. 수강
생은 서양 학생이 많았다.

또 1986년 7월 27일 일본인들
은 보통 5개년 계획으로 오른다는
후지산(富士山, 높이 3,776m)을 정복한 일도 잊을 수 없다.[**] 아쉽게도 그
날 새벽하늘이 흐려 구름 사이로 해오름을 지켜볼 수밖에 없었다.

이렇게 정신없이 지내다 보니 1년이 쏜살같이 지나갔다. 나는 미
흡하나마 일본 생활을 정리하고 1986년 11월 말께 귀국했다. 돌아오
자마자 그 이듬해 1월 1일자로 사회부로 발령이 났다. 이어 1월 21
일 김만철(金萬鐵) 일가 탈북 사건[***]이 일어났다. 나는 1월 21일 출장
명령을 받고 현장으로 달려가 취재 송고했다. 그동안 애써 배운 일본

---

[**] 일본인들은 후지산에 오르기가 어려워 맨 처음에는 1,500m가량을 오르고, 다음 해엔
2,000m, 그다음에는 2,500m, 또 다음 해엔 3,000m를 오르는 요령으로 후지산 정상을 밟는
다고 한다.

[***] 북한의 청진외과병원에서 근무하던 김만철이 일가 11명을 50톤급 청진호에 태우고 1987
년 1월 15일 새벽 1시 청진항을 떠나 일본 쓰루가(敦賀)항과 오키나와·타이완을 거쳐 한국
으로 귀순한 사건.

1987년 1월, 김만철 탈북 망명 사건을 취재한 필자(앞줄 맨 오른쪽).
전《경향신문》노재덕 기자가 촬영한 사진.

어가 크게 도움이 되었다. 한국과 일본의 협상 끝에 김씨 일가가 2월 7일 타이완으로 떠남에 따라 취재를 끝내고 돌아왔다. 그 이후 취재 활동은 더욱 바빠져 책을 쓸 엄두를 내지 못했다.

그리고 엄벙덤벙 12년이 지나갔다.

《황국사관의 실체》는 조기퇴직이 내게 가져다 준 선물이다.《조선일보》(2000년 2월 29일자)와《문화일보》(2000년 3월 22일자)는 문화면에 상당한 지면을 할애하여 서평을 실었다.[*]

---

[*]  정일성,《알수록 이상한 나라 일본》254~257쪽.

# 제2권 • 후쿠자와 유키치
## —탈아론을 어떻게 펼쳤는가

**《후쿠자와 유키치—탈아론脫亞論을 어떻게 펼쳤는가》**

(지식산업사, 2001)

후쿠자와 유키치는 일본의 근대화를 이끈 계몽사상가이자 저널리스트 겸 교육자였다. 일본에서는 흔히 국민의 교사·국민국가론의 창시자·절대주의 사상가·평화주의 문명론자 등으로 추앙받는다. 게이오대학을 설립하고(1858년), 《지지신보》를 창간했으며(1882년), 1984년부터 1만 엔짜리 일본 최고액 지폐의 초상으로 부활, 일본을 상징하고 있기도 하다.**

그러나 후쿠자와는 우리에게는 잊을 수 없는, 잊어서도 안 되는 인물이다. 그는 김옥균을 비롯한 조선 개화파 인사들을 부추겨 1884년

---

** 2024년부터는 초상이 제국·식민주의 시대 경제학자였던 시부사와 에이이치[涉澤榮一]로 바꿜 예정이다.

갑신정변을 일으키고, 이에 실패하자 일본은 아시아를 벗어나(탈아) 구미(歐美) 여러 문명국 대열에 속해야 한다는 이른바 탈아론으로 일본을 타민족 지배의 길로 나서게 한 장본인이다. "조선이든 중국이든 독립할 수 있는 상태가 아니므로 구미처럼 문명화한 일본이 다른 열강과 같이 아시아를 지배할 수밖에 없다"는 요지의 탈아론은 일본 유신정권 혼란기(19세기 말)에 일본의 근대화 방향을 결정하는 나침반이나 다름없었다.

후쿠자와는 일제 군부보다 앞장서 청일전쟁(1894~1895년) 도발을 충동하고, 조선에 나와 있던 일본인 보호를 구실로 조선에 군대를 보내야 한다며 조선 파병의 필요성을 소리 높이 외쳤다. 또 그가 창간한 《지지신보》 사설(1892년 7월 19~20일자)을 통해 정한론을 뛰어넘는 조선정략론을 주창, 주목을 받았다.

그뿐만이 아니다. 조선의 개혁이 곧 일본의 독립을 유지하는 길이라며 조선의 국정개혁을 추진하고 감시하는 조선국무감독관(朝鮮國務監督官)제를 제안하고, 우리나라 최초의 신문 《한성순보(漢城旬報)》의 창간을 돕기도 했다. 그 가운데서도 조선정략론은 결국 일제의 조선 침략을 위한 구체적인 시책으로 수용되었고, 조선국무감독관도 을사늑약 이후 한국 통감으로 출발했다가 한국 병탄 이후에는 조선총독으로 이름이 바뀌어 일제 식민 통치의 상징이 되었다.

후쿠자와는 평생 엄청난 양의 글을 남겼다. 일본에서 이름난 출판사 이와나미서점이 그의 글을 한데 모아 펴낸(1964년) 전집만 해도 모두 22권(별권 1권 포함)이나 된다. 이 글들을 꼼꼼히 분석해보면, 후쿠자와는 일반적으로 알려진 문명 개화론자라는 평판과는 달리 군국 제국주의 침략 이론가였음을 알 수 있다.

그는 《지지신보》로 제국주의 논리를 가다듬고 이를 일본 집권층에 주입했다. 그가 "아시아의 문명 개화에는 무력 사용이 불가피하다. 조선의 민심은 믿을 필요가 없고 다만 병력의 힘으로 약속을 지키면 만사형통이다. 조선에 1개 대대 규모의 호위병을 주둔시키되 의식주 모두를 조선 정부가 책임지도록 해야 한다. 우리 본래의 뜻은 문(文)은 개명(開明)의 우두머리를 이루고, 무(武)는 아시아의 맹주(盟主)가 되는 데 있다"고 쓴 〈동양 정략 과연 어찌하랴〔東洋の政略果して如何せん〕〉라는 제목의 《지지신보》 사설(1882년 12월 7~12일자)은 그의 호전성을 여실히 보여주고 있다.

그럼에도 개화기 이후 조선 사회에서 앞서가던 주도적 지식인들은 후쿠자와를 동양에서 제일가는 사상가로 생각하고 흠모했다. 그에게 배웠던 개화파 인사들은 말할 것도 없고, 국권 상실 이후 일제를 통해 간접적으로 서양 문명을 받아들인 이른바 선각자들도 예외는 아니었다. 많은 소설과 논설 등으로 우리 민족에게 커다란 영향을 미쳤던 이광수(李光洙) 같은 문인 겸 언론인은 그를 일본에 복을 주기 위해 하늘이 내린 위인이라고 추켜세웠을 정도이다.

《후쿠자와 유키치—탈아론을 어떻게 펼쳤는가》(이하 '후쿠자와 유키치')는 이런 후쿠자와의 제국주의 논리를 집중적으로 파헤쳤다. 지난 2001년 3월 15일 초판이 나왔으므로 벌써 22년 전의 일이다. 그해 봄은 1982년 6월의 역사 교과서 왜곡 파동 때에 못지않게 뜨거웠다. 일본이 한국 역사를 폄훼한 새 역사 교과서를 만드는 모임의 교과서 발행을 허용했기 때문이다. 새 역사 교과서를 만드는 모임이 후소샤〔扶桑社〕 출판사에서 만든 중학생용 역사 교과서는 고대사에 임나일본부설을 기술하고, 일제의 조선 식민지배가 한국 근대화에 이바지했다는 내용 등을 담았다.

이는 당시 김대중 대통령이 1998년 10월 도쿄를 방문, 오부치 케이조[小渕惠三] 일본 총리와 21세기 한일 관계를 미래지향적으로 이어가자고 다짐한 '한일 파트너십 공동선언(일명 김대중 오부치 선언)'을 송두리째 뒤흔든 사건으로 충격과 파장은 더욱 컸다.

이에 국민의 분노는 극에 달했다. 국회는 '한일 파트너십 선언'의 즉각 폐기를 요구하는 결의문을 만장일치로 채택하고, 일제강점기 위안부 피해 여성들의 모임인 수요회는 서울 종로구 중학동 주한 일본 대사관 앞에서 일본의 과거사 반성을 촉구하는 항의 시위를 벌이기도 했다.

이런 분위기에서 나온 후쿠자와의 아시아 침략 사상이 오늘의 보수우익 사상과 역사 왜곡에 맥이 닿아 있다는 연구 결과를 담은 《후쿠자와 유키치》는 화염에 기름을 부은 격이었다고나 할까.

국내 매스컴은 거의 모두가 앞다투어 이 책에 대한 서평을 다루었다. 서평 내용도 대부분 후쿠자와의 제국주의 논리를 비판하는 데 시각이 맞추어졌다. 〈1만 엔권 지폐 주인공의 두 얼굴〉(《한국일보》 4월 13일), 〈일본 최고 우익 이론가의 조선 망언〉(《중앙일보》 4월 14일), 〈탈아입구론 주창 후쿠자와 평전〉(《조선일보》 4월 14일), 〈교과서 왜곡의 근거—후쿠자와 탈아론 정체는?〉(《세계일보》 4월 16일), 〈일본 우익 뿌리는 탈아론〉(《한겨레》 4월 17일), 〈일본 군국주의 망령을 해부한다〉(《서울신문》 4월 18일), 〈일본 제국주의 뿌리를 파헤친다〉(《뉴스피플》 2001년 4월 18일), 〈일본 역사 왜곡의 근원 사상〉(《한국경제》 4월 19일), 〈일 사상가 후쿠자와의 삶〉(《매일경제》 4월 21일), 〈일본인, 잘못된 역사 인식의 기원〉(《스포츠서울》 4월 21일), 〈후쿠자와의 오만한 탈아론〉(《동아일보》 4월 28

일), 〈일본 우경화의 근원 파헤쳐〉(《서울경제》 5월 3일), 〈일본 교과서 왜곡의 뿌리〉(《책과인생》 2001년 8월호) 등이 그때 각 언론이 보도한 서평 제목이다(게재 날짜순).[*]

이처럼 나오자마자 국내 모든 언론의 각광을 받은 책은 아마 《후쿠자와 유키치》가 처음이었을 것이다. 학계는 학계대로 찬사와 격려를 아끼지 않았다. "이런 책이 이제야 나오다니 안타깝지만 그나마 다행이다"라며 한숨짓는 학자가 있는가 하면, 심지어 '국격을 높이는 역작'이라고 극찬한 교수도 있었다.

강준만 전북대 교수는 그가 쓴 《한국 근대사 산책》(1권)에서 《후쿠자와 유키치》 가운데 이동인과 후쿠자와의 만남, 이광수가 후쿠자와더러 "하늘이 일본을 축복하셔서 이러한 위인을 내리셨다"고 평한 부분, 후쿠자와의 유교 비판 사상 등을 인용했다.[**]

인터넷 반응도 뜨거웠다. 어떤 누리꾼은 〈감히 말하고 싶다. 현대 일본을 알고자 하는 자 후쿠자와 유키치를 알아야 한다고〉라는 글을 올렸다. 2006년 12월 17일부터 26일까지 이 책을 읽었다는 한 독자는 "상세하게 읽어보길 바란다. 중요한 개념이 마구 쏟아진다"고 인터넷에 띄워놓았다.

또 극히 일부지만 교과 과정에 후쿠자와 강좌를 개설하는 대학이 생겼고, 후쿠자와를 주제로 한 학술연구 단체의 세미나와 심포지엄이 줄을 이었다. 후쿠자와에 대한 우리말 번역서가 잇달아 출판되기도 했다. 이런 우리 사회의 변화 기폭제가 《후쿠자와 유키치》라면 제

---

[*]  정일성, 《알수록 이상한 나라 일본》 258~278쪽.

[**]  강준만, 《한국 근대사 산책》 1권 212~213쪽, 217~218쪽, 298쪽.

논에 물 대기일까.

서점도 비켜 가지 않았다. 이 책을 만든 지식산업사 얘기로는, 어느 대형서점은 책을 팔다가 남더라도 반품하지 않는다는 조건의 매절(買切)을 했다 한다.

사실 이 책이 나오기 전만 해도 국내에서 후쿠자와를 아는 사람은 일부 정치외교학자와 언론 관계 전문가를 제외하면 별로 없었다. 탈아론은 말할 나위도 없고 후쿠자와라는 인물 자체를 알지 못했다. 설령 안다고 해도 그에 대한 지식 수준은 일본의 문명 개화를 이끈 인물 정도가 고작이었다. 그가 김옥균을 비롯한 개화파들을 도와 갑신정변을 일으키게 한 장본인이라는 사실은 이 책이 나오고 나서야 세상에 알려졌다.

이 책은 격조 높은 학술 서적을 출판하기로 저명한 지식산업사의 주문으로 빛을 보았다. 출판 계획 단계에서부터 책이 나오기까지 지식산업사 김경희(金京熙) 사장의 조언과 지원이 컸음은 말할 나위 없다. 관훈클럽 신영연구기금의 지원을 받기도 했다.

# 제3권 ◆ 이토 히로부미
## —알려지지 않은 이야기들

### 《이토 히로부미—알려지지 않은 이야기들》

(지식산업사, 2002)

우리에게는 '이등박문'으로 더 익숙한
이토 히로부미〔伊藤博文〕. 그는 구한말 한
국 통감으로 우리 국정을 농단했던 악인으
로 중국 하얼빈〔哈爾賓〕에서 안중근(安重根,
1879~1910) 의사에게 죽임을 당한 인물이
다. 여기까지는 대다수 사람이 아는 이야
기다.

하지만 좀 더 자세히 이토에 관한 지식
을 묻는다면 머뭇거릴 수밖에 없다. 그것은 무엇보다 국내 학계가 그
에 관한 연구를 소홀히 한 데 있다 할 것이다. 부끄럽게도《이토 히로
부미—알려지지 않은 이야기들》(이하 '이토 히로부미') 책이 나온 2002년
전까지만 해도 우리 학계엔 이토의 죄상을 알아보기 쉽게 정리한 책
자 하나 없었다.

이토 히로부미가 우리 민족에게 저지른 죄악은 실로 손꼽을 수 없을 만큼 많다. 안중근 의사가 재판 과정에서 그를 사살한 이유로 내세운 죄목만도 열다섯 가지나 된다. 명성황후를 시해한 죄, 고종황제를 물러나게 한 죄, 을사조약과 한일신협약을 강제로 맺은 죄, 독립을 요구하는 무고한 한국인들을 마구 죽인 죄, 정권을 강제로 빼앗아 통감 정치 체제로 바꾼 죄 등이 비교적 무거운 죄목에 속한다.

더구나 그가 통감으로 3년 6개월 동안(1905. 12. 1.~1909. 6. 14.) 군림하면서 우리나라를 일본의 식민지로 만들고자 자행한 죄상은 악랄하기 그지없다. 그 가운데서도 우리 민족성을 왜곡한 행위는 좀처럼 지울 수 없는 악질적인 죄악으로 꼽힌다. 왜냐면 그 후유증이 아직도 우리 사회에 계속되고 있기 때문이다.

이토는 구한말 민족 지도층을 총칼로 위협하거나 금품으로 매수하고 첩자를 양성, 서로를 분열시켜 대한제국을 파멸로 이끌었다. 일본의 압제에서 벗어난 지 78년에 이르도록 민족 분열과 친일문제 등을 청산하지 못하고 있는 현실도 따져보면 이토의 한민족 분열 공작에서 그 뿌리를 찾을 수 있다.

특히 이토가 일본 내각 총리로 있을 때 이노우에 가오루[井上馨, 1835~1915]*·미우라 고로[三浦梧樓, 1846~1926]** 조선공사 등과 짜고 1895년 10월 8일 새벽 경복궁에서 명성황후를 시해한 사건은 국제

---

* 막부[幕府] 말, 메이지·다이쇼 시기 정치가. 영국 유학. 메이지유신을 주도하고 신정부에 참여하여 조선공사·외무상·내무상·수상 등을 거침. 강화도 사건 때 전권으로 조약 체결.
** 메이지 시대 군인이자 정치가. 1895년 명성황후 살해 사건을 일으켜 히로시마 감옥에 투옥되었으나 이듬해 면소되어 석방됨.

도의상 상식을 뛰어넘어 도저히 용납할 수 없는 테러였다. 이토는 이를 감추기 위해 비서관을 통해 거액으로 《뉴욕헤럴드》 기자를 매수, 일본에 유리한 기사를 써달라고 주문했다 한다. 이는 이토 내각이 총체적으로 관여했음을 증명하고도 남는다. 그럼에도 전후 일본은 조작된 기록과 황국사관에 젖은 역사학자들을 동원해 명성황후 시해를 미우라 고로의 단독 소행이라고 강변한다.

또 이토가 1905년 10월 17일 을사늑약 때 하세가와 요시미치[長谷川好道] 일본 조선군 사령관과 사토 마쓰다로[佐藤松太郎] 헌병대 경성 분대장을 거느리고 고종과 조정 대신들을 협박한 행위도 우리 국권을 무시하고 저지른 엽기적 만행이었다. 을사늑약 체결 과정을 적어 놓은 일본 측 기록을 보면 탄식 없이는 도저히 읽을 수가 없다.***

국내 학계는 그런 이토를 아시아 침략의 원흉, 일본 제국주의의 수괴 또는 동양 평화를 파괴한 주범으로 평가한다. 말을 바꾸면 그는 19세기 말 제국주의가 발호할 때 한민족을 비극의 나락으로 밀어넣은 우리 민족의 공적(公敵) 1호다.

반면 일본 학계는 이토를 주저 없이 메이지 정계를 대표하는 1급 정치가로 꼽는다. 이토는 2, 30대 하급 무사들이 주축을 이룬 이른바 메이지유신의 중심에 선 인물이다. 사이고 다카모리[西鄕隆盛, 1827~1877]****나 오쿠보 도시미치[大久保利通, 1830~1878]*****·기도 다카

***  정일성, 《이토 히로부미》 116~125쪽.
****  일본 메이지유신 주역. 1873년 정한론을 주장하다 받아들여지지 않자 정계를 떠나 고향 가고시마에서 은둔생활을 하다가 1877년 반란을 일으켜 패하자 스스로 목숨을 끊음.
*****  막부 말 막부를 넘어뜨리고 왕정복고에 결정적 역할을 한 일본 메이지유신 주역. 정한파를 몰아내고 내무경(內務卿)이 되어 정권을 장악했으나 도쿄에서 암살됨.

요시[木戸孝允, 1833~1877]* 등과 견준다면 조연급이었지만, 그들의 뒤를 이어 새로운 시대의 뼈대를 만든 실무형 지도자였다.

그는 44세에 초대 총리대신에 오른 뒤 네 번이나 일본 총리를 역임했다. 일본 왕 텐노[天皇] 자문기관이었던 추밀원의 의장과 오늘날 국회 상원에 해당하는 귀족원 의장도 그가 테이프를 끊을 정도였다. 청일전쟁과 러일전쟁을 지휘·주도했으며 대일본제국헌법을 만들어 천황제(天皇制) 국가를 확립한 데 앞장서기도 했다.

이토는 천민 계급인 농부의 아들로 태어나 일인지하(一人之下) 만인지상(萬人之上)의 재상 자리를 거머쥔 이야기로도 유명하다. 그는 1963년 11월 1일부터 1984년 11월 1일까지 1천 엔짜리 일본 지폐의 초상이기도 했다.

하급 무사 가문인 이토가 정치적으로 승승장구할 수 있었던 것은 그가 메이지유신의 중심세력인 조슈 번[長州藩] 출신이란 점과 무관하지 않다. 실제로 메이지 정부는 조슈와 사쓰마[薩摩]의 정부라 해도 지나치지 않을 만큼 이곳 출신들이 정부와 군의 요직을 독차지했다. 조슈 번 출신들과 조선의 악연은 한일합방까지 이어졌다.

내가 이토 히로부미를 주목하게 된 것은 2001년 후쿠자와 유키치 평전을 쓰면서 여러 자료상에서 그와 자주 마주친 것이 계기였다. 그 가운데서도 특히 1881년 10월 10일 일본 정계에서 벌어진 이른바 메이지 14년 정변이 눈길을 끌었다.

후쿠자와 유키치도 휩쓸린 이 정변은 일본의 국회 조기 개원과 영

---

* 막부 말 왕정복고를 주장하며 유신운동에 가담한 핵심 정치가. 병으로 일찍 죽음. 일본에서는 사이고 다카모리·오쿠보 도시미치 등 셋을 '유신삼걸(維新三傑)'이라 부른다.

국형 내각제를 주장한 오쿠마 시게노부[大隈重信, 1838~1922]** 참의(參議)*** 를 이토가 주도하여 파면한 사건을 말한다. 이토는 당시 전임 참의였다.

그때 일본은 일반 시민들의 민권운동으로 사회가 혼란스러웠다. 이에 오쿠마는 민권운동을 잠재우려면 국회를 여는 것이 정답이라며 후쿠자와와 손잡고 조기 국회 개원론을 주장했다. 하지만 이토는 시기상조라며 이노우에 가오루와 서로 짜고 오쿠마의 사표를 받았다. 오쿠마가 물러나자 정부 안에서는 난데없는 쿠데타설이 나돌았다. 즉 후쿠자와가 오쿠마 시게노부를 등에 업고 미쓰비시[三菱]에서 자금을 끌어들여 정부를 뒤엎으려 했다는 것이다.

정가에는 후쿠자와가 곧 체포될지도 모른다는 소문까지 파다했다. 물론 사태는 거기까지 이르지는 않았다. 그러나 그 여파는 정부 조직에서 일하던 게이오대학 출신 관료들이 모두 쫓겨나는 결과를 가져왔다.****

그럼 국회 개원 시기에 대한 견해가 좀 다르다고 하여 같은 급의 참의를 강제로 물러나게 한 이토 히로부미는 어떤 인물인가. 그의 출세 배경과 인물 됨됨이가 궁금했다. 국립중앙도서관을 뒤지고 인터넷을 검색했다. 그러나 아무리 찾아도 국내에서는 이토에 관한 기록을 구하지 못했다. 시중에 나돈 한두 권의 책도 일본인의 입맛에 맞

---

** 메이지·다이쇼 시기 정치가. 막부 말 혼란기 때 왕을 높이고 오랑캐를 배척한다는 존왕양이(尊王攘夷)파로 크게 활약. 참의·대장성 사무총재·타이완 정벌 사무국장 등을 역임. 1882년 와세다대학을 설립하고 입헌개진당을 창당했으며, 1908년 대일본문명협회를 조직.
*** 일본 메이지 시대 조정 조직의 최고 기관인 태정관 관직의 하나.
**** 정일성, 《일본을 제국주의로 몰고 간 후쿠자와 유키치》 347~348쪽.

게 쓴 책을 번역한 것이 고작이었다.

그래서 후쿠자와 평전이 출판되자마자 이토 히로부미에 관한 책을 쓰기로 마음먹고 일본으로 건너가 자료를 모으기 시작했다. 부연하면 후쿠자와 유키치와 이토 히로부미의 적대 관계가 나의 호기심을 자극한 셈이다. 게다가 안중근 의사가 하얼빈에서 이토를 저격(1909)한 사실도 흥미를 더했다.

《이토 히로부미》는 내가 쓴 책 가운데 가장 인기 있는 읽을거리이다. 나의 세 번째 저작이자 한국인 시각에서 한국말로 쓴 첫 이토 히로부미 평전이기도 하다. 한일 공동 월드컵대회가 열렸던 지난 2002년 8월 20일 지식산업사에서 첫선을 보였다. 어느새 21년이나 지났다.

책이 나온 지 한 달 만에 2쇄를 찍고, 2004년 4월 3쇄를 낸 데 이어 2021년 2월 4쇄를 발간했다. 2002년 10월에는 '제35회 문화관광부 추천도서'로 뽑히기도 했다. 때마침 광복 57주년에 즈음하여 《서울신문》(2002. 8. 23.)과 《조선일보》(2002. 8. 24.)는 이에 대한 서평을 각각 문화(출판)면 머리기사로 실었다.

《이토 히로부미》는 모두 5장으로 나누어 이야기를 담았다. 1~3장은 이토가 한국에 가한 죄상을 밝히는 데 역점을 두고, 4~5장은 이토의 출생과 출세 배경을 설명했다.

이와 함께 두 가지 민감한 주제도 다뤘다.

이토가 막부의 정신적 기둥이던 고메이[孝明] 왕을 죽이고 자기 부하를 메이지 천황으로 삼았다는 설과 이토 히로부미를 죽인 암살범이 따로 있다는 주장이다. 일본 학계는 고메이 왕의 갑작스러운 죽음을 당시 발표대로 병사로 받아들이지만 이를 그대로 인정하기엔 풀어야 할 의혹이 너무 많다. 메이지 왕에 관한 수수께끼는 일본 궁내

성(宮內省)이 기록을 완전 공개해야만 풀릴 전망이다.[*]

안중근이 진짜 범인이 아닐 수도 있다는 의혹은 이토의 수행원인 무로타 요시아야(室田義文, 1847~1938)[**] 귀족원 의원의 발언으로 부풀려졌다. 망명 한국인 단독으로는 결코 대 정치가의 암살을 실행할 수 없다는 게 무로타의 주장이다. 그러면 무로타의 '범인 복수설'의 진의는 무얼까. 혹시 또 다른 역사 왜곡은 아닌지 더욱 연구해볼 과제이다.[***]

이토 히로부미는 한국 통감으로 3년 6개월 동안 한국을 통치한 인물이라는 사실만으로도 연구대상이 되기에 충분하다. 하지만 강단사학자들은 이 책이 출간될 때까지만 해도 빈칸으로 남겨두었다. 그 이유를 알 수 없다.

---

[*]  정일성, 《이토 히로부미》 183~194쪽.

[**]  일본 외교관·정치가·특명전권공사. 1909년 10월 이토 히로부미 만주 여행 때 귀족원 의원으로 이토를 공식 수행하다 피살 사건을 직접 목격.

[***]  정일성, 앞의 책, 42~43쪽.

# 제4권 • 일본 군국주의의 괴벨스
## —도쿠토미 소호

**《일본 군국주의의 괴벨스—도쿠토미 소호〔德富蘇峰〕》**

(지식산업사, 2005)

1910년대 일제의 조선 지배를 흔히 '무단 통치(武斷統治)'라 일컫는다. 이는 일제가 1919년 3월 1일 조선에서 독립 만세운동이 일어나자 그 원인을 분석하면서 헌병경찰이 무력으로 조선을 억누르던 시기(1910~1919)를 3·1운동 뒤의 이른바 문화통치와 구분하기 위해 만들어 낸 용어라 한다.[*]

역사 기록에 의하면 일본의 무단 통치는 참으로 가혹했다. 국권 강탈에 대한 항의는 그만두고라도 부부간에 입씨름도 제대로 할 수 없는, 말 그대로 공포시대였다. 세계에서 유례를 찾아볼 수 없는 이러한 역사적 '폭거'는 도쿠토미 소호(1863~1957)가 쓴 〈조선통치 요의

---

[*] 《야후 재팬》武斷統治.

〔朝鮮統治の要義〕〉에서 비롯되었다. 극에 비유하면 데라우치 마사다케〔寺內正毅, 1852~1919〕당시 조선 총독이 총감독으로 도쿠토미가 무단 통치 시나리오를 쓰고, 아카시 모토지로〔明石元次郎, 1864~1919〕헌병대 사령관이 이를 총칼로 극화(劇化)한 것이다.

《일제 군국주의의 괴벨스—도쿠토미 소호》(이하 '도쿠토미 소호') 책은 이런 도쿠토미의 조선 지배 전략을 분석하고, 일본의 조선 무단 통치사(武斷統治史)를 재정리하는 데 도움을 주고자 기획되었다.

도쿠토미 소호의 본이름은 도쿠토미 이이치로〔德富猪一郎〕이다. 일본의 대표적 보수 논객이지만, 우리에겐 낯선 인물이다. 극소수 근대사 전공자나 언론사학자가 아니면 지식인은 말할 것 없고 지도층도 거의 모르는 실정이다. 나는 2004년 2월부터 6월까지《서울신문 100년사》Ⅰ·Ⅱ편을 쓰면서 도쿠토미 소호의 존재를 알게 되었다.** 이에 도쿠토미에 관한 책을 쓰기로 작정하고 '한국언론재단(지금의 한국언론진흥재단)'에 출판지원신청서를 냈다.

도쿠토미 이름에는 수많은 수식어가 따라붙는다. 그는 '아시아 침략의 원흉' 이토 히로부미를 능가한 조선 병탄의 최선봉이었다. 일제 군부에 침략이론을 주입하고 전쟁을 부추긴 극우 내셔널리스트였다.

---

** 《서울신문》은 창간 100주년을 기념하기 위해 2004년 7월《서울신문 100년사》를 펴냈다. 나는 그해 2월부터 6월까지《서울신문》의 전사(前史)인《대한매일신보(大韓每日申報)》와《매일신보(每日申報, 나중 每日新報)》를 썼다. 원고 분량도《서울신문 100년사》172쪽에서 290쪽에 이르러 한 권의 소책자가 될 만큼 많다. 나는 이 원고를 쓰면서《대한매일신보》를 창간한 배설(裵說: 본명 Ernest Thomas Bethell, 1872~1909)과 양기탁(梁起鐸 1871~1938)을, 그리고 도쿠토미가《대한매일신보》를《매일신보(每日申報)》로 바꾸어 조선총독부 기관지로 만들었음을 알게 되었다.

그의 해외 팽창 논리는 일본의 근대화를 이끌었던 후쿠자와 유키치의 이른바 '탈아론'보다 더 과격했다. 그는 제2차 세계대전 때 독일국민을 전쟁터로 몰아넣었던 나치스 독일의 괴벨스와 맞먹는 선전 선동의 귀재였다.

또 있다. 춘원 이광수를 친일파로 이끄는 데 결정적 역할을 했다. 일본 패망 뒤에도 살아남아 일본 내셔널리즘을 부활시킨 장본인이기도 하다. 도쿠토미는 일본 패전 후 A급 전범*으로 지목되어 한때 가택 연금 되기도 했고(고령으로 기소는 면제), 94세까지 살며 일본 신내셔널리즘을 부활시킨 장본인이기도 하다.

도쿠토미는 1910년 8월 29일 일제가 대한제국(1897. 10. 12.~1910. 8. 29)을 강제 합방하자 한국 내 모든 신문과 잡지를 없애고 조선총독부 기관지《경성일보》로 통합한 조선 언론 통폐합을 주도했다. 그리고 그해 9월《경성일보》고문으로 취임, 1918년 8월까지 8년여 동안 편집과 경영을 총지휘하며 식민통치를 요리했다. 대외 직명은《경성일보》고문이었지만 실은 데라우치 총독에게 식민정책을 조언하는 정책보좌관이나 다름없었다.

도쿠토미는《경성일보》조직을 개편한 뒤 조선총독부 직원들을 교육하고자《경성일보》에〈조선통치 요의〉라는 글을 연재했다. 기사 내용과 연재 횟수, 게재 날짜 등은 당시 발행한 신문이 없어져

---

* 미국, 영국 등 연합국은 세계 제2차대전 후 패전국의 전범들을 A·B·C급으로 나누어 처벌했는데, A급(Crimes Against Peace)은 침략전쟁을 계획, 준비, 개시를 수행했거나 이에 가담한 자, B급(Conventional War Crimes)은 포로나 민간 살해·학대·약탈 등 전시 국제법 위반행위자, C급(Crimes Against Humanity)은 인종적 반인도적 행위자로 분류했다.

2004년 11월 29일 원문이 발견되기 전까지는 전혀 알 수 없었다.

나는 도쿠토미 소호에 관한 기사 쓰기에 앞서 2004년 7월부터 자료 수집에 나섰다. 국립중앙도서관과 인터넷을 뒤지고 2004년 8월 24일부터 1주일 동안 일본에 가서 그에 관련된 책과 자료를 웬만큼 구해오기도 했다. 그러나 가장 핵심인 〈조선통치 요의〉 원문을 찾지 못했다. 당시 발행된 《경성일보》가 국내는 물론 일본에도 없기 때문이다.

그렇다고 포기할 수는 없었다. 혹시 매스컴을 전공한 일본 도카이〔東海〕대학 미디어 홍보학과의 이이즈카 고이치〔飯塚浩一〕교수에게 부탁하면 찾을 수 있을는지 모른다는 생각이 들었다. 고심 끝에 그해 9월 초 그에게 "도쿠토미의 〈조선통치 요의〉 원문을 찾고 있으니 도와달라"고 편지를 띄웠다. 그는 게이오대학에서 어느 기자의 소개로 사귀게 된 지기이다. 내가 귀국하여 현직 기자로 뛸 때 서울에서 만나 회포를 풀기도 했다.

그러나 석 달이 다 돼 가도록 아무 소식이 없었다. 그렇다면 〈조선통치 요의〉 원문 없이라도 책을 낼 수밖에 없지 않은가. 가슴 졸이며 원고 쓰기를 계속했다. 그러던 2004년 11월 29일 일본 도쿄에서 한 통의 두툼한 우편이 집으로 날아들었다. 보낸 사람은 바로 이이즈카였다.

이미 3개월 전에 보낸 편지에 대한 답장이어서 크게 기대는 하지 않았다. 두툼한 우편은 그의 저서쯤으로 짐작했다. 그러나 봉투를 뜯자 그동안 애타게 찾던 〈조선통치 요의〉의 원문 복사본이 들어 있지 않은가. 그리고 답장이 늦어진 이유, 어렵사리 원문을 구하기까지의 전후 사정 등을 자세하게 설명해놓았다.

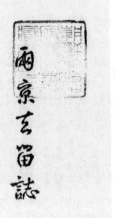

《양경거류지》표지와 그에 수록되어 있는 〈조선통치 요의〉.

　이 기쁨을 어떻게 표현하랴. 정말 하늘을 날 듯했다. 나는 원문을
펴들자마자 우리말로 옮기기 시작했다. 기사는 현대 일본어가 아닌
고어체(古語體)여서 읽기가 여간 어려운 게 아니었다. 한국어를 잘 하
는 일본인에게 의미를 물어가며, 미흡한 일본어 실력으로 번역하는
데 꼬박 두 달이 걸렸다.

　도쿠토미는 이 글을《경성일보》에 10회로 나누어 연재했던 것으로
나타났다. 원고는 매회당 200자 원고지로 띄어쓰기 없이 대략 7장 분
량이다. 하지만 기사 마지막 회 끝부분에 '메이지 43년 10월 경성에
서(明治四十三年十月京城に於て)'라고만 적어놓아 정확한 게재 날짜는 알
수 없다. 그가 서울에서 1차 임무를 마치고 10월 16일 일본으로 돌아
간 점, 기사 끄트머리에 '메이지 43년 10월 경성에서'라고 기록한 사
실 등으로 미루어 보면 1910년 10월 1일부터 15일 사이쯤일 것으로
추정된다.

나는 2005년 3월 원고 쓰기를 마무리하고 이번에도 지식산업사에 출판을 의뢰했다. 그러나 출판사의 일손 부족으로 책은 8월 30일이 되어서야 《도쿠토미 소호》라는 이름으로 나왔다. 나의 네 번째 일본 바로 보기이다. 한국언론재단의 연구저술지원금을 받았음은 물론이다. 이 책 역시 국내 언론들이 크게 보도했다. 2019년 11월 15일 3쇄를 냈다.

〈조선통치 요의〉를 읽다 보면 일제가 왜 무력수단으로 우리 민족을 짓밟았는지를 곧바로 알 수 있다. 이 글에는 그의 과격한 무단식 민통치요령이 담겨 있다. 그 세 번째 글에서 "조선인들이 일본의 조선통치를 숙명으로 여기고 기꺼이 받아들일 수 있게 하는 방법은 오직 힘뿐이다"라고 강조한 대목은 지금 읽어도 등골이 오싹해진다. 〈조선통치 요의〉가 일제의 한국 강제 합병과 무단 통치 연구에 없어서는 안 될 귀중한 자료라는 것을 여실히 보여주고 있다.

도쿠토미는 1915년에 펴낸 《양경거류지(兩京去留誌)》라는 책에 이 글을 옮겨 놓았다. 《양경거류지》는 도쿠토미가 자신이 쓴 글을 모아 1915년도에 펴낸 책이다. 국립중앙도서관은 지난 2015년부터 《양경거류지》를 마이크로필름으로 비치, 지금은 누구나 도서관에 직접 가지 않아도 〈조선통치 요의〉를 볼 수 있다.*

이 자료의 발굴은 한일근대사 연구에 길이 남을 쾌거로 평가된다. 한 유명대학 사학과에서는 학생들이 반드시 읽어야 할 필독서로서, 한일근대사 연구의 자극제로 삼고 있다 한다. 2007학년도 2학기 말고사를 이 책의 독후감으로 대신한 대학도 있었다.

---

* 국립중앙도서관 자료 검색 〈양경거류지(兩京居留誌)〉 223~273쪽.

국사편찬위원장을 지낸 이태진(李泰鎭) 서울대 명예교수는 2014년 1월 27일 동북아역사재단에서 열린 한일지식인 공동성명 기념 제3차 학술회의에서 "《일제 군국주의의 괴벨스─도쿠토미 소호》는 도쿠토미 소호를 서명에 올린 국내 유일의 저술이다"라고 극찬했다. 그리고 그가 2022년 2월 25일 펴낸《일본 제국의 '동양사' 개발과 천황제 파시즘》이란 책에서도《도쿠토미 소호》의 내용을 상당 부분 인용했다.[*] 강단사학자가 일개 무명 연구가의 저작을 자신의 저서에 인용한 것은 지금까지 없었던 이례적인 일이다.

반면 이 책을 헐뜯은 학자도 있었다. 어느 지방대학의 퇴직 교수였다. 사건은 지난 2006년 10월 한 인터넷신문에《도쿠토미 소호》책에 대한 엉터리 서평을 기고하면서 시작됐다. 그는 〈서울신문 정일성을 '일본 간첩'으로 고발한다〉는 제목의 글에서 "정일성이 지식산업사에서《일제 군국주의의 괴벨스─도쿠토미 소호》라는 책을 출판했다. 이는 실국시대(失國時代) 코리언을 다스린 조선 총독이 잘했다고 칭찬한 책이다. 일본 고정간첩이 돈을 받고 그런 글을 쓰게 된 것이다. 정일성은 자서(自序)에서 한일합방이라는 미친놈이 지껄이는 사기꾼 소리를 다섯 번이나 사용했다. 한국이 일본국을 합했다가 한일합방이다. 광복 후 서울대학교 리희승이 일본 고정간첩이 되어 한일합방이라는 말을 처음으로 조작했다. 나는 실국을 합방이라고 말하는 놈을 찾아서 일본 간첩으로 고발하고 있다. 리희승을 일본 고정간첩 제1호로 고발했다. 정일성을 제13호로 고발한다"고 썼다.

그는 뜻글자로 된 한자 말에 타동사가 있게 되면 주어가 제일 앞에

---

* 이태진, 《일본 제국의 '동양사' 개발과 천황제 파시즘》 161~162쪽, 192~193쪽, 196쪽.

나오고 그 뒤에 타동사를 받는 목적어가 나오게 되는데, 합(合)은 타동사여서 한일합방이라고 말하면 '한국이 일본국을 합해버렸다'는 말이 된다며 트집을 잡았다. 다시 말하면 한일합방이란 말은 곧 일본의 사주를 받은 학자가 만들어 낸 용어이고, 따라서 그렇게 말하는 자는 일본 고정간첩이 된다는 논리이다. 이런 어처구니없는 궤변이 또 어디 있겠는가?

일본 간첩이란 조어(造語)도 듣기에 생경하다. 게다가 오늘날 일본은 전전(戰前)과 달리 적국이 아니므로 말 자체가 성립될 수도 없다. 나는 2006년 3월 6일 그와 그의 엉터리 글을 옮겨 실은 인터넷신문 기자를 사법당국에 고소했다. 그러자 노학자는 《한겨레》 신문에 사과문**을 내어 자기의 잘못을 백배사죄했다. 나는 그가 당시 75세의 고령인 데다 사과문을 통해 자신의 잘못을 충분히 뉘우친 만큼 더이상 책임을 묻는 것은 예의에도 어긋난다는 생각으로 고소를 취하하고 사건을 일단락지었다. 그러나 그의 터무니없는 글을 계속 인터넷에 퍼 나른 인터넷신문 기자에 대해서는 명예훼손죄로 책임을 물어 벌금을 물게 했다.

책의 의미를 엉뚱한 방향으로 해석하여 제멋대로 만들어 낸 노학자의 해프닝이라고 하기엔 너무 큰 이 일로 나는 크게 충격을 받고 한동안 글을 쓰지 못했다. 그래도 하마터면 미궁으로 빠질 뻔한 일제의 조선 무단 통치 각본을 광복 60년 만에 찾아냈다는 데 보람을 느낀다.

---

** 《한겨레》 2006년 4월 18일자 4면 〈정일성 선생한테 죽을죄를 지었습니다〉.

# 제5권 • 야나기 무네요시의 두 얼굴

## 《야나기 무네요시의 두 얼굴》

(지식산업사, 2007)

　　이 책은 나의 다섯 번째 역사 바로 세우기이다. 2007년 9월 15일 첫선을 보였다. 이 책 역시 지식산업사에서 출판했다. 2009년 2월 2쇄에 이어 2018년 5월 3쇄를 냈다.

　　《야나기 무네요시의 두 얼굴》(이하 '야나기 무네요시)도 책이 나오자마자 세간의 이목을 끌었다. 문화계, 특히 고고미술사학계는 말할 나위 없고 인터넷이 뜨거웠다. 그도 그럴 것이 고고미술사학계가 그동안 식민지 시대에 조선 독립을 도운 대표적 지식인으로 추앙하던 야나기 무네요시[柳宗悅, 1889~1961]를 '제국주의 공범'이라 몰았으니 놀랄 만도 했다.

　　그때만 해도 야나기는 고고미술사학계의 우상이나 다름없었다. 김원룡(金元龍, 1922~1993) 전 서울대 교수를 비롯한 원로 고고미술사학자들은 그를 "조선예술의 미적 가치를 논리화하고 정의한 분"이라 치켜세웠다. 그런가 하면, "우리의 암울했던 시대에 한국민족의 의지를 대변하고, 민족의 독립을 호소했던 인물로 한국과 일본이 지향해야 할 선린의 원형"이라고 추어올리는 학자도 있었다. 심지어 전두환 정권은 1984년 9월 그에게 "우리나라 미술품 문화재 연구와 보존에 이바지한 공로가 크다"는 이유로 보관(寶冠)문화훈장을 추서하기도 했다.

이런 분위기에서 나온, 야나기를 일제의 '문화 통치 공범'으로 규정한《야나기 무네요시》를 매스컴이 그냥 지나칠 리 만무했다.《중앙일보》(2007. 9. 22)와《서울신문》(9. 28),《한겨레》(9. 29)가 각각 출판 면에 머리기사로 보도하고,《문화일보》(9. 28)와《한국일보》(9. 29)도 화제의 읽을거리로 다루었다.

기사 제목도 흥미롭다.《중앙일보》는〈야나기가 조선을 사랑했다고?〉라 뽑고,《한겨레》는〈야나기는 진정 조선예술을 사랑했을까〉로,《한국일보》는〈그는 조선을 사랑했다?〉라 달아 그동안 알려진 야나기의 과대포장을 우회적으로 비판했다.《서울신문》은 아예〈야나기는 "일제의 문화 통치 공범이었다"〉를 제목으로 하고,《문화일보》도〈'조선을 사랑한 일본인'은 허구, 그는 日 제국주의의 공범이었다〉로 보도했다.

사실 내가《야나기 무네요시》를 쓰게 된 것은 고 최하림(崔夏林) 시인이 쓴〈유종열의 한국 미술관에 대하여〉라는 해설에서 힌트를 얻었다. 그는 고 이대원(李大源) 화가가 1974년에 번역, 지식산업사에서 출판한《한국과 예술》에 야나기의《조선과 그 예술》을 비판한 글을 실었다.

최하림은 이 글에서 "야나기는 우리의 전(全) 역사를 피침의 역사로 매도하고, 우리의 예술을 '비애의 예술'이라고 단정하고 있으나, 이는 한국인을 패배감으로 몰아넣으려는 술책과 한국의 역사를 사대(事大)로 일관한 비자주적인 역사로 몰아치려는 일본 제국주의의 정책이 교묘히 버무려진 사고방식이다. 야나기의 한국미술에 대한 이해는 일본 제국주의의 조선 정책과 그의 센티멘털한 휴머니즘이 혼합 배태한 것"이라 주장했다.

이런 최하림의 분석은 내게 신선한 충격으로 다가왔다. 나는 1982년 일본의 역사 교과서 왜곡 파동 때 박재희(朴在姬)가 우리말로 옮긴 《조선의 예술》(문공사文公社)을 읽고 인물 야나기에 대해서는 어느 정도 알고 있었으나, 그의 속내가 그 정도인지는 몰랐다.

나는 아쉽게도 2005년 《일본 군국주의의 괴벨스—도쿠토미 소호》라는 책을 내고 난 다음에야 최하림의 글을 대하게 되었다. 솔직히 말하면 그만큼 고고미술사학에 관해 문외한이다. 더군다나 고유섭(高裕燮, 미술사학자)·김원룡·이한기(李漢基, 전 서울법대 교수)·김양기(金兩基, 재일민속학자) 등 각계 저명인사들이 《사상계》《신동아》등에 기고한 글들을 보면 모두가 야나기 칭찬일 뿐, 비판은 없어 국민 대다수는 야나기가 조선을 도운 훌륭한 인물로 인식하고 있었다.[*]

이에 야나기의 한국 미술관에 관한 책을 내기로 마음먹고 자료를 구하러 2006년 5월께 일본으로 향했다. 간다 서점가와 도쿄역 부근의 야에스북센터를 방문하고, 요코하마(橫浜)에 있는 일본신문박물관과 와세다대학도서관, 야나기 후손이 운영하는 일본민예관 등을 샅샅이 뒤졌다. 다행히 도쿄 서점가에는 전에 없었던 야나기 무네요시

---

[*] 정일성, 《야나기 무네요시의 두 얼굴》 311~314쪽.

에 관한 정치·사회학적 연구서들이 많이 나와 있었다.

그 가운데서도 이토 도오루〔伊藤徹, 교토교육대학〕가 쓴《야나기 무네요시 창작하는 인간〔柳宗悅 手としての人間〕》(헤이본샤〔平凡社〕, 2003)과 오구마 에이지〔小熊英熊, 慶應大〕가 지은《〈일본인〉의 경계〔〈日本人〉の境界〕》(신요사〔新曜社〕, 1998)가 눈길을 사로잡았다.

특히 이토 도오루가《야나기 무네요시 창작하는 인간》에서 설파한 "야나기 무네요시의 사상과 행동은 일본 제국주의의 정치사상과 공범 관계에 있었다"는 내용은 나의 눈을 의심케 했다. 이토는 "야나기는 인간의 양심과 도덕을 현실에 구축하려 하지 않고 예술이라는 '영원의 이상'으로 구가함으로써 결국 조선 민족의 분노와 슬픔을 마비시켜 현실의 압정을 받아들이게 하는 결과를 낳았다"고 주장하기도 했다.**

이토가 자신의 책에 인용한 "야나기가 식민통치 아래 신음하는 조선 민족의 사회적 현실을 제대로 보지 않고, 관념적이고 정서적 세계인 예술의 중요성만을 강조한 것은 '비극의 민족'의 관심을 예술로 돌려 현실 타파를 단념케 하기 위한 허구이자 기만이며, 조선예술을 비애의 미로 해석한 것도 그 때문"이라는 고도자기(古陶磁器) 전문가 이데가와 나오키〔出川直樹〕의 연구 결론도 야나기의 대 한국관을 헤아려 보기에 부족함이 없다.

또 오구마 에이지는 "야나기가 조선예술을 집중 거론한 것은 일제의 조선 지배를 정당화하고 재구성하기 위한 일본적 오리엔탈리즘"이라고 설명한다. 오구마는 "지금까지 학계에는 일본 제국주의 시대

---

** 伊藤 徹 外,《柳宗悅 手としての人間》37~53쪽.

에 동화 정책을 비판한 일본 측 논자들을 식민지 원주민의 민족성을 존중하는 인사로 믿고 무조건 칭찬하는 경향이 있으나, 이는 전혀 적절치 않다"고 지적하고 "이들 '구관(舊慣) 존중'형 동화 정책 비판론 역시 식민지를 보다 효율적으로 지배 통치하기 위한 이론에 지나지 않았다"고 덧붙였다.[*]

이와 같은 일본 학자들의 연구 결과를 종합해보면 3·1운동 당시 야나기의 언행은 그가 배운 군중심리 이론을 동원, 일제의 식민통치 방법을 무단 통치에서 이른바 문화 통치로 바꾸는 데 일조한 제국주의 공범이었음을 알 수 있다.

야나기가 일본 제국을 도운 식민정책론자였던 사실은 그가 남긴 글과 행적 속에서 얼마든지 찾을 수 있다. 1919년 5월 20일부터 24일까지 5회에 걸쳐 《요미우리신문(讀賣新聞)》에 연재해 우리 민족의 사랑을 받고, 명성을 얻기 시작한 〈조선인을 생각하다(朝鮮人を想う)〉는 제목의 글만 해도 그렇다. 이 글은 일선(日鮮) 동화 정책을 그럴듯하게 비판하고 있어 얼핏 보기에는 조선인을 위해 쓴 것처럼 느껴진다. 그러나 조금만 더 주의를 기울여 읽다 보면 총독부의 무력 통치 폐단을 지적하고 있을 뿐 조선의 독립을 돕는 내용은 아니라는 사실을 곧바로 알게 된다.

그는 이 글에서 "반항(조선 독립 만세운동을 뜻함)을 현명한 길이라거나 칭찬할 태도라고는 생각지 않는다"며 조선인의 독립운동에 대한 반대의 뜻을 분명히 말하고 있다. 그러면서 그는 "사람은 사랑 앞에 순종하나 억압에는 저항하기 마련이다. 사랑의 힘을 능가하는 군사력

---

* 小熊英二, 《〈日本人〉の境界》 392~416쪽.

이나 정권은 없다. 나라와 나라, 사람과 사람을 가깝게 하는 것은 과학이 아니라 예술이고 정치가 아니라 종교이며 지(智)가 아니라 정(情)이다. 오로지 종교적 혹은 예술적 이해만이 사람의 마음을 움직이게 하고, 그럼으로써 무한의 사랑이 솟아나는 법이다"라며 정과 종교, 예술로 식민지 백성을 다스려야 평화를 되찾을 수 있다고 조선총독부 관리들을 훈계하고 있다.

그는 〈조선의 벗에게 보내는 글(朝鮮の友に贈る書)〉에서도 "우리(일본)가 총칼로 당신들(조선인)을 상하게 하는 것이 죄악이듯이, 당신들도 유혈의 길을 택해 혁명을 일으켜서는 안 된다"고 강조하고 "조선 사람들이여, 무익하게 독립을 갈망하기 전에 위대한 과학자를 내고 위대한 예술가를 배출하라. 될 수 있는 한 불평의 시간을 줄이고 면학의 시간을 많이 가져라"라고 회유하고 있다.

야나기는 출신 성분으로만 보아도 조선 독립을 운운할 처지가 아니었다. 우선 3·1운동 당시 조선총독부의 인사권과 정보를 총괄하던 총독부 내무국장이 야나기가 가장 사랑했던 여동생 지에코(千枝子)의 남편 이마무라 다케시(今村武志)였다. 이마무라는 일제가 대한제국을 합방하던 1910년 처음 조선총독부 사무관으로 부임, 10여 년 동안 서울에서 억압정치의 실무를 담당하다 마침내 막강한 자리에 올랐다. 또 야나기의 누나 스에코(直枝子)의 남편 다니구치 나오미(谷口尚眞)는 해군 대장에까지 오른 인물로 3·1운동 때는 일본 해군 인사국장이었다. 게다가 야나기의 아버지 나라요시(楢悅)는 해군 소장으로 메이지 유신에 공이 많아 일본 귀족원(貴族院) 의원을 지내기도 했다. 3·1운동 후 두 번이나 조선 총독을 지낸 사이토 마코토는 야나기의 아버지가 아끼던 해군 후배였다. 이런 인척 또는 친분관계로 얽힌 야나기가 어떻게 앞장서 조선의 독립을 주장할 수 있었겠는가.

따라서 전두환 정권이 야나기에게 추서한 훈장은 커다란 외교 실수였다. 아니 우리의 학문 수준을 그대로 드러낸 국가적 수치라고 표현해야 더 옳을지 모르겠다. 일이 이렇게 꼬인 데는 무엇보다도 우리 학계가 야나기 연구를 게을리하고, 야나기를 미화한 종전 일본 학자들의 연구 결론을 아무 검증 작업 없이 그대로 받아들여 인용한 것이 가장 큰 화근이라 할 수 있다. 야나기의 이론을 무조건 따르며 활용한 일제강점기 교육을 받은 학자들의 영향도 무시할 수 없다. 역사를 잊은 민족에게는 미래가 없다고 하지 않는가. 학계의 분발을 촉구한다.

강준만 전북대 교수는 그의 저서 《한국 근대사 산책》에서 야나기 무네요시 연구 내용을 일부 인용하고 있다.* 《야나기 무네요시》는 관훈클럽 신영연구기금의 지원을 받았다.

---

* 강준만, 《한국 근대사 산책》 8권 314~315쪽.

# 제6권 ◆ 인물로 본 일제 조선 지배 40년

## 《인물로 본 일제 조선 지배 40년》

(지식산업사, 2010)

우리 민족은 1910년 일본에 나라를 빼앗긴 뒤 35년 동안 가혹한 식민지 생활을 경험했다. 나라의 외교권을 상실한 을사늑약(1905년)까지를 기준으로 삼으면 40년에 이른다. 일제는 이 기간 조선을 지배하기 위해 1906년 2월 한국 통감부 설치 이후 모두 10명의 통감·총독을 발령했다.

통감은 이토 히로부미(제1대), 소네 아라스케[曾禰荒助, 제2대], 데라우치 마사다케(제3대) 등 3명이다. 무단 통치로 악명을 떨쳤던 데라우치는 처음 한국 병탄의 밀명을 띠고 통감으로 와서 강제 합방 작전을 주도한 다음 통치 지휘부를 '조선총독부'라 고치고 초대 총독으로 눌러앉았다.

그 뒤 총독은 을사늑약 때 대규모 병력을 동원하여 한국 대신들을 협박한 하세가와 요시미치[長谷川好道, 제2대], 해군 대신으로 8년 넘게 일본 해군을 요리한 사이토 마코토〔齋藤實, 제3·5대〕, 친구를 잘 두어 출세한 야마나시 한조〔山梨半造, 제4대〕, 우가키 군벌을 만들어 일본 육군을 쥐락펴락했던 우가키 가즈시게〔宇垣一成, 제6대〕, 창씨개명을 통해 민족정신까지 말살하려 한 미나미 지로〔南次郎, 제7대〕, 자신을 도와준 상사를 배신하고도 육군 대장으로 승진한 고이소 구니아키〔小磯國昭, 제8대〕, 천황의 항복 방송을 듣자마자 몰래 가족을 먼저 본국으로 피신시키려다 자국민들에게 망신당한 아베 노부유키〔阿部信行, 제9대〕 등 7명이 차례로 주고받았다.

이들은 하나같이 우리 민족을 황민화(일본인화)할 목적으로 금품을 풀어 친일파를 포섭하고, 사건을 거짓 조작하는 등 악정(惡政)을 서슴지 않았다. 그들의 폭력성과 야만성은 서구 강대국 식민지보다 훨씬 많은 식민통치 관리 요원을 동원한 점만 보더라도 실상을 짐작하기에 부족함이 없다. 일제는 을사늑약 후 처음엔 일본인 관리 122명을 한국에 파견, 한국 보호정치를 시작했다. 1910년 대한제국을 병탄할 때는 관원을 1만 4,529명으로 늘리고, 3·1독립만세운동 직후인 1920년에는 거기에 8천여 명을 더했다. 미일전쟁을 시작한 1942년에는 5만 7,302명이나 되었다. 여기에 친일조선인 보조관리를 합하면 10만 명이 넘는다. 이는 조선인 220명에 1명씩(1939년 호구조사 인구 2,280만647명) 지배 인력을 투입한 셈으로 1930년대 중반 3억4천만 명 인구의 인도를 통치하기 위해 행정관리 1만2천여 명을 뒀던 영국에 견주면 100배가 많은 인원이다.

일제의 조선 지배가 이처럼 야만성을 띠게 된 것은 무엇보다 훈공(勳功)을 따려는 욕심에 작전을 중시하며 강경수단으로 흐르기 쉬운 군(軍)이 식민 행정을 총괄한 데 가장 큰 원인이 있었다. 게다가 무력을 앞세워 정치 목적을 달성하려는 일본의 정치사회 풍토 또한 조선 지배에 폭력성을 배가하는 결과를 가져왔다.

일본 역사서를 종합해보면 일본근대사는 테러의 역사라 해도 틀린 말이 아니다. 일본에서는 메이지유신 이후 패망 때까지 실로 많은 정치인이 테러에 희생되었다. 막부 말 이른바 지사(志士, 국가·사회를 위해 몸을 바치려는 큰 뜻을 품은 사람)로 이름을 날리던 사카모토 료마(坂本龍馬)를 비롯하여 요코이 쇼난(橫井小楠)·오무라 마스지로(大村益次郎)·히로사와 사네오미(廣澤眞臣) 등이 테러에 목숨을 잃었다. 이들은 우리에게는 낯설지만 일본 유신 혼란기에 활약한 이름난 지사들이었다.

테러는 그 뒤에도 끊이지 않았다. 유신삼걸로 근대 일본의 기초를 닦았던 오쿠보 도시미치는 1878년 5월 14일 도쿄 번화가에서 이시가와(石川)현 출신 사족(士族)에게 암살당했다. 심지어 평민 재상으로 일본 국민의 인기를 한몸에 모았던 하라 다카시(原敬)도 1921년 11월 4일 간사이(關西)에서 열린 정치집회에 참석하러 가다가 도쿄역에서 철도 직원이 휘두른 칼에 찔려 그 자리에서 숨졌다. 현직 총리인 하마구치 오사치(浜口雄幸) 역시 1930년 11월 14일 도쿄역에서 우익 청년의 총격을 받고 4개월 뒤 생을 마감했다.

그뿐만 아니다. 제1차 이토 내각 때 초대 문부대신으로 임명된 모리 아리노리(森有礼)는 이세신궁(伊勢神宮)을 참배하면서 커튼으로 가려진 메이지 왕의 사진을 지팡이로 열고 들여다보았다는 이유로 대일본제국헌법 공포식이 열린 1889년 2월 11일 오전 식에 참석하기 위해 집을 나서다가 국수주의자의 칼에 숨졌고, 하마구치 내각에서 대장상을 지낸 이노우에 준노스케(井上準之助)도 1932년 2월 우익단체 혈맹 단원에게 암살되었다.

테러는 마침내 5·15 사건*과 2·26 사건** 등 군사쿠데타로 이어졌다. 해군 청년 장교들과 짜고 5·15 사건을 일으킨 오가와 슈메이〔大川周明〕 등 극단주의자들은 당시 내각총리대신 이누카이 쓰요시〔犬養毅〕를 무참히 살해했고, 육군 대위급 이하 젊은 장교들과 2·26 사건을 주도한 기타 이키〔北一輝〕 등 국가주의자들은 조선 총독과 내각 총리를 거쳐 궁내부 내대신으로 근무하던 사이토 마코토·수상과 정우회 총재 등을 역임하고 대장상으로 일하던 다카하시 고레기요〔高橋是清〕·육군 교육 총감 와타나베 조타로〔渡辺錠太郎〕 등을 닥치는 대로 죽였다.

이 같은 테러는 일본 국내에만 그치지 않고 조선반도와 대륙에까지 번졌다. 명성황후 시해 사건과 장작림(張作霖) 폭사 사건***은 바로 그 대표적인 예에 속한다. 이미《이토 히로부미 알려지지 않은 이야기들》에서 설명한 명성황후 시해 사건은 1895년 10월 8일 당시 주조선공사로 근무하다 대장상이 된 이노우에 가오루와 그의 뒤를 이은 미우라 고로의 공모 아래 한국군부 고문 오카모토 류노스케〔岡本柳之助〕가 일본 군·경찰과 낭인(浪人)들을 이끌고 경복궁을 침입하여 자행한 테러로 국제 도의상 도저히 용납할 수 없는 엽기적 만행이었다.

또 당시 일본 언론과 식민정책학자들도 식민지 탄압을 부채질하는 데 큰 몫을 했음은 부인할 수 없는 사실이다. 일본 언론들은 한국은 고대에도 일본에 합병된 일이 있으니 병합은 옛날로의 복귀라는 복고론, 한국과 일본은 본디 조상이 한 뿌리라는 동조동근(同祖同根)론,

---

* 정일성,《인물로 본 일제 조선지배 40년》제5장 1절 및 제8장 1절.

** 앞의 책, 제7장 2절, 제8장 1절.

*** 앞의 책, 제6장 2절.

한국인의 행복을 위해 병합했다는 한국인 행복론, 천하의 대세가 일본으로 기울었다는 병합 불가피론 등 갖가지 식민지배 논리를 내세워 일제의 조선 지배를 정당화하려 했다. 오쿠마 시게노부가 이끌던 대일본문명협회(大日本文明協會) 학자들도 그럴듯한 식민정책 논리를 만들어 조선인 길들이기를 위한 총독부 관리들의 폭정을 부추겼다.

이미 많은 학자가 지적했듯이 일제의 조선 지배 논리는 오로지 동화주의(同化主義)로 귀결된다. 일제는 조선인을 '일본인이 아닌 일본인'으로 만드는 데 혈안이 되었다. 다시 말하면 조선인은 일본인이 된 의무만 지우고 권리는 부여하지 않는 노예나 다름없었다. 역대 통감과 총독들은 이를 위해 토지조사·안악 사건·신민회 사건·민족대표 매수공작·일본어 상용 강요·창씨개명·수양동우회 사건·단파방송 도청 사건 등 실로 엄청난 사건들을 만들어 냈다.

《인물로 본 일제 조선지배 40년》은 이러한 일제 조선통치의 폭력성과 야만성을 명증하고자 기획되었다. 한마디로 일제 통감·총독의 조선 지배 폐정사(弊政史)이다. 따라서 각 통감·총독들의 성장과 출세 과정은 말할 나위 없고 임용 배경, 군부 내 위상, 이들이 내세웠던 지배 논리와 지배체제, 우리 민족을 동화시킬 목적으로 조작한 사건, 친일파 포섭 공작 등의 진실규명을 주요 내용으로 담고 있다. 아울러 이들 통감·총독들의 활동을 조선 정치에 국한하지 않고 만주전쟁****에

---

**** 일본은 '만주전쟁'을 '만주사변'이라 한다. 사변이라는 말은 일제가 전시(戰時)국제법 적용을 피하고자 사용한 용어로 '선전포고 없는 전쟁'을 뜻한다. 일제는 중국을 국가로 인정하지 않음으로써 일본 국민에게 중국에 대한 멸시감을 심고 일본의 군사 행동이 마치 '아시아 혁신'을 위한 조치인 것처럼 국내외에 선전하고자 이런 말을 사용하는 고도의 정치 수작을 부렸다.

서 미일전쟁에 이르기까지 각 침략전쟁과 연관 지어 일제의 홍망과 정을 설명, 독자들에게 홍미를 더하고 이해를 돕고자 했다.

이 책은 한일병탄 100주년에 맞춰 2010년 8월 지식산업사가 출간했다. 이 책을 내는 데는 우여곡절도 많았다. 우선 자료를 수집하는 데 2년여를 보냈다. 모은 자료는 국내 서적 40종·일본 서적 94종 등 모두 134종이다. 일제가 패망 후 조선총독부 문을 닫으면서 그들의 만행을 감추기 위해 조선 지배 관련 기밀문서를 모두 불태워버려 어려움을 더했다.

원고를 쓰는 데도 2년 남짓 걸렸다. 집필 도중 글문이 막혀 한동안 쉬기도 했다. 게다가 지난 2007년 원고를 쓰기 시작하자마자 앞서 《일본 군국주의의 괴벨스—도쿠토미 소호》에서 밝힌 바와 같이 어느 지방대학 퇴직 교수가 제기한 역사 용어 시비에 휘말려 2년 남짓을 법정에서 시간을 허비할 수밖에 없었다.

그런데도 보람은 적지 않았다. 특히 원고를 쓰는 도중 김경희 지식산업사 사장(서울대 사학과 졸업)이 다섯 번이나 전화를 걸어 "역사학자들도 하지 못한 일을 해냈다. 역사에 길이 남을 대단한 내용이다. 정선생은 숨은 애국자다. 장하다!"라고 격려해준 말씀은 영원히 잊을 수가 없다. 이 말을 처음 듣던 날(미나미 지로 총독에 관한 내용을 쓰던 무렵, 정확한 날짜는 잊음) 나는 너무 감격한 나머지 잠을 제대로 이루지 못했다.

또 어느 애독자는 내가 글쓰기를 중단하고 있다는 소식을 듣고 직접 찾아와 용기를 북돋아 주기도 했다. 그 은혜를 어찌 잊을 수 있겠는가.

인터넷서점《예스24》의 서평도 마음을 뿌듯하게 했다. 〈조선의 히틀러, 일본의 잔혹함을 알게 해준 책이다〉라는 제목으로 인터넷에 올린 서평을 요약하면 다음과 같다.

> 이 책을 쓰신 정일성 선생님! 자료 찾으시느라 고생 많았습니다. 해방되자마자 이런 책들이 편찬되었으면 지금 우리가 역사, 국사를 잃어버리지 않고, 일본인들도 조금은 한국인의 눈치를 보면서 살 텐데 참으로 아쉽고 속상합니다.
>
> 책을 읽어 내려가면 갈수록 슬프고, 속상하고, 분합니다. 일본인들은 어찌도 저리 뻔뻔하게 살고 있는지⋯⋯ 친일파 후손 또한 하늘이 무서워서라도 조용히 살아야 하는데 되레 더 많은 것을 갖기 위해 온갖 부정부패를 저지르고 권력을 휘두르며 언론에 얼굴 내밀고 있습니다. 그 모습을 보면 참으로 역겹습니다.
>
> 인물 한 명 한 명이 세상을 망하게도, 흥하게도 할 수 있다는 점을 이 책은 너무도 세밀하게 정확하게 알려주고 있습니다. 이제는 일본에 당하지 않기 위해서 꼭 읽어야 할 책이라 감히 추천합니다.

일본의 보수 우익세력은 지금 과거 식민지 역사를 정당화하기 위한 작업에 열을 올리고 있다. 이 책이 일제 식민지 시대사 연구에 다소나마 도움이 되었으면 하는 바람이다.

# 제7권 • 일본을 제국주의로 몰고 간 후쿠자와 유키치—'탈아론'을 외치다

**《일본을 제국주의로 몰고 간 후쿠자와 유키치—'탈아론'을 외치다》**

(지식산업사, 2012)

《일본을 제국주의로 몰고 간 후쿠자와 유키치—탈아론을 어떻게 펼쳤는가》는 국내에서 가장 처음 우리말로 쓴 후쿠자와 유키치 평전이다. 이미 앞에서 설명했듯이 지난 2001년에 출판되어 국내 매스컴의 스포트라이트를 받은 이 책은 우리 사회에 많은 변화를 가져왔다.

우선 웬만큼 일본을 이해하는 사람이라면 일본 최고액 지폐 만 엔짜리의 초상이 전전(戰前) '아시아 침략 논리의 주창자'라는 사실, 그가 김옥균 등 개화파를 움직여 갑신정변을 일으키고, 우리나라 최초의 신문 《한성순보》 창간을 도운 일 등을 모르는 사람이 없게 되었다. 또 극히 일부지만 교과 과정에 후쿠자와 강좌를 개설한 대학이 생기고, 시중에 후쿠자와에 관한 우리말 번역서가 줄을 이은 것도 달라진 모습이다.

그러나 이 책은 부족한 점도 적지 않았다. 이에 첫판을 낸 지 11년 만에 개정판을 냈다. 개정판에서는 글의 항목을 좀 더 읽기 편하게 재조정하고, 내용을 다시 다듬어 잘못된 부분과 부족한 점을 수정·보완했다.

특히 〈조선 유학생 파견에 관한 계약서〉(개정판 134~137쪽)를 찾아내어 후쿠자와가 당시 조선 정부와 계약을 맺고 학비를 조선 정부로부터 미리 받은 뒤 유학생들을 게이오의숙[慶應義塾]에 입학시킨 사실을 확인한 것도 커다란 수확이다. 후쿠자와와 관련된 인물도 찾아보기 쉽게 책 뒤편에 따로 묶었다. 부연하자면 책 내용을 완전히 다시 썼다고 해도 틀린 말이 아니다. 책 제목도《일본을 군국주의로 몰고 간 후쿠자와 유키치―'탈아론'을 외치다》로 고쳤다.

개정판이 나오자 이홍기(李洪基) 순천사범 동문(15회, 전 KBS 보도본부장)이 재경순천사범총동창회 카페(https://cafe.daum.net/nscns)에 서평을 실었다. 그의 서평으로 개정판 출간의 의의를 대신한다.


정일성 동문(14회)을 대하면 항상 여유로운 웃음으로 반긴다. 고집이나 외골수, 끈질김 같은 표현과는 거리가 먼 푼푼한 모습이다. 그러나 정일성 동문은 외양과는 판이하게 집념의 저술가요, 애국 운동의 실천가이다.

정 동문은 일본의 한국 침략(조선 지배), 한국 병탄의 음모와 실천에 힘을 보탠 일본의 세력과 인물을 추적하고, 그들의 음험한 모습을 들춰내는 일에 혼신을 다하고 있다. 정 동문은 2001년에 펴냈던 책《후쿠자와 유키치―탈아론을 어떻게 펼쳤는가》를 이번에 11년 만에 다시 한 번 수정·보완하여 개정 신판을 내놓았다. 책 이름도《일본을 제국주의로 몰고 간 후쿠자와 유키치―'탈아론'을 외치다》로 손질하였다.

이번 개정 신판은 글의 항목을 읽기 편하게 재조정하고, 미흡했던 부분을 수정·보완했으며 새롭게 찾아낸 자료를 추가해서 책의 분량도 초판 344쪽에서 395쪽으로 늘어났다. 개정 신판에는 후쿠자와가 김옥균 등 개화파에 지원했던 자금 1만 5,600엔을 나중에 조선 정부에 요구하여 모두 받아낸 것과 일본이 자학사관 극복 운동의 하나로 후쿠자와 초상을 만 엔짜리 지폐의 얼굴로 추대한 내용, 후쿠자와가 검도의 달인이었다는 사실 등이 새로 밝힌 내용이다. 이와 함께 후쿠자와의 〈탈아론〉이 쓴 지 66년 만에 세상에 알려지게 된 까닭과 일본 보수우익의 역사 미화 동향을 결론으로 따로 묶었다.

초판은 2001년 일본이 자국의 중학생용 교과서를 날조하여 과거 침략 행위를 부정하고 일제의 조선 식민지배가 한국 근대화에 이바지했다는 억지 주장과 함께 침략을 '진출'로, 우리의 3·1운동을 '3·1폭동'으로, 일본군 위안부나 조선인 강제 연행 등은 역사에 없었던 일로 교과서에서 삭제했던 사건의 와중에서 출판되었다. 그 당시 국내 언론들은 현재 일본 화폐의 최고액인 1만 엔짜리 화폐의 초상으로 부활한 후쿠자와 유키치〔福澤諭吉〕의 아시아 침략 사상이 오늘날 일본 보수 우익 사상과 역사 왜곡에 맥이 닿아 있다는 책의 연구 결과를 뜨겁게 성원했었다.

국내 언론들은 〈1만 엔권 지폐 주인공의 두 얼굴〉(《한국일보》), 〈일본 최고 우익 이론가의 조선 망언〉(《중앙일보》), 〈탈아입구(脫亞入歐)론 주창 후쿠자와 평전〉(《조선일보》), 〈교과서 왜곡의 근거—후쿠자와 탈아론 정체는?〉(《세계일보》), 〈일본 우익 뿌리는 탈아론〉(《한겨레》), 〈일본 군국주의 망령을 해부한다〉(《서울신문》), 〈일본 역사 왜곡의 근원 사상〉(《한국경제》), 〈일 사상가 후쿠자와의 삶〉(《매일경제》), 〈후쿠자와의 오만한 탈아론〉(《동아일보》), 〈일본 우경화의 근원 파헤쳐〉(《서울경제》) 등으로 서평을 메웠다.

일본인 후쿠자와 유키치는 하급 무사의 아들로 태어났으나 신분상의 제약을 이겨내고 영어 통역사로, 게이오의숙을 설립·운영한 교육자로, 《지지신보》를 창간한 언론인으로, 《서양사정》《학문의 권유》《문명론의 개략》 등 3대 명저를 쓴 일본 제1의 저술가로 '일본 국민의 선생'으로 대우받은 인물이었다. 그는 일본의 근대화를 이끈 계몽사상가로 한일 관계에 커다란 영향을 미쳤는데, 조선 정부와 유학생 파견에 관한 정식 계약을 체결한 뒤 비용을 미리 받고 조선 학생들을 받아들였으며, 김옥균 등 개화당을 지원, 갑신정변을 사주하고도 인명 피해 등 그 책임이 청국에 있다고 주장, 외교협상을 지원하기도 했다.

후쿠자와는 정변 실패 뒤에는 일본의 조선 지배를 강력히 주장한 장본인이었다. 그는 김옥균이 암살된 후 "그동안 김옥균에게 8천 엔, 조선 유학생들에게 7,600엔의 학자금 등 모두 1만 5,600엔을 빌려주었다"고 주장, 그 돈을 조선에서 받아내기도 하였다. 그는 일본 정부보다 앞장서 청일전쟁 도발을 충동하고, 조선에 있던 일본인 보호를 구실로 조선에 주둔군 파병의 필요성을 주장하기도 하였다. 그는 또 정한론을 뛰어넘는 조선정략론을 주창하고 조선의 개혁이 곧 일본의 독립을 유지하는 길이라는 논리를 내세워 조선의 국정 개혁을 추진하고 감시하는 조선국무감독관제를 제안하기도 했다. 그가 제안한 조선국무감독관은 한국 통감·조선총독으로 이름이 바뀌어 일제 식민통치의 상징으로 군림하게 된다.

후쿠자와는 일본인은 물론 우리 한국인에게도 두 얼굴의 지식인이었다. 그는 서구 민주주의 사상의 소개자·민권론자·절대주의 사상가이자 아시아 침략의 이론가였다. 그는 자신이 창간한 《지지신보》에 조선과 중국 문제에 관한 주장을 1,500여 편이나 썼고, 이웃 나라인 중국과 조선은 일본에 도움이 되지 않고 일본 외교에 장애가 되니 일본은 그 대열에서 벗어나 서양 문명국과 진퇴를 같이하여 중국과 조선을 접수해야 한다는 이른바 탈아론을 주창하여 우리 민족에게는 식민의 고통을, 일본인에게는 제2차 세계대전에서 원자탄 세례를 받게 한 선동가였다.

후쿠자와의 문명 개화를 주제로 한 발언과 글들은 조선의 일부 개화 지식인들에게 많은 영향을 끼친다. 후쿠자와의 명저로 평가되는《서양사정》이 나온 후 25년이 지난 1895년에 우리나라 유길준(兪吉濬)의《서유견문(西遊見聞)》이 출간된다. 유길준은 후쿠자와가 운영하던 게이오의숙에서 처음 받아들인 외국인이자 조선의 첫 해외 유학생이었다. 유길준은 후쿠자와 집에서 5개월 동안 기숙하면서 일본말과 풍습을 익혔고, 10여 개월 뒤에는《지지신보》에 일본어로 기고할 만큼 머리가 비상했다고 한다.

소설과 논설 등으로 우리 민족에게 큰 영향을 미친 문필가 이광수는 후쿠자와에 대한 흠모와 열정을 담은 글을 많이 남겼다. 이광수는 후쿠자와보다 57년 뒤에 태어나 함께 만날 수는 없었으나 상하이 임시정부《독립신문》발행과《동아일보》편집국장 등 언론계에 종사하였고, 머리가 우수한 대 문장가라는 점 등 닮은 점이 많았다.

정일성 동문은 그동안 일본의 조선 지배를 정리한 역저(力著)들……《후쿠자와 유키치》(초판)《이토 히로부미》《황국사관의 실체》《도쿠토미 소호》《야나기 무네요시의 두 얼굴》《일제 조선지배 40년》등을 포함해 일곱 번째의 한일 근현대 관계사를 저술하였다. 정 동문의 놀라운 집념과 애국정신이 후세에 길이 남을 위대한 작업으로 결실되기를 기원하면서 정 동문의 건강과 행운을 빌어본다.

2012년 7월 15일 이홍기

이에 앞서 첫판을 읽은 인터넷 블로그 《알라딘》의 카이저쏘제라는 독자는 "일본을 안다고 하면서도 후쿠자와 유키치를 모르는 사람이 있다. 특히 학생 가운데 이런 사람이 많은 데 창피한 줄 알아야 한다. 마치 대한민국을 이야기하면서 세종대왕·이순신 장군을 모른다고 하는 것과 같다.

후쿠자와 유키치는 메이지유신 이후 문명 개화와 탈아론을 주장한 대표적인 개화론자이며, 현재 일본의 최고액 화폐의 도안에 들어 있는 인물이기도 하다. 우리나라의 갑신정변의 주역 김옥균과도 서로 의견을 주고받은 인물이다.

그가 주장한 탈아론은 당시 일본에서 질풍과도 같은 반향을 불러온 거대한 이데올로기였고, 그것을 이끈 주역이 바로 후쿠자와 유키치를 비롯한 게이오의숙에서 공부한 지식인들이었다.

상세하게 읽어보길 바란다. 중요한 개념이 마구 쏟아진다"고 띄워 각계의 각성을 촉구했다.

# 제8권 ◆ 알수록 이상한 나라 일본

## 《알수록 이상한 나라 일본》

(범우사, 2018)

일본이 역사 교과서 왜곡 파동을 일으킨 지 올해(2023년)로 꼭 41년이 흘렀다. 이 역사 왜곡은 4년마다 이어지는 일본 교과서 검정에서 분란을 키워 이제는 피해 당사국 사이에 역사 전쟁으로 확대된 양상이다. 근래에 들어서는 역사로 보나 국제법적으로도 한국 영토임이 분명한 독도를 자기네 땅이라고 생떼를 부리니 아연할 수밖에 없다.

그럼 일본은 왜 과거 잘못에 대한 반성은커녕 모든 제국주의 국가들이 청산한 지난날 침략주의 역사를 미화하는 것일까. 그리고 그것이 세계사에 통용되리라 믿으며, 역사 객관성을 추구하는 자국 역사학자들을 국적으로 모는 것일까.

《알수록 이상한 나라 일본》은 이런 궁금증에서 비롯된 일본 탐구 보고서이다. 나는 2012년 아베 신조가 일본 총리로 재집권하면서

'731'이라 쓰인 전투기에 올라타 엄지손가락을 치켜든 정치적 퍼포먼스를 보고 그의 주변을 추적, 월간 잡지《책과인생》에 싣기 시작했다.《알수록 이상한 나라 일본》은 그 연재물과 여러 잡지에 기고한 글들을 모은 것이다.

이 책은 출판사 범우사가 2018년 12월 펴내어 2022년 초 2쇄를 발행했다. 나의 여덟 번째 일본 바로 보기이기도 하다. 내용은 모두 5개 장으로 나누어 실었다.

제1장은 독자들에게 흥미를 더하고자 일본에 처음 가서 겪은 경험담·일본의 성씨 유래·아베 신조 전 일본 총리의 가계 등 비교적 가벼운 내용을 시작으로 하여 일본 개화기 역사·일본이 핵폭탄을 맞기까지의 흥망성쇠 등을 담았다. 그 가운데〈요시다 쇼인을 알면 일본이 보인다〉는 글은 국내 역사학자들에게도 거의 알려지지 않은 내용이다. 일본이 핵폭탄을 맞게 된 사연도 읽어두면 일반 상식에 도움이 될 것이다.

제2장에서는 일본이 감추고 싶어 하는 과거사를 다루었다. 일본군 731부대의 인체 산몸 실험과 일본군 성노예 문제가 이야기의 중심이다. 일본은 아직도 이 두 가지 만행을 숨기려 하고 있다. 아베 전 일본 총리는 집권하자마자 이들 사건의 존재 자체를 부정했다. 그런 까닭 등을 집중 분석했다. 논제 중 2015년 한일위안부합의서 졸속 합의 내막은 우리 외교 치부를 그대로 드러낸 외교 비사(祕史)이다. 외교 당국이 깊이 반성하고 자세를 가다듬어야 할 교훈이기도 하다.

제3장에서는 일본 보수 우익의 비뚤어진 역사 인식을 진단했다. 독일과 일본의 과거사 청산 비교, 일본 정계를 이끄는 극우단체 일본회의 실상, 일본은 왜 과거 잘못에 대한 사죄·사과에 인색하나, 역사

전쟁 등을 주제로 했다.

특히 독일과 일본의 대비되는 과거사 인식은 시대적으로 한물간 귀스타프 르 봉(Gustav Le Bon)의 인종우열론*과 오버랩되어 안타깝기 그지없다.

제2차 세계대전 패전국의 과거사 청산을 거론할 때면 으레 독일을 모범 사례로 꼽는다. 이미 널리 알려져 있듯이 독일은 전쟁 당시 나치가 저지른 만행에 대한 처절한 자기반성과 화해를 통해 이스라엘과 프랑스·폴란드 등 주변국들과 우호 관계를 회복했다.

화해 행동 가운데서도 1970년 12월 7일 당시 빌리 브란트(Willy Brandt) 독일 총리가 빗속에 폴란드 바르샤바 게토(Ghetto)의 유대인 희생자 위령비 앞에서 무릎을 꿇고 고개 숙인 모습은 과거사를 반성한 독일의 가장 상징적인 사건으로 기록되고 있다.

독일은 정치지도자들의 사죄뿐만 아니라 제2차 세계대전 후 연합국이 폴란드 측에 넘긴 오데르-나이세(Oder-Neisse)강 동쪽의 독일 영토를 포기하고, 독일연방국(당시는 서독)을 수립한 지 3년만인 1952년 전쟁배상법을 만들어 2003년까지 피해국에 모두 710억 유로를 배상했다. 유대인의 피해가 큰 이스라엘에는 1952년부터 1966년까지 35억 마르크(약 17억 유로)를 배상하고, 나치가 1941년 4월 27일부터 1944년까지 점령한 그리스에는 650억 유로의 구제금융을 지원했다. 피해자

---

* 인간은 다 같은 평등한 존재가 아니라 인종마다 유전자에 따라 결정되는 특성을 갖고 있다. 세계 각 인종의 사회체제나 관습·법률·문화 등은 각각의 유전적 특성으로부터 필연적으로 발생한 것이며, 후천적으로 바꿀 수 있는 것은 아니다. 일본인은 서구의 문물을 아무리 잘 도입하더라도 문명화는 불가능하며, 오히려 종래의 문화를 파괴하여 혼란에 빠지게 하는 존재에 지나지 않는다.

개인에게도 총 5,700만 명에게 35억 마르크를 배상했다고 한다. 독일의 사죄와 배상은 독일 통일 이후에도 계속되고 있다.[**]

이에 견주어 일본은 어떤가. 한일협정(1965년) 후 한국을 업신여기는 망언으로 일관하던 일본은 1993년 미야자와(宮澤) 정권(1993. 4.~8.)에 이르러서야 이른바 고노 담화를 발표하고 일부나마 과거 잘못을 반성하는 듯했다. 고노 요헤이(河野洋平) 당시 관방장관이 1993년 8월 4일 발표한 이 담화는 '위안부 동원에 관한 진상조사'를 토대로 한 것이다. 진상조사는 일본이 자체적으로 1992년 1월에 시작하여 그 이듬해 7월까지 1년 6개월 남짓 걸렸다.

발표에 따르면 각 부처에서 발견된 위안부 관련 자료는 방위청 방위연구소 도서관소장 자료가 117점으로 가장 많았고, 다음은 외무성 외교사료관 54점·국립공문서관 21점·국립 국회도서관 17점·구 후생성 자료 2점 순이었다. 미국 국립공문서관에서도 19점이 나왔다.

고노 담화는 1990년 들어 동서냉전이 종식되면서 과거 제국주의 강대국이 피해국에 화해의 손을 내민, 과거사 청산의 흐름 속에 나온 산물임은 말할 나위도 없다. 그때 일본을 제외한 강대국들의 과거사 청산은 실로 적극적이었다.

독일의 예는 앞서 설명대로 사죄·사과의 모범으로 꼽힌다. 이탈리아도 종전 직후 옛 식민지에 성의 있는 보상을 하고도, 2008년 과거 청산을 제대로 하지 못했음을 반성하고, 1911년부터 1943년까지 식민지로 두었던 리비아에 식민지배 사실을 다시 한 번 사과한 뒤 배상금 50억 달러를 투자형식으로 지원했다. 또 강제로 빼앗았던 문화재

---

[**] 정일성, 《알수록 이상한 나라 일본》 191~198쪽.

를 돌려주고 식민배상을 마무리한 뒤 우호조약을 맺었다.

승전국인 미국도 1993년 의회에서 "100년 전 하와이 강제 점령은 불법 행위였다"고 인정하고 사죄결의안을 채택했다. 아울러 제2차 세계대전 기간 재미 일본인 차별조치와 관련하여 사죄와 함께 보상금을 지급했다. 또 흑인 노예와 인디언 차별 역사, 1882년 실시된 중국인 이민금지법 등에 대해서도 사죄결의안을 만장일치로 통과시켰다.

이밖에 영국·프랑스·스페인 등도 반성과 사죄로 옛 식민지민들의 마음을 달랬다. 이러한 화해 바람은 2001년 남아프리카의 더반에서 '인종주의·인종차별·배외주의 및 관련하는 불관용에 반대하는 세계회의'에서 절정을 이루었다.[*]

일본은 이런 국제적 화해 분위기를 거슬러 1982년 6월 역사 교과서 왜곡으로 도발한 역사 전쟁을 1986년과 1992년에 이어 2002년에도 계속했다. 이 역사 교과서 왜곡은 1998년 10월 당시 김대중 대통령이 도쿄를 방문, 오부치 게이조 일본 총리와 한일 파트너십까지 선언했음에도 효과를 거두지 못하고 한일감정은 점점 나빠져 갔다.

엎친 데 덮친 격으로 2012년 12월 아베 신조가 재집권하면서 한일관계는 적대관계 수준으로 치달았다. 그는 전형적인 역사 수정주의자이다. 역사 수정주의자들은 일제의 전쟁 도발을 긍정적 역사로 평가한다. 전쟁은 국가의 당연한 권리이고, 제2차 세계대전도 그때 국제정세가 그렇게 만들었으며, 당시 일본 군인과 정치가들은 나라를 위해 싸우도록 국민을 지도한 것일 뿐 전범은 아니라는 궤변이다.

---

[*] 김영호·와다 하루키·우쓰미 아이코 엮음, 《한일 역사 문제의 핵심을 어떻게 풀 것인가?》 84쪽.

따라서 '전범재판'으로 규정한 도쿄재판은 미국이 강요한 자학사관이므로 바로 잡아야 하고 전범 희생자들의 명예도 회복되어야 한다고 강조한다. 그런 아베도 지난 7월 8일 나라현 나라시 야마토사이다이지(大和西大寺)역에서 일본 참의원 선거 유세 도중 특정 종교에 불만을 품은 청년의 저격으로 이승을 등졌다. 그러나 역사 수정주의에 심취한 아베의 후계자들이 일본 정계를 움직이고 있어 문제는 더욱 심각하다.

제4장 〈일본은 왜 헌법을 고치려 하는가〉에서는 최근 심각한 문제로 떠오른 일본의 무기 수출 현황과 플루토늄 재처리공장에 대한 실상을 깊이 있게 파헤쳤다.

2017년도 일본의 군비는 454억 달러로 세계 8위를 기록했다. 일본 수출 가운데 무기가 차지하는 군수율도 평균 4%로 드러났다. 일본은 무역 규모가 큰 만큼 액수로 따지면 결코 가벼운 비중이 아니다. 군수율이 가장 높은 가와사키(川崎)중공업은 14%나 된다. 사업 규모가 제일 큰 미쓰비시중공업도 11.4%에 이른다.

거기에 더하여 일본은 즉시 핵폭탄을 만들 수 있는 플루토늄을 50톤이나 보유하고 있다. 이는 원자폭탄 6,200여 발을 만들 수 있는 양이다. 아오모리현(青森県) 로카쇼무라(六ケ所村)에 지난 1993년부터 29년이나 걸려 건설하고 있는 핵재처리공장도 언제 문을 열지 세계가 주목하고 있다.

이런 사실들을 종합해보면 일본은 이미 무기를 자유롭게 사고파는 싸움하는 보통국가의 길로 들어섰음을 분명하게 알 수 있다. 그래서 헌법도 그에 걸맞게 고치려는 것이 아닌가?

제5장에는 나의 저작물 7권에 대한 언론계 서평을 모았다. 분량은

조그만 책자를 낼 정도이다. 그런 만큼 서평만 읽어도 근대 한일 관계사를 이해하는 데 다소나마 도움이 되리라 믿는다.

《알수록 이상한 나라 일본》을 읽은 어느 독자는 "이 책은 일본이 왜 저러는지 의아심을 가질 만한 것들로 채워져 있다. 고리타분한 내용이 아니고 일본의 이상한 모습을 보고 '쟤네들 왜 저래'라는 생각과 함께 읽어보면 그 궁금증을 풀어줄 좋은 주제로 자료를 찾고 책을 썼다. 특히 개인적으로는 731부대의 창설과정과 전쟁 종결 이후의 모습은 쇼킹하고, 역시 강대국인 미국은 영원한 우방이 아니라는 생각을 갖게 한다"는 평을 적었다.

# VII

# 명산 탐방으로 건강을 다지고

고흥 팔영산을 눈에 넣고

설악산에서 밤에 헤매다 저승 갈 뻔

해남 두륜산 정취에 홀려……

# 고흥 팔영산을 눈에 넣고

산행은 세속을 떠나는 일종의 수양이다. 산행은 무엇보다도 무념무상에 잠길 수 있어서 좋다. 심신 건강을 다지는 지름길이기도 하다. 마음먹기에 따라서는 새 일을 구상하고, 일상을 반추하는 활력소로 활용할 수 있는 강점도 있다. 그런 까닭으로 매주 한 번씩 기어코 산에 오르기를 일과로 하고 있다.

지난 4월 15일(2013년)에는 고흥 팔영산(八影山, 608m)을 다녀왔다. 옛 직장 동료 네 명과 함께. 나는 고흥 태생이지만 그동안 고향(두원 동촌)을 갈 때마다 팔영산을 멀리서 눈에만 넣었을 뿐 정상을 밟아보기는 이번이 처음이다.

팔영산은 많은 전설과 비경을 간직한 준령(峻嶺)이다. 아니 영산(靈山)이라고 표현해야 더 옳을 듯싶다. 《대동여지도》에도 '八靈山'이라고 기록되어 있다. 산을 좋아하는 사람들 사이에는 다도해의 '소금강'으로 소문나 있다고 한다.

팔영산은 모두 열 개 봉우리로 이루어져 있다. 유영봉(제1봉 491m), 성주봉(2봉 538m), 생황봉(3봉 564m), 사자봉(4봉 578m), 오로봉(5봉 579m), 두류봉(6봉 596m), 칠성봉(7봉 598m), 적취봉(8봉 591m), 선녀봉

(518m), 깃대봉(608m)이 그들이다. 모두가 기암괴석으로 어느 것 하나 우열을 가릴 수 없는 신이 빚은 조각품들이다. 바다 쪽으로 자리한 깃대봉과 선녀봉은 팔 봉에 가려 큰길에서는 잘 보이지 않는다. 나머지 여덟 개 봉우리는 마치 도토리 키 재듯 서로 잇대어 솟아 여덟 폭 병풍을 연상케 한다.

일행은 오전 11시 반부터 팔영을 타기 시작했다. 고속도로 휴게소에서 두 번을 쉬고도 서울 잠실 롯데백화점에서 출발한(오전 6시 반) 지 5시간여 만에 도착한 것이다. 천안~논산, 완주~순천, 광양~목포 간 고속도로들이 뚫려 서로 기존 고속도로망과 완전히 연결된 덕이다.

능가사(楞伽寺) 뒤 주차장에 차를 대고 골짜기에 들어서자마자 사철나무의 비릿한 꽃냄새가 코를 찌른다. 초록빛깔로 물이 오른 이름 모를 풀·나무와 끝물의 벚꽃들이 꽃가루를 뿌리며 일행을 반긴다. 우리는 길을 잘못 든 탓에 당초 예정과는 달리 등산객들이 흔히 하산하는 코스를 거슬러 오르내려야만 했다.

가쁜 숨을 몰아쉬며 비탈길을 30분쯤 걸었을까. 탑재가 나왔다. 탑재 건너편 산허리에 달라붙은 편백 숲을 바라보며 그늘 집에서 아내가 정성으로 싸준 김밥으로 일단 허기진 배를 채운 뒤 정상을 향해 다시 걷기 시작했다.

편백나무 숲을 지나 오른쪽으로 한참 오르다 보면 가장 높은 깃대봉에 닿는다. 눈앞에 펼쳐진 바다는 말 그대로 일망무제(一望無際)이다. 남쪽으로는 고흥우주센터가 있는 나로도가 코끝을 내밀고 동쪽으로는 여수 돌산도가 아름다운 자태를 뽐낸다. 멀리 남동쪽으로는 작은 섬들이 금방이라도 물에 잠길 듯 위태롭게 가물거린다. 대마도라고 했던가?

다들 감탄이다! 탄성 연발이다! 이탈리아 소렌토에 조금도 뒤지지 않는다고 입에 침이 마르도록 극찬이다. 바닷물은 어찌나 푸른지 하얀 손수건을 담갔다가 건지면 금방 푸른색으로 물들 것만 같다. "이런 명승(名勝)을 못 보고 눈을 감았더라면 정말 후회될 뻔했다"고 이구동성이다. 이날 따라 하늘도 우리에게 영산을 실컷 보라고 바람과 구름 한 점 없이 태양 빛을 활짝 열어주었다.

시간이 부족한 것이 못내 아쉬웠다. 적취봉으로 발길을 옮겼다. 기쁨도 잠시, 고소공포증이 심한 나는 그곳에서 한 30대 후반쯤으로 보이는 여성 등산객의 농 짙은 전라도 사투리를 듣고 슬그머니 겁이 났다.

"어디서 왔소? 위째서 꺼꾸로 온당가요잉. 올라옴시롱도 오짐을 잘금잘금 쌌는디 어떠코롬 내래갈랑가요. 참말로 걱정이네."

우리가 딱해 보였던지 그녀의 얼굴은 염려로 가득하다. 그렇다고 중도 포기하고 오던 길을 다시 내려갈 수는 없는 노릇이 아닌가. 마음을 단단히 먹고 걸음을 재촉했다.

이윽고 8봉에서 제일가는 칠성봉에 도착했다. 발아래 펼쳐진 장관은 깃대봉에 견줄 바가 아니다. 시인들은 이를 두고 선경(仙境)이라 했다. 능선과 골짜기를 꽉 메운 짙은 초록 숲은 마치 연두색 실로 짠 양탄자 같아 고소공포증도 싹 가시게 한다. "땅은 어디서 어느 때 그렇게 많은 물감을 먹었기에 봄이 되면 한꺼번에 초록빛을 이렇게 지천으로 뻗어 놓을까. 바닷물을 고래같이 들이켰던가. 하늘의 푸른 정기를 모르는 결에 함빡 마셔 두었던가. 그것을 빗물에 풀어 시절이 되면 땅 위로 솟쳐 보내는 것일까"라고 노래한 이효석의 단편소설 〈들〉의 한 대목이 저절로 떠오르는 것도 결코 허풍이 아니다.

점점이 흩어진 섬들은 물 위에 뜬 조각배요, 멀리 북쪽으로 가물거리는 보성만과 벌교·고흥·순천을 양안(兩岸)에 품은 순천만은 햇빛에 반사되어 은빛 호수를 연출하고 있다. 바다를 메워 바둑판처럼 일군 영남면 일대 논은 인간의 한계를 말해주는 듯하고, 지척에 잡힐 듯한 소록도와 거금도도 어서 오라고 손짓한다.

암벽에 박힌 쇠사슬과 철봉을 지팡이 삼아 여덟 봉우리를 오르내리면서 여성 등산객의 겁주기(?)를 실감하긴 했지만 그래도 반대 방향으로 길을 든 것이 참으로 잘 됐다고 생각했다. 올려다보면 천당이요, 내려다보면 낙원이라. 수십 길 낭떠러지를 엉금엉금 기는 것도 스릴 만점이다. 이처럼 아름다운 산이 또 어디에 있단 말인가. 말문이 막혀 그저 '아름답다'는 말밖에는 무어라 달리 표현할 길이 없다.

감탄으로 일관한 우리들의 등반은 오후 4시 반에 막을 내렸다. 약 5시간이 걸린 셈이다. 일행은 모두 다 초행길이라 출발부터 들뜬 분위기였다. 너무 흥분하여 4시간밖에 못 잤다는 이도 있었다. 서울에서 워낙 먼 데다 모두 70대여서 제대로 오를 수 있을까 은근히 걱정이 앞섰으나 낙오자는 한 사람도 없었다.

등반을 마치고 고흥 녹동항으로 옮겨 푸짐한 생선회에 약주 한 잔 걸친 뒤 노래방에서 피로를 푼 것도 일미였다.

다음 날 아침 7시에 일어나 장어탕으로 속을 달래고, 거금도 적대봉(積臺峰, 592m)에 올라 옛 정취를 간직하고 있는 봉수대 유적지를 돌아보기도 했다. 귀경길에 소록도를 구경하고 벌교에서 꼬막 정식으로 점심을 든 것은 덤이었다.

# 설악산에서 밤에 헤매다 저승 갈 뻔

산행은 늘 마음을 설레게 한다. 가끔 장거리 등반이라도 예정된 날이면 잠을 설치곤 한다. 서울신문 퇴직 사우들과 함께 설악산 대청봉에 오른 2014년 11월 6일도 예외는 아니었다. 게다가 나로서는 대청봉과 12년 만의 재회여서 기대가 여간 크지 않았다.

그러나 등산로에 뜻밖의 사신(邪神)이 도사리고 있을 줄은 꿈에도 몰랐다. 하마터면 전직 언론 종사자의 조난 사고로 나라 안 매스컴이 떠들썩할 뻔했다. 70대 중반의 노익장들이 화채(華彩)능선에서 어둠과 추위를 만나 네 시간 남짓 사투 끝에 살아 돌아온 이야기는 실로 극적이다. 좀 부풀리자면 저승길 예행연습치고는 너무도 혹독했다.

속된 말로 저승문을 다녀온 면면은 최 모·김 모·송 모·류 모 등 다섯 명이다. 이들은 퇴직 후 '독산악회'라는 등산동호회를 만들어 매주 금요일마다 10년 넘게 여가를 즐겼다. 그동안 가본 산도 수도권 일대 이름난 산은 말할 나위 없고, 멀리 고흥 팔영산을 비롯하여 광주 무등산·영암(靈巖) 월출산·장흥(長興) 천관산·담양(潭陽) 추월산·광양(光陽) 백운산·순창(淳昌) 강천산·순천(順天) 조계산·구례(求禮) 오산 등등 손꼽을 수 없을 만큼 많다. 2014년 4월에는 중국 장가계(張家界) 천문산과 천자산을 다녀오기도 했다.

사실 이번 설악산 등정은 막내 회원 류 모의 소원풀이였다. 그는 작년 독산악회에 들어오자마자 설악산과 한라산을 올라보는 게 꿈이라며 만날 때마다 노래를 불렀다. 이를 귀담아들은 어느 열성 회원이 10월 24일 청계산 모임에서 "이 해가 가기 전에 막내의 소원을 들어주자"며 말을 꺼낸 것이다. 다만 당일치기는 무리인 만큼 중청대피소에서 하룻밤을 묵고, 오르는 길도 화채능선을 타보기로 했다. 대피소 숙박 예약은 의견을 낸 회원이 자임하고 나섰다.

이윽고 11월 6일 아침 7시. 서울과 경기도 용인에 사는 4명은 서울 강동구 지하철 몽촌토성역에서 만나 막내 회원의 승용차를 타고 올림픽대로를 거쳐 서울~춘천 간 고속도로로 들어섰다. 나는 고속도로 덕소요금소에서 합류하고.

장거리 산행 때마다 늘 그랬듯이 차 안은 이미 농담으로 가득했다. 심지어 한 익살꾼은 "세상에 나이 칠십에 이르도록 대청봉에 올라보지 않은 사람이 어디 있단 말이야. 그래놓고 어떻게 인생을 살아왔다고 할 수 있지?"라고 놀리기도 했다.

그래도 당사자는 화를 내기는커녕 애정어린(?) 충고로 받아들이는 분위기다. 독산악회는 무엇보다 서로 농담이 통해서 좋다. 딱히 누구라고 말할 수는 없지만 매주 만나는 날 가장 먼저 웃음거리의 도마 위에 오르는 회원은 온종일 횟감이 되기 일쑤다. 그렇다고 누구 하나 잘난 채 뽐내거나 모난 사람도 없다. 언제나 웃음으로 만나서 웃음으로 헤어지곤 한다.

잡담이 오가는 동안 차는 어느새 미시령 터널을 지나 오전 9시 반쯤 설악동에 도착했다. 주차장에 차를 대고 준비해 간 먹을거리와 방

한복을 비롯한 겨울 등산 장구를 빠짐없이 배낭에 짊어진 다음 10시 50분에 출발한 권금성행 케이블카에 몸을 실었다. 권금성 산장에서 무질러 화채능선을 오를 요량으로.

물론 화채능선은 특별보호구역으로 출입이 금지된 곳이다. 그럼에도 우리는 공원관리공단 직원에게 늙은이들의 소원을 통사정해보고, 정 안 된다면 천불동 계곡으로 발길을 돌릴 생각이었다.

다행이랄까. 화근이라 해야 할까. 권금성에 내려 주위를 살폈으나 아무도 능선 출입을 막는 사람이 없다. 그냥 들어가도 되는가보다라며 망설임 없이 출입 금지선을 넘었다. 시각은 예정대로 정각 11시, 조마조마한 마음으로 부리나케 걸었다. 아니나 다를까. 한참을 걸었을 때 그곳으로 가면 안 된다는 확성기 소리가 뒤를 쫓아왔다. 하지만 되돌아가기엔 너무 멀어 점심만 먹고 나오겠다고 둘러대고는 위를 향해 발걸음을 재촉했다.

등로(登路)는 예상보다 험난했다. 길이 잘 보이지 않아 두세 번 헤매다 보니 다들 시작부터 체력소모가 컸다. 화채능선 지도도 30여 년 전 이 능선을 탐방했다는 리더의 경험도 길을 찾는 데는 별로 도움이 되지 못했다.

희미한 발자취를 따라 한 시간 반쯤 걸었을까. 신선들이 모여 노닐었다는 집선봉(集仙峰, 해발 920m)이 나타났다. 이런 장관을 보려고 그렇게 가슴을 조였나 보다. 집선봉에서 바라본 설악의 모습은 말 그대로 절경이요 비경이다. 아니 신이 빚어낸 선경이다. 권금성을 배경으로 아스라이 펼쳐진 설악동은 마치 스위스 융프라우의 샬레(Chalet, 세모난 집)풍 마을을 떠올리게 하고, 그 너머로 하늘과 맞닿은 속초 앞바다는 은빛 파도가 일렁이어 금방 용이라도 솟아오를 듯하다.

설악산 공룡능선의 암반을 점령한 소나무.

서북쪽으론 공룡능선과 마등령이 산수화 병풍처럼 코앞에 다가와 눈을 뗄 수 없고, 능선 끝자락에 매달린 울산바위도 이에 질세라 아름다운 자태를 한껏 뽐내고 있다. 그뿐인가. 설악을 동서로 가른 천불동 계곡은 마음을 종잡을 수 없는 사색의 심연으로 빨려들게 한다.

집선봉을 뒤로하고 한 시간쯤 더 걸으니 이름도 멋있는 칠성봉(七星峰, 1,077m)이 맞이한다. 여기저기 암반을 점령한 아름드리 소나무와 잣나무들이 눈길을 잡아맨다. 그것도 자기보다 덩치가 큰 바위를 쩍 갈라 그 속에 뿌리를 박고 보란 듯이 서 있는 모습은 경이로울 뿐이다. 도대체 바위를 뚫는 소나무 뿌리의 힘은 어디서 생기는 걸까.

풍경은 화채봉(華彩峰, 1,320m)이 가까워질수록 아름다움을 더한다. 그중에서도 화채봉 오르막길 암벽에 걸려있는 억새풀길은 너무 아슬아슬해 고소공포증이 있는 사람은 제대로 걸을 수가 없다. 중국 장가계의 유리잔도(棧道)보다 긴장감이 더하다. 우리는 그 길을 '억새잔도'라고 이름 지어 주었다.

발길을 다시 옮기면서 누군가가 말했다. "화채능선에 도전하기를 정말 잘했다. 이제 눈을 감아도 여한이 없다"고.

그러나 호사다마(好事多魔)라고 해야 되나. 5시간가량 이어지던 감탄사와 웃음도 대청봉을 바로 앞에 두고 모두 멎었다. 1253봉 갈림길에서 그만 양폭(陽瀑) 쪽으로 길을 잘못 든 것이다. 안내 표지판이 없어 빚어진 사고다. 걸으면 걸을수록 가까워져야 할 대청봉 능선이 더욱 멀어지는 게 아닌가. 길이 틀렸음을 알아차린 것은 갈림길에서 내려온 지 30분쯤 지나서였다. 산길을 잘 아는 산타기 선수에게 물어보려 해도 앞서 가버려 보이지 않는다.

뒤처진 일행은 지칠 대로 지친 데다 어찌할 바를 몰라 맨땅에 주저앉아 풀어졌다. 발걸음을 멈춘 지 10여 분쯤 지났을까. 산타기 선수가 마치 물에 빠진 생쥐처럼 땀에 흠뻑 젖어 돌아왔다. 그가 그렇게 많은 땀을 흘리는 모습을 보기는 처음이다. 그는 웬만한 산 오르기에는 좀처럼 땀을 흘리지 않는 강단 체질이다. 벌겋게 달아오른 얼굴에는 긴장감이 역력했다.

모두 걱정스러운 표정으로 물었다. 그는 "갈 길이 염려되어 미리 가보았는데 도저히 이 길로는 더 갈 수 없다. 가다가는 모두가 죽는

설악산 공룡능선.

다"고 입을 열었다. 그럼 어떻게 할 것인가. 선택지는 세 가지였다. 첫째는 구조대에 조난 신고를 하는 것이고, 아니면 은신처를 찾아 밤을 지새우는 이른바 비박(Biwak)을 하거나, 마지막 한 가지는 제 길을 찾아 끝까지 걷는 것이다.

시간은 이미 오후 4시 반을 지나고 있다. 일부가 조난 신고를 하자고 했다. 그러나 산타기 선수가 "지금 우리가 있는 곳이 산행 금지 구역인 데다 구조 헬기가 뜨기에는 시각적으로 이미 늦었다"며 극구 반대했다. 하기야 그는 남의 반찬 그릇에 먹던 젓가락을 같이 넣는 것조차도 못마땅해할 만큼 원칙주의자이기도 하다. 비록 안 가본 화채 능선에 발자국을 남기겠다는 노욕(?)에 이번 출입 금지 구역을 밟기는 했지만 말이다.

비박을 하자는 의견이 뒤를 이었다. 이에 인공심장박동기를 가슴에 단 회원이 "그러다가는 모두가 얼어 죽는다"며 고개를 가로저었다. 그렇다면 계속 걸을 수밖에 다른 도리가 없지 않은가. 갑론을박 끝에 밤을 새워서라도 걸어야 한다는 데 의견을 모았다. 하지만 막상 그래놓고도 다들 망연자실했다. 전신에 쥐가 난다며 그 자리에 풀썩 주저앉는 회원도 생겼다.

그때였다. 중도 포기할까 봐 가장 우려했던 막내가 어두워지기 전에 빨리 길을 찾아 움직이자며 다그쳤다. 일행은 내려가는 데도 힘이 든 가파른 비탈길을 죽을힘을 다해 다시 올랐다. 가쁜 숨을 몰아쉬며 30여 분 올라가자 그 마의 갈림길이 보였다.

그때가 오후 5시 5분. 일단 길을 찾은 일행은 안도의 한숨을 돌렸다. 그러나 30여 분 지나면 어두워질 판이다. 남은 거리는 2km. 산을 잘 타는 사람도 2시간 이상이 걸린다고 지도에 표시돼 있다.

우선 중청대피소에 전화부터 걸었다. 아무래도 입실 등록 시간인 저녁 7시까지 대지 못할 것 같아서다. 시간에 늦으면 대기자에게 자리를 내주게 되어 있기 때문이다. 그러나 전화가 자꾸 엉뚱한 데만 걸린다. 서너 번 시도 끝에 겨우 공원관리사무소를 통해 우리가 늦는다고 알릴 수 있었다.

그리고 나니 오후 5시 반이다. 길에는 서서히 어둠이 깔리기 시작했다. 간식을 먹을 여유도 없다. 하나둘 랜턴을 꺼내 길을 밝혔다. 어둠에 쫓겨 젖 먹던 힘을 다해 걷고 또 걸었다. 더군다나 길은 몸도 제대로 가눌 수 없는 급경사였다. 땀이 비 오듯 했다. 쓰고 있던 모자챙에서는 연신 땀방울이 뚝뚝 떨어진다. 한동안 길을 밝혀주던 휘영청 둥근달도 구름 속에 묻혀 온데간데없고.

칠흑 같은 어둠 속에 강행군은 2시간 남짓 계속됐다. 중청대피소에서 왜 안 오느냐고 전화가 왔다. 출입 금지 구역이어서 바른대로 말할 수도 없어 지금 양폭 쪽인데 나이가 많아 잘 못 걸으니 앞으로 두 시간쯤 더 걸릴 거라 둘러댔다. 그러나 그들은 우리가 화채능선 코스에서 헤매고 있음을 눈치채고 있는 모양이다.

엎친 데 덮친 격으로 그때부터 낙오자가 생기기 시작했다. 먼저 리더가 더는 걷지 못하겠다며 주저앉는다. 그는 5분 간격으로 정말 죽겠다며 고통을 호소했다. 더는 걸을 수 없다는 그의 하소연은 신음에 가까웠다. 그럴 때마다 잠시 쉬는 외에는 다른 뾰족한 수가 없어 안타까웠다.

덩달아 나 또한 허기져 온몸이 으슬으슬 추우며 저려왔다. 집에서도 가끔 식사를 제때에 하지 못하면 그런 증상이 일어난다. 시계는 어느새 8시를 가리키고 있다. 저녁 식사를 못한 탓이다. 간신히 자리

2017년 10월 19일, 공룡능선 신선대(1,288m)에서 용아장성을 배경으로.

를 잡고 앉아 비상용 초콜릿을 꺼내 먹었으나 별 효과가 없다. 누구
남은 음식 갖고 있느냐고 외쳤다. 다행히 리더가 아침에 준비해간 샌
드위치와 군고구마가 남았다며 건네준다. 목에 잘 넘어가지 않았으
나 일행에 폐를 끼쳐서는 안 된다는 생각에 억지로 먹었다.

음식을 먹는 동안 겉옷과 모자를 적신 땀은 이내 바삭바삭 얼어붙
는다. 뺨을 스치는 구름도 삭풍에 언 듯 차갑기만 하다. 두꺼운 등산
외투를 얼른 꺼내 입었다. 한 5분쯤 지났을까 거짓말처럼 다시 힘이
솟는다.

둘의 뜻하지 않은 사고로 시간이 크게 지체되었다. 늦어질수록 긴
장감은 도를 더했다.

"이러다가 신문에 크게 나는 거 아냐?"

"이 길이 맞아?"

"이건 70대들의 대기록이다."

"뭐라고? 살아 돌아가야 대기록이지."

한마디씩 주고받은 농담에서 위기감이 감돈다. 그래도 누구 하나 남을 탓하거나 불평하는 사람은 없다.

발길은 말 그대로 천근만근이다. 다들 말할 기력조차 없어졌다. 침묵 속에 강행군은 계속되었다. 체통을 깎이면 안 된다는 일념으로 죽기 살기로 4시간쯤 걸었나 보다. 마침내 숲길이 끝나면서 나무가 하나도 없는 큰 길이 나타났다. 거기엔 대청봉으로 가는 길을 알려주는 안내판도 서 있고…… 오색에서 대청봉으로 이어지는 등산로에 다다른 것이다.

살았다! 누가 먼저라고 할 것 없이 일제히 만세를 불렀다. 그리고 배낭에서 먹을 것을 꺼내 허기진 배를 채웠다. 시각은 무정하게도 밤 9시를 넘어가고 있다. 화채능선 등반은 이렇듯 규정 위반의 대가를 톡톡히 치른 다음 10시간 만에 막을 내렸다.

이튿날 중청대피소에서 일어나보니 하얀 눈이 설악산을 뒤덮었다. 살을 에는 설한풍은 화장실 문을 당장이라도 뜯어갈 듯하고. 비박을 했더라면 어찌 되었을까.

# 해남 두륜산 정취에 홀려……

꽃들의 향연 때문일까. 풋나무 새싹들의 발랄한 생기 여파일까. 봄철 산행은 한결 마음을 들뜨게 한다. 봄을 놓칠세라 독산악회 노익장 5명도 지난(2015년) 4월 9일 해남 두륜산(頭崙山) 답파에 나섰다. 내친김에 문화유적 탐방을 곁들여 이튿날 진도 첨찰산(尖察山)과 목포 유달산(儒達山)에도 올라가 보고. 지난해 설악산 화채능선 조난(11월 6일) 이후 5개월 만에 부끄럼을 씻은 70대들의 설욕전(?)이다.

산을 좋아하는 사람들은 모를 리 없으나 두륜산은 한반도 최남단에 자리하고 있다. 서울에서는 400여km 거리이다. 봉우리가 8개나 되고 가장 높은 가련봉(迦蓮峰)은 703m에 이른다. 기암괴석이 빚어낸 풍광이 금강산을 닮았다 하여 남도의 '소금강산'이라 불리기도 한다.

게다가 두륜산이 품고 있는 대흥사(大興寺)는 임진왜란 때 승병을 일으켜 왜군을 무찌른 서산(西山)대사, 명필로 유명한 추사 김정희(金正喜), 다도(茶道)를 정립한 초의선사(草衣禪師), 동국진체(東國眞體)라는 글자체를 완성한 서예가 이광사(李匡師) 등 명현들의 숨결이 서려 있어 전국에서 찾는 이가 줄을 잇는다고 한다. 애산가(愛山家)라면 이런 명산을 어찌 안 가보고 배길 수 있겠는가.

일행 가운데 4명은 9일 새벽 5시 반 나팔쟁이(악기를 잘 다루어 회원들이 지어준 별명) 회원의 승용차로 잠실 롯데백화점에서 출발하고, 1명은 죽전에서 합류했다. 서울을 빠져나가자마자 고속도로는 온통 꽃세상이다. 울긋불긋 도로변을 물들인 꽃들을 눈요기하며 잡담을 나누는 사이 차는 오전 10시 30분쯤 대흥사 어귀에 도착했다. 여산(礪山)휴게소에서 20여 분을 쉬고도 말이다. 모두가 사통오달 탁 트인 고속도로 덕이다. 덕분에 우리는 예정보다 30분쯤 이른 11시부터 걷기 시작했다.

산으로 가는 길은 초입부터 나무숲이 홀라당 정신을 빼놓는다. 명이 다한 꽃잎을 땅에 지천으로 내려놓는 동백하며, 행여 햇볕을 빼앗길까 봐 키다리들 덩달아 높이 자란 배롱나무·500년도 됨직한 소나무·하늘 높은 줄 모르고 곧게 치솟은 삼나무와 편백·재롱부릴 대목을 만난 왕벚나무·윤선도(尹善道)의 〈오우가(五友歌)〉를 빛낸 대나무·벌써부터 울긋불긋한 단풍나무·큰 몸집을 자랑하는 느티나무······ 이루 다 열거할 수 없는 수목들이 2차선 포장도로를 사이에 두고 도열해 연출한 터널 숲은 가히 선경이라 해도 토를 달 사람은 없을 성싶다. 계곡을 흐르는 물소리를 반주 삼아 조잘대는 이름 모를 새들의 교태 소리를 듣고 있노라면 실로 천국이 따로 없다는 생각이다.

환상의 숲길을 따라 200여 m를 걸어가자 피안교(彼岸橋)가 기다리고 있다. 안내서에 따르면 피안은 속세를 떠나 정토(淨土)로 들어가는 뜻이라고 한다. 비경을 음미해 가며 실제 속세를 떠나는 마음으로 피안교를 건너 한참을 걸으니 일주문과 비전(碑殿)이 보이고, 이곳을 지나자 반야교와 해탈문 갈림길이 나온다.

이처럼 두륜산 주봉에 오르려면 먼저 대흥사 경내를 거치게 되어 있다. 우리는 대광명전 입구에서 표충사~북미륵암~오심재~노승봉~가련봉~두륜봉~진불암~물텅거리골로 이어지는 5시간 코스를 골라 발길을 서둘렀다. 며칠 새 비가 많이 내린 탓일까. 길바닥이 움푹움푹 패어 걷기가 여간 힘든 것이 아니다. 유난히 모가 난 자갈과 바위도 발걸음을 더디게 하기는 마찬가지다.

그러나 온몸에 땀이 스밀 무렵 비탈길에서 만난 초등학생들의 "사랑해요" 하고 건네는 인사말은 시원한 청량제였다. 아니 감동이었다. 아마 마애불 국보를 견학하고 돌아가는 길인 모양이다. 다들 예절교육이 훌륭하다고 입을 모았다. 찬사를 들은 선생님도 크게 만족한 듯 활짝 웃으며 감사하다는 말을 연발한다.

그렇게 대략 한 시간쯤 걸었나 보다. 북미륵암이 나타났다. 암자에는 화강암 바위에 조각된 4.2m 높이의 마애여래좌상이 근엄한 모습으로 가부좌하고 있다. 2005년 9월 국보 308호로 지정되었다고 한다. 다만 고려 시대에 제작된 거로 추정될 뿐 정확한 조성 연대와 작자를 알 수 없는 것이 아쉬움이다. 이웃의 3층 석탑과 암자 위쪽 산에 홀로 서 있는 5층 석탑도 그냥 지나칠 수는 없다. 스마트폰에 담은 뒤 가던 길을 재촉했다.

고개를 넘어서자 꽤 널찍한 분지가 펼쳐진다. 오심재라는데 헬기가 뜨고 내리기 쉽도록 평평하게 닦아 놓아 재라는 느낌이 들지 않는다. 마른 억새가 여기저기 너부러져 있는 걸 보면 여름에는 억새 세상인 듯하다. 오심재 북동쪽으론 케이블카가 다니는 고계봉(高髻峰, 638m)이 보이고 남서쪽에는 노승봉(老僧峰, 685m)이 내려다보고 있다.

시장기가 엄습했다. 시계를 보니 벌써 오후 한 시가 지났다. 다 같이 비닐 깔개를 펴고 아내가 싸준 김밥을 꺼내 먹었다. 군말 필요 없이 꿀맛이라고만 말해 두자. 아내의 음식 솜씨는 이번에도 이야기 도마에 올랐다. 늘 감사한 마음이다.

일행은 에너지를 보충한 다음 바로 일어섰다. 노승봉은 밑에서 보기보다 가파르다. 더군다나 비가 온 뒤라 길이 질퍽거리고 미끄러워 걷기가 여간 조심스럽지 않다. 키 큰 수목은 다 어디 가고 등산로 주변에는 모두 땅으로 기는 앙칼진 잡목뿐이다. 아마 시도 때도 없이 능선을 휘감아 도는 강풍 탓일 거라 짐작하면서 굽이굽이 땅만 보고 무거워진 발길을 옮겼다.

금세 숨이 찬다. 두세 번 쉬어 겨우 봉우리 밑에 다다랐다. 그러나 꼭대기는 좀처럼 자리를 내줄 생각이 없는 기색이다. 안전을 위해 설치한 쇠 다리와 밧줄에 의지하여 간신히 정상에 올랐다. 바위 아래는 말 그대로 천 길 낭떠러지다. 발이라도 헛디딘다면 어찌 될지 오금이 저려온다.

그래도 일행은 발밑에 펼쳐진 절경을 눈에 담으며 탄성을 그칠 줄 모른다. 동쪽은 장흥 천관산이, 북동쪽으로는 영암 월출산이 아스라이 점으로 와 닿는다. 남쪽에는 완도 섬들이 여기저기 흩어져 섬인지 육지인지 분간할 수가 없고……

북쪽으로 고개를 돌리니 대흥사 경내가 한눈에 들어온다. 절을 둘러싼 산들은 마치 연꽃 모양이고 꽃잎을 오므리면 아무것도 보이지 않을 형상이다. 풍수지리 문외한이 보아도 천혜의 요새임을 금방 알 수 있다. 전국을 초토로 만든 임진왜란과 정유재란 때도 전화(戰禍)를 입지 않았다는 설명에 저절로 고개가 끄덕여진다.

머리와 스마트폰에 명장면들을 간직한 우리는 바로 건너편에 보이는 최고봉 가련봉으로 향했다. 두 봉우리 사이는 팔을 벌리면 닿을 듯한 지척(240m)이지만 낭떠러지인 데다 모두 암반이어서 초심자는 바위에 박아둔 쇠밧줄과 쇠고리 손잡이가 아니고는 발을 뗄 수 없다. 손에 땀이 긴장감을 더한다.

밧줄을 잡고 오르내리는 고역은 군사 훈련을 능가한다. 일행의 입에서 저절로 "유격! 유격!" 구호가 터져 나왔다. 그래서 기쁨도 배가 됐는지 모른다.

정상에서 바라본 산세는 과연 소금강산이라 이를 만하다. 두륜봉(630m)과 연화봉(613m)에 이어 도솔봉(672m), 향로봉(469m), 혈망봉(379m) 등 영봉(靈峯)들이 해안선을 따라 서쪽으로 끝없이 이어져 눈을 즐겁게 한다.

가련봉에서 잠시 숨을 돌린 뒤 두륜봉을 찾아갔다. 이정표는 가련봉에서 두륜봉까지 800m라고 적어두었다. 그렇지만 이 길 역시 만만치 않다. 우선 여느 산과는 달리 모난 바위와 자갈들이 조심하라고 경고한다. 누군가가 "아마 다른 산보다 늦게 생겨나 비바람에 덜 닳아진 모양이지?" 하고 모난 돌이 많은 이유를 그럴싸하게 갖다 붙여 다들 한바탕 웃었다.

두륜산의 가장 높은 봉우리를 두륜봉을 놔두고 가련봉이라 이름한 것도 궁금하다. 마음속으로 물음을 되뇌며 오르고 또 올랐다. 식었던 땀이 또다시 함빡 젖는다. 막바지 70도 가까운 급경사를 오르자 신비로운 두륜봉 구름다리가 맞아준다. 마치 중국 장가계의 천문 동굴을 축소하여 옮겨 놓은 듯하다. 신의 조화라고 해야 할까. 욕심 같아서는 규모가 좀 더 컸더라면 더욱 인기 있는 명소가 되지 않았을까 하는 아쉬움이 가시지 않는다. 두륜봉에 오른 기념으로 잠시 땅끝마을을 찾아보며, 한 번에 스무 명도 넘게 앉을 수 있는 넓은 암반에 둘러앉아 간식을 들었다.

10여 분 승경(勝景)을 조망한 뒤 진불암 표지판을 따라 내려오기 시작했다. 길목에는 푸르디푸른 동백나무가 떼를 이루고 있다. 잎은 햇볕을 받아 더욱 반짝거린다. 이토록 키가 큰 동백나무를 보기는 난생처음이다. 그런 동백도 가는 세월은 이길 수 없는지 검붉은 꽃잎들을 길바닥에 마구 토해내고 있다.

계곡이 깊고 물이 많은 것도 두륜산의 특징이다. 상수원이라 쓰인 푯말이 수량(水量)을 짐작케 한다. 실제로 물텅거리골 계곡을 따라 흐르는 물은 폭포수라 해도 부풀린 말이 아니다. 쿵쾅거리는 물소리에 발맞춰 30분쯤 걸었을까. 오르면서 스쳤던 표충사가 나왔다. 시각은 오후 4시 30분을 가리키고 있다. 모두 다섯 시간 반이 걸린 셈이다.

일행은 올라가면서 미뤘던 대흥사 경내를 구경했다. 표충사부터다. 표충사는 임진왜란 때 승병대장으로 이름을 날린 서산대사의 공적을 기리는 사당이다. 사당 안에는 공적비도 세워져 있다. '表忠祠'라는 현액(縣額)은 조선조 정조대왕이 썼다고 한다. 워킹 네이버(2014년 4월 중국 장가계 여행 때 현지 안내인이 붙여준 별명)란 별명을 가진 회원은 "한 곳에 웬 절이 두 개 있는지 이제야 궁금증이 풀렸다"며 흐뭇해한다.

워킹 네이버는 대웅전에 이르러 더욱 기염을 토했다. "대웅보전(大雄寶殿)이란 저 글씨, 누가 쓴 줄 알기나 해. 조선 후기 문인 서화가 이광사가 쓴 거야. 그런데 추사 김정희가 제주도로 귀양 가다가 이를 보고 이것도 글씨냐며 자신이 새로 써서 바꿔 달도록 했는데 9년 후 귀양이 풀려 돌아오면서 자기의 잘못을 깨닫고 원래 이광사 글씨를 다시 붙이도록 했다는 거야."

아닌 게 아니라 그는 걸어 다니는 사전이다. 다시 한 번 그의 해박

한 지식에 모두 혀를 내둘렀다.

대웅전 들목에 우뚝 선 500여 년 묵은 연리근도 좋은 볼거리이다. 보면 볼수록 상상의 나래는 끝이 없다. 우리는 시간에 쫓겨 박물관 관람을 포기하고 주차장으로 발길을 돌렸다. 나팔쟁이는 올라갈 때 건넜던 피안교를 걸으면서 "이제 우리 또다시 속세로 돌아가야만 하는 거야"라며 아쉬움을 털어놓기도 했다.

일행은 배낭을 차 트렁크에 실은 다음 해남읍에서 2km쯤 떨어진 고산 윤선도 고택 녹우당(綠雨堂, 현산면 구시리 산181)으로 달렸다. 운전은 내가 자청했다. 녹우당은 윤선도와 그림을 잘 그린 그의 증손 윤두서(尹斗緖)의 자취가 밴 곳으로 특히 사랑채가 유명하다. 사랑채는 조선조 제17대 효종이 자신을 가르친 은사 윤선도를 생각하여 수원에 집을 지어주었는데 고산이 낙향하면서 그 집 일부를 뜯어 옮긴 것이라 한다.

이미 오후 5시가 넘은 시각이라 고택은 문을 닫고 기념관만 열려 있다. 우리는 자물쇠 틈으로 집안을 잠시 들여다보고 정원으로 나와 연못 주변에 잘 가꿔진 해송·비자나무·홍매화 등을 돌아보며 상념에 젖기도 했다. 고택 앞에 서 있는 30여 m 높이의 은행나무와 마을 뒷산에 우거진 비자나무 숲이 인상적이다. 은행나무는 500년가량 묵었다고 한다. 물론 고산 일가의 유품을 전시한 기념관 관람도 빼놓을 수 없었다. 때마침 기념관에는 학생들이 찾아와 현장학습이 한창이다.

일행은 30여 분간 고산 유적을 돌아본 뒤 진도로 향했다. 시원하게 뚫린 해남~진도 간 고속화 도로변의 활짝 핀 벚꽃이 대환영이다. 수평선 너머로 기울고 있는 붉게 물든 석양도 매혹적인 정경이다. 순간 문화부 기자로 일할 때 함께 차를 타고 충북 청주를 다녀오면서 지평선에 걸린 해를 보고 "나의 마지막도 저렇게 아름다우면 좋으련만……" 하고 중얼거리던 지금은 고인이 된 어느 유명 시인의 혼잣말이 문득 떠오른다. 왜였을까.

한가한 고속화 도로를 30여 분 달려 진도대교에 이르렀다. 우리는 다리를 건너기 전 해남유스호스텔 앞에 차를 세우고 해변으로 내려가 바닷가에 세워진 명량대첩의 영웅 이순신 동상을 관람했다. 때마침 썰물인지 바닷물이 서쪽에서 동쪽으로 대홍수의 급류처럼 바다를 휩쓸어가고 있다. 조류가 어찌나 빠르고 거센지 흘러가는 소리가 마치 호랑이의 울부짖음 같다. 정유재란 때 겨우 12척의 배로 130여 척의 왜군 전함을 이곳 울돌목에 수장한 이순신 장군의 지략을 실감하기에 부족함이 없다. 하지만 나만의 생각일까. 바다를 내려다보고 있는 이순신 동상이 너무 작아 언짢은 마음이 든다.

그사이 해는 이미 수평선 아래로 가라앉았다. 더 어둡기 전에 숙소를 정해야 한다. 급히 다리를 건너 진도읍으로 차를 몰았다. 진도읍에 도착하여 이곳저곳 기웃거리다 어느 모텔에 들었다. 방에 짐을 내려놓고 가까운 음식점을 찾아 감자탕을 주문했다. 시장이 반찬이라 다들 맛있게 먹었다. 물론 소주도 한 잔씩 걸쳤다.

일행은 다음 날 아침 5시에 일어나 어제 남은 음식으로 간단히 요기를 한 뒤 진도문화유적을 보러 숙소에서 나왔다. 먼저 의신면 회동마을에 있는 신비의 바닷길 현장부터 찾아갔다. 널리 알려져 있듯이 회동리는 해마다 바다 갈라짐을 볼 수 있는 신비의 현장으로 규모의 크기가 세계적인 곳이다. 보통 음력 2~4월 조금 때 바닷물이 많이 빠져 평소 배로 건너던 모도(茅島)와 회동리 사이 2.8km에 너비 40여 m

의 자갈길이 드러나 걸어서 오갈 수 있게 된다. 이 신비의 바닷길은 한 일간신문이 1977년 4월 19일 1면 머리기사로 특종 보도하여 이를 본 당시 주한 프랑스 대사가 본국 신문에 알림으로써 세계의 이목을 끌기 시작했다. 올해(2015년)는 지난 3월 20일부터 23일까지 축제가 열려 외국인 8만 6천여 명을 포함, 자그마치 61만여 명의 구경꾼이 몰렸다고 한다.

그러나 그로부터 채 한 달도 안 돼 그런 북적거림은 온데간데없고 바다 체험관만 한 채 달랑 서서 바다를 지켜보고 있다. 이른 아침(6시 반)이어서 분위기는 더욱 썰렁했다. 그나마 때마침 부근을 지나던 마을 사람이 바다 갈라짐 현상에 대해 친절하게 설명해주어 이곳을 찾은 보람을 느꼈다.

다음은 운림산방(雲林山房) 차례다. 운림산방은 조선 후기 남화의 대가로 불리는 소치(小痴) 허련(許鍊)*이 만년에 서울 생활을 그만두고 고향으로 돌아와 거처하며 그림을 그리던 화실의 당호이다. 그의 셋째 아들 허형(許瀅, 호 미산米山)과 손자 허건(許楗, 호 남농南農)이 태어나 남종화의 대를 잇고, 한집안인 의재 허백련(毅齋 許百鍊)이 그림을 익힌 한국 남화의 성지이기도 하다. 한동안 후손들이 모두 진도를 떠나 방치되었다가 남농이 1982년 복원했다고 한다.

일행은 회동리 해변 도로를 드라이브한 뒤 7시 30분쯤 운림산방 주차장에 차를 댔다. 운림산방이 문을 열려면(오전 9시) 아직 1시간 반이나 남았다. 그때 마침 주차장 뒤편에 세워진 첨찰산 안내판이 눈에

---

\* 뒤에 당나라 남종화와 수묵산수화의 효시 왕유(王維)의 이름을 따서 함자를 바꾸어 허유라는 이름으로 더욱 알려져 있다.

들어왔다. 진도에서 가장 높은 산(485m)이라고 한다. 산을 오르는 데 한 시간이 걸린다는 알림도 들어 있다. 남는 시간을 어떻게 보낼지 서로 머리를 짜고 있을 때 누군가가 첨찰산에 올라가 보지 않겠느냐고 말을 꺼냈다. 모두가 손뼉을 쳤다. 이는 예정에 없던 일이다. 진도에 그런 산이 있는 줄 미처 몰랐다.

차에서 배낭을 꺼내 짊어지고 걷기 시작했다. 길목에는 신라 문무왕 19년(857년) 도선국사가 창건했다는 쌍계사(雙溪寺)가 저만치 비켜서서 우리를 맞이한다. 누군가가 "어 이곳에도 쌍계사가 있네!" 하고 한마디 했다. 사연인즉 첨찰산 능선을 중심으로 양쪽에 계곡이 나 있어 쌍계사라 부르게 되었다는 것이다.

일행은 첨찰산에 들어서자마자 산에 오르기를 잘 했다고 이구동성이다. 계곡은 말 그대로 산림자원의 보고이다. 천연기념물 동백나무는 말할 것 없고 후박나무·참가시나무·감탕나무·졸참나무·느릅나무·말오줌때·쥐똥나무·종가시나무·소사나무 등 지금까지 들도 보도 못한 수목 50여 종이 해남 두륜산 뺨칠 정도로 울창하다. 그 때문에 계곡 일대 상록수림은 천연기념물 제107호로 지정되어 있다고 한다. 게다가 계곡 따라 철철 넘쳐흐르는 맑은 물은 여독을 말끔히 씻어준다.

일행은 한 시간여 만에 잘 다듬어진 비탈길을 따라 정상에 섰다. '珍島 尖察山'이라 새긴 검은색 표지석이 예사 산이 아님을 일러준다. 옛날에는 봉수대였다고 안내지도는 설명하고 있다. 정상에서 내려다본 정경은 며칠 눌러앉고 싶을 정도로 환상적이다. 남으로 끝없이 펼쳐진 바다하며 점점이 흩어진 섬들은 시간을 멈추게 한다. 이런 명승지를 그냥 지나쳤더라면 정말이지 천추의 한이 될 뻔했다.

우리는 첨찰산 정상에 비친 진도 전경을 추억으로 간직한 뒤 반대쪽 계곡으로 내려왔다. 거기에도 흐르는 물 따라 온갖 수목들이 빽빽이 들어서 있다. 생존경쟁도 치열한 듯하다. 그중에서도 동백나무 줄기에 생긴 상처 자국은 궁금증을 불러일으킨다. 칡덩굴이 기어오르면서 옥죈 자국인지 아니면 등나무 탓인지 알 수가 없다. 걸어 다니는 사전도 무엇의 소행인지 그 원인을 설명하지 못했다. 다만 "오른쪽으로 감아 올라가는 칡덩굴과 왼쪽으로 감는 등나무가 서로 엉켜 풀 수 없는 모습에서 갈등(葛藤)이란 단어가 유래되었다는데 감긴 자국의 모양을 찬찬히 보면 누구 탓인지 알 수 있을 것"이라는 나팔쟁이의 한마디는 답을 찾는 데 힌트가 되지 싶다.

산에 오르기 시작한 지 3시간 남짓 만에 숲속을 벗어나자 길옆에 진도아리랑비가 길손을 반긴다. 비는 진도문화원이 진도아리랑의 정서와 뿌리를 널리 알리고자 1995년 8월 15일 진도아리랑보존회의 후원을 받아 세웠다고 한다. 2단의 좌대에 타원형 자연석을 올린 형태로 만들어졌다. 좌대에는 진도아리랑의 가사 등이 새겨져 있고, 자연석에는 '珍島아리랑碑' 표지를 새겼다. 글씨는 이 고장의 명필 장전 하남호(河南鎬) 솜씨이고, 비 전체 높이는 4.71m란다.

운림산방은 진도아리랑비에서 300여 m 떨어져 있다. 10시 30분쯤 운림산방에 들어섰다. 우선 화실부터 관람했다. 화실에는 허씨 집안 3대의 그림이 전시되어 있으나 아쉽게도 복제품뿐이었다. 바로 옆 소치기념관 전시물도 화실과 비슷하다 하여 기념관 관람은 그만두었다.

일행은 화실에서 나와 정원을 돌아봤다. 운림산방 앞의 네모난 연못이 발목을 잡는다. 연못 한가운데에 만들어 놓은 둥근 섬에는 배롱나무가 고고한 자태를 뽐내고 있다. 연못을 장식한 수련도 꽃 필 준비가 한창이다. 전남도는 운림산방을 기념물 제51호로 보호하고 있다.

시간이 흐르면서 서서히 배가 고파오기 시작했다. 진도 수산시장으로 바삐 자리를 옮겨 자연산 광어와 숭어회로 점심을 들었다. 시쳇말로 아침 겸 점심인 아점이다. 차를 운전하는 나를 뺀 모두가 싱싱한 회와 매운탕을 안주로 하여 거나하게 취했다. 이날도 식사 중 갑론을박은 계속되었다. 그러다 보니 벌써 오후 1시가 넘었다.

맘이 바빠지기 시작한다. 우리는 1시 반쯤 진도를 출발, 목포로 향했다. 조수가 잠시 조는 사이 내비게이션도 깊은 봄에 취했는지 가까운 목포대교를 놔두고 멀리 목포하구언 쪽으로 유달산을 안내한다. 그 바람에 교통 체증이 심한 시내 중심지를 거치느라 적잖은 시간이 걸렸다. 오후 3시 반쯤 겨우 유달산 아래 주차장에 차를 대고 구경을 시작했다.

유달산은 높이래야 228m밖에 안 된다. 그러나 산 전체가 진풍경이다. 그 가운데서도 노적봉 길목에 있는 여근(女根)처럼 생긴 나무는 단연 인기다. 이를 만지면 다산(多産)의 소원이 이루어진다는 우스갯소리 때문인지 그 자리가 반질반질하다. 서쪽 계단을 따라 오르다 보면 이난영의 애잔한 〈목포의 눈물〉 유행가가 되풀이 흐르고 조각처럼 아름다운 일등바위·섬의 흔적이라고는 찾아볼 수 없는 삼학도·새로 건설된 목포대교·육지로 연결된 고하도·영암 삼호 조선단지 등이 파노라마처럼 펼쳐진다.

"조게 삼학도 맞능기요. 야말이요 노적봉은 어딧따요……."

전망대 곳곳에서 터져 나오는 전국 여러 지방의 원색적인 사투리가 보는 재미를 더해준다.

부족한 시간이 못내 아쉽다. 우리는 오후 4시 반쯤 유달산에서 내려와 다시 차를 몰고 목포대교를 건너본 다음 되돌아 서해안 고속도로를 타고 서울로 돌아왔다. 용인 구성에서 저녁을 들고 집에 도착하니 자정에 가까웠다. 이게 살아 있는 기쁨이지 뭐겠는가. 사는 보람이기도 하고.

# 참고 문헌

강준만 《한국 근대사 산책 1》(인물과 사상사, 2007)

〃 《한국 근대사 산책 8》(인물과 사상사, 2008)

김득중 《'빨갱이'의 탄생》(선인, 2020)

김영택 《10일간의 취재 수첩》(사계절, 1988)

김영호 《한국 언론의 사회사》(지식산업사, 2004)

김영호·이태진·와다 하루키·우쓰미 아이코

《한일 역사 문제의 핵심을 어떻게 풀 것인가?》(지식산업사, 2013)

김용옥 《우린 너무 몰랐다》(통나무, 2019)

마나베 유코 저(김영택 역) 《광주 항쟁으로 읽는 현대 한국》(사회문화원, 2001)

서울신문사 《서울신문 100년사 : 1904~2004》(서울신문사, 2004)

여수지역사회연구소 편역 《1948, 칼 마이던스가 본 여순 사건》(지영사 ,2019)

5·18 광주 의거 청년동지회 편

《5·18 광주 민중 항쟁 증언록 I 》(도서출판 광주, 1987)

위정철 《실록 광주사태》(동원문화사, 2000)

윤재걸 《작전명령—화려한 휴가》(실천문학사, 1988)

이광영·전춘심 외 《광주여 말하라》(실천문학사, 1990)

이재오 《해방 후 한국 학생 운동사》(형성사, 1984)

이태진 《일본제국의 '동양사' 개발과 천황제 파시즘》(사회평론아카데미, 2022)

정일성 《황국사관의 실체—일본 군국주의는 되살아나는가》(지식산업사, 2000)

　〃　　《후쿠자와 유키치—탈아론을 어떻게 펼쳤는가》(지식산업사, 2001)

　〃　　《이토 히로부미—알려지지 않은 이야기들》(지식산업사, 2002)

　〃　　《일본 군국주의의 괴벨스—도쿠토미 소호》(지식산업사, 2005)

　〃　　《야나기 무네요시의 두 얼굴》(지식산업사, 2007)

　〃　　《인물로 본 일제 조선지배 40년》(지식산업사, 2010)

　〃　　《일본을 제국주의로 몰고 간 후쿠자와 유키치—'탈아론'을 외치다》

　　　　(지식산업사, 2012)

　〃　　《알수록 이상한 나라 일본》(범우사, 2018)

황석영·이재의·전용호 《죽음을 넘어 시대의 어둠을 넘어》(창비, 2017)


文京洙·水野直樹 《在日朝鮮人 歷史と現在》(岩波書店, 2017)

杉本幹夫 《植民地朝鮮の研究》(展轉社, 2005)

三宅俊彦 《日本鐵道史年表》(グランプリ出版, 2005)

小熊英二 《〈日本人〉の境界》(新曜社, 2006)

伊藤徹 《柳宗悅手としての人間》(平凡社, 2003)

崔吉城 《〈親日〉と反日〉の文化人類學》(明石書店, 2002)


月刊 雜誌《世界》2019年 2月号

# 역사 한 꺼풀 아래 이야기들

**초판 1쇄 발행**　2023년 2월 28일

**지은이**　정일성
**펴낸이**　윤형두·윤재민
**펴낸곳**　종합출판 범우(주)

**등록번호**　제406-2004-000012호(2004년 1월 6일)
　　　　　(10881) 경기도 파주시 광인사길 9-13 (문발동)
**대표전화**　031)955-6900, 팩스 031)955-6905

**홈페이지**　www. bumwoosa. co. kr
**이메일**　bumwoosa1966@naver. com

ISBN　978-89-6365-492-8  03810

* 잘못된 책은 바꾸어 드립니다.